AF277807

Pequeños milagros

Nicholas Sparks es autor de 26 libros que se han publicado en más de 50 idiomas con más de 150 millones de ejemplares vendidos en todo el mundo, y 11 de ellos se han adaptado al cine. También es el promotor de la Fundación Nicholas Sparks, una organización sin ánimo de lucro que concede becas y financia programas educativos para los jóvenes menos favorecidos. Vive en Carolina del Norte.

Pequeños milagros

Nicholas Sparks

Traducción de Ana Duque de Vega

rocabolsillo

Penguin
Random House
Grupo Editorial

Título original: *Counting Miracles*

Primera edición en Rocabolsillo: febrero de 2026

© 2024, Willow Holdings
© 2024, 2026, Roca Editorial de Libros, S.L.U.
Travessera de Gràcia, 47-49. 08021 Barcelona
© 2024, Ana Duque de Vega, por la traducción
Diseño de la cubierta: Penguin Random House Grupo Editorial
basado en el diseño original de Flamur Tonuzi
Imagen de la cubierta: © Getty Images

Roca Editorial de Libros, S. L. U. es una compañía de Penguin Random House Grupo Editorial
que apoya la protección de la propiedad intelectual. La propiedad intelectual estimula la creatividad,
defiende la diversidad en el ámbito de las ideas y el conocimiento, promueve la libre expresión y favorece una
cultura viva. Gracias por comprar una edición autorizada de este libro y por respetar las leyes de propiedad
intelectual al no reproducir ni distribuir ninguna parte de esta obra por ningún medio sin permiso. Al hacerlo
está respaldando a los autores y permitiendo que PRHGE continúe publicando libros para todos los lectores.
Ninguna parte de este libro puede ser utilizada o reproducida con el propósito de entrenar tecnologías o sistemas
de inteligencia artificial. PRHGE se reserva expresamente la reproducción, la extracción y el uso de esta obra y de
cualquiera de sus elementos para fines de minería de textos y datos y el uso a medios de lectura mecánica u otros
medios que resulten adecuados (art. 67.3 del Real Decreto Ley 24/2021). Diríjase a CEDRO (Centro Español
de Derechos Reprográficos, http://www.cedro.org) si necesita reproducir algún fragmento de esta obra.
En caso de necesidad, contacte con: seguridadproductos@penguinrandomhouse.com

Printed in Spain – Impreso en España

ISBN: 978-84-10197-51-0
Depósito legal: B-21.458-2025

Compuesto en Mirakel Studio, S. L. U.
Impreso en Novoprint
Sant Andreu de la Barca (Barcelona)

RB 9 7 5 1 0

Dedicado al doctor Eric Collins.
Él sabe por qué

Él hace grandezas, demasiado maravillosas para comprenderlas, y realiza milagros incontables.

Job 9:10

1

I

Marzo de 2023

Tanner Hughes salió al porche de la casa de campo que había pertenecido a sus abuelos y cerró la puerta tras él. Cargaba con una bolsa de lona en una mano; en la otra, protegido por una funda, el traje que había llevado en el funeral de su abuela, celebrado cinco semanas antes.

Alzó la vista y vio una única nube blanca en el cielo azul de esa mañana soleada. Sería otro día perfecto en Florida, de postal, y de nuevo pensó que sus abuelos habían elegido un bello lugar como residencia definitiva. Pensacola tradicionalmente había sido una ciudad militar y muchos veteranos se habían establecido en esa zona para jubilarse; suponía que sus abuelos habían encajado allí perfectamente, sobre todo su abuelo, al haber sido mecánico del ejército.

Dejó la llave debajo de una maceta para el agente inmobiliario que iría más tarde. Ya habían sacado los muebles y habían fijado fecha con los pintores, y la inmobiliaria había asegurado que la casa no tardaría en venderse. Tanner había dedicado gran parte del mes anterior a ordenar las cosas de sus abuelos y a reflexionar sobre los últimos meses que había pasado con su abuela.

Echó un vistazo por encima del hombro por última vez, sintiendo que la echaba de menos. A su abuelo, fallecido años atrás, también lo añoraba. Habían sido los únicos padres que había conocido; hijo de madre soltera, esta había muerto a los pocos minutos de dar a luz a Tanner. Se hacía extraño ser consciente de que ya no estarían allí para él, y la palabra «huérfano» se le antojaba ahora como la más adecuada. Al fin y al cabo, su madre solo había existido para él en las fotografías, y hasta hacía muy poco no había sabido nada en absoluto de su padre biológico. Con su forma de ser taciturna, sus abuelos habían insinuado que no conocían la identidad de su padre, y Tanner se había convencido a sí mismo hacía ya mucho tiempo de que en el fondo no era tan importante. Obviamente, a veces deseaba haber conocido a sus progenitores, pero había crecido en un hogar lleno de amor, y eso era lo que de verdad importaba.

Apartó aquellos pensamientos de su mente y avanzó hacia su automóvil, mientras pensaba que ofrecía sensación de velocidad incluso aparcado en el camino de entrada a la casa. Era una reproducción del modelo Shelby GT500KR de 1968, de Revology Cars, de color rojo intenso con rayas blancas Wimbledon; aunque era nuevo de fábrica, su aspecto era idéntico a los que salieron de la línea de producción hacía más de medio siglo. Era lo más extravagante que Tanner había comprado nunca, y cuando se lo entregaron deseó que su abuelo hubiera estado vivo para poder verlo. A ambos les encantaban los deportivos y, aunque este no era original, estaba hecho para conducir, no para permanecer encerrado en el garaje de un coleccionista, y eso era exactamente lo que él quería.

Sin embargo, cuando llegara el verano, acabaría de todos modos guardado en un garaje.

Tanner colocó la bolsa y el traje en el maletero, al lado de una caja con recuerdos que había recuperado de la casa. Su mochila ya ocupaba el asiento del pasajero. El motor arrancó con un rugido ronco, y Tanner se dirigió a la ciudad para acceder a la interestatal, dejando atrás cadenas de tiendas y restaurantes de comida rápida, mientras se le ocurría que, aparte de la playa, Pensacola no le parecía tan diferente de otras localidades de los muchos estados que había visitado recientemente. Todavía no se había acostumbrado a la uniformidad habitual en casi todo el territorio de Estados Unidos y se preguntaba si algún día dejaría de sentirse como un extraño en su país.

Durante el trayecto dejó vagar su mente por los acontecimientos destacados de su vida: había pasado su juventud en una docena de bases militares distintas en Alemania e Italia y había recibido su instrucción básica en Fort Benning, en Georgia. Posteriormente había estado casi una década y media en el ejército, con numerosos destinos en Oriente Próximo y, cuando abandonó el servicio, trabajó en seguridad con la USAID (la agencia gubernamental para el desarrollo internacional), todo ello en el extranjero.

¿Cuánto tiempo hacía que estaba fuera?

Básicamente no había parado de moverse, aunque solo fuera porque era a lo que estaba acostumbrado. Había pasado la mayor parte de los últimos dos años en la carretera, y sus viajes le habían llevado de un extremo a otro del país. Tenía el móvil lleno de fotografías de parques nacionales y diversos monumentos que había tomado mientras viajaba para volver a contactar con viejas amistades y, sobre todo y más importante, para visitar a las familias de sus amigos del ejército que habían fallecido. Podía recordar a más de veinte amigos que habían muerto en acto de servicio o que se habían suicidado tras haber dejado el ejército. Por alguna razón, hablar con sus viudas o sus padres le parecía lo correcto, como si estuviera más cerca de la respuesta que estaba buscando, aunque todavía no supiera a ciencia cierta cuál era la pregunta.

Aunque había unas cuantas familias más en su lista que quería visitar, su viaje había quedado interrumpido el pasado octubre cuando supo que a su abuela se le acababa el tiempo. A pesar de que se llamaban por teléfono y se enviaban mensajes con regularidad, ella no le mencionó en ningún momento que le habían diagnosticado una enfermedad pulmonar terminal pocos meses antes. Tanner se apresuró a volver a Pensacola, donde la encontró postrada en la cama, atendida por un cuidador. Lo primero que se le pasó por la cabeza fue que parecía más menuda de lo que la recordaba. Vio que le costaba trabajo respirar aun con ayuda de la bombona de oxígeno, lo cual hacía que hablara lentamente y con dificultad. La realidad visible de su estado de salud le conmovió profundamente, y durante los siguientes meses apenas se separó de ella. Se ocupó de cuidarla, y a menudo dormía en un camastro dispuesto en su dormitorio. Le preparaba batidos ricos en calorías y le trituraba la comida hasta que tenía la consistencia de una papilla para bebés; le cepillaba el pelo con ternura y le ponía manteca de cacao en sus labios agrietados. Por la tarde, cuando su abuela no dormía, con frecuencia le leía poemas de una recopilación de Emily Dickinson mientras ella mantenía la mirada fija en las vistas que se apreciaban desde su ventana.

Puesto que a medida que pasaban las semanas cada vez le resultaba más difícil hablar, era Tanner quien se encargaba de mantener la conversación. Le habló del Gran Cañón, de Graceland, de un hotel hecho de hielo en el norte de Wisconsin y de unos cuantos lugares más, con la esperanza de que pudiera compartir su entusiasmo; sin embargo, la expresión de preocupación era muy elocuente. «Me preocupa dejarte solo —parecía estar diciendo—, sin que tengas una vida estable». Cuando intentó explicarle de nuevo que sus recientes viajes habían sido para él la manera de honrar a los amigos que había perdido, ella negó con la cabeza. «Necesitas un… hogar», consiguió decir con voz ronca antes de sucumbir a un prolongado ataque de tos. Cuando se recuperó, le hizo señas para que le pasara la libreta y el bolígrafo que descansaban en su mesilla de noche. «Busca el lugar al que perteneces y hazlo tuyo», garabateó.

Consciente de que la decepcionaría saber que todavía estaba lejos de asentarse en ningún sitio, no le contó que Vince Thomas, un viejo amigo de la USAID, había contactado con él en enero. Vince partiría pronto hacia África para un nuevo proyecto. Ya habían trabajado juntos en Camerún, y Vince le había dicho que necesitaba un subdirector de seguridad que estuviera familiarizado con el país y su política. Tanner se acordó de que, al aceptar su oferta, en ese momento pensó que le parecía una decisión tan buena como cualquier otra.

Ahora, de regreso en la interestatal por primera vez desde hacía meses, el paisaje llano del norte de Florida se deslizaba como una imagen borrosa. Tras una breve visita a su mejor amigo, Glen Edwards, y su familia, Tanner planeaba viajar a Asheboro, Carolina del Norte, preguntándose qué sería, si es que había algo, lo que podría encontrar allí.

Asheboro.

Su abuela había escrito el nombre de aquella pequeña ciudad en la libreta, poco antes de entrar en coma.

II

Al igual que Pensacola, el este de Carolina del Norte era uno de los destinos preferidos de los veteranos para su jubilación, y después de haber dejado el servicio en las fuerzas especiales Delta, Glen se había establecido allí y las cosas le iban bien. Regentaba una unidad táctica donde entrenaba a policías y equipos SWAT de todo el país, y se había comprado una casa con su mujer, Molly, en Pine Knoll Shores, con vistas a Bogue Sound, donde criaba a sus dos hijos, ambos ya a punto de empezar la enseñanza secundaria. Tanner no se sorprendió cuando, nada más bajar del coche, Glen salió a recibirlo al porche delantero con una botella de cerveza en la mano; habían pasado por tantas experiencias juntos durante su servicio en el ejército que casi parecía que pudieran leerse la mente mutuamente.

La casa era de techos altos y ofrecía unas vistas fantásticas, y en su interior se hacía patente el típico y acogedor desorden de la vida familiar, con mochilas amontonadas en las esquinas y equipos deportivos apilados al lado de la puerta. Cuando los chicos no exigían la atención de su padre, ansiaban llamar la de Tanner, enseñándole sus videojuegos o pidiéndole que viera una película con ellos. Eso le encantaba (siempre le habían gustado los niños), y Molly, con su sonrisa fácil y su actitud paciente, era la clase de mujer que sacaba lo mejor de Glen.

Estuvo tres días con ellos, compartiendo las comidas y pasando tiempo con la familia. Fueron a la playa y al acuario de Carolina del Norte, y por las noches charlaban en el porche trasero bajo un dosel de estrellas. Molly solía retirarse antes, y Tanner y Glen mantenían largas conversaciones a solas. La primera noche, Tanner puso al día a Glen sobre sus viajes y los lugares de interés que había visitado, antes de describirle sus visitas a las familias de los amigos fallecidos. Glen lo escuchó en silencio (había conocido también a muchos de ellos) y acabó reconociendo que él no habría sido capaz de hacerlo.

—No estoy seguro de qué les habría podido decir.

Tanner sabía a qué se refería (tampoco a él le había resultado fácil, sobre todo cuando se trataba de casos de suicidio), y finalmente la conversación fue derivando hacia temas más relajados. Le habló a Glen de su próximo trabajo en Camerún y, ya más avanzada la noche, de los últimos meses en Pensacola, incluida la sorprendente revelación final de su abuela, que justificaba su inminente viaje a Asheboro.

—Un momento —dijo Glen, cuando parecía que había procesado por completo la información—. ¿Y justo ahora decidió compartir esa información contigo?

—En un primer momento pensé que estaba delirando, pero cuando lo anotó en la libreta, supe que iba en serio.

—¿Cómo te hizo sentir eso?

—Conmocionado, creo. Quizá un poco enfadado. Al mismo tiempo sabía que ella creía estar haciendo lo mejor para mí al no haberme revelado nada antes. Tal vez como si pensara que, de alguna forma, me estaba protegiendo. Y… la sigo queriendo. Ya sabes que para mí, mis abuelos eran como mis padres.

Glen apretó los labios y no dijo nada, pero más adelante, durante la última noche, volvió a sacar el tema.

—He estado pensando en lo que me dijiste la otra noche, y tengo que admitir que estoy un poco preocupado por ti, Tan.

—¿Porque crees que estoy cometiendo un error al ir a Asheboro?

—No —respondió Glen—. Tu curiosidad acerca de tu pasado me parece lógica. Demonios, si alguien hubiera dejado caer esa bomba sobre mi vida, probablemente haría lo mismo. Pero lo que me preocupa es tu estilo de vida desde que dejaste tu último trabajo. Me refiero a que, puedo comprender que te tomes algún tiempo para viajar y visitar amigos o a sus familiares, y entiendo que cuidaras a tu abuela cuando enfermó. Pero ¿volver a Camerún? Eso no puedo entenderlo. Tengo la sensación de que estás posponiendo tu vida en lugar de vivirla realmente. O de que incluso estás yendo hacia atrás. Quiero decir que nunca te has establecido en un lugar, ¿no? ¿No te cansa ya la vida en la carretera?

«Pareces mi abuela», pensó Tanner, pero se lo guardó para sí mismo. En lugar de decir lo que pensaba en voz alta, se encogió de hombros.

—Me gustó Camerún.

—Lo comprendo. —Glen suspiró—. Solo quiero que sepas que si decides en algún momento establecerte en algún sitio, tienes un puesto de trabajo esperándote en mi empresa. Podrías vivir donde quisieras, determinar tu propio horario y tendrías la oportunidad de trabajar otra vez con algunos de los chicos de las fuerzas Delta. Molly tiene además una hermana soltera. —Glen movió las cejas repetidamente, y Tanner no pudo evitar reírse.

—Gracias —respondió, y dio un trago a su cerveza.

—En cuanto a tu búsqueda…

—Creía que acababas de decir que entendías mi curiosidad.

—Y la entiendo. Solo estaba preguntándome si no lo habías intentado ya con alguna de esas páginas web que ofrecen información del ADN.

—Las he probado todas, pero aparte de un par de parientes muy muy lejanos en Ohio y California no encontré a nadie. Debía de ser una familia pequeña. Pero si se te ocurre algo que pueda ayudarme, estoy abierto a nuevas ideas.

—No se me ocurre nada —respondió— y aunque tu método me resulta un tanto anticuado, ¿quién sabe? Es como antes se solía buscar, ¿no? Puede que tengas suerte.

Tanner asintió, preguntándose nuevamente cuáles eran las probabilidades de localizar a alguien de quien no se sabía nada desde hacía cuarenta años, sobre todo cuando el nombre y el apellido eran tan comunes que apenas podían ofrecer alguna pista. Solo en Estados Unidos había casi dos millones de personas con el mismo apellido (lo había buscado en Google) y más de cien de ellos vivían en Asheboro.

Y eso suponiendo, claro está, que la memoria de su abuela fuera fiable en esos últimos momentos de su vida. Con su caligrafía temblorosa, casi ilegible, lo único que había conseguido garabatear había sido:

> Tu padre
> Dave Johnson
> Asheboro
> Carolina del Norte
> lo siento

III

Desde Pine Knoll Shores tardó cuatro horas en llegar hasta Asheboro, y tras adentrarse en la ciudad, Tanner se paró en un Walmart para comprar un mapa, una libreta y bolígrafos antes de dirigirse a la biblioteca. Con ayuda de la amable mujer que estaba sentada tras el mostrador, se enteró de que no disponían de guías telefónicas de los años setenta ni de los ochenta, pero consiguió rescatar una de 1992. Tendría que apañarse con eso.

El siguiente paso era encontrar a su padre, un hombre al que nunca había conocido.

Sobre una de las mesas de la biblioteca desplegó el mapa y dividió la ciudad en cuatro cuadrantes. Luego, con ayuda de la vieja guía telefónica, anotó el nombre y la dirección de todas aquellas personas que se apellidaban Johnson y señaló la ubicación aproximada en el mapa; utilizó su iPhone para cotejar la información disponible en la base de datos de las páginas blancas con la más antigua de la guía telefónica, y trazó un círculo alrededor de las que coincidían. Pensó que, puesto que tendría que empezar por llamar puerta por puerta, por lo menos debería intentar hacerlo de la manera más eficiente posible.

No le dio tiempo a acabar antes de que cerrara la biblioteca, lo cual significaba que tendría que volver el lunes. Consideró la posibilidad de visitar además las instancias oficiales del condado; el registro de la propiedad podría ayudarle en su búsqueda, pero eso también tendría que esperar hasta después del fin de semana.

Tras dejar su equipaje en un hotel de la cadena Hampton Inn, sintió la necesidad de estirar las piernas y se dispuso a explorar el centro. Pasó en su recorrido por una tienda de antigüedades, una floristería y unas cuantas boutiques que ocupaban las plantas bajas de edificios construidos a principios del siglo pasado. Había un bonito parque justo en el centro y, a pesar de que cada vez había más nubes en el cielo, las aceras estaban repletas de gente paseando perros o empujando cochecitos de bebé. La escena le hizo pensar que había dado un salto al pasado, y le llevó a imaginarse cómo habría sido crecer en ese lugar. ¿Tal vez su padre había conocido a su madre allí? Por lo que sabía, sus abuelos nunca habían vivido en esa ciudad. Entonces ¿cómo se habían cruzado los caminos de su madre y su padre? Aún más preguntas que su abuela ya nunca podría responder. Consciente de ello, deseó haber podido pasar más tiempo con ella.

Regresó al hotel poco antes de que empezaran a caer las primeras gotas de lluvia. Leyó hasta la hora de la cena, inmerso en un libro sobre el frente del Pacífico durante la Segunda Guerra Mundial, y le vino a la cabeza cómo había evolucionado la tecnología bélica moderna desde entonces, aunque algunos de los devastadores efectos que sufrían los combatientes seguían siendo los mismos.

Cuando empezó a rugirle el estómago, recurrió a su móvil para encontrar un sitio donde cenar y localizó un bar de temática deportiva. Al llegar a Coach's, le sorprendió ver el aparcamiento lleno. Tuvo que dar un par de vueltas antes de encontrar un sitio donde aparcar. Se dirigió a la entrada y tras cruzar la puerta le abrumó el sonido procedente de varias pantallas de televisión que retransmitían un partido de baloncesto universitario con el volumen muy alto. El local estaba abarrotado de entusiastas aficionados y recordó vagamente que Glen había mencionado algo sobre la «locura de marzo», el torneo de baloncesto masculino de la NCAA, la Asociación Nacional Deportiva Universitaria.

Tanner se abrió paso entre la multitud, analizando de forma automática las caras y el lenguaje corporal de la gente a su alrededor, identificando a los que iban borrachos o pudieran estar buscando pelea. Se fijó en tres hombres, no muy lejos de la barra, agrupados en torno a una mesa alta y que parecían estar armados. Todos ellos presentaban una protuberancia delatora en la parte baja de la espalda, pero por su corte de pelo y su pose, supuso que eran agentes de policía o alguaciles fuera de servicio, desconectando tras un día de trabajo. No obstante, eligió un lugar en la barra que le permitiera no perderlos de vista, además de vigilar a los demás clientes. No le resultaba fácil erradicar las viejas costumbres.

Cuando el camarero por fin advirtió su presencia, Tanner pidió una hamburguesa y una cerveza artesanal, una marca local, y disfrutó de su cena. Después de que recogieran su plato vacío, siguió el partido con aire ausente al tiempo que se terminaba la cerveza. Mientras daba un trago, la multitud rugió de repente, y Tanner se quedó inmóvil de forma instintiva. En las pantallas podía verse la repetición de un tanto de tres puntos por parte del base. Al soltar el aire que había retenido unos segundos pudo apreciar otro sonido que parecía fuera de lugar.

Una voz. Una voz femenina.

«¡He dicho que me sueltes!».

Se giró y vio a una chica de pelo castaño oscuro, de pie al lado de un reservado, forcejeando para liberar su brazo del agarre de un joven que llevaba puesta al revés una gorra de béisbol. Tanner contó cinco adolescentes, tres chicos y dos chicas, incluida la morena, en aquel grupo, y vio cómo ella conseguía por fin soltarse. Aunque no tenía ganas de involucrarse, sentía cierto recelo de los hombres que usaban su fuerza física para intimidar a las mujeres. Decidió que si el chico volvía a asirla, se sentiría obligado a hacer algo.

Por suerte la chica se dirigió airada hacia la puerta. Su amiga rubia salió rauda del reservado y la siguió mientras los jóvenes, sentados a la mesa, empezaban a reírse y a llamar a gritos a las chicas que se habían ido.

Idiotas.

Tanner volvió a dirigir su atención a la televisión y cuando ya solo le quedaban un par de tragos de cerveza, la apartó y se dispuso a salir. Al recoger su chaqueta su mirada se volvió hacia el reservado y se dio cuenta de que el chico con la gorra de béisbol hacia atrás (el que había agarrado a la chica por el brazo) ya no estaba sentado a la mesa, aunque sus amigos sí.

Demonios.

Se abrió paso a empujones hasta llegar a la puerta. Al salir del bar recorrió con la mirada el aparcamiento y localizó al chico de la gorra de béisbol y a las dos chicas cerca de un SUV negro. Incluso desde lejos resultaba evidente que iba a producirse otra discusión. El chico había vuelto a asir a la chica por el brazo, pero esta vez los esfuerzos de ella por escabullirse resultaban inútiles. Tanner avanzó hacia ellos.

—¿Algún problema? —preguntó.

Una mirada colectiva se giró en su dirección.

—¿Quién demonios eres? —gruñó el de la gorra, sin dejarla ir.

Tanner acortó la distancia que les separaba hasta llegar a pocos metros de ellos.

—Suéltala.

Puesto que el chico no reaccionaba, Tanner se acercó aún más. Sintió cómo resurgía el entrenamiento recibido en las fuerzas Delta; cada una de sus terminaciones nerviosas estaba en estado de alerta máxima.

—No es una petición —dijo, en un tono uniforme y constante.

El joven vaciló todavía unos instantes antes de soltar finalmente el brazo de la chica.

—Solo estaba intentando hablar con mi novia.

—¡Yo NO soy tu novia! —chilló súbitamente la morena—. ¡Solo salimos una vez! ¡Ni siquiera sé por qué estás aquí!

Tanner se volvió hacia ella, y se dio cuenta de que se estaba frotando el brazo como si todavía le doliera.

—¿Quieres hablar con él?

Ella dejó de pasarse la mano por el brazo.

—No —dijo en voz baja—. Solo quiero irme a casa.

Tanner volvió a mirar al joven a los ojos.

—Parece que ha quedado claro —le dijo—. ¿Por qué no vuelves adentro antes de que tengamos un problema?

El chico de la gorra abrió la boca para decir algo, pero pareció pensárselo mejor. Dio un paso atrás y luego por fin dio media vuelta para irse. Tanner lo vio alejarse. Cuando ya había vuelto al interior del bar, Tanner dirigió de nuevo su atención hacia la joven.

—¿Estás bien?

—Supongo que sí —murmuró, sin mirarle directamente a los ojos.

—Se repondrá enseguida —intervino su amiga—. Tampoco era necesario espantarlo.

«Quizá sí —pensó Tanner—, quizá no». Había aprendido que herir el ego de alguien a menudo era mejor que la alternativa. Pero ahora ya estaba hecho.

—Entonces buenas noches —dijo despidiéndose con un gesto de cabeza—. Conducid con cuidado.

Se dirigió hacia uno de los extremos del aparcamiento y buscó su coche. Una vez tras el volante, maniobró hacia uno de los pasillos para llegar a la salida. Cuando pasó por el lugar donde había encontrado a los adolescentes, comprobó que las chicas no estaban.

Al darse cuenta de que necesitaba su móvil para poner la ubicación, detuvo el coche y se inclinó hacia un lado para sacarlo de su bolsillo trasero. Justo en ese momento, un enorme SUV negro que se encontraba aparcado de pronto dio marcha atrás hacia el pasillo a toda velocidad. Antes de que Tanner pudiera reaccionar notó una sacudida en la parte trasera de su automóvil, su cabeza dio un latigazo, y escuchó el choque del metal. Y entonces, de repente, ya no oyó nada más.

Recurriendo de nuevo a su entrenamiento, de forma automática comprobó si estaba herido; sus brazos y piernas estaban bien, no estaba sangrando, y aunque sabía que el cuello y la espalda tal vez le dolerían por la mañana, no había sufrido ninguna lesión importante.

«Pero el coche…».

Respiró hondo mientras abría la puerta, con la esperanza de que no fuera tan grave como le había parecido teniendo en cuenta la intensidad del golpe y cómo había sonado, pero ya sospechaba lo peor. Empezó rodeando el coche por delante, y luego se dirigió a la parte trasera y vio que el panel lateral posterior del Shelby había quedado aplastado hasta el punto de estar presionando el neumático. La luz trasera había quedado destrozada, y el impacto además había hecho que se abriera el maletero. Cuando intentó cerrarlo, el pasador de la cerradura no encajaba.

«Mi coche —se lamentó—. Mi coche nuevo…».

Sintiendo en su interior una ira que iba en aumento, Tanner tardó unos momentos en darse cuenta de que el conductor del otro coche todavía no había salido del SUV. Era uno de los de mayor tamaño, un Suburban, y se calmó haciendo unas cuantas respiraciones profundas. Cuando se sintió seguro de que podría manejar la situación sin perder los estribos, se dirigió hacia el lado del asiento del otro conductor, que parecía estar intacto. Al acercarse, la puerta se abrió de golpe y de ella salieron un par de delgadas piernas temblorosas. Tanner se sintió decepcionado al ver que estaba frente a la chica morena de nuevo. Pálida y boquiabierta, profirió un sonido ahogado antes de llevarse las manos a la cara y empezar a llorar.

«Dios mío —masculló Tanner para sí entre dientes—. Eso es lo que me pasa por intentar ser amable».

Le concedió un minuto, luego otro. Su edad, unida a su reacción, le hizo sospechar que se trataba de su primer accidente, lo cual siempre era una experiencia traumática. Finalmente, cuando las lágrimas empezaron a remitir, la chica se enjugó la nariz con la manga. Tanner apretó los labios. Suponía que alzar la voz podría provocar otro estallido de llanto, y eso era lo último que deseaba.

—Oye, escúchame —dijo, con el mismo tono sensato que había usado antes con el chico de la gorra—. Antes de nada, ¿puedes decirme cómo te llamas?

A la chica le costó unos minutos registrar sus palabras. Alzó la vista, como si estuviera intentando concentrarse.

—Mi madre me va a matar —dijo.

«Dios mío, ayúdame», pensó Tanner. Aunque no había respondido a su pregunta, se tomó aquella declaración como una señal de que estaba pensando con claridad.

—Tengo que asegurarme de que no estás físicamente herida. ¿Puedes mover la cabeza de un lado a otro, así? Y prueba además a asentir con la cabeza, ¿vale?

Tanner hizo una demostración, y tras una breve pausa, la chica lo imitó.

—¿Te duele el cuello? —preguntó Tanner—. ¿Aunque solo sea un poco?

—No —respondió haciendo ruido al aspirar la mucosidad.

—¿Y los brazos y las piernas?, ¿o la espalda? ¿Notas algún cosquilleo o escozor, alguna punzada de dolor o entumecimiento? ¿Puedes girarte?

La muchacha frunció el ceño brevemente antes de echar hacia atrás los hombros y girar la cintura.

—No me duele nada.

—Tengo cierta experiencia en primeros auxilios, pero no soy médico. Aunque me parece que estás bien, tal vez sería mejor que te hicieran un chequeo para estar seguros.

—Mi madre es médica —dijo, en un tono ausente.

Tanner advirtió que sus manos seguían temblando, y continuó hablando con voz tranquila.

—El aparcamiento es propiedad privada, así que dudo que tengamos que llamar a la policía, pero ¿tienes ahí tu carné, el permiso de circulación y los papeles del seguro?

—¿La policía? —preguntó en un tono de voz más agudo que denotaba pánico.

—Solo he dicho que no será necesario llamar a la policía…

—Ahora mi madre nunca me dejará tener mi propio coche —le interrumpió.

Tanner alzó la vista hacia el cielo antes de volver a intentarlo.

—¿Puedes por favor buscar lo que te he pedido? El permiso de circulación, el carné y la información del seguro.

Ella parpadeó.

—Es el coche de mi madre —dijo, casi en un susurro—. No sé dónde está el permiso de circulación. Ni los papeles del seguro.

—Puedes probar a buscar en la guantera o en el compartimento central.

La chica se giró, como si estuviera a punto de perder el equilibrio, y después subió a gatas al SUV. Entretanto, Tanner hizo fotos con el móvil de los daños del accidente desde distintos ángulos. Cuando la chica por fin salió del coche, le tendió el permiso de circulación y su carné de conducir.

—No encuentro la información del seguro, pero probablemente mi madre sepa dónde está.

Tanner dio la vuelta al permiso de circulación; en el anverso pudo ver el nombre de la compañía aseguradora junto con el número de la póliza.

—Aquí está. —Hizo fotos de todo antes de devolverle el carné y el permiso de circulación. Puesto que parecía obvio que la chica no tenía la menor idea de qué hacer, Tanner fue a buscar su documentación.

—¿Tienes móvil?

Ella estaba mirando fijamente los daños sufridos en ambos vehículos.

—¿Qué?

—Usa tu teléfono para hacer fotos de mi carné, el permiso de circulación y el seguro de mi coche.

—La batería de mi móvil está muerta.

«Por supuesto». Usó su teléfono para hacer fotos de sus propios documentos.

—Has dicho que es el coche de tu madre, ¿no? Os enviaré en un mensaje las fotos de mi documentación a ambas. —Preparó el teclado de su móvil para marcar—. ¿Me puedes dar tu número y el de tu madre?

—¿No puedes enviármelo solo a mí? Para que pueda explicarle lo ocurrido antes de que empiece a recibir fotos de un número que no reconoce?

Tanner reflexionó un momento.

—De acuerdo, te las enviaré a ti, pero ¿puedes darme su número también? ¿Por si acaso?

La chica le proporcionó su propio número y luego el de su madre. Tanner guardó ambos números y envió las fotos únicamente al de ella; cuando volvió a mirarla, se dio cuenta de que se estaba mordiendo el labio inferior.

—Tal vez deberías llamar a tu madre para que te venga a buscar —sugirió, ofreciéndole su teléfono—. Te tiemblan las manos, estás conmocionada y no estás en condiciones de conducir.

Ella se quedó mirando el móvil sin cogerlo.

—Es nuestro único coche.

—¿Y qué hay de tu amiga? ¿Sigue por aquí?

—Ya se ha ido.

—¿Y otra persona? ¿Tienes algún amigo al que puedas llamar?

—No me sé los números de memoria.

—¿Cómo es posible que no te sepas sus números?

La chica lo miró fijamente como si fuera un tarado.

—Están en mi móvil y acabo de decirte que no tengo batería.

Tanner cerró los ojos e intentó visualizarse a sí mismo como si fuera Buda.

—Vale… ¿Dónde vives? ¿Quieres que te lleve yo? Tendría que usar tu coche porque el mío no puede circular tal como está.

Ella lo miró como intentando calibrar si era de fiar.

—Supongo que es lo mejor —aceptó finalmente—. Mi casa no está muy lejos.

—De acuerdo. ¿Puedes mover tu coche para separarlo del mío y volverlo a dejar donde estaba aparcado?

—¿Yo?

—Será mejor que lo mueva yo —dijo—. ¿Están puestas las llaves?

Sorbiéndose la nariz, señaló con la mano el coche, lo cual Tanner interpretó como un sí. Afortunadamente el motor arrancó enseguida, y Tanner lo devolvió a su sitio despacio. Después comprobó el parachoques trasero del Suburban, pero no parecía tener nada más que unos cuantos roces.

—La buena noticia es que tu coche apenas ha sufrido daños —dijo mientras indicaba el lugar del golpe—. Espera aquí, ¿vale? Voy a aparcar mi coche y enseguida vuelvo.

Tanner subió a su coche de un salto y encontró un sitio libre en el siguiente pasillo del aparcamiento, al que se dirigió conduciendo muy despacio con una mueca de dolor ante el ruido que hacía el metal al rozar con el neumático. El maletero torcido le bloqueaba parte de la vista del espejo retrovisor.

Se preguntó si tendría que enviar el coche a Florida o si podría hacerle las reparaciones algún taller local, aunque supuso que muy pronto lo sabría. De momento llevaría a la chica a su casa, con la esperanza de encontrar la forma de no estar demasiado alterado como para no poder dormir después.

Al regresar al lugar del choque, encontró a la chica apoyada en uno de los laterales de su vehículo, malhumorada pero sin llorar. Rodeó el coche para subirse al asiento del pasajero, y dejó que Tanner se sentara en el del conductor. Una vez tras el volante, Tanner miró la foto que había tomado con el móvil del carné de la chica.

—¿Sigues viviendo en Dogwood Lane?

Ella asintió con la cabeza.

—¿Con tus padres?

—Con mi madre —murmuró—. Están divorciados.

Introdujo la dirección en el GPS de su móvil, que indicó que su casa estaba a tan solo ocho minutos de distancia.

—Asegúrate de que llevas bien puesto el cinturón —dijo Tanner antes de dirigir el Suburban hacia la salida. Al llegar a la carretera, la miró brevemente. La chica tenía el aspecto de un prisionero al que fueran a ajusticiar.

—Te llamas Casey, ¿no? ¿Casey Cooper? —preguntó—. Lo he visto en tu carné. —Ella asintió y Tanner siguió hablando—. Yo soy Tanner Hughes.

—Hola —consiguió decir como saludo, con ojos vacilantes—. Siento que me tengas que llevar a casa.

—No pasa nada.

—Y siento mucho mucho mucho, de veras, haber chocado con tu coche.

«Tú lo sientes, pero yo lo siento más». Intentó canalizar lo que diría su abuela.

—Los accidentes simplemente pasan.

—¿Por qué eres tan amable conmigo?

Tanner lo pensó un momento.

—Supongo que simplemente me acuerdo de que yo también fui joven.

Casey se quedó callada unos minutos antes volver a mirarlo.

—Mi amiga dice que tienes unos ojos guais. Me refiero a Camille. La chica que estaba conmigo.

Ya le habían dicho alguna vez que tenía los ojos de un inusual color avellana que según la luz tenía un tono verdoso o dorado.

—Gracias —contestó Tanner.

—También dijo que tus tatuajes eran chulos.

Al oír eso apenas sonrió.

Casey dejó de hablar un momento, con la mirada fija en la oscuridad de la noche. Luego movió la cabeza de un lado a otro y prosiguió en voz baja.

—Mi madre va a ponerse hecha una furia. Se volverá loca.

—Puede que al principio se enfade un poco, pero enseguida se le pasará —aseveró Tanner—. Estará feliz de que no te haya pasado nada.

Todavía parecía estar pensando en ello cuando giraron para entrar en una urbanización arbolada. Casey le indicó dónde tenía que girar. La mayoría de las casas eran de dos plantas, con fachada de ladrillo y revestimiento de vinilo, delimitadas en la parte delantera por setos bien recortados.

—Es esta —anunció por fin la chica, señalando una de las casas bien iluminada. Contaba con un pequeño porche delantero en el que se veían un par de mecedoras, y al llegar a la entrada Tanner pudo vislumbrar un rápido movimiento en la ventana de la cocina.

Tanner apagó el motor, pero Casey no parecía tener ninguna prisa por salir del coche.

—¿Quieres que espere aquí? ¿Mientras le explicas a tu madre lo que ha pasado?

—¿No te importa? —preguntó—. ¿Por si necesita hablar contigo?

—Claro que no.

Al oír eso Casey por fin fue capaz de reunir el coraje necesario. Cuando entró por la puerta principal, Tanner bajó del vehículo y se dispuso a esperar apoyado en la puerta.

Unos cinco minutos más tarde salió de la casa una mujer, seguida por Casey. «Su madre», pensó Tanner, y mientras ella se detenía durante unos instantes bajo el resplandor de la luz del porche, Tanner se sorprendió a sí mismo mirándola con más atención.

Llevaba unos vaqueros desteñidos y una sencilla blusa fruncida blanca, el pelo castaño recogido en una cola despeinada; a primera vista parecía demasiado joven para ser la madre de Casey. La ropa holgada que llevaba no podía ocultar las generosas curvas de su cuerpo, pero al alzar una mano para apartar un mechón rebelde de su melena morena, a Tanner le pareció ver cierta inseguridad, una actitud cautelosa que insinuaba una decepción del pasado, o tal vez arrepentimiento. «¿Por qué?», se preguntó.

Era solo una sensación visceral, súbita e instintiva, pero al observar cómo recuperaba la compostura y descendía del porche, descalza y con las uñas de los pies pintadas de un rojo brillante, se sorprendió a sí mismo pensando: «Esta mujer tiene una historia que contar, y quiero saber cuál es».

2

I

Tras intentar contactar de nuevo con su hija sin éxito, Kaitlyn Cooper había dejado el teléfono sobre la encimera y miraba fijamente a través de la ventana situada sobre el fregadero. Una luna creciente emergió entre las nubes, arrojando un resplandor de plata sobre el césped delante de la casa, y Kaitlyn se preguntaba fútilmente si la tormenta ya habría pasado, o si tan solo se estaba tomando un respiro.

La verdad es que eso no tenía importancia, pensó. Sin el coche básicamente estaba obligada a permanecer en casa, sin importar el tiempo que hiciera. Inspeccionó la cocina y sintió el familiar rechazo de tener que limpiarla después de haber cenado. En lugar de ponerse a ello alargó la mano para asir su copa de vino. Todavía quedaba un poco y le dio un sorbo.

Suponía que podría pedirle a Mitch que la ayudara; con nueve años, ya era lo bastante mayor. Pero podía imaginarlo en la sala de estar, montando el X-Wing Fighter de Lego Star Wars que le había comprado horas antes en Walmart, y decidió no interrumpirle. Había sido una compra impulsiva; lo que menos necesitaba era más juegos de construcción, pero como comprar cosas a los niños parecía estar funcionándole a su exmarido, pensó que ella también podría anotarse unos cuantos tantos en lugar de tener que hacer siempre el papel de mala. Además,

Mitch se merecía una bonita sorpresa de vez en cuando. Iba bien en el colegio y siempre estaba alegre en casa, y Dios sabía cuánto lo necesitaba, aunque solo fuera porque no estaba segura de que esa actitud fuera a durar. Su hermana mayor, Casey, también había sido una niña encantadora, aunque tuviera un fuerte carácter. Y a pesar de que seguía siendo una buena chica, la adolescencia la había transformado: había pasado de ser una niña brillante y agradable a convertirse en una joven a la que su madre a veces encontraba insufrible. Aunque, obviamente, la adoraba.

Pero esos cambios de humor... ese tono...

Kaitlyn era consciente de que no era la única que tenía que afrontar el reto de criar a una adolescente, pero eso no hacía la vida con su hija más fácil. Durante los últimos dos años, cuanto más había intentado Kaitlyn ser una madre comprensiva, más parecía desafiarla Casey. Como esta noche, por ejemplo.

¿Acaso era tan duro cenar en familia una vez a la semana? Entre el colegio, los deberes y el entrenamiento de animadora de Casey (aparte del horario de la consulta de Kaitlyn), sentarse a la mesa para cenar juntos durante la semana resultaba casi imposible. Puesto que Kaitlyn también visitaba pacientes el domingo por la tarde, el sábado era la única opción que les quedaba. Kaitlyn comprendía que a su hija no siempre le fuera posible, aunque tampoco esperaba que Casey no saliera después. Solo pedía una hora, de seis a siete, o incluso de cinco a seis, y luego Casey podría ir a divertirse.

En lugar de eso, ¿qué se le había ocurrido hacer?

Había cogido el coche sin pedir permiso, y luego había ignorado durante horas las llamadas y los mensajes de su madre. Lo más probable es que estuviera con su amiga Camille, pero también cabía la posibilidad de que se hubiera escapado para ir a ver a Josh Littleton, un joven que había hecho que sonaran pequeñas alarmas en su mente. Cuando hacía unas cuantas semanas había ido a su casa a recoger a Casey, Kaitlyn percibió algo extraño en él, por no decir otra cosa, y en secreto había proferido un suspiro de alivio cuando más tarde su hija insistió en que no estaba interesada en él. Durante la pasada semana, no obstante,

Kaitlyn había sospechado que Josh seguía enviándole mensajes a Casey, pero sabedora de que la reacción de esta ante la desaprobación de su madre podría consistir en provocarla aún más, Kaitlyn se había cuidado mucho de comentar nada.

Al observar a Mitch examinando detenidamente las instrucciones de montaje del Lego, con las gafas pegadas a la hoja de papel, se le encogió un poco el corazón. Sabía que le había entristecido la ausencia de su hermana. Había tenido un buen día: parte de la tarde la había pasado con Jasper (un amable anciano que le estaba enseñando a tallar madera) y estaba emocionado por la visita al zoo de Carolina del Norte que tenían previsto hacer al día siguiente. Pero adoraba a su hermana mayor y había preguntado un par de veces si no deberían posponer la cena hasta que Casey llegara a casa. Desde el momento en que se dio cuenta de que no iba a llegar a tiempo, apenas habló. Kaitlyn intentó suavizar su decepción contando como anécdota que a ella tampoco le había gustado pasar el tiempo con su madre cuando era adolescente, pero al ver que Mitch simplemente se encogía de hombros como respuesta, supo que se sentía rechazado.

A veces se preguntaba si la actitud de Casey se había visto afectada por el divorcio. Su hija tenía doce años cuando sus padres se separaron, y esa época no fue fácil para ninguno de ellos. Casey echaba de menos a su padre y Mitch lo veía como a alguien parecido a un superhéroe. Kaitlyn también había creído en el pasado sentirse muy afortunada al elegir a George como marido. Sin duda, era un hombre inteligente y muy trabajador, y como cardiólogo intervencionista tenía la capacidad de permanecer tranquilo en las situaciones más estresantes. Salvaba vidas a diario, y tenía una posición lo suficientemente exitosa como para permitir que Kaitlyn trabajara solo media jornada cuando los niños eran pequeños, algo por lo que ella siempre le estaría agradecida.

Además, había encajado a la perfección en el proyecto de vida de Kaitlyn, el que había planeado para ella antes incluso de empezar el instituto, y que ahora le resultaba tan terriblemente ingenuo: sacar buenas notas, ir a la universidad y estudiar medicina. Salir con chicos pero sin comprometerse demasiado en serio hasta que tuviera casi treinta años; después, conocer a un hombre inteligente y estable, enamorarse y casarse. Tener dos hijos, comprarse una casa bonita, llevar una consulta privada gratificante, además de atender a comunidades desfavorecidas, y vivir felices para siempre.

Fue una ilusión, sobre todo la última parte. Aunque estaba agradecida de que las intensas y a menudo abrumadoras emociones provocadas por el divorcio hubieran remitido (definitivamente había conseguido superarlo), había momentos en los que echaba de menos la intimidad y los instantes de calma que proporciona la vida en pareja. En la actualidad, su vida giraba en torno al trabajo y los niños, sin tiempo para nada más. Esa noche era un buen ejemplo. Volvió a coger el móvil y a intentar contactar con su hija, pero oyó cómo saltaba directamente el contestador y colgó, frustrada. Tomó un último sorbo de su copa de vino y arrojó el resto al fregadero antes de empezar a limpiar la cocina. Justo cuando terminaba vio por la ventana el destello de los faros de un coche, que entraba por el camino de acceso a su casa. Oyó el rugido familiar del motor del Suburban y profirió un largo suspiro, mientras pensaba: «¡Por fin!».

Al salir de la cocina reflexionó sobre cómo debía gestionar la transgresión de Casey. Su hija era la reina de las excusas, pero Kaitlyn sabía que gritar, o siquiera alzar la voz, por norma general solo servía para que ella respondiera del mismo modo, lo cual podía escalar hasta el punto en que chillaba «¡Odio vivir aquí!», antes de irse furiosa a su dormitorio. Al mismo tiempo, Kaitlyn pensaba que las normas estaban para cumplirlas, y la joven tendría que dar serias explicaciones.

—¡Casey está en casa! —exclamó Mitch. Estaba de pie ante la ventana que daba a la entrada, mirando a través de las cortinas—. Pero no conduce ella. Ha venido con alguien.

—¿Cómo? —Se suponía que Casey no debía permitir que nadie condujera el Suburban. Esa era tal vez la única norma que nunca había infringido; le encantaba conducir y nunca le habría dado a nadie las llaves a menos que...

Kaitlyn sintió que la invadía una oleada de ira.

«A menos, por supuesto, que haya bebido».

Kaitlyn se dirigía a la puerta cuando esta se abrió de repente. Casey entró en la casa, y una simple mirada a su cara enrojecida y sus ojos desorbitados le bastó para saber que su hija estaba realmente disgustada.

Antes de que Kaitlyn pudiera decir nada, Casey cerró la puerta y estalló en lágrimas, sacudiendo los hombros de manera involuntaria. Kaitlyn la arropó en un abrazo, y su ira se disipó mientras su hija sollozaba temblorosa. En medio de ese arrebato emocional Kaitlyn se dio cuenta de que Casey de hecho no olía a alcohol. Eso era buena señal, pensó, aunque era evidente que algo había pasado.

II

Casey tardó unos cuantos minutos en dejar de llorar y poder balbucear un resumen de lo sucedido: que le había dado un golpe al coche de un hombre en el aparcamiento y que lo sentía y que no sabía cómo había podido pasar. Kaitlyn la condujo al sofá y la instó a respirar profundamente. Con los ojos enrojecidos y el rímel corriéndole por las mejillas, tenía un aspecto desastroso. Kaitlyn se obligó a sí misma a aplacar su enfado.

—A ver si lo he entendido bien —dijo finalmente—. Estabas en Coach's con Camille, y cuando estabas dando marcha atrás en el aparcamiento le diste un golpe a otro coche.

Casey asintió.

—No lo vi. No sé por qué.

—¿Te has hecho daño? ¿Puedes mover la cabeza de arriba abajo?

—Ya hice todo eso con él.

—¿El qué?

—Todo el tema médico. Comprobó que todo estaba bien.

—¿Te hizo un chequeo?

—Ya sabes a lo que me refiero. —Casey hizo un gesto de impaciencia con la mano—. Por favor, mamá. No me tocó ni nada parecido. Y estoy bien. Dijo que nuestro coche apenas ha sufrido daños.

—¿Estás segura?

—Lo miramos, mamá. Pero también puedes ir a verlo tú misma, si no me crees.

—No es que no te crea. Sigo intentando entender qué es lo que pasó, ¿vale?

—Ya te lo he dicho. —Casey volvió a sorber con fuerza por la nariz—. ¿Es que no me escuchas?

«No es fácil entender lo que dices, cariño, y todavía no me lo has contado todo». Pero en lugar de eso siguió preguntando.

—¿Quién ha venido contigo? ¿Es Camille?

—No, es el dueño del coche con el que choqué. Es un hombre que lleva tatuajes. Me dijo cómo se llamaba, pero ya no me acuerdo.

«¿Tatuajes?». Kaitlyn parpadeó asombrada.

—¿Y has dejado que un hombre tatuado al que no conoces te traiga a casa?

—No ha pasado nada malo. —Casey se pasó la mano por el pelo y luego rebuscó en sus bolsillos una goma elástica para recogérselo.

—¿Por qué está aquí?

—Creía que era mejor que no condujera yo porque estaba muy alterada. —Se recogió el pelo en una cola de caballo poco apretada, y miró con los ojos entornados a su madre.

—Sabes que no deberías haberlo permitido. Me refiero a dejar que se subiera al coche.

—¿Qué problema hay?

«¿En subirse al coche con un extraño? Oh, caramba, ¿cómo podría pasar algo malo?».

—Es peligroso. No lo conoces.

Casey se encogió de hombros.

—Parecía amable.

«¿Amable?».

—Entonces supongo que tengo que ir a hablar con él.

Cuando Kaitlyn se puso en pie para dirigirse a la puerta, Mitch corrió hacia ella.

—Yo también quiero ir.

—De momento quédate en casa con tu hermano, ¿vale?

—Ah, no —dijo Casey con firmeza—. Yo voy contigo.

—¿Por qué?

—Para asegurarme de que no vas a ponerte como una loca.

«Dios mío, ayúdame», pensó Kaitlyn, y eso fue lo único que pudo hacer para evitar poner los ojos en blanco.

Encendió la luz del porche, y luego las que iluminaban la puerta del garaje, antes de salir afuera con Casey tras ella. Vaciló un momento, y se tomó unos segundos para calmarse antes de mirar al hombre apoyado en el Suburban, cuyos brazos estaban cubiertos de coloridos tatuajes. Él debía de haberlas oído, y al encontrarse frente a frente, se miraron fijamente a los ojos. Durante lo que se le antojó un momento eterno él simplemente la miró, como si intentara leer su mente, pero cuando le ofreció una breve sonrisa, ella sintió una especie de sobresalto en su interior. No estaba segura de qué era lo que se esperaba, pero su aspecto por alguna razón la sorprendió.

Era más alto que la media y se notaba que estaba en forma, sus anchos hombros se podían apreciar bajo la sencilla camiseta negra que llevaba. Incluso bajo el tenue resplandor de las luces del garaje, Kaitlyn pudo advertir el color inusual de sus ojos. Sus pómulos prominentes y la marcada mandíbula arrojaban pronunciadas sombras. Tenía el pelo oscuro, denso y ondulado, y lo llevaba corto, casi al estilo militar, y también pudo vislumbrar un destello plateado en las sienes. Le pareció que los vaqueros desteñidos y los mocasines que llevaba debían de ser caros, y su sonrisa irradiaba una gran seguridad. Aunque llevara tatuajes, por su apariencia no le sorprendería que fuera un experto en tecnología o un asesor, o incluso un médico, como ella… Y, sin embargo…

Sabía en su fuero interno que no era nada de eso. Había una especie de estado de alerta en su postura, como una intensa energía oculta. No, no era el tipo de hombre que trabajaba sentado ante un escritorio o que procesaba números o preparaba presentaciones de PowerPoint; su mera corporalidad le indicaba que hacía algo muy distinto.

—¡Mamá! —apremió Casey—. ¿Por qué te has quedado ahí parada?

El sonido de la voz de su hija deshizo el encantamiento, y Kaitlyn por fin descendió del porche. Al acercarse a él vio que sus ojos seguían fijos en ella.

—Buenas noches —dijo, tendiéndole la mano—. Soy Tanner Hughes.

Kaitlyn lo miró fijamente un momento, y luego decidió que también podría mostrarse igual de educada.

—Kaitlyn Cooper —respondió, en un tono de voz neutro—. Casey me ha contado que habéis tenido un accidente.

—Tu hija chocó contra mi coche al dar marcha atrás en el aparcamiento.

—¿Y creíste que sería buena idea traerla a casa? ¿Los dos solos? ¿Aunque sea una menor?

—¡Mamá! —gimoteó Casey, y Kaitlyn vio cómo él desviaba brevemente la mirada hacia su hija antes de volver a encontrarse con sus ojos.

—Entiendo tu preocupación —replicó él, con un tono comprensivo, aunque no de disculpa— y yo en tu lugar seguramente también estaría preocupado. Pero no ha habido ninguna mala intención. Pensé que no era seguro que condujera, y su amiga ya se había ido. Vinimos directos hasta aquí.

—¡Ya te lo dije! —dijo Casey entre dientes, con un tono de mortificación evidente en su voz.

—Entonces supongo que debo darte las gracias —dijo Kaitlyn.

—De nada. La buena noticia, aparte de que Casey ha salido ilesa, es que apenas hay daños en tu coche. Te lo puedo mostrar.

Avanzó hacia la parte trasera del Suburban, y cuando ella llegó hasta el maletero, Tanner ya estaba iluminando con la linterna del móvil el parachoques.

—Aparte de unos cuantos arañazos, todo está bien. Tampoco noté nada en la conducción.

Kaitlyn tuvo que acercarse más para poder ver los rasguños, aunque pensó que podría haber daños ocultos. Tomó nota mentalmente de que debería dejarlo en el centro de reparaciones si notaba algo raro.

—¿Cómo ha quedado tu coche? —preguntó.

—Eso es otro cantar —admitió. Buscó las fotos en su móvil y se lo pasó a ella—. Hay unas cuantas, puedes irlas pasando.

Kaitlyn sintió el roce de sus dedos al coger el móvil. Pasó las fotos en la dirección contraria y vio una foto de Tanner sentado con una pareja vestida elegantemente de más o menos su misma edad, en lo que le pareció el porche trasero de una casa con vistas al mar. Se sorprendió pensando: «Tiene amigos con un aspecto decente y sonrisas agradables, o sea que seguramente es alguien normal».

Se reprendió a sí misma por haber curioseado y empezó a pasar las fotos en la dirección correcta. Se quedó boquiabierta al ver un coche con aspecto de ser un deportivo clásico muy caro de los años sesenta, cuya reparación seguramente costaría una pequeña fortuna. Al devolverle el teléfono, tuvo la extraña sensación de que Tanner había estado examinándola con mucho interés.

—Informaré a mi compañía de lo sucedido. ¿Tienes todos los datos que necesitas?

—Sí —confirmó Tanner—. Tu hija me los ha proporcionado.

—Ah… bien… me alegro —dijo, sorprendida de que Casey hubiera sabido qué hacer—. Siento lo de tu coche. Sé que ella también lo siente.

Tanner guardó el móvil en su bolsillo trasero.

—Te lo agradezco. —De nuevo sus ojos se encontraron y se sostuvieron la mirada durante unos momentos antes de que ella desviara la vista y rompiera la conexión—. Supongo que eso es todo—. Un placer conocerte. A ti también, Casey.

—Gracias por traerme a casa —respondió Casey despidiéndose con un gesto de la mano.

—No hay de qué. —Tanner dio media vuelta para dirigirse a la acera.

—¡Espera! —gritó Kaitlyn, a quien el repentino fin de la conversación había pillado fuera de guardia—. ¿Adónde vas?

Se giró para mirarla, aunque seguía avanzando, caminando hacia atrás.

—Me vuelvo a mi hotel. Llamaré a un Uber. Si no hay ninguno cerca, iré andando.

Casey de pronto le dio un codazo a su madre en las costillas. Kaitlyn se volvió hacia su hija y vio que esta la estaba mirando como preguntándole: «¿En serio vas a dejar que se quede esperando ahí fuera durante Dios sabe cuánto tiempo? ¿O le vas a hacer caminar?». Kaitlyn tardó unos instantes en captar el significado, y entonces tuvo que admitir que tenía razón.

—¿Dónde te alojas? —preguntó elevando el volumen debido a la distancia.

—En el Hampton Inn.

—¿Me dejas que te lleve? —Alzó la voz aún más para asegurarse de que Tanner la oyera.

Tanner tardó un poco en contestar.

—¿Seguro que no te importa? —preguntó.

—Es lo mínimo que puedo hacer. —Aunque eso era realmente lo que pensaba, se dio cuenta de que la idea de estar a solas con él la ponía un poco nerviosa—. Dame un minuto para calzarme y coger las llaves.

—Las llaves están puestas —replicó Tanner.

«Por supuesto —pensó—, tiene sentido».

—Casey, cariño, tráeme las hawaianas que están en la entrada, por favor.

Mientras Casey se alejaba trotando de vuelta a la casa, Kaitlyn observó cómo el hombre se dirigía hacia el costado del asiento del pasajero del coche.

Cuando Casey por fin volvió con las hawaianas, Kaitlyn se las puso y le dijo en un murmullo:

—Estaré de vuelta enseguida. ¿Puedes encargarte de Mitch mientras yo no estoy?

—No le va a pasar nada —respondió Casey. Kaitlyn resistió el impulso de repetirle su petición. En lugar de eso, se preguntó a sí misma con aire ausente cuándo había estado por última vez en un coche con un hombre atractivo que apenas conocía. ¿En su época universitaria, quizá? ¿En el instituto? ¿Había pasado eso alguna vez?

Kaitlyn intentó liberar su mente de esos pensamientos al sentarse al volante. Arrancó el motor y se dispuso a escuchar con atención para detectar posibles ruidos, traqueteos o chirridos al poner la marcha atrás, pero no oyó nada. Tanner miraba hacia el exterior por la ventanilla del pasajero.

—¿Has venido por negocios? —preguntó Kaitlyn al fin.

—Asuntos personales —respondió Tanner, mirándola de refilón. Cuando sonrió, ella se fijó en que tenía los dientes blancos y perfectos—. No conocerás por casualidad a alguien llamado Dave Johnson, ¿no? Supongo que debe de rondar los cincuenta y tantos, o tal vez tenga ya sesenta años.

Kaitlyn reflexionó un instante.

—Creo que no —respondió—. Lo siento.

—No pasa nada. Ya me imaginaba que no sería tan fácil dar con él.

—¿No sabes dónde está?

—Todavía no.

Kaitlyn lo recorrió fugazmente con la mirada.

—¿Está metido en un lío? Me refiero a si eres un cazarrecompensas o algo así? ¿O te debe dinero?

Tanner se rio.

—No, no es nada de eso. No soy un cazarrecompensas ni un agente de la ley, y no me debe nada. Si consigo encontrarlo, simplemente quiero hablar con él de algo que pasó hace mucho tiempo y que tiene que ver con mi familia. Eso es todo.

Aquella enigmática respuesta le resultó incitante, pero Kaitlyn era consciente de que no era asunto suyo.

—Espero que tengas suerte y puedas encontrarlo.

—Gracias. —Tanner se giró sobre sí mismo en su asiento—. Casey mencionó que eres médica.

—Soy internista en Asheboro.

—¿Te gusta?

—¿El qué? ¿Ser médica? —Cuando Tanner hizo un gesto de confirmación, ella ladeó la cabeza un instante, como si estuviera considerando seriamente la pregunta—. Sí —respondió al fin—. Siempre quise ser médica, desde niña. —Lo miró alzando una ceja—. ¿Y tú? ¿De qué trabajas?

—No estoy demasiado activo últimamente. Más o menos lo dejé todo hace unos tres años.

—Ah, ¿sí? —dijo, sin saber muy bien cómo reaccionar ante una declaración semejante—. ¿Qué hacías antes?

—Estuve en el ejército durante catorce años, la última década en las fuerzas Delta. Después de dejar el servicio trabajé para la USAID durante algo más de seis años.

—Ah —profirió. La línea temporal de su vida se iba dibujando rápidamente. El ejército explicaba los tatuajes y su manera de actuar, pero ella imaginó que no daría más detalles sobre sus años de servicio. No a una extraña. Por lo menos no tan pronto, por lo que la siguiente pregunta era obvia—: ¿Qué es la USAID?

—Es la agencia del gobierno federal que ofrece ayuda humanitaria y asistencia al desarrollo a otros países, en agricultura, educación, infraestructuras, salud pública y un montón de cosas más.

—¿Entonces trabajabas en Washington?

—No. Ahí está la sede, pero la agencia tiene misiones por todo el mundo. Yo trabajaba en el extranjero con la Oficina de Seguridad.

Kaitlyn intentaba asimilar la información.

—¿Puedo preguntar dónde o es confidencial?

—No es confidencial. Hay oficinas de campo en un centenar de países, pero yo fui destinado a Camerún, a Costa de Marfil y por último a Haití.

—¿Cómo se consigue un trabajo así? ¿Te especializaste en relaciones internacionales o…?

—No, nada parecido —respondió Tanner—. Tras licenciarme consulté con el orientador TAP para averiguar a qué quería dedicarme. No quería ir por la vía de contratación militar, por lo que me propuso probar con la USAID.

—¿Qué es un orientador TAP?

—Perdón. TAP es un programa de ayuda a la transición, para los veteranos que vuelven a la vida civil. A los militares les gustan los acrónimos.

Kaitlyn asintió, pensando todavía en lo que ese hombre le había dicho antes.

—¿No eres un poco joven para poder dejar de trabajar durante tres años?

—Tal vez —admitió—. En ese momento me pareció que era justo lo que debía hacer.

—¿Y ahora?

—Ahora se acabó. Me voy a Camerún otra vez en junio.

—¿Con la USAID?

—No. Ahora con el IRC. —Como si anticipara la siguiente pregunta añadió—: El Comité Internacional de Rescate.

Kaitlyn pensó que era lógico; todavía era joven y siempre hay gastos, lo cual significaba que su pausa laboral con el tiempo llegaría a su fin.

—¿Puedo preguntarte cuánto tiempo piensas quedarte en Asheboro?

—Mi idea era quedarme hasta encontrar a la persona que estoy buscando o hasta comprobar que no está aquí. Ahora que mi coche tardará algún tiempo en estar reparado, mi plan está un poco en el aire.

Ante eso Kaitlyn pareció entristecerse.

—Siento de veras lo de tu coche. Por las fotos parece que haya salido de un museo. O por lo menos lo parecía antes de esta noche.

—No es un modelo clásico —afirmó—. Es una reproducción, solo tiene un par de meses. —Entonces le habló de Revology Cars.

—No sé qué es peor: que mi hija destroce un coche clásico o uno nuevo.

—Yo solo puedo dar fe de que la última opción no me ha resultado divertida.

Lo dijo de una forma tan trivial que ella no pudo evitar sonreír, y sintió que empezaba a relajarse.

—¿Estás casado? —preguntó ella.

—No. Nunca di el paso.

—¿Hijos?

—Ninguno que yo sepa.

Kaitlyn se rio, por alguna razón se sentía un poco mareada.

—¿De dónde eres? Originariamente, me refiero.

—Supongo que de Europa.

Kaitlyn lo miró con curiosidad.

—Hijo de militares —explicó, y después le ofreció un breve resumen de su juventud.

—¿Y dónde está tu hogar ahora?

Tanner se encogió de hombros, casi como pidiendo disculpas.

—No estoy seguro realmente de cómo responder a esa cuestión.

—¿No tienes un apartamento en algún sitio? ¿O una casa?

—Nunca he tenido ninguna propiedad —respondió—. En el ejército vivía en barracones en la base o me destinaban al extranjero; con la USAID vivía en alojamientos oficiales, aunque de carácter temporal. Mis amigos seguramente te dirían que no estoy preparado para sentar la cabeza.

Kaitlyn sonrió, y a su mente le vino la imagen de la pareja a la que había visto en la foto de su móvil, lo cual la llevó a otro pensamiento.

—Antes de dejarte en el hotel, ¿podrías enseñarme tu coche para poder hacerle más fotos? Por si acaso mi compañía de seguros las necesitara.

—Claro —respondió de inmediato—. Está aparcado en el Coach's. ¿Sabes dónde está?

—Sí —respondió ella mientras redirigía el coche hacia el bar.

Pocos minutos después estaban buscando un hueco en el aparcamiento abarrotado, y Kaitlyn se preguntó por qué todo el mundo en Asheboro parecía haberse puesto de acuerdo en ir a ese local.

—El torneo de baloncesto —explicó Tanner, como si le estuviera leyendo el pensamiento.

Llegaron al Shelby, pero cuando Kaitlyn asimiló los daños de repente se dio cuenta de que había olvidado algo.

—No te lo vas a creer, pero acabo de darme cuenta de que no he cogido el móvil —dijo Kaitlyn, aturullada.

En los ojos de Tanner se veía cierto regocijo.

—Ni tu bolso, lo cual significa que probablemente tampoco llevas el carné contigo.

La boca de Kaitlyn dibujó una pequeña «O» de sorpresa cuando se dio cuenta de que Tanner tenía razón.

—Mmmm… Normalmente no soy tan despistada.

—No me cabe la menor duda.

Su tono de certeza y la franqueza en su mirada al decir aquello hizo que Kaitlyn se ruborizara, por lo que se giró hacia el coche, con la esperanza de que él no lo hubiera advertido.

—Parece peor que en las fotos.

—Es una buena abolladura, eso es evidente.

Kaitlyn vio cómo Tanner sacaba su móvil del bolsillo y hacía más fotografías desde un ángulo y luego otro. Enseguida oyó el típico sonido que indicaba que había enviado las fotos.

—¿A qué número las has enviado?

—Al tuyo, creo —respondió, enseñándole el móvil—. Este es tu número, ¿no? —Ella asintió, sorprendida—. Casey me lo dio. Deberías haberlas recibido ya. También te he enviado las que hice antes.

—Gracias —dijo ella—. Me sorprende un poco que le haya pasado esto a Casey, normalmente es una conductora muy prudente.

—Creo que estaba alterada antes de subirse al coche.

—¿Qué quieres decir?

—La vi discutiendo con un joven, y él la tenía fuertemente cogida del brazo. No sé su nombre, pero era moreno y bastante alto.

Kaitlyn apretó los labios al imaginarse de inmediato que debía de tratarse de Josh.

—Gracias por informarme —dijo, antes de apartar el pensamiento de su mente. No era el momento ni el lugar de profundizar en ello, y se obligó a sonreír—. Supongo que ahora debería llevarte al hotel.

Permanecieron en silencio durante prácticamente el resto del trayecto, pero cuando se aproximaban al hotel, Kaitlyn oyó de nuevo la voz de Tanner.

—La verdad es que preferiría apearme aquí —dijo, señalando con un pulgar hacia el exterior por la ventanilla. Kaitlyn echó un vistazo por el espejo retrovisor mientras Tanner seguía hablando—. Creo que he visto una cervecería, y después de todo esto me iría bien tomarme una cerveza.

Ella asintió y enseguida buscó un sitio donde poder parar.

Tanner accionó el tirador de la puerta y la abrió, antes de volverse a mirarla.

—Sé que puede sonar raro teniendo en cuenta la forma en que nuestros caminos se han cruzado esta noche, pero ¿hay alguna posibilidad de que quieras acompañarme?

Ella abrió la boca sorprendida, sin estar segura de qué contestar en un primer momento.

—Oh —respondió finalmente—. No estoy vestida para la ocasión...

—Estás preciosa —replicó él—, y esa es la razón por la que no me habría perdonado a mí mismo no preguntártelo.

Kaitlyn lo miró, mientras sentía una especie de estupor por el hecho de que le hubiera hecho ese cumplido.

—Los niños seguramente están esperando que vuelva —pretextó.

—Lo comprendo. Gracias por traerme hasta aquí, Kaitlyn. Ha sido un placer conocerte.

Cuando Tanner descendió de un salto del Suburban, ella volvió a pensar en lo que le acababa de decir y las palabras salieron de su boca antes incluso de darse cuenta de que había cambiado de opinión.

—Espera —dijo—. Supongo que por tomar una cerveza no pasa nada.

Tras aparcar el coche en la calle, empezó a caminar junto a él, extrañamente consciente de su proximidad. En el interior del pub había gente, pero no estaba abarrotado, y en la barra pidieron sendas cervezas. A Kaitlyn le costaba creerse que estuviera acompañándolo, incluso cuando ya habían encontrado una mesa libre y tomado asiento. Sentada frente a él en la mesa, lo miró fijamente, dio un trago a su cerveza y pensó en algo que él había dicho antes.

—Antes has dicho que lo dejaste todo hace tres años, pero no estoy segura de a qué te referías.

—Ah, eso —empezó a decir, inclinándose hacia atrás—. La COVID me dejó varado en Hawái por un tiempo, y después hice una ruta en coche un poco especial, por decirlo de algún modo. —Siguió hablando sobre el viaje para poder explicárselo.

—¿Y ahora has venido a Asheboro a buscar a alguien? —preguntó ella.

—Sí.

Al ver que no añadía nada más, Kaitlyn volvió a reprimir su curiosidad y optó por preguntar algo de más fácil respuesta.

—¿Y de dónde vienes?

—He llegado esta mañana desde Pine Knoll Shores. He pasado unos días allí con un amigo. Antes de eso estuve en Pensacola durante unos meses.

—¿Qué había en Pensacola?

—Mi abuela. Estaba enferma.

—¿Qué tal está ahora?

—Falleció hace cinco semanas.

—Oh, Dios mío. Lo siento muchísimo…

—Yo también. Era una gran mujer. Mi madre murió al darme a luz, por lo que fueron mis abuelos los que me criaron.

—¿Y tu abuelo? ¿Estaba contigo mientras te ocupabas de tu abuela?

—No. Él murió hace ocho años de un ataque al corazón.

Kaitlyn asimiló la información mientras le observaba apilando los posavasos de la mesa antes de repartirlos como si fuera una baraja de cartas. Después alzó la vista hacia ella y prosiguió:

—Hemos hablado mucho sobre mí, ahora te toca a ti. ¿Creciste aquí, en Asheboro?

—No —respondió—. Vine aquí cuando tenía unos treinta años. Nací y crecí en Lexington, Kentucky. Estudié medicina en la Universidad de Kentucky.

Tanner sonrió.

—¿Qué te trajo aquí?

—George —explicó—, mi exmarido. Es cardiólogo intervencionista y nos mudamos aquí cuando finalizó su beca de investigación. Pasa consulta en Greensboro.

—¿Cuánto tiempo estuvisteis casados?

—Trece años. Llevamos cuatro divorciados.

Contestó a sus preguntas deseando que cambiara de tema; lo último que le apetecía era seguir hablando de su ex, y Tanner pareció darse cuenta de ello.

—¿Tu familia sigue en Lexington?

—Mis padres sí. Mi hermano mayor vive cerca de Chicago ahora y mi hermana pequeña se mudó a Louisville hace seis años. Seguimos intentando reunirnos toda la familia en casa un par de veces al año, pero es más complicado ahora que los niños son más mayores. Bueno, sobre todo por Casey. A Mitch todavía le gusta ir.

—¿Mitch?

Kaitlyn asintió.

—Mi hijo. Tiene nueve años.

—Se llevan bastantes años —comentó Tanner.

—Casey fue una sorpresa —admitió Kaitlyn—. En cuanto a Mitch, cuando ya estábamos preparados para tener otro hijo, me costó quedarme embarazada. Tal vez fuera el estrés, aunque no puedo saberlo con seguridad. Estaba muy ocupada por aquel entonces.

—Imagino que sigues estándolo ahora.

Kaitlyn apreció que se diera cuenta de cómo debía de ser la vida de una madre sola y trabajadora.

—Entonces, no tienes niños, ¿no? ¿Te arrepientes?

—A veces —reconoció—. ¿Cómo son tus hijos? Háblame de ellos.

Kaitlyn se sintió un tanto conmovida por su interés, aunque solo fuera porque parecía genuino.

—Ya conoces a Casey, de modo que seguramente te has dado cuenta de que tiene diecisiete años pero cree que tiene veinticinco. Siempre ha sido testaruda y lista como ella sola, pero su adolescencia ha supuesto todo un desafío. Mitch todavía está en una edad fácil.

Kaitlyn dio un sorbo antes de compartir más detalles de cada uno de sus hijos: que Casey era una estudiante excelente con posibilidades de ir a la Universidad de Duke o a la de Wake Forest, que tenía muchos amigos, y que su hermano pequeño la adoraba. También le contó que a Mitch le encantaba el fútbol, aunque no era demasiado bueno, y que estaba aprendiendo a hacer tallas de madera; describió su obsesión por el Lego y los animales de toda clase, pero sobre todo los que solo podían verse en el zoo.

Tanner hizo un gesto de reconocimiento inclinando su jarra en dirección a ella.

—Por lo que cuentas deben de ser unos chicos estupendos —observó—. Y tú pareces una madre fantástica.

—He tenido suerte —respondió ella. Entonces, de repente recordó algo que él había dicho antes—. ¿Has dicho que viste a un chico asiendo del brazo a Casey?

Tanner relató lo que había visto de forma más detallada.

—No me extraña que no estuviera atenta cuando empezó a dar marcha atrás —dijo Kaitlyn pensativa.

—¿Sabes quién era?

—Me lo puedo imaginar —respondió, frunciendo el ceño—. Seguramente era Josh. Ese chico no me gusta nada.

—Ya lo he supuesto.

Ella se rio, y luego movió la cabeza de un lado a otro.

—A veces desearía poder traspasarle de alguna manera todo lo que yo he aprendido, toda la experiencia que he podido acumular. En cambio, se está viendo obligada a aprender de sus propios errores, y es algo muy duro para una madre tener que presenciarlo.

Tanner le ofreció una sonrisa solidaria.

—Imagino que entre el trabajo y los chicos no te queda mucho tiempo para relajarte y tomarte una cerveza. Pero no sabes cómo me alegro de que lo hayas hecho.

Kaitlyn notó que el rubor de nuevo empezaba a ascenderle por el cuello. «Está flirteando conmigo», se percató. Ni siquiera se había peinado antes de salir de casa, pensó asombrada. Y, sin embargo, cuando él le preguntó sobre sus estudios y formación médica, sus aficiones e intereses, se sorprendió a sí misma respondiendo sin reservas, explicándole anécdotas en las que hacía años que no pensaba. La sensación era cálida y agradable, como si estuviera tomando el sol en el porche.

Poco después, no obstante, aunque su jarra estaba todavía medio llena, se dio cuenta de que había llegado el momento de irse. Casey y Mitch sin duda se estarían preguntando dónde estaba, pero mentiría si dijera que no le apetecía quedarse por lo menos un poquito más.

Quizá se lo estaba imaginando, pero le parecía que a él también le costaba despedirse, incluso cuando se levantaron de la mesa y se dirigieron despacio al Suburban. En el corto trayecto hasta su hotel, Tanner permaneció extrañamente silencioso, y cuando ella aparcó delante, él vaciló antes de salir del coche.

—Me lo he pasado bien —dijo, y a Kaitlyn le pareció sincero—. Gracias por haberme acompañado.

—A mí también me ha ido bien —accedió ella.

Tanner parecía estar dándole vueltas a algo y por fin dijo:

—¿Puedo volver a llamarte? Como tengo que estar en Asheboro como mínimo hasta que me arreglen el coche...

Kaitlyn titubeó un instante. Ese era el momento de acabar con aquello, lo que sea que fuera, y su parte más racional sabía que era lo más adecuado. Su vida ya estaba lo bastante llena, y ahora que le había dicho que se iría pronto, ¿por qué arriesgarse a crear un vínculo? Por supuesto, sabía exactamente qué era lo que debía hacer, pero no consiguió obligarse a decirle que no.

—Claro. ¿Por qué no?

Tanner no demostró haber percibido su vacilación, en caso de haberla notado.

—¿Qué haces mañana? Si no estás ocupada, quizá podríamos comer juntos.

—Bueno, le prometí a Mitch que le llevaría al zoo —respondió, trabándose con sus propias palabras—. Y mañana por la noche tengo visitas a domicilio...

Tanner alzó una ceja.

—¿Haces visitas a domicilio? No sabía que los médicos todavía hacían eso.

—No es habitual, pero para mí es importante y contribuye a evitar hospitalizaciones. Hay mucha gente que simplemente no va al médico. A veces porque están en el país de forma ilegal, o porque no disponen de transporte, o son agorafóbicos, o tienen miedo de los costes o por otros motivos. Y por eso voy yo a verlos.

—¿Cuántos pacientes así tienes?

—Treinta, tal vez cuarenta. No visito a todos cada domingo, por supuesto. Voy rotando pacientes, pero aun así tardo dos o tres horas.

—Estoy impresionado. Aún más que antes, y eso es mucho decir. Comprendo que mañana por la noche es imposible, pero ¿qué te parece si comemos los tres juntos en el zoo?

—¿Quieres ir al zoo?

—¿Por qué no? Es mejor que estar en el hotel todo el día.

De nuevo se recordó a sí misma que había innumerables razones para rechazar su propuesta y, sin embargo, al percibir la intrigante calidez de su mirada, se dio cuenta de que algo en su interior (la parte que tanto se resistía a correr riesgos) había cambiado durante la última hora.

—De acuerdo —concedió—. ¿Qué te parece si te paso a buscar a las once y media?

III

En el trayecto de regreso a casa, Kaitlyn se descubrió pensando en el hombre que acababa de dejar en su hotel, intentando procesar las últimas dos horas. Si alguien le hubiera dicho esa misma mañana cómo iba a pasar la noche del sábado, se habría reído a carcajadas y habría jurado que la mera idea era ridícula. ¿Tomarse una cerveza con alguien a quien acababa de conocer? ¿Coquetear? ¿Aceptar volver a verlo al día siguiente? En la vida real eso no pasaba, de modo que profirió un largo suspiro, sintiéndose un poco mareada.

Volvió a casa conduciendo en piloto automático. Al girar hacia su calle, tardó un poco en darse cuenta de que había una ranchera negra bastante nueva dando marcha atrás en la entrada de su casa. Confundida, redujo la velocidad del Suburban y observó cómo la camioneta dejaba de dar marcha atrás frente a la casa para empezar a avanzar hacia adelante, con los faros iluminando el asfalto de tal forma que parecía resplandecer.

Kaitlyn frunció el ceño, extrañada por que alguien hubiera

estado en su casa. Cuando la ranchera empezó a acelerar y pasó a su lado, pudo reconocer tanto al vehículo como al conductor.

Al ver que se trataba de Josh, de pronto todos los pensamientos sobre Tanner pasaron a segundo plano.

Intentando reprimir su irritación, Kaitlyn aparcó en la entrada y luego abrió la puerta principal. Para su sorpresa, la sala de estar estaba vacía y la televisión apagada. La cocina también parecía desierta, y al subir las escaleras echó un vistazo a la habitación de Mitch. Ya se había bañado y estaba forcejeando con la camiseta del pijama, con el cabello todavía mojado y los mechones de pelo apuntando en todas las direcciones.

—Hola, mamá —dijo mientras intentaba sacar las manos por las mangas.

Kaitlyn sonrió.

—Me sorprende que ya estés preparado para ir a dormir.

—Vamos al zoo mañana y no quiero estar cansado.

—Por cierto, ¿te importa si viene alguien más con nosotros mañana?

—¿Quién?

Por un momento no supo cómo describir a Tanner. «¿Un hombre al que acabo de conocer? ¿Un extraño? ¿El tipo con el que ha chocado Casey?».

—Un amigo —dijo por fin, consciente de que no era exactamente la verdad, pero segura de que resultaba mejor que cualquier otra alternativa.

—Me da igual —respondió Mitch encogiéndose de hombros. Luego, transcurridos unos instantes, alzó la vista—. ¿Ahora vas a gritarle a Casey? ¿Por destrozar el coche de ese señor?

—No voy a gritarle —aseguró—. Pero tengo que hablar con ella.

—Siempre os gritáis cuando dices que vais a hablar.

No quería seguir hablando con él del tema, de modo que simplemente le dio un beso en la cabeza.

—Seguimos hablando por la mañana, ¿vale? Te quiero.

Tras apagar la luz del techo, dejó la puerta entreabierta (Mitch lo prefería así) y se dirigió a la habitación de Casey. Llamó un par de veces y no obtuvo respuesta, por lo que finalmente se asomó al interior y vio a su hija tumbada en la cama sobre el estómago, con un libro de texto abierto ante ella. Desde la puerta, Kaitlyn podía oír débiles notas musicales procedentes de los auriculares que llevaba puestos, lo cual explicaba por qué no había contestado. Casey alzó la vista para encontrarse con los ojos de su madre mientras se quitaba los cascos.

—Has tardado bastante en volver a casa —dijo, con una expresión en su rostro que ya denotaba cautela.

A Kaitlyn le sorprendió el truco de Casey para hacer que se pusiera inmediatamente a la defensiva.

—El señor Hughes y yo fuimos a tomar una cerveza antes de dejarlo en el hotel, y al final estuvimos hablando más tiempo de lo que pensaba.

—¿Fuisteis a beber juntos?

—Solo una cerveza, y ni siquiera me la acabé —respondió Kaitlyn, para cambiar enseguida de tema—. He venido a preguntarte si tienes unos minutos para hablar.

—Supongo que sí —replicó por fin Casey, cerrando el libro de texto con ademán melodramático.

Kaitlyn cruzó la habitación y se sentó en la cama. Creyendo que lo mejor era ir directa al grano, le preguntó:

—¿Acaba de salir Josh de casa? Me ha parecido ver salir su coche.

—Ha venido a despedirse.

—Casey…

Casey puso los ojos en blanco.

—Ya sé lo que estás pensando, mamá. No, no le he invitado a venir. No, no sabía que iba a venir. No, no quería que viniese, y no, no le dejé entrar en casa. Ya sé que no te cae bien, ¿vale? Y ya te he dicho que a mí tampoco me gusta.

—Pero sí que estabas con él antes en el Coach's, ¿no?

Los ojos de Casey centellearon.

—¡No sabía que iba a estar él ahí! Había quedado allí con Camille, ¿vale? Ella quería hablarme de Steven porque acababan de tener una pelea superfuerte, y entonces Josh, su hermano y Carl de repente aparecieron allí y se sentaron a nuestra mesa. ¿Qué se supone que debía hacer?

Steven era el novio intermitente de Camille, y su relación (por lo que Kaitlyn había podido deducir) llevaba implícita interminables situaciones dramáticas y una crisis tras otra. Eso probablemente explicaba por qué Casey se había ido en el Suburban sin pedir permiso.

—Tampoco viniste a cenar, y cuando intenté llamarte…

—Siento lo de la cena, pero Camille no paraba de llorar, y ya te he explicado que se me acabó la batería —contraatacó Casey—. Nada más llegar a casa, ¿te acuerdas?

Kaitlyn no estaba segura de ello, pero había que tener en cuenta que Casey se había expresado de forma bastante ininteligible.

—En cuanto al accidente…

Casey volvió a poner los ojos en blanco.

—Por millonésima vez, lo siento mucho, mucho, mucho. Fue un error tonto, no era mi intención, y desearía que no hubiera pasado, y no volverá a pasar. Puedes castigarme o lo que sea que estés pensando hacer.

Kaitlyn ignoró el tono de mártir de Casey e intentó mantener su voz firme.

—Como ya te he dicho antes, quería hablarte de Josh.

—Ya lo hemos hecho.

—¿Se puso agresivo contigo? ¿En el aparcamiento? ¿Es por eso por lo que no prestaste atención al ir marcha atrás?

Casey entornó los ojos.

—Supongo que ese tipo te dijo que Josh me cogió del brazo, ¿no? ¿Es de eso de lo que habéis estado hablando todo el rato cuando habéis ido a tomar algo?

Kaitlyn ignoró tanto las preguntas como el tono acusador.

—Sabes que nadie tiene derecho a cogerte del brazo ni nada parecido, ¿verdad?

—¿Crees que no lo sé? —espetó Casey—. ¡Por eso estaba disgustada! No soy tonta, mamá.

—Ya sé que no eres tonta…

—¡Entonces deja de actuar como si lo fuera! —gritó Casey, interrumpiéndola—. Ya no sé qué es lo que quieres de mí. Ya me he disculpado por todo, una y otra vez, y parece que te olvidas de que saco dieces en todos los exámenes, hago de niñera siempre que te hace falta y siempre llego a la hora que me dices. Es sábado por la noche y en vez de ir a una fiesta estoy estudiando para los parciales. No bebo ni me drogo, pero actúas como si yo fuera una persona horrible…

—Yo no creo que seas una persona horrible —dijo Kaitlyn, sorprendida, preguntándose a qué venía todo aquello—. No entiendo de dónde sacas eso…

—¡Siempre estás diciéndome lo que tengo que hacer, como si por alguna razón no estuviera a la altura! Ya sé que nunca seré tan perfecta como tú, pero al menos yo no me he olvidado de cómo ser feliz.

Kaitlyn parpadeó de asombro ante aquel comentario, herida hasta tal punto que no sabía cómo reaccionar. Le dio las buenas noches precipitadamente y después, aturullada, volvió a descender las escaleras.

Se sentó en el sofá, sin poder dejar de darle vueltas a todo lo que había pasado aquella noche: el accidente de coche, haber conocido a Tanner y haber aceptado volver a verlo al día siguiente. En cualquier otra situación sabía que eso sería lo único en lo que podría pensar, pero ahora…

¿Realmente Casey pensaba que su madre se había olvidado de cómo ser feliz?

Y, lo más importante, ¿era eso cierto?

3

I

Ese mismo día el niño y el anciano se habían sentado en el cenador; había empezado a llover y el agua se derramaba desde el techo rebosando por todos los lados, formando charcos bajo los columpios y el tobogán vecinos. Era una lluvia suave y constante que caía tras una semana de días primaverales más cálidos de lo habitual, y Jasper se sonrió en su interior, perfectamente consciente de lo que aquello presagiaba.

Estaban haciendo tallas de madera de tilo con una navaja, como solían hacer cada sábado por la tarde. El cenador y el parque infantil cubierto de césped se encontraban a unos cuatrocientos metros de la cabaña de Jasper, y se podían ver desde casa de Mitch, lo cual permitía a su madre echarles un vistazo de vez en cuando, y el anciano no se sentía molesto por ello en lo más mínimo. Siguió tallando con la navaja, dando los últimos retoques a un león con una exuberante melena. El anciano sabía que al chico le encantaban los animales del zoo, y el pequeño por su parte estaba trabajando en algo parecido a una tortuga, aunque al examinar la talla más de cerca, Jasper decidió que también podría ser una araña. Un montoncito de virutas se acumulaba a sus pies, y a veces algunas astillas aterrizaban sobre Arlo.

El perro era una mezcla de labrador y otra raza que era un misterio, y se había precipitado durante una tormenta hacia el interior de la cabaña del anciano, temblando y tiritando, hacía más de doce años, cuando Jasper había abierto la puerta para escrutar el cielo. En esa época, Arlo era todavía un cachorro, y el anciano le había dado un sándwich de huevo y un poco de agua, a la espera de que pasara la tormenta. Al día siguiente Jasper puso anuncios y visitó los veterinarios de la localidad para dar con el dueño, pero nadie reclamó nunca al perro. Jasper se imaginaba que Arlo, presa del pánico, había saltado de la caja de una camioneta y sus amos no se dieron cuenta hasta llegar a su destino, dondequiera que fuera.

En cuanto a la elección de su nombre, el perro le recordaba a Jasper al joven cantante Arlo Guthrie, con sus largos rizos lanudos y seria mirada; Jasper había sido fan de Guthrie tiempo atrás. Ahora que el hocico antes negro se había tornado blanco casi en su totalidad, y con unos carrillos que recordaban el bigote lacio del cantante, el nombre resultaba aún más apropiado. En aquellos días, Arlo se contentaba con pasar casi todo el tiempo a los pies de Jasper roncando, o deambulando sin rumbo fijo hasta llegar a su comedero para comprobar si por casualidad había algún bocado extra.

Durante más de una década habían estado juntos, y con anterioridad Jasper había vivido solo. Pero el chico era una compañía agradable y al anciano le gustaba también su madre. No en el sentido que uno se pudiera imaginar. Jasper había amado a su mujer, Audrey, y aunque esta había fallecido hacía más años de los que habían estado casados, su ausencia había dejado un vacío en él que nunca pudo subsanar. Pero Jasper había llegado a confiar en la madre del chico en cuanto a los asuntos relacionados con su salud, que seguramente darían para confeccionar una pequeña enciclopedia médica. Su sistema inmune siempre estaba débil, su corazón era propenso a la fibrilación y los valores tanto de la presión sanguínea como del colesterol eran elevados. Las protuberancias en los discos de sus vértebras lumbares con frecuencia le provocaban dolorosas contracturas y el entumecimiento de los pies. A eso cabía añadir un incipiente pero molesto acúfeno, un cáncer de próstata de lenta evolución, y unas articulaciones tan artríticas que crujían y le dolían cada vez que se movía, por lo que resultaba obvio que su cuerpo se estaba rindiendo poco a poco. Era su piel, sin embargo, lo que más le preocupaba a ella: presentaba un aspecto horrible. Aunque Kaitlyn no había sido capaz de solucionar todos esos problemas, sí había conseguido que no empeoraran, lo cual para Jasper era una bendición.

Pero lo que más valoraba en ella era su carácter. No le reñía por la dieta que llevaba, que básicamente consistía en sopa o chile con carne en lata, o sándwiches, ni le sermoneaba sobre la importancia de comer aunque no tuviera hambre, dado que había perdido peso en los últimos años. Nunca se quejaba de que llevara a Arlo consigo a la consulta. Y, sobre todo, no había bajado la mirada cuando por primera vez tomó asiento en la camilla de exploración hacía tres años. Cuando el doctor Jenkins se jubiló, sus pacientes fueron asignados a otros médicos, y Jasper esperaba que la nueva doctora apartara la mirada instintivamente. Después de todo, casi todo el mundo lo hacía, y Jasper no les culpaba. Más de la mitad de su cuerpo estaba cubierto de cicatrices de quemaduras e injertos, y también había perdido el pelo; otras zonas de su piel, incluidas algunas partes del cuello y la cara que se habían librado de las quemaduras, estaban plagadas de psoriasis crónica. En su primera visita, Jasper había gastado una broma diciendo que en Halloween podía asustar a los niños sin necesidad de máscara. Ella había respondido con un tono agradable pero firme, y le había dicho que eso tenía que ponerlo en duda puesto que tenía una mirada muy amable. Obviamente era mentira, pero él la aceptó porque sus ojos parecían también bondadosos.

Jasper había reconocido al chico en una foto que había sobre la mesa. Durante la conversación supo que no vivían lejos: la casa de la doctora se encontraba en una urbanización cerca de su cabaña. Su terreno estaba rodeado en tres de sus lados por el bosque nacional Uwharrie, y desde la zona residencial la forma más rápida de llegar al bosque era atajar por su propiedad. Jasper había colgado carteles de PROHIBIDO EL PASO y pintado el tronco de media docena de sus árboles de color lila; sin embargo, a algunas personas les daba exactamente igual atravesar su parcela. Incluido ese chico.

Había visto a aquel niño por primera vez el pasado verano; estaba sentado en el porche y el chico había cruzado por sus tierras sin compañía. Era delgado y llevaba unas gruesas gafas de pasta negra y un peto; cargaba con un tirachinas y unos cuantos blancos hechos de papel para hacer puntería. Le recordó a Jasper a sus propios hijos cuando salían en busca de aventuras de juventud, de modo que no dijo nada y se limitó a seguir con su talla de madera.

Pocos días después, cuando el chico pasó cerca de su cabaña por segunda vez, Jasper reconoció al niño de la foto en la mesa de la doctora. Había dispuesto algunas de las esculturas de madera que representaban animales y que había tallado a lo largo de los años sobre la vieja barandilla del porche. Cuando el chico pasó por allí de camino al bosque, empezó a reducir el paso hasta llegar a detenerse para mirarlas más de cerca. Preguntó a Jasper qué estaba haciendo.

—Estoy tallando un búho —respondió el anciano, con la cabeza inclinada hacia delante. Sabía por experiencia cómo reaccionaría el chico en cuanto viera su rostro.

—¿Tallar es lo mismo que esculpir?

—Sí —contestó Jasper, antes de alzar por fin la cabeza. El chico dio un paso atrás de forma involuntaria. Los cristales de sus gafas eran tan gruesos como los de los tarros de mermelada, y aumentaban el tamaño de sus ojos.

—Es usted —tartamudeó el chico—. El hombre de la cabaña.

—Supongo que ese soy yo —refunfuñó Jasper, anticipándose a lo que pasaría a continuación.

El chico tragó saliva.

—¿Es verdad que come niños?

Jasper ya había oído ese rumor antes, pero no podía imaginar dónde podría haberse originado. Seguramente serían adolescentes que querían asustar a sus hermanos pequeños, o tal vez gente de mal corazón.

—No —respondió—. Prefiero la sopa de tomate o chile con carne.

—Ya me lo parecía. Mi madre me dijo que era mentira y que usted era en realidad un hombre agradable.

—Tu madre es una mujer muy amable. Y una buena doctora, además.

—¿Qué le pasó en la cara? —se atrevió a preguntar el niño.

—La vida —contestó Jasper; esa era la respuesta que solía dar. Luego, una vez acabada la figura que tenía entre las manos, se la arrojó al chico. Él la recogió del suelo y le dio varias vueltas para poder examinarla bien de cerca.

—¿Usted ha hecho esto? ¿De un trozo de madera?

—Sí. Y, por favor, no me llames de usted.

—Vale. ¿Las has hecho todas tú? —preguntó de nuevo, señalando la barandilla.

—Sí.

El chico finalmente se acercó, para observarlas con detenimiento.

—¡Parece que las hayas comprado en una tienda!

Jasper sabía que lo decía como un cumplido y sonrió, pero como su sonrisa a menudo era confundida con una mueca aterradora, volvió a agachar la cabeza de inmediato. Se aclaró la garganta.

—Quédate con el búho si quieres. Tengo muchos animales, como puedes ver.

Ese mismo día el chico volvió a la cabaña de Jasper con su madre, la doctora. Ella llevaba consigo una fuente cubierta con una tapa, y como de costumbre, lo miró a los ojos directamente. Además de decirle que había castigado a su hijo por entrar en el bosque sin permiso («su hermana le dijo que sí podía hacerlo, aunque se suponía que debía vigilarlo, de modo que ella también está castigada»), hizo que el chico le pidiera perdón por haber entrado en su propiedad. Y también por las preguntas irrespetuosas que le había hecho.

Jasper aceptó las disculpas y dijo que el chico podía cruzar por su parcela siempre que quisiera. Cuando ella le indicó a Mitch que le devolviera la talla, Jasper insistió en que era un regalo y le repitió que podía quedársela. Entonces ella destapó la fuente y se la ofreció a Jasper: en ella había una montaña de galletas caseras. Tras morder una de ellas, le sorprendió oír al chico preguntarle con voz tímida si podría enseñarle a tallar.

Jasper masticó en silencio mientras consideraba la petición. Había perdido la práctica de hablar con gente y hacía décadas que no pasaba tiempo con niños, pero en última instancia, tal vez porque le gustaba la doctora, aceptó. Y desde entonces se encontraba con Mitch en el cenador.

Fue algo positivo, como comprobaría más adelante. Disfrutaba viendo cómo el chico se hinchaba de orgullo cuando le daba una navaja. Le gustaba que le llamara «señor Jasper» (recurriendo a su nombre de pila en vez de al apellido), como solían hacer muchos sureños. Y lo mejor de todo era que el niño no evitaba mirarle a los ojos, ni parecía perturbado por su aspecto, lo cual hacía que no importara en absoluto que todavía no hubiera aprendido a tallar nada que valiera la pena.

II

—¡Guau! —exclamó el niño ese día—. ¿Es un león?

—Pues sí —asintió el anciano, mientras tallaba pequeños surcos para resaltar la melena, dando los últimos retoques. En su mente, todavía le gustaba pensar en él como «el chico», en lugar de llamarlo por su nombre.

—¿Qué te parece? —preguntó el chico, enseñándole la tortuga o araña, o lo que fuera que se suponía que era.

—Mmmm… —Jasper se esforzó por encontrar las palabras adecuadas.

—Va a ser Arlo cuando acabe.

—Mmmm —repitió Jasper.

—He hecho lo que me dijiste —prosiguió el chico—. Primero me lo imaginé, pero me parece que las patas no han salido bien. ¿Crees que puedo arreglarlo?

Jasper dejó a un lado el león y cogió la talla entre sus manos.

—Déjame ver qué se puede hacer. —Examinó la talla más de cerca antes de preguntar—: ¿Qué tal el colegio?

—Va bien. —El chico se encogió de hombros—. Aunque un poco aburrido.

—¿Cómo está tu madre?

—Está bien. Trabaja mucho.

—¿Y tu hermana?

La hermana del chico tenía ocho años más que él, pero la adoraba.

—Supongo que está bien. Hizo palomitas y vio una película conmigo cuando mamá estaba trabajando, aunque normalmente sale con sus amigos. Mi madre dice que hace eso porque es una adolescente.

—Mmmm.

—¿Qué más has tallado esta semana?

—No he hecho nada más. Me duelen demasiado las manos.

—¿Te has tomado el paracetamol?

Era la misma pregunta que le hacía siempre cuando Jasper mencionaba el dolor.

—Claro que sí.

—Bien —dijo el chico, con un tono autoritario, como el de su madre. Se le ocurrió que incluso se parecía a ella, algo en la amabilidad de su boca, la forma en la que su lenta sonrisa se iba ensanchando en su rostro. Madre e hijo eran parecidos. Almas sensibles.

Durante un largo momento los dos permanecieron en silencio, pero eso era normal. Jasper empezó a trabajar con la navaja, y le llevó un rato hacer que las patas de Arlo desaparecieran, haciendo que el cuerpo del perro finalmente se curvara en forma de ovillo para dormir. Era lo único que Jasper pudo hacer para evitar que pareciera que Arlo había sido arrollado por una apisonadora, aplastado como una estrella de mar pegada al pavimento.

—¿Has oído hablar del ciervo blanco? —preguntó el niño.

—¿El ciervo blanco? —Jasper dejó de tallar un momento.

—Salió en las noticias. Mi madre me lo enseñó. Hay un enorme ciervo blanco en el bosque Uwharrie. Salía incluso una foto borrosa. ¿Lo has visto?

—No —respondió el anciano mientras afloraba de forma espontánea un recuerdo de su infancia, como un fantasma de otra vida. Su mano volvió a recuperar el movimiento para seguir esculpiendo la madera—. He visto muchos ciervos, pero ninguno blanco.

—No creo que sea real. Quiero decir, ¿cómo es posible que exista un ciervo blanco?

—Sí que es posible —respondió Jasper—. Se trata de ciervos albinos, lo cual significa que no poseen el pigmento habitual de su manto o de la nariz. Pero se dan rara vez. Y la mayoría de ellos mueren jóvenes.

—¿Por qué? ¿Nacen enfermos?

—No se pueden camuflar como los otros ciervos, y por eso no consiguen esconderse tan bien. Suelen cazarlos pronto.

—¿Los osos?

«Los cazadores», pensó Jasper. La clase de cazadores que quieren matar algo poco habitual y hermoso, precisamente debido a esas características.

—Tal vez los osos.

—¡Guau! —soltó de sopetón, cambiando de tema de repente como solía hacer—. ¡Parece que Arlo esté durmiendo!

Se refería a la talla pero también podría haberse referido tranquilamente al perro, que había empezado a roncar a sus pies. Una de las patas traseras de Arlo se contraía en espasmos, aunque a un ritmo lento; sin duda estaba perdido en sueños en los que corría por praderas o huía del estruendo del trueno.

—Aunque no sea cierto lo del ciervo blanco —le confió Jasper—, hay otro secreto en el bosque. —A los niños les encantaban los secretos; por lo menos a sus hijos, cuando eran pequeños.

—¿Qué secreto?

—Las colmenillas —anunció Jasper—. Es una especie de champiñón. El tiempo ha venido ayudando últimamente, y estarán a punto para ser recogidas mañana.

El chico arrugó la nariz y miró al anciano como si le hubiera propuesto comer gusanos.

—¿Champiñones?

—No son solo champiñones. Son colmenillas. Y por eso precisamente es importante guardar el secreto.

—¿Por qué es un secreto?

—Son especiales, como los ciervos blancos: las setas con el mejor sabor del mundo. Si la gente se enterara, vendrían hasta aquí de todas partes para cogerlas.

—¿Cómo sabes dónde están?

—Ese también es un secreto. Pero me aseguraré de coger las suficientes como para darle unas cuantas a tu madre. Incluso las limpiaré para ella, para quitarles la tierra y los gusanitos.

El chico ahora parecía aún más escéptico.

—¿Gusanitos?

—Como acabo de decir, hay que limpiarlas. Y después de eso se cocinan con mantequilla y un poco de sal, y no hay nada más rico en el mundo entero.

El chico sopesó esa afirmación.

—Creo que la pizza sin duda es mejor —declaró finalmente.

—Mmmm.

Cuando Jasper hubo acabado, le devolvió la talla al niño, quien miró alternativamente la escultura y el perro unas cuantas veces.

—¡Guau! —exclamó—. Voy a ponerla junto con las demás en mi cuarto.

Jasper asintió, sorprendido al darse cuenta de hasta qué punto echaba de menos a sus hijos. Si pudiera volver atrás. Conseguir que de alguna manera todo hubiera ido bien.

—Limpiemos las virutas y después te llevo a casa, ¿vale? —Suspiró mientras le daba al chico la chaqueta—. Tu mamá probablemente ya está preparando la cena.

III

Tras coger un paraguas, Jasper sacó su pañuelo del bolsillo de atrás y se lo puso alrededor de la cara como una máscara. Lo hacía sobre todo en beneficio de los demás, en especial los niños. Durante un par de años, cuando el mundo entero se volvió loco con el miedo a la COVID y era obligatorio llevar mascarilla por la calle, había sido capaz de ir a comprar comida sintiéndose casi normal. Aunque no lo reconocería públicamente, a veces echaba de menos esa época.

Salieron hacia la casa del muchacho, con Arlo a su lado. Años atrás, recordó Jasper, había intentado detener la construcción de la urbanización donde ahora vivía esa familia. La localidad de Asheboro había ido extendiéndose hacia el sur, acercándose cada vez más a su cabaña, y se quejó de las leyes de ordenación territorial ante la secretaría del condado en una reunión pública. Pero ya se habían firmado contratos y alguien se había llenado los bolsillos, y ahora había tramos de casas idénticas donde antes solo existía un bosque virgen y tierras de cultivo.

En su juventud había árboles que escalar, cuevas por explorar, arroyos donde pescar y además los niños podían construir sus cabañas en cualquier lugar fuera de los límites de la ciudad. Estaba agradecido por contar con el bosque nacional Uwharrie, pero incluso este había cambiado con los años. En la actualidad, el bosque estaba «organizado», con aparcamientos oficiales y zonas de acampada, y sendas marcadas que indicaban por dónde exactamente se debía caminar, además de pistas especiales para que los todoterrenos pudieran saltar sobre las rocas. Como si ya no se pudiera confiar en el sentido común de la gente para decidir qué hacer, por dónde caminar, dónde plantar una tienda. Ese era otro ejemplo del mundo que avanzaba sin él. Ahora todo eran ordenadores y móviles que hacían fotos, y pantallas que hipnotizaban a adultos y niños por igual. La semana anterior al pasar por delante de un restaurante vio a cuatro personas comiendo juntas sin hablar, todas ellas concentradas en sus teléfonos.

Jasper sabía que a la doctora le preocupaba que acompañar a su hijo a casa supusiera un esfuerzo excesivo para él, por su artritis y demás dolencias, pero caminar era prácticamente el único ejercicio que todavía podía hacer. No había sido capaz de cortar la madera para la estufa salamandra de la cocina el invierno pasado; tuvo que pedirla ya cortada, lo cual había sido para él muy desalentador. De todos modos el muchacho parecía comprender que Jasper no podía andar más rápido.

En casa del muchacho la luz del porche ya estaba encendida. Jasper cerró el paraguas y se quedó en el porche mientras el chico abría la puerta principal. Se quitó el pañuelo de la cara (la doctora siempre insistía en que debía quitárselo), aunque se lo volvería a poner en cuanto iniciara el regreso.

—¡Mamá! ¡Ya estoy en casa! —gritó Mitch—. ¡Mira lo que he tallado! —Poco después apareció la doctora, secándose las manos con un trapo.

—Hola, Jasper —saludó.

—Hola, doctora Cooper.

En su rostro hizo aparición aquella sonrisa lenta.

—¿Cuántas veces tengo que decirte que me llames Kaitlyn? ¿Quieres pasar? Puedo preparar un poco de café si te apetece.

—No, gracias, pero es muy amable tu ofrecimiento.

—¿Puedo convencerte de que te quedes a cenar? —preguntó—. Eres bienvenido.

—Te repito que es muy amable por tu parte, pero no puedo aceptar. —Le había invitado a comer con ellos en numerosas ocasiones y él siempre había declinado la invitación. A esas alturas, Jasper estaba bastante seguro de que ambos actuaban por inercia. Él apenas podía comer sin que su estómago protestara—. Pero tengo que hacerte una pregunta, si no te importa —prosiguió.

Kaitlyn adoptó una expresión profesional y él imaginó que suponía que se trataba de una cuestión médica.

—Dime.

—Mitch ha mencionado algo de una noticia sobre un ciervo blanco. Y que había incluso una foto.

Ella parpadeó con aspecto de estar momentáneamente confusa.

—Ah… Sí. Salió en las noticias hace un par de días, y ayer uno de mis pacientes lo comentó. Supongo que ha pasado mucho tiempo desde la última vez que se vio alguno por aquí.

«De modo que es cierto», pensó el anciano para sí mismo, sintiendo una punzada de asombro.

—¿Sabes en qué parte del bosque? Me refiero a si la foto ha sido tomada en los alrededores, o cerca de Candor o Mount Gilead…

El bosque Uwharrie tenía una extensión de más de doscientos kilómetros cuadrados.

—Era justo al lado de la ruta panorámica que está ahí enfrente —respondió, señalando vagamente en aquella dirección—. Una mujer hizo la foto desde el coche, y por eso salió tan borrosa.

—Bueno, iré a ver —farfulló, consciente de que no estaba tan lejos de su cabaña. Ni tampoco, de hecho, del lugar donde pensaba empezar a buscar las colmenillas.

IV

A la mañana siguiente, antes de que saliera el sol, Jasper ya estaba sentado a la mesa de madera en la pequeña cocina de su cabaña, acabando su segunda taza de café. Tal como imaginaba, la lluvia había amainado tras la medianoche y el cielo estaba despejado. Puesto que la temperatura ya empezaba a subir, estaba seguro de que el sol de la mañana obraría su magia.

Se disponía a dejar la taza vacía en el fregadero cuando oyó un disparo, un sonido distante pero inconfundible. Salió al porche, pero todavía era demasiado pronto para ver gran cosa. Sabía que en el bosque Uwharrie abundaba la caza; los cazadores acudían en masa desde octubre hasta finales de diciembre en busca de ciervos, y regresaban a principios de abril para cazar pavos salvajes. La gente joven podía cazar con sus padres durante una semana antes de que se abriera la veda oficialmente, pero había marcado las fechas en el calendario hacía ya meses y estaba seguro de que la temporada para jóvenes no empezaría hasta dentro de seis días.

Y ¿por qué un rifle y no una escopeta? A pesar del acúfeno todavía podía distinguir la diferencia entre uno y otra. Su sonido era tan distinto como el invierno de la primavera, y un rifle no tenía sentido. Si alguien, de forma ilegal, se había adelantado a la temporada del pavo, debería haber oído el disparo de una escopeta.

Por otra parte, un rifle era el arma ideal para cazar ciervos.

De pie en el porche pensó de nuevo en el ciervo blanco y sintió que se le revolvía el estómago. En un pasado remoto probablemente habría rezado una oración pidiendo protección para el ciervo, pero ya no era el mismo hombre. Sin embargo, se debatió entre dirigirse al bosque como había planeado o no. No tenía ganas de encontrarse con cazadores furtivos.

Decidió ir a lo seguro y se sentó en la mecedora. Observó el bosque en busca de luces; los furtivos solían usar focos para cegar a los ciervos y que fueran incapaces de reaccionar, y esperó a ver si oía un segundo disparo. Pero no oyó nada más mientras el cielo empezaba a iluminarse lentamente, y las sombras comenzaban a perfilarse con más detalle. Escuchó el picoteo de un pájaro carpintero y avistó un conejo en la esquina del cobertizo. Una capa de niebla baja flotaba a ras de suelo y comenzó a refulgir cuando unos rayos de sol inclinados hicieron aparición a través de los árboles.

Los cazadores furtivos en general evitaban exponerse a plena luz del día, pero no había por qué correr riesgos innecesarios. Se puso en pie y entró en la cabaña con cuidado de que la puerta mosquitera no se cerrara de golpe. Atravesó la sala de estar, con el viejo televisor, sus paredes de tablones de madera y el sofá descolorido, hasta llegar al porche trasero, donde guardaba las herramientas. Cogió un chaleco de color naranja vivo para ponérselo sobre la chaqueta, y otro idéntico para Arlo, al que llamó para colocárselo alrededor del fornido torso envejecido.

De regreso a la cocina, introdujo en su mochila un termo con más café, además de dos botellas de agua, un sándwich de mantequilla de cacahuete y miel, y un bol para Arlo. Cogió un pañuelo y por último se guardó unas cuantas golosinas para perros en el bolsillo. A Arlo le encantaban esas cosas. Se aseguró de no olvidar sus pastillas de nitroglicerina por si su corazón empezaba a hacer de las suyas. Luego buscó un cubo de plástico de veinte litros y deshizo el camino a través de la casa hasta la puerta principal, con Arlo a su lado.

Había una satisfacción en recolectar colmenillas que Audrey le había descubierto la primera vez que la llevó allí. Por aquel entonces ella lo había descrito como una búsqueda del tesoro, pero Jasper siempre recordaría ese día por otra razón, aunque solo fuera porque había cambiado su vida para siempre. Apenas habían pasado unos pocos días desde el funeral de su padre, y Jasper estaba tan inmerso en su duelo que apenas podía pensar con claridad. Tenía diecisiete años y había conducido hasta el centro de Asheboro. Se detuvo en un semáforo en rojo cerca de la tienda de ropa de la madre de Audrey. Ella estaba sacando un cartel publicitario a la acera y había alcanzado a verlo detrás del volante. Como muchas otras personas, había oído lo que le había pasado a su padre, y de repente decidió subirse a la camioneta, para sorpresa de Jasper y gran consternación de su madre.

La llevó a su cabaña, con los ojos a ratos empañados por las lágrimas. El dolor por la muerte de su padre todavía era demasiado intenso como para hablar de ello, y ella pareció intuirlo. En lugar de hacerle hablar, le tomó de la mano y se limitó a reseguir el perfil de su pulgar con el suyo propio. La inesperada amabilidad de ese roce fue como un bálsamo para su alma apenada.

Le mostró la cabaña que él y su padre habían construido antes de deambular lentamente por el resto de la propiedad. Cerca de la linde situada más al norte, a pocos metros del bosque Uwharrie, en la base de un olmo agrietado y caído, descubrió las colmenillas. Había otro pequeño grupo de setas a menos de treinta metros, y tras transportarlas hasta la cabaña en el dobladillo de su vestido, las limpió concienzudamente antes de cocinarlas con un pellizco de sal y mantequilla en la estufa. Fue la primera comida que compartieron y, después de ingerir las setas, Jasper pudo por fin hablarle del hombre que le había criado.

En cuanto a las colmenillas, no se parecían a nada que hubiera comido antes, y tardó algún tiempo en poder apreciar por completo su sabor a tierra, casi a nueces. Pero a ella le encantaban, y cuando se casaron Jasper hizo la promesa de que siempre saldría a recolectarlas para ella. Sin embargo, esa tarea era más fácil de decir que de cumplir: las colmenillas parecían haber desaparecido, de modo que se propuso aprender todo lo que pudo sobre ellas. Incluso fue a Raleigh a encontrarse con un profesor de la Universidad de Carolina del Norte, y volvió con un método que se suponía que ayudaba a cultivar las esporas. Se necesitaba agua destilada, melazas y sal, además de las colmenillas, todo ello colado después de un par de días a través de una gasa. Jasper esparció la mezcla resultante en los lugares donde había encontrado colmenillas en un principio, y luego también alrededor de otros árboles muertos caídos en las proximidades. En pocos años volvieron a aparecer las setas, y esta vez en abundancia. Desde entonces y hasta hacía casi una década, había ido repartiendo por doquier esa mezcla todos los años.

Al principio no había tantos árboles en descomposición en su propiedad. Las colmenillas solo crecían allí donde un árbol en fase de putrefacción incorporaba nutrientes al suelo, por lo que acabó adentrándose cada vez más en el bosque Uwharrie, donde cualquiera que se hubiera topado con las colmenillas podría haberlas recolectado. Por la gracia divina y dado que la zona del bosque Uwharrie cercana a su cabaña no era tan fácilmente accesible al público, se había mantenido el secreto, y durante años él y Audrey se habían dado un festín cada primavera. Jasper había mantenido la tradición incluso después de que ella falleciera, en honor a aquella primera comida conjunta en la cabaña, y a todas las que le siguieron. Era un recordatorio de los buenos tiempos, los que precedieron a los malos.

Pero desde entonces habían cambiado muchas cosas, y él ya no era el mismo hombre. Hacía décadas había sido joven y fuerte, y solía mirarse al espejo para comprobar si se había peinado bien. Caminaba sin miedo de poder desplomarse de repente. Había sido propietario de una casa, de la cabaña y de un negocio de éxito. Tenía vecinos, amigos, había sido padre y marido. Leía la Biblia cada mañana y cada noche, iba a la iglesia los domingos, y a veces rezaba durante más de una hora seguida.

Ahora era viejo y todo era distinto. Y sus oraciones, si es que todavía rezaba alguna, siempre tomaban la forma de una sola pregunta.

«¿Por qué?».

V

En el bosque Uwharrie, Jasper y Arlo iban de caza. Mejor dicho, Jasper iba a recolectar y Arlo avanzaba pesadamente por aquí y allá, marcando el territorio, para luego regresar al lado de su dueño y quedarse mirando fijamente su bolsillo. El hecho de que Arlo pudiera detectar las golosinas para perro entre todos los demás olores del bosque y de la mochila era algo que escapaba a la comprensión de Jasper.

Este metió la mano en el bolsillo y rompió una de las golosinas para arrojarle un trozo después a Arlo, que ni siquiera intentó atraparlo al vuelo. En lugar de eso se lo comió directamente del suelo y luego miró a Jasper como diciendo: «¿Eso es todo? Sé que tienes más ahí dentro».

—Luego más —prometió Jasper.

Llevaban varias horas en el bosque, y aunque había tenido algo de suerte (unas pocas que había cortado con cuidado), había menos setas de las que esperaba. Hacía algunos años había llegado a plantearse si Arlo podría ser entrenado para buscar colmenillas, como esos perros que encuentran trufas en Italia. Cuando era niño, su padre le había dicho que si algo desprendía algún aroma se podía entrenar a los perros para seguir su rastro. Con esa idea en la mente había dispuesto setas al alcance de Arlo para que las olisqueara; incluso había restregado algunas colmenillas en un pañuelo limpio para que el perro lo oliera. Escondió el pañuelo en distintos lugares del interior de la casa una y otra vez, y recompensaba a Arlo con una de sus golosinas siempre que el perro lo encontraba. Tras haber practicado de ese modo, Jasper volvió con Arlo al Uwharrie, pero el perro parecía haber olvidado de repente todo lo que había aprendido, y aparentemente se contentaba con mantener fija la mirada en el bolsillo de su dueño. Y ahora Jasper estaba seguro de que Arlo era demasiado viejo como para molestarse en aprender algo nuevo.

Por tanto, a Jasper no le quedaba más remedio que usar sus ojos, que, aparte de necesitar gafas para leer, se encontraban entre las pocas partes de su cuerpo que mejor se habían conservado. Caminaba tomando nota mental de los árboles, buscando olmos, robles y álamos, especialmente atento a los árboles derrumbados y claros que recibían algún rayo de sol en medio de la sombra. Escrutaba la base cercana a las raíces, a veces se agachaba para escarbar con los dedos. Había que avanzar despacio y era duro para su espalda (las colmenillas podían «esconderse»). Jasper tenía mucho cuidado: nunca cortaba falsas colmenillas, que eran tóxicas. Mientras buscaba, sus pensamientos volvieron a centrarse en Audrey.

A la mayoría de la gente, incluido Jasper, le había desconcertado el repentino interés de Audrey en él, que persistió tras aquella primera visita a la cabaña. Sus sentimientos por Audrey, por otra parte, habían echado raíces mucho antes de aquel día, cuando Jasper la había visto entrar dando saltitos en el aula en su primer día de parvulario. Con su pelo rubio rojizo y unas cuantas pecas salpicando sus mejillas, parecía un ángel de ojos azules, y Jasper la había observado maravillado cuando ella tomó asiento a su lado en el pupitre. Ella le dijo: «Hola», pero lo único que pudo hacer él fue asentir, poniendo en marcha un patrón que definiría su relación de un curso a otro. Aunque siempre fueron a la misma clase, año tras año, Jasper seguía siendo demasiado tímido como para entablar conversación con ella. Se contentaba con robarle alguna mirada ocasional desde el extremo opuesto del patio, o admirar de lejos la elegancia de sus muñecas y sus manos. Tenía los dedos largos, a diferencia de los suyos. Sostenía el lápiz con tal delicadeza que Jasper no podía entender cómo no se le deslizaba nunca de entre los dedos. Cuando giraba la página del libro que estaba leyendo se llevaba un dedo a la lengua, costumbre que a Jasper le parecía irresistiblemente seductora. Casi todos los niños de la escuela se enamoraron de ella en un momento u otro, aunque Jasper hacía todo lo posible por mantener completamente ocultos sus propios sentimientos.

Después de todo, no se parecían en nada. A diferencia de él, ella era una estudiante excelente; era popular, con una risa que arrastraba a los demás hacia su órbita. Además era rica, sobre todo en comparación con Jasper. Su padre trabajaba en el banco y su madre era dueña de una exitosa tienda de moda; vivían en una casa de dos plantas con columnas blancas que adornaban el porche delantero. En el transcurso de los años se la había visto de la mano de varios chicos de camino al colegio, pero todo el mundo suponía que acabaría casándose con Spencer, cuyo padre era el propietario del banco y había sido uno de los miembros fundadores del club de campo. Pero unos cuantos días después de que Jasper hubiera enterrado a su padre, ella inexplicablemente se había subido a su camioneta, y en ese momento se trastocó el rumbo esperado de las vidas de ambos.

Una vez casados, Jasper vivía su vida sin desear nada más que hacer feliz a su esposa. Como a ella le gustaba leer, Jasper recubrió las paredes con estanterías; puesto que ella quería sentirse como en casa en la cabaña, Jasper le ayudó a redecorarla, cambiando los muebles de sitio y colocando coloridas alfombras y cojines a su gusto. Por las noches ella se sentaba junto a él en el sofá con un libro en el regazo, y Jasper volvía a preguntarse por qué le había escogido a él cuando podía haber elegido a alguien como Spencer, y pasar las tardes del sábado jugando al tenis en lugar de vivir en una destartalada cabaña a las afueras de la ciudad.

—No seas tonto —respondía ella, poniendo los ojos en blanco, cuando él se lo daba a entender—. Sabía exactamente la clase de hombre con la que quería casarme.

Jasper se cuestionaba cómo podía hablar con tanta seguridad sobre algo así, aunque solo fuera porque no siempre estaba seguro de saber quién era él realmente en esa época. Tenía pocos recuerdos de su infancia, o de su madre, que había fallecido cuando todavía era un bebé. Si alguien le preguntara al respecto, él diría que sus primeros años habían sido normales y corrientes: nunca había sido especialmente bueno ni tampoco malo en los estudios, y lo mismo era aplicable a los deportes o cualquier otra disciplina. Había vivido en una casita en Asheboro que se parecía tanto a todas las de los demás vecinos que no era raro que sus habitantes intentaran entrar por error a una casa que no era la suya después de pasar unas cuantas horas en el bar del barrio. Salía con amigos, pero como muchos niños de la época de finales de los cuarenta y principios de los cincuenta tenía que ayudar en casa, lo cual significaba trabajar después del colegio y en los veranos en el huerto de melocotoneros que estaba a cargo de su padre.

A Jasper a veces se le ocurría pensar que su padre solo amaba cinco cosas en el mundo: a su país, los melocotones, a su único hijo, tallar madera y a nuestro Señor y Salvador Jesucristo. En el porche había colgada una bandera de Estados Unidos, que su padre izaba por la mañana y recogía por la noche. Antes incluso de que Jasper fuera al colegio, pasaba días enteros caminando con su padre a través de las hileras de árboles, absorbiendo todo lo que le explicaba. En lo referente a los melocotones, su padre era una de las personas que más sabía de eso en todo el Sur. Jasper aprendió que había unos ciento cincuenta melocotoneros en media hectárea, y que cada uno de ellos necesitaba un espacio que medía aproximadamente cuatro por siete metros. Aprendió que los melocotoneros crecían mejor cuando el suelo drenaba bien. Y también la importancia del riego, la aplicación regular de pesticidas, y los efectos de la temperatura en la cosecha. Escuchaba con atención las lecciones que le daba su padre sobre cómo tratar plagas y enfermedades. A los diez años ya estaba trabajando en el campo en serio, donde eliminaba las malas hierbas y se ocupaba de entresacar el cultivo o recoger melocotones, cargando cesto tras cesto en camiones para su transporte a los envasadores.

En casa su padre a menudo le leía la Biblia. En invierno iban a cazar y llenaban el congelador de carne de venado; a veces iban a pescar. Su padre le enseñó a tallar la madera y con el tiempo sus creaciones llenaron todas las superficies de la casa y la cabaña.

Su padre nunca maldecía ni bebía, y Jasper no recordaba haberlo visto nunca enfadado. A menudo le explicaba citas de la Biblia, y garabateaba su significado con sus propias palabras en los márgenes, y cuando Jasper tenía preguntas o le compartía algo sobre su vida, su padre lo miraba con frecuencia por encima de las gafas de lectura y decía algo parecido a «Tal vez quieras examinar el versículo de Lucas 16:10». Y Jasper abría la Biblia y leía: «El que es fiel en lo poco también lo será en lo mucho». Incluso con las ocasionales reformulaciones de los márgenes, la mitad de las veces Jasper no estaba seguro de qué tenían que ver los versículos que su padre le indicaba con la pregunta que le había hecho.

Con el tiempo llegó a descifrar las referencias de su padre con más facilidad. Las Escrituras formaban parte de su herencia después de todo: el abuelo de Jasper había sido uno de los predicadores más eminentes de Carolina del Norte y se decía que había sido mentor durante algún tiempo de Billy Graham. Jasper imaginaba que, aunque su padre quería que encontrara un sentido a su vida, en última instancia deseaba que se centrara en las cuestiones relativas a la vida eterna. Cuando, por ejemplo, Jasper mencionaba que no le había ido bien un examen en el colegio, su padre decía: 2 Corintios 4:18 («No mirando nosotros las cosas que se ven, sino las que no se ven; pues las cosas que se ven son temporales, pero las que no se ven son eternas»). O si Jasper presumía de haber conseguido batear un *home run* para ganar un partido de béisbol, su padre respondía: «Romanos 11:36» («Porque de él, y por él, y para él, son todas las cosas. A él sea la gloria por los siglos»).

Los domingos iban a la iglesia que había fundado el abuelo de Jasper. Rezaban juntos por la mañana, antes de las comidas, y también antes de dormir. Rezaban por vecinos y amigos en dificultades, y cuando cazaban, su padre rezaba una oración por el ciervo o el pavo que habían derribado. «Orad sin cesar» (1 Tesalonicenses 5:17). A menudo su padre llevaba parte de la carne junto con algunos melocotones a gente a la que le iba peor que a ellos. «El que se apiada del pobre presta al Señor, y Él lo recompensará por su buena obra» (Proverbios 19:17). Era amable con todo el que se encontraba. «Sed benignos los unos con los otros, misericordiosos, perdonándoos los unos a los otros» (Efesos 4:32). Aunque el padre de Jasper estaba lejos de ser rico, su fe era tal que Jasper notaba que contaba con el respeto de prácticamente todos los habitantes de la localidad. Jasper lo quería no solo por su sabiduría, sino por su talante y su paciencia. A diferencia de la mayoría de los otros chicos del colegio, él nunca fue a clase con moratones o verdugones infligidos por su padre tras haber bebido.

Si su padre tenía un sueño, aparte de cuidar del alma de su hijo, este consistía en poder construir algún día una cabaña en el bosque, donde los dos pudieran pasar los fines de semana rodeados de la belleza de la naturaleza, en lugar de estar encerrados en la ciudad. Cuando Jasper cumplió los catorce años, su padre empezó a enterarse por los anuncios de propiedades en el periódico. Jasper le preguntó al respecto mientras cargaban cestas de melocotones en la caja de una camioneta.

—Pero nunca vas a poder permitírtelo...

—Mateo 19:26: «Para los hombres esto es imposible; mas para Dios todo es posible».

—Pero...

—Marcos 9:23. «Si puedes creer, al que cree todo le es posible».

—No creo que a la gente como nosotros les pasen milagros —espetó Jasper finalmente con cierto desafío adolescente—. Por lo menos no milagros de verdad.

Su padre depositó el cesto en el suelo y le indicó a Jasper por señas que hiciera lo mismo.

—¿Te he contado alguna vez la historia de cómo tu abuelo se convirtió en pastor?

Jasper negó con la cabeza mientras imitaba a su padre dejando el cesto en el suelo.

—Deberías saber que mi padre no siempre fue un hombre religioso ni virtuoso. En su juventud, ni siquiera fue especialmente bueno. Antes de conocer a tu abuela era un jugador e incluso pasó algún tiempo en la cárcel. —Su padre hizo una pausa, escrutando el cielo como si no encontrara las palabras adecuadas—. Durante mucho tiempo supongo que podría decirse que no aprendió las lecciones adecuadas. En lugar de eso se reafirmó en sus malas acciones, y aunque era bastante bueno jugando al póquer, se endeudó con la gente equivocada. Eso fue en Texas, por cierto. —Se quitó el sombrero y se secó el sudor de la frente, y luego miró fijamente a Jasper con seriedad—. Le acuchillaron y le abandonaron a su suerte.

Jasper recordaba haber guardado silencio mientras esperaba que su padre continuara.

—Pero no murió, sino que conoció a una enfermera en el hospital. Ella le leía historias del Nuevo Testamento que describían los milagros de Jesús. A mi padre no le importaban esas historias, ni Jesús, pero sí empezó a interesarse mucho por la enfermera que se las leía. Se enamoró de ella, pero ella no era ciega y veía los defectos de mi padre. Cuando le dieron el alta, se encontró cuestionándose las elecciones que había hecho por primera vez en su vida. Empezó a rezar a Dios, aunque no era creyente, y le pidió presenciar un milagro. Quería una señal del cielo, y prometió que si Dios se la daba cambiaría por completo su vida.

De nuevo su padre hizo una pausa, pero Jasper sabía que había algo más.

—No mucho después, mi padre salió a caminar una mañana para intentar aflojar la cicatriz de la puñalada. Juraba que el tiempo era perfecto, con el cielo despejado hasta donde alcanzaba la vista, y cuando llegó a la cima de una colina con vistas a la ciudad, decidió tomarse un descanso. Estaba sentado sobre una piedra cuando una enorme nube negra de tormenta, la de mayor tamaño que hubiera visto nunca, se aproximó de repente desde el este. Un minuto antes el cielo era azul, y el siguiente era como si alguien hubiera dejado caer un telón sobre el mundo. Y de súbito empezó a llover, pero no era lluvia lo que cayó de esas nubes. Lo que cayó fueron peces.

Jasper no estaba seguro de haberle oído bien.

—¿Peces?

—Peces —repitió con énfasis su padre—. En su mayoría todavía estaban vivos y cayeron sobre el suelo, retorciéndose y agitándose. Cientos de peces, tal vez miles. Y de pronto se descubrió pensando en una de las historias de la Biblia que la enfermera le había leído, esa en que Jesús alimentó a una multitud con pan y peces, aunque no tuviera gran cosa para empezar. Y en ese momento, mientras los peces seguían lloviendo del cielo, dio gracias a Dios por permitirle presenciar un milagro y juró cambiar su vida. Se convirtió en un predicador viajero, luego en un pastor, y con el tiempo llegó a convencer a la enfermera de que se casase con él. Más tarde se trasladaron a Asheboro y fundaron la iglesia a la que seguimos yendo los domingos.

—¿Crees que es cierto? —preguntó Jasper entornando los ojos con escepticismo—. ¿Lo de los peces?

Su padre asintió, y Jasper no preguntó nada más sobre milagros. Pero no había pasado demasiado tiempo cuando su padre encontró una notificación sobre un terreno cerca del bosque Uwharrie que había sido embargado por el banco y estaba a punto de subastarse en público. La subasta se haría allí mismo, y el destino quiso que el día amaneciera con una tormenta lo bastante fuerte como para inundar algunas de las carreteras que conducían hasta la propiedad. El padre de Jasper acabó siendo el único postor presente en la subasta y pudo comprar el terreno a un precio inusitadamente bajo, lo cual significaba que todavía le quedaría suficiente para construir. Si bien es cierto que tal vez ese milagro no fue tan espectacular como el de los peces lloviendo del cielo, para su padre era la prueba de que el Señor escuchaba sus plegarias. Y poco después, cuando tenía quince años, él y su padre construyeron la cabaña a la que Jasper ahora llamaba su hogar.

VI

Fue Arlo quien encontró al cervatillo muerto.

Jasper estaba buscando colmenillas por los matorrales cuando oyó ladrar al perro. Era algo que Arlo ya no solía hacer, por lo menos no en los últimos años, seguramente porque exigía un poco más de esfuerzo que comer o dormir. Jasper se giró curioso y vio cómo el animal trotaba hacia él, y después de repente daba media vuelta.

Jasper lo siguió mientras Arlo iba y venía, angustiado ante la perspectiva de encontrar la carcasa del ciervo blanco. En lugar de eso, Jasper se encontró de pronto con la mirada clavada en un cervatillo, que apenas había superado el primer año de vida, del color habitual. Era más pequeño de lo normal, no pesaría ni veinticinco kilos, y a simple vista era fácil darse cuenta de que el cazador no era muy diestro disparando. La herida, en lugar de apreciarse directamente detrás de la parte delantera de los hombros, se encontraba unos quince centímetros más atrás, cerca del estómago. Se podía ver el rastro de sangre que había dejado, y Jasper hizo una mueca de desagrado. El cervatillo había resultado herido y de forma dolorosa había corrido y se había arrastrado hasta desplomarse.

El animal estaba frío, lo cual significaba que hacía más de dos horas que había muerto. «El disparo que oí esta mañana», dedujo Jasper. Puesto que aún no había salido el sol lo más probable es que el furtivo hubiera empleado un foco para que el ciervo se quedara inmóvil.

Jasper se puso tenso, empezaba a invadirle la ira. Independientemente de la opinión personal sobre la caza, había «normas»: los focos eran ilegales, cazar en la oscuridad era ilegal y cazar en el bosque Uwharrie fuera de temporada también. Pero aparte de eso, quien fuera que había disparado debería haber hecho todo lo posible por seguir el rastro del ciervo y poner fin a su sufrimiento. El ciervo, ya de por sí desnutrido y además desangrándose, apenas podía haberse desplazado algunas decenas de metros tras haber recibido el disparo. Habría sido fácil rastrearlo. No era solo furtivismo, se trataba de prácticas de tiro. Matar por el mero placer de matar, y aunque hacía años que Jasper no había abierto una Biblia, le vino a la mente de repente lo que se decía en Proverbios 12:10: «El justo cuida de la vida de su bestia, pero los sentimientos de los malvados son crueles».

Su mente se centró en las palabras «malvados» y «crueles», y mientras observaba al animal, su ira fue dando paso a una repentina fatiga. Hacía mucho tiempo que había renunciado a intentar comprender por qué un Dios bondadoso permitía tanto sufrimiento en el mundo, y eso le recordó el sufrimiento que él mismo había padecido.

Arlo estaba olfateando el ciervo y Jasper lo apartó con un leve empujón. Tenía que informar de que había furtivos. Para marcar la ubicación, sacó el pañuelo de su bolsillo trasero y lo ató a una rama del árbol más cercano.

No podía hacer nada más, y se alejó del ciervo.

Aunque ya casi no tenía ganas de buscar colmenillas, le había prometido a Mitch que le llevaría unas cuantas a su madre, y decidió que eso es lo que haría.

El anciano siguió buscando durante dos horas más, y por fin tuvo suerte al llegar a un olmo caído. Para entonces, el sol ya estaba lo bastante alto como para iluminar la mayor parte del bosque, y además había conseguido llenar una cuarta parte del cubo, lo cual era más que suficiente. Había llegado el momento de regresar a casa, pero antes necesitaba descansar. Se encontraba en una zona de lomas suaves, y al divisar una piedra de buen tamaño cerca de una de las crestas, empezó a avanzar hacia ella.

Se sentó sobre la roca, consciente de que la rigidez de su espalda le indicaba que estaba a punto de sufrir una contractura, y además las caderas y las rodillas lo estaban matando. Intentó ignorar el dolor y se concentró en la visión de un halcón que sobrevolaba en círculos sobre su cabeza. Arlo se acercó lentamente y se dejó caer a sus pies, jadeando. Jasper sacó el bol de la mochila y lo llenó de agua. Mientras el perro bebía, él se sirvió un poco de café del termo, y luego rebuscó hasta encontrar el sándwich que se había llevado.

Lo sacó de su envoltorio, y guardó el celofán en la mochila. Acababa de dar un primer mordisco cuando Arlo se alejó del bol y empezó a mirar fijamente hacia su bolsillo. Jasper arrojó una golosina a su perro y siguió almorzando.

Como le ocurría todos los días, Jasper apenas tenía apetito, y se preguntó adónde habría ido aquella sensación. Se acordaba de que en su juventud siempre tenía hambre; cuando Audrey preparaba la comida, casi siempre repetía. Pero ahora apenas había dado cuenta de la mitad del sándwich y ya sentía que no podía obligarse a ingerir nada más, de modo que arrojó el resto a Arlo.

Jasper percibió un olor ajeno al bosque en la suave brisa, algo metálico, industrial. Tardó unos segundos en identificar que se trataba de aceite para armas, y entonces oyó unas voces y una carcajada antes de que finalmente avistara tres siluetas.

Le pareció que eran adolescentes, casi adultos, vestidos con chaquetas y pantalones de camuflaje. Llevaban zapatillas deportivas en lugar de botas y parecía que les daba igual su color reflectante naranja. El de menor estatura, que también parecía más joven, tenía un hoyuelo en la barbilla y todavía se le notaba el acné, y el chico que iba a su lado llevaba bajo la chaqueta una camiseta en la que se podía leer ASHEBORO HIGH SCHOOL WRESTLING. El más alto iba delante y obviamente debía de ser el cabecilla. Jasper advirtió que cargaba un rifle al hombro, además de una enorme mochila.

¿Lo suficientemente grande tal vez como para ocultar un foco? «Sin duda».

Arlo alzó la cabeza y Jasper siguió examinándolos. Incluso desde aquella distancia pudo darse cuenta de que eran chicos con buena apariencia, el pelo bien cortado, y dientes blancos y rectos, como si hubieran pasado mucho tiempo en el ortodoncista. Jasper intuyó que sus modernas zapatillas debían de valer cientos de dólares. Cuando ellos por fin lo vieron, Jasper pudo apreciar su expresión desconcertada ante su presencia en esa zona apartada del bosque, pero al acercarse adoptaron una actitud chulesca, casi como si se hubieran percatado de que se trataba de una criatura más débil que ellos.

Arlo profirió un gruñido grave, sobresaltando a Jasper. Hacía años que no lo oía gruñir; el perro parecía amar incondicionalmente a todas las personas con las que se encontraba. Jasper alargó la mano para acariciarlo y percibió sus músculos en tensión, mientras el gruñido menguaba hasta convertirse en un ruido sordo constante.

Los jóvenes se detuvieron a pocos metros.

—¡Diablos! —exclamó de pronto el más joven—. ¿Estás bien? ¿Qué te ha pasado?

Jasper supo entonces que por fin se habían dado cuenta de su aspecto.

—Eh, yo te conozco —espetó el chico con la camiseta de lucha libre—. He oído hablar de este tipo.

—Sí. Estuvo en un incendio —dijo el más alto—. A ver si crecemos. —Ofreció una sonrisa de disculpa a Jasper, pero este notó que estaba vacía. Arlo también debía haberlo notado; aunque había dejado de gruñir, sus músculos seguían tensos y tenía el pelo de la parte posterior del cuello erizado.

—¿Qué haces aquí? —añadió el más alto—. ¿Te has perdido?

—Sé dónde estoy —respondió Jasper.

—¿Has salido a dar un paseo? ¿A ver pájaros?

Jasper no contestó y los ojos del más alto se dirigieron inseguros a sus amigos y después al anciano.

—¿Qué llevas en el cubo?

—Setas —respondió Jasper.

—¿Del bosque? Hay que tener cuidado con eso. Te pueden matar si no sabes lo que haces.

—Sé lo que hago.

—¿Te importa si echo un vistazo?

—No me importa —asintió Jasper.

El chico más alto se acercó y Arlo empezó a gruñir de nuevo, esta vez a un volumen suficiente como para que todos lo oyeran. Arlo contrajo los labios para enseñar los dientes, y el joven se quedó paralizado.

—¿Qué le pasa a tu perro?

—Nada.

Sin embargo, el chico seguía desconfiando y no se acercó más, sino que simplemente se inclinó hacia delante, con la cabeza ladeada para echar un vistazo a las colmenillas.

—Son un montón. ¿Cuánto rato llevas buscando?

—Unas cuantas horas.

—No habrás visto por casualidad a ese ciervo blanco del que habla la gente, ¿no?

«No, pero me he encontrado al que matasteis antes».

—No. Tampoco hay pavos.

—Ya los cazaremos cuando se abra la veda. —El joven alto volvió a mostrar su sonrisa vacía, tan escalofriante como poco convincente.

—Espero que no intentes cazarlos con ese rifle. ¿Qué calibre tiene? ¿30-30?

—30-06 —respondió—. Es nuevo, de hecho.

—Quizá deberías limpiar el cañón —comentó Jasper—. Para eliminar los disolventes y otros aditivos. Puedo oler el aceite.

—Sé cómo cuidar un rifle —resopló enojado el joven, entornando los ojos—. He tenido armas desde que era niño.

«Tal vez, pero sigues siendo un mal tirador».

—¿No estaréis buscando a ese ciervo blanco con ese rifle? —Jasper señaló con un gesto el arma.

—Claro que no. Eso sería ilegal —respondió el chico—. Pero nunca sabes cuándo puedes cruzarte con un oso furioso. Más vale ser precavido.

Había pocos osos en el bosque Uwharrie, si es que quedaba alguno, y por su tono de voz era evidente que el joven adolescente lo sabía. Le estaba mintiendo en la cara, con total insolencia. A su alrededor, el bosque parecía haberse aquietado de repente.

—Vámonos de aquí —dijo el más joven, intentando rebajar la tensión. Jasper percibió un leve gimoteo nasal en su voz—. Empiezo a tener hambre.

—Yo también —coincidió el de la camiseta de lucha libre—. Me muero de hambre.

Cuando dieron media vuelta para alejarse, Jasper se aclaró la garganta.

—Oí un disparo esta mañana temprano —empezó a decir—. Sobre las seis, quizá un par de minutos después. Y por el ruido parecía proceder de un rifle como el que cargas al hombro.

Todos se quedaron inmóviles en el acto. El que llevaba la camiseta de lucha libre miró al que hablaba medio lloriqueando. El alto miró fijamente a los ojos a Jasper.

—No hemos sido nosotros —dijo—. Acabamos de llegar.

Jasper le sostuvo la mirada.

—También me he encontrado un ciervo muerto justo por ahí. Joven. Apenas un cervatillo. El disparo le había atravesado la barriga.

Al oír eso, los tres guardaron silencio. Cuando el joven alto intentó acercarse, Arlo empezó a gruñir, y el sonido hizo vibrar todo su cuerpo.

—¿Nos estás acusando de algo, viejo?

—No a todos —contestó con voz áspera—. Solo a ti.

Los ojos del chico alto relampaguearon, mientras daba un paso más hacia delante. Aunque cuando era más joven, Jasper habría sido capaz de contener a Arlo, aquellos días habían quedado atrás. Antes de que pudiera reaccionar, el perro gruñó y de repente se abalanzó sobre las piernas del adolescente, a una velocidad que Jasper no había presenciado en años. El joven apenas tuvo tiempo de reaccionar cuando Arlo le aferró del pantalón, haciéndole tropezar al retroceder antes de desplomarse, aterrizando con un fuerte golpe. Empezó a patalear furiosamente con ambas piernas, y de algún modo consiguió liberar la correa de la que colgaba el rifle al hombro. Lo asió por el cañón y comenzó a balancearlo ante Arlo, propinándole un par de golpes. El perro aulló y retrocedió antes de alejarse trotando hasta un matorral cercano.

«Menos mal», pensó de repente Jasper. No estaba seguro de lo que el joven habría hecho si el perro se hubiera escabullido volviendo a su lado. La furia y las armas eran una combinación explosiva, y cuando el adolescente por fin pudo incorporarse, Jasper vio horrorizado que alzaba el rifle y apuntaba hacia la silueta de Arlo en retirada. Jasper se lanzó hacia delante y consiguió desplazar ligeramente el cañón hacia arriba justo cuando disparaba.

El demoledor sonido hizo que le zumbaran los oídos, agravando el acúfeno de Jasper, y el muchacho de pronto dirigió el cañón hacia él. Jasper sintió que se le encogía el estómago.

«Abrir la boca —pensó— ha sido una idea terrible».

Jasper alzó las manos y al mismo tiempo dio un paso atrás.

—¡Tu perro me ha atacado! —gritó el joven; su saliva salpicó a Jasper en la cara.

Jasper retrocedió lentamente, consciente de que si abría la boca el resultado podría ser aún peor.

—¡¿Qué demonios le pasa a tu perro?! —volvió a gritar.

Jasper no contestó, sino que aguardó, con la esperanza de que el repentino torrente de adrenalina que invadía al chico se desvaneciera tan rápido como había surgido. La cuestión era si había tiempo para eso.

—¿No vas a decir nada?

Jasper guardó silencio y el joven siguió mirándolo. No estaba herido, seguramente ni siquiera tenía magulladuras de la caída, pero sus ojos refulgían con rabia. Su ego era el que había sufrido, y sus amigos lo habían presenciado todo, por lo que ahora tenía que demostrar de alguna manera quién tenía el control de la situación.

Jasper alzó aún más los brazos. El cañón del arma seguía apuntando en su dirección y eso dificultaba ver nada más.

—Tienes que sacrificar a ese perro.

Jasper seguía sin hablar, retrocediendo imperceptiblemente.

—¡Venga! ¡Déjalo ya! ¡Deja de apuntarle con el rifle!

Era el chico de menor estatura. Puede que fuera el pánico en su voz lo que hizo efecto; sea lo que fuera, el joven más alto hizo descender el cañón. Jasper miró un instante al chico que había hablado, y se dio cuenta de que tenía cierto parecido con el que le había estado apuntando. Se preguntó si serían hermanos.

—¡Vámonos de aquí! —suplicó el otro joven, con un tono que también delataba pánico.

Pero el más alto seguía mirando con odio a Jasper. Entonces, con un rápido movimiento, dio una patada al cubo y lo tumbó. Empezó a pisotear las colmenillas con sus zapatillas, desmenuzándolas sobre la tierra. Cuando tuvo suficiente, escupió sobre los restos.

—La próxima vez tal vez sea mejor que te guardes tus acusaciones para ti mismo. Y asegúrate de llevar con correa a ese perro psicópata tuyo. —Su actitud era extrañamente indiferente, pero Jasper pudo percibir la furia tras sus palabras—. Si vuelvo a verlo, igual me asusto y podría acabar muerto.

—¡Por favor! —volvió a gimotear el más pequeño—. ¡Tenemos que irnos ya!

—¿Llevas dinero? ¿Para pagar los pantalones que me ha roto tu perro?

—No.

—¿Y cómo piensas compensarme?

—¡Joder! —dijo el de la camiseta de lucha libre—. ¡Deja de fastidiar! Déjalo tranquilo, ¿vale? ¿A quién le importan tus pantalones! ¡En serio! ¡Vámonos!

Tras unos instantes el chico alto sonrió con suficiencia al percibir el miedo del anciano. Luego retrocedió y dio media vuelta.

—Vámonos de aquí —dijo por fin, acompañando sus palabras con un gesto dirigido a los otros dos chicos.

Jasper les observó mientras se alejaban, con el corazón latiéndole de forma arrítmica. Cuando los perdió de vista, regresó tambaleante a la piedra. Sacó una pastilla de nitroglicerina y la depositó bajo la lengua, permitiendo que se deshiciera lentamente. Le temblaban las manos y las piernas.

Preocupado por Arlo, aguzó el oído temiendo oír el sonido de otro disparo.

Jasper no tenía la menor duda de que ese chico mataría a su perro si se le presentaba la oportunidad. Se sintió aliviado al no oír ninguna detonación. Únicamente cuando el ritmo de sus latidos se normalizó y estuvo seguro de que los chicos se habían alejado de la zona, se permitió a sí mismo ponerse en pie. Se sentía extremadamente frágil, la piel tensa como la de un tambor. Usó los dedos para silbar, pero Arlo no volvió. Silbó de nuevo y, transcurrido otro minuto, el perro emergió asomando la cabeza entre unos matorrales. Mientras avanzaba pesadamente, con aspecto de estar igual de exhausto que su dueño, Jasper vislumbró un corte en el hocico y otro en la parte superior de la cabeza del animal. Ambos habían empezado ya a secarse, por lo que no debían de ser muy profundos. Pero al volver a casa le limpiaría las heridas.

Sacó del bolsillo dos golosinas y vio cómo Arlo las engullía. Recogió el cubo vacío, y se quedó mirando detenidamente los restos de las colmenillas esparcidos por el suelo. Sabía que Audrey se habría sentido desolada.

4

I

Por la mañana, poco después de haber abierto los ojos tras parpadear varias veces, Kaitlyn se sorprendió a sí misma pensando: «No he olvidado cómo ser feliz. Casey no sabe lo que dice».

Sí, llevaba una vida muy ocupada, y sí, criar a una adolescente en ocasiones podía ser agotador, pero amaba a sus hijos y le encantaba su trabajo. Trabajaba como voluntaria para la comunidad (algo que siempre había sido importante para ella) y hacía visitas a domicilio. A eso había que añadir que contaba con unos ahorros considerables, tenía buena salud, y también una relación cercana con sus padres y hermanos, y en conjunto no había nada de lo que pudiera quejarse. Casey simplemente había intentado sacarla de sus casillas. ¿Verdad?

Verdad.

Echó un vistazo al reloj y le sorprendió comprobar que había dormido hasta más tarde de lo habitual. Se puso una bata y avanzó despacio hacia el pasillo. Se asomó a los cuartos de los niños y vio que tanto Mitch como Casey seguían durmiendo. Ya en la planta baja, disfrutó de la tranquilidad mientras daba sorbitos a su café y comía un poco de fruta para desayunar.

Mitch apareció en la sala de estar justo cuando estaba acabando su desayuno. Todavía llevaba el pijama y se sentó delante de sus creaciones de Lego.

—Buenos días, cariño. ¿Quieres tomar tus cereales? —preguntó Kaitlyn.

—Me los tomaré dentro de un rato —respondió.

Kaitlyn avanzó hacia él y le dio un beso sobre el pelo revuelto.

—¿Puedes avisarme cuando se levante Casey? Seguramente saldremos hacia las once y cuarto.

Mientras subía las escaleras, notó los nervios revoloteando en su estómago al pensar que en tan solo un rato volvería a ver a Tanner.

II

Después de ducharse, Kaitlyn se quedó de pie ante el espejo del baño, intentando convencerse a sí misma de que, técnicamente, no era una cita. Una verdadera cita implicaría dejar a Mitch en casa. Hoy, se dijo a sí misma, se trataba más bien de una excursión. Y con toda seguridad, siguió pensando, Tanner tampoco lo veía como una cita. ¿Qué había dicho exactamente? ¿Que era mejor que quedarse en el hotel todo el día?

Estaba claro, entonces. Definitivamente no era una cita, pero si no lo era, ¿por qué había tardado veinte minutos en decidir qué ponerse? Al final eligió unos pantalones vaqueros nuevos y una camisa que su hermana le había regalado por Navidad y que todavía no se había puesto nunca.

—¿Mamá?

Kaitlyn tardó un poco en darse cuenta de que era Mitch. Estaba de pie en la puerta del cuarto de baño, con el pelo enmarañado y una camiseta arrugada.

—¿Sí, cariño?

—¿Cuándo nos vamos?

Kaitlyn echó un vistazo al reloj.

—Todavía falta media hora. Ven. Deja que te peine este pelo tan alborotado.

Accionó el grifo y le mojó la cabeza.

—También deberías ponerte otra camiseta.

—Me gusta la que llevo.

—Ya lo sé, pero ya te la pusiste ayer. Deberías ponerte una limpia.

—¿Por qué?

—¿Lo harías por mí? —pidió, inclinándose para besarle en la frente. —. ¿Sabes si Casey ya está despierta?

—Sí. Pero ya se ha ido. Camille acaba de pasar a recogerla.

—¿Y por qué no me lo has dicho? Me parece que te pedí que me avisaras si se levantaba.

—Lo he hecho. Por eso he subido a buscarte.

Casey tenía un don para ir siempre un paso por delante de su madre. Kaitlyn acabó de peinar a Mitch con los dedos y le mostró su reflejo en el espejo.

—Mucho mejor, ¿no crees?

Mitch se encogió de hombros.

—Supongo que sí.

—Oye —empezó a decir, agachándose para ponerse a la altura de sus ojos—, sé que ya te lo pregunté anoche, pero quiero estar segura de que no te molesta que vayamos con el señor Hughes al zoo.

—¿Quién es el señor Hughes?

—Es el hombre que trajo a Casey a casa ayer por la noche. Después de que ella chocara con su coche.

—Creía que habías dicho que vendría un amigo.

—Es un nuevo amigo —respondió, pensando que Mitch todavía era lo bastante pequeño para poder aceptar eso por respuesta—. Ahora hazme el favor de ponerte otra camiseta.

—Vale —aceptó. La miró de reojo y preguntó—: ¿Por qué te has puesto tan elegante?

—No voy elegante. Siempre visto así.

—No el fin de semana.

—Bueno, no siempre vamos al zoo, ¿no? ¿No crees que es una ocasión especial?

III

Media hora más tarde, mientras Mitch jugaba con su Nintendo Switch en el asiento de atrás, Kaitlyn aparcó frente al hotel Hampton Inn. Tanner estaba de pie en la entrada. Cuando él alzó la mano y avanzó con paso tranquilo hasta el coche, con la misma seguridad que había demostrado la noche anterior, se sorprendió pensando hasta qué punto Tanner le parecía una rareza en una localidad como aquella, donde la mayoría de los cuerpos masculinos demostraban su gusto por la salsa de carne en los panecillos del desayuno.

—Buenos días —saludó Tanner mientras subía al asiento del copiloto.

—Hola —respondió Kaitlyn.

Él la miró a los ojos un momento antes de volverse hacia el niño.

—Y tú debes de ser Mitch. Yo soy Tanner. Gracias por dejarme acompañaros hoy.

Kaitlyn miró a su hijo por el espejo retrovisor.

—De nada —contestó Mitch, examinando a Tanner—. ¿Has estado en el zoo alguna vez?

—No —respondió Tanner—. Pero he estado en otros zoos. ¿Qué animales te gusta ver?

—Me gustan los leones. Y las jirafas.

—A mí también me gustan las jirafas.

—¿Sabes que tienen la misma cantidad de vértebras en el cuello que las personas?

—No —contestó Tanner, intrigado—. Eso es guay. ¿A qué estás jugando?

—*Mario Kart Tour*.

—Me encanta Mario. Me pasé muchas horas jugando a ese videojuego.

—¿Quieres probar?

—Tal vez luego —dijo Tanner asintiendo con la cabeza.

Tanner se giró para ponerse el cinturón, y Kaitlyn sonrió para sus adentros, contenta de lo relajado que parecía con Mitch. Soltó poco a poco el pedal del freno y el coche avanzó hacia la carretera.

—Por algún motivo no me parecías la clase de persona a la que le gustan los videojuegos.

—Me destinaron durante meses a Afganistán e Iraq. Entrenar tiene un límite, y ver las mismas películas una y otra vez aburre. Todo el mundo juega a videojuegos.

—¿Eres bueno?

—Depende del juego. Era bueno en el *Mario Kart*, por encima de la media en el *Madden* y en el *FIFA*, pero si me preguntas por *Call of Duty* tengo que admitir que soy un experto.

—Bueno es saberlo.

Tanner bajó la voz.

—¿Cómo estaba Casey esta mañana? —Echó un vistazo furtivamente a Mitch por encima del hombro—. Estaba pensando…

Mitch intervino desde el asiento trasero:

—Mamá y ella se pelearon en el cuarto de Casey ayer por la noche.

Los ojos de Kaitlyn relampaguearon en el espejo retrovisor.

—No nos peleamos, cariño. Tuvimos una conversación.

—A mí me sonó como una pelea. Y por eso Casey se ha escapado esta mañana.

Kaitlyn miró a Tanner con cara de resignación.

—Camille pasó a recogerla antes de que me enterara de que ya se había levantado. Estoy bastante segura de que lo organizó para evitar tener que volver a hablar conmigo.

—Una chica lista —comentó Tanner, con aspecto divertido—. Cuando mis abuelos se enfadaban conmigo, me quedaba en casa de mi amigo todo el día.

—Cambiando de tema, ¿cómo ha ido tu mañana?

—Estupenda. He ido a correr, he explorado un poco la ciudad y ahora voy a ir al zoo.

—Debo reconocer que estoy impresionada por tu energía y entusiasmo.

—¿Por qué? Me gustan los animales.

—No sé. Supongo que como has estado en todos esos lugares exóticos por todo el mundo, no pensé que nuestro pequeño zoo te resultara atractivo.

—Te olvidas de que no crecí en Estados Unidos, o sea que casi todo es nuevo para mí —arguyó—. Pensaba ir al zoo de todos modos mientras estuviera aquí, de modo que ha cuadrado perfectamente.

—¿En serio? —dijo Kaitlyn con una mirada escéptica.

—Según Tripadvisor, ocupa el primer lugar de cosas que hacer en Asheboro. Me he vuelto un gran fan de Tripadvisor en los últimos años.

Kaitlyn se rio, moviendo la cabeza de un lado a otro.

IV

En cuanto llegaron al zoo, Mitch salió del coche saltando y echó a correr hacia la entrada.

Tanner movió la cabeza señalando en su dirección.

—Parece que sabe perfectamente adónde va.

—Es su lugar favorito. Bueno, también la sección de Lego de Walmart. Y el restaurante Chick-fil-A. Y el cenador donde nuestro vecino Jasper le enseña a tallar la madera.

Kaitlyn vislumbró una sonrisa fugaz en el rostro de Tanner mientras veía cómo Mitch avanzaba hacia la entrada.

—¿Qué te parece si compro las entradas y el almuerzo? —ofreció—. Invito yo.

—Solo tienes que comprar la tuya —repuso Kaitlyn—. Tenemos un pase familiar, o sea que Mitch y yo no tenemos que comprarla.

Mientras Tanner pagaba su entrada, Kaitlyn le pasó la mano a Mitch por el pelo.

—¿Ya tienes hambre? —le preguntó—. ¿Quieres comer algo?

—Todavía no —dijo mientras se recolocaba las gafas—. Primero quiero ir a ver a los animales.

Una vez dentro, Mitch giró a la izquierda, hacia la zona del zoo llamada la «ciénaga de los cipreses». Tanner y Kaitlyn le siguieron a ritmo lento, lo justo para no perderlo de vista, y mientras caminaba a su lado, ella no cabía en sí de asombro por lo normal que le parecía aquella salida.

—Cuéntame más sobre Camerún —se atrevió a preguntar—. Sé que está en África, pero nada más.

—El país es impresionante —respondió—. Está en la costa oeste, cerca del ecuador, o sea que suele hacer calor todo el año, pero el paisaje es extremadamente variado: desiertos, selva tropical y montañas.

—¿Adónde te destinaron?

—A Yaoundé.

—¿Es un pueblo o una ciudad?

—Es la capital. Casi tres millones de habitantes.

—Ah —dijo Kaitlyn con cierta vergüenza.

—No te preocupes —repuso Tanner al ver su reacción—. Yo tampoco había oído hablar nunca de ese lugar hasta que me enviaron allí.

—¿Qué es lo que más te impresionó?, ¿lo que más recuerdas?

—La gente —contestó—. Aunque es un país pobre comparado con Estados Unidos o Europa, se ríen mucho. Parecen tener la habilidad de encontrar la alegría en su vida diaria, a pesar de las adversidades. El país sufre una crisis de refugiados debido a las guerras en los países vecinos, además de pobreza y penuria, pero siempre me sorprendió que la gente parece mucho más resiliente e incluso feliz allí que aquí. —Entonces se dibujó una amplia sonrisa en su cara—. Ah, y me acuerdo de los partidos de fútbol. Jugué mucho al fútbol.

—¿Sí?

—En mi primer día allí conocí a un hombre llamado Vince Thomas. Llevaba unos cuantos años en Camerún con la USAID. Me ayudó a instalarme y nos hicimos buenos amigos. Me convenció de que le acompañara después del trabajo a los partidos de fútbol espontáneos. Tenía una capacidad increíble para encontrar un partido en el que pudiéramos participar en cualquier momento, a veces en descampados, incluso en la calle. Algunos de mis mejores recuerdos consisten en simplemente perseguir el balón y sudar a mares mientras me lo pasaba en grande.

—¿Eras bueno?

—Creo que podría ser catalogado como… un jugador un poco por debajo de la media. Pero en mi defensa debo decir que la gente está absolutamente obsesionada con el fútbol en Camerún. Tienen uno de los mejores equipos nacionales de África, y todo el mundo juega desde niño.

—Excusas…

Tanner se rio.

—No haber preguntado…

—¿Qué hacías allí? Me refiero al trabajo. Ayer mencionaste algo de la Oficina de Seguridad.

Tanner asintió.

—La USAID tenía muchos proyectos distintos, con gente trabajando por todo el país. Mi trabajo consistía en garantizar la seguridad de los cooperantes y los agentes locales con los que trabajábamos, a veces establecer los procedimientos, como viajar en caravanas con los suministros de emergencia adecuados; en otras ocasiones custodiar el perímetro de nuestros campos. En las zonas más alejadas del norte y el sudoeste, la violencia es continua debido a la insurgencia y la inestabilidad política; es el caso por ejemplo de los efectos colaterales del grupo terrorista Boko Haram. Las mujeres y chicas jóvenes corren especial riesgo, por lo que contar con presencia armada allí es de una importancia crucial, incluso aunque solo estuviéramos llevando a cabo una campaña de vacunación.

Kaitlyn lo miró.

—Parece ser que has ayudado a mejorar la vida de algunas personas.

—Eso espero —replicó Tanner asintiendo con la cabeza—. Además, cuanto más tiempo pasaba, más me enamoraba de Camerún. Estoy impaciente por visitar algunos de los lugares a los que no pude ir la última vez.

—¿Por ejemplo?

—El parque nacional Nki. Es uno de los pocos lugares en África donde pueden verse enormes manadas de elefantes y chimpancés conviviendo juntos en su hábitat natural. Normalmente viven en zonas separadas.

—Y también volverás a jugar al fútbol.

—Conociendo a Vince, estoy seguro de que será un componente esencial de mi estancia.

Para entonces ya habían llegado a la «ciénaga de los cipreses». Un poco más adelante, Mitch estaba escudriñando uno de los recintos en busca del puma.

—Si tanto te gustaba Camerún, ¿por qué te fuiste?

—Eso fue culpa de Vince. Me ascendió y luego me recomendó para ocupar básicamente el mismo cargo que ocupaba él, pero en Costa de Marfil.

Kaitlyn sonrió.

—¿Y entonces hiciste lo mismo allí?

—Más o menos. Debido al ascenso tenía subordinados, lo cual significaba pasar más horas en la oficina regional y dedicar menos tiempo al trabajo de campo. A diferencia de Camerún, el país se encuentra en una fase de rápido crecimiento económico. Las cosechas de Costa de Marfil suponen un elevado porcentaje del total de cacao en todo el mundo, de modo que gran parte de nuestro trabajo allí consistía en ayudar en la dirección de las cosechas o en organizar otras iniciativas empresariales. Como por ejemplo... ayudar a la cooperativa de anacardos a conseguir financiación comercial. Cosas así.

Llegaron hasta donde estaba Mitch. Kaitlyn posó la mano sobre su hombro, inclinándose hasta acercarse a su oreja.

—¿Has visto el puma?

—Está tumbado sobre esas rocas —informó Mitch, señalando con el dedo al animal—. En la sombra. Se puede ver parte de su cabeza, pero creo que está haciendo una siesta. No se ha movido en todo el rato.

—¿No duermen de día? —preguntó Tanner.

—Sí —respondió Mitch seguro de sí mismo—. Vamos a ver los caimanes. —Se giró y salió corriendo, dejándolos atrás.

Kaitlyn señaló con un gesto de la cabeza hacia su hijo.

—Así será todo el día. Mitch se adelanta y llega antes; pero en cuanto le alcanzo, sale disparado a ver el siguiente animal que le interesa. Normalmente acabamos de ver todo el zoo en una hora y media más o menos.

Al empezar a caminar hacia el siguiente recinto, Kaitlyn preguntó:

—¿Y el siguiente país al que te enviaron fue Haití?

Tanner alzó una ceja.

—¡Qué memoria tienes! Sí, y ese fue el último sitio en el que trabajé.

—¿Cómo era?

—De nuevo me encontré con que los locales eran increíbles. Pero la oficina regional allí es enorme, así que había mucha más burocracia, aparte del trabajo en sí. Parece ser que el país recibe el azote de huracanes y terremotos casi todos los años. Cuando por fin crees que se está avanzando en infraestructuras, en tener bajo control el cólera, en establecer colegios electorales o lo que sea, sobreviene otra catástrofe y hay que volver a la casilla de salida. Teníamos la sensación constante de vernos sobrepasados, nunca disponíamos del dinero o del tiempo suficiente para conseguir un cambio duradero.

—Supongo que eso hacía que tu esfuerzo fuera aún más decisivo, ¿no?

—Seguramente. Por eso me enviaron allí. Pero después de un tiempo acabé un poco quemado.

—¿Por eso hiciste una pausa?

—Entre eso y que la COVID me impedía volver, sí.

—¡Eh, mamá!

Kaitlyn localizó a Mitch entre una familia y una mujer haciendo fotos.

—¡Voy!

—¡Tiene la boca abierta!

Mientras se apresuraban por reunirse con Mitch, Kaitlyn reflexionaba sobre el hecho de que no había mantenido una conversación tan interesante desde hacía años, o quizá incluso era la primera vez. En su mundo la gente no hablaba sobre jugar al fútbol en Camerún ni de iniciativas empresariales de productores de anacardos en Costa de Marfil.

Efectivamente, uno de los caimanes estaba tomando el sol con la boca abierta.

—Está regulando su temperatura corporal —dijo Mitch—. Con esa boca creo que podría tragarme a mí entero.

—Mmm… —repuso Kaitlyn—. Tiene la boca muy grande, pero tú has crecido desde la última vez que vinimos.

—Si te cogen, te arrastran hacia el agua y te hacen girar en círculos hasta que te ahogas. Se llama voltereta de la muerte.

—Está bien saberlo.

—¡Vamos a ver los osos polares! —exclamó Mitch.

Enseguida se vieron volviendo sobre sus pasos.

—Lo siento —se disculpó Kaitlyn mirando a Tanner—. Te avisé.

—No tienes que disculparte. Me lo estoy pasando muy bien, pero tengo la sensación de que soy yo el único que habla.

—Mi vida no es en absoluto tan interesante.

—Lo dudo. Eres una médica que además hace visitas a domicilio, y una madre que ha criado a dos hijos increíbles.

Kaitlyn lo miró entornando los ojos con escepticismo.

—Eso no está exactamente al mismo nivel que vacunar niños en un territorio en guerra.

Tanner recogió un vaso tirado en el suelo y lo arrojó a una papelera cercana antes de regresar al lado de Kaitlyn.

—Yo no vacunaba a los niños. Ni tampoco organicé ese programa ni lo financié.

—Aun así sigo pensando que es admirable que eligieras ese trabajo de servicio a los demás. Yo también lo intento, aunque obviamente a una escala mucho menor. —La expresión en el rostro de Tanner la animó a seguir hablando—. Además de mis visitas a domicilio, hago de voluntaria una vez a la semana en un lugar que ofrece comidas a aquellos que lo necesitan.

—Eso es fantástico. ¿Es una iglesia o algo así…?

—No, es una organización sin ánimo de lucro llamada El pan nuestro —explicó Kaitlyn—. Solo abren a mediodía, y voy allí todos los lunes desde que nos mudamos a Asheboro a echar una mano. Hace mucho tiempo que funciona, y creo que sirven unas veinte mil comidas al año.

—¿Qué te hizo decidir colaborar con una organización de este tipo?

—Mi padre —respondió Kaitlyn con sencillez—. Siempre pensó que los lunes tenían algo especial. Cuando éramos pequeños, mientras desayunábamos, él venía a la cocina, se servía una taza de café y decía: «Estaba pensando que el lunes es el día perfecto para empezar a ser la mejor versión de uno mismo, teniendo en cuenta que tenemos seis días más para practicar»; o también: «Todas las semanas deberían empezar con generosidad, ¿no creéis? ¿No sería el mundo un sitio mucho mejor?». Mi hermano, mi hermana y yo nos mirábamos y luego, alzando la vista, poníamos los ojos en blanco. Pero supongo que, con el tiempo, esa actitud caló, por lo menos en mí. Nunca se apartó de ese camino. Es dentista, y lo primero que hizo al abrir su consulta fue reservar los lunes por la mañana a pacientes que no podían permitirse pagar. Así que es culpa suya.

—Es algo bonito.

—Lo sé, y le quiero por eso. Y supongo que tiene sentido, porque él comprende mejor que la mayoría de la gente lo que significa necesitar ayuda. Nació en las montañas de Kentucky, una zona muy rural y muy pobre, y su madre era soltera, todavía una adolescente con un nivel de educación primaria. Creció en un tráiler destartalado. Vivían de lo que su madre conseguía cazar con trampas o con un arma, además de las donaciones de comida de la iglesia, y en invierno a veces ni siquiera tenían calefacción. Pero mi padre nunca habla de sus primeros años en esos términos. Es la clase de persona que solo habla de los buenos recuerdos de su vida, como lo bien que se lo pasaba cazando lagartos o nadando en un estanque, cosas así. Fue mi madre quien me lo contó. Ella es un poco más objetiva a la hora de hablar del pasado de mi padre.

—¿Por qué crees que es así?

—Mi padre es optimista por naturaleza, y creo que también era importante para él que sus hijos amen y respeten a su madre tanto como él. Y así fue. Me refiero a que mi abuela era muy especial, de eso no cabe duda. Mascaba tabaco y era adicta a las telenovelas, y pasar tiempo con ella era como estar en otro planeta. Me acuerdo de que en una ocasión, cuando todavía era pequeña, llegamos a su casa y la encontramos en el patio trasero disparando a unas ardillas con una escopeta de perdigones. Por supuesto, mi hermana y yo empezamos a llorar al ver los cadáveres sobre la mesa de pícnic, pero ella estaba encantada pensando en el estofado de ardilla que iba a cocinar en nuestro honor. Creo que a mi hermana y a mí nos dieron arcadas ahí mismo.

Tanner sonrió.

—¿Qué tal estaba el guiso?

—Gracias a Dios mi madre llegó a tiempo de evitar que tuviéramos que comérnoslo. Pero por muy exótica que nos pareciera la abuela, su corazón estaba lleno de amor. La prueba es lo bien que salió mi padre. Tuvo que trabajar duro y por suerte contó con maestros dedicados, pero está claro que su hogar fue de algún modo lo suficientemente sólido como para poder obtener una beca completa para la Universidad de Eastern Kentucky. Y en cuanto pudo, antes incluso de comprar una casa para él mismo y su mujer, buscó una pequeña casa para la abuela en las afueras de Lexington. Ella decía que era el primer lugar en el que había vivido con agua caliente que no era necesario calentar uno mismo.

—Vaya infancia.

—Ni que lo digas. Mi padre sigue trabajando, por cierto, aunque por primera vez este año por fin ha empezado a reducir su jornada. Le encanta lo que hace. No obstante, siempre nos hizo sentir que éramos la verdadera pasión de su vida. Conseguía asistir a todos nuestros partidos y festivales de danza, y nunca se perdió una tutoría con los profesores.

—¿Y tu madre?

—Seguramente es más lista incluso que mi padre.

—Ah, ¿sí?

—Asistió a elegantes colegios privados y su familia era miembro del club de campo. Se especializó en matemáticas y filosofía, y fue la primera de su promoción tanto en el instituto como en la Universidad de Kentucky. Empezó a trabajar de profesora, pero después de casarse y tener hijos prefirió quedarse en casa y ser madre a tiempo completo. Siempre estaba disponible cuando uno de nosotros la necesitaba, incluso después de habernos ido de casa. Cuando me quedé embarazada de Mitch y tuve que guardar cama, lo dejó todo y se quedó conmigo durante meses.

—Me da la impresión de que son un buen equipo.

—Sí, lo son —contestó Kaitlyn.

Para entonces ya habían llegado al recinto de los osos polares. Uno de ellos estaba chapoteando en el agua, por lo que Mitch se había quedado mirándolos más tiempo de lo normal. Al lado se encontraban las focas y los leones marinos, así como los zorros árticos, que también habían captado su atención. Cuando Kaitlyn volvió a preguntarle si tenía hambre, Mitch negó con la cabeza y anunció que había llegado el momento de ver los animales de África, y se puso en marcha de nuevo.

—¿Qué es lo que haces en las visitas a domicilio? —preguntó Tanner.

—Lo mismo que en la consulta. Compruebo las constantes vitales, tomo muestras de sangre y me aseguro de que los pacientes tengan las recetas que necesitan. Si se trata de niños, también pongo vacunas. O limpio heridas y doy puntos. Depende un poco de quién es el paciente. Oficialmente son pacientes de mi consulta, aunque nunca hayan puesto el pie en ella.

—¿Y si hay que hacerles radiografías o alguna prueba parecida?

—En ese caso intento convencerles de que vayan al hospital.

—Me da la sensación de que tu semana laboral es muy larga, porque supongo que seguramente también te tocará estar de guardia, ¿no?

—La verdad es que no. Estar de guardia ahora no es como cuando empecé. Nuestro hospital en estos momentos cuenta con su propio personal médico, por lo que en teoría no es necesario que vayamos. En vez de eso, puede que me llame un paciente al que le falta una receta o necesita que se la renueve. Si tienen algún problema, les digo que acudan al día siguiente por la mañana a la consulta, o los envío a urgencias. Con el móvil ya no hace falta salir de casa.

Al llegar a la zona del zoo dedicada a elefantes, jirafas, leones, rinocerontes y chimpancés, retomaron la conversación sobre la época en que Tanner fue destinado al extranjero. Este le describió un plato llamado «*puff-puff* y habichuelas», que siempre comía en sus visitas al mercado, y mencionó el «ndolé», un sabroso guiso de espinacas que Vince le recomendó en su primera noche en Camerún. También le contó cómo fue presenciar el Campeonato Africano de Naciones en 2016 en un bar tan abarrotado que la multitud llegaba hasta la acera; Camerún venció a la República Democrática del Congo por tres a uno, y la celebración duró casi hasta el amanecer. Le habló de los monos y los simios que había visto en el parque nacional Mefou, y en algún momento de su narración Kaitlyn se sorprendió pensando: «Me gustaría ir allí algún día también».

En el camino de regreso, mientras volvían a visitar la zona de los animales exóticos, Mitch preguntó si Tanner había oído hablar del ciervo blanco que había sido avistado en el bosque.

—No, ni siquiera sabía que podía haber ciervos blancos.

—Sí que hay —dijo Mitch solemnemente—. Ha salido en las noticias.

Tanner miró de reojo a Kaitlyn, y ella asintió con la cabeza.

—Es cierto.

—Quizá lo cogerán y lo traerán al zoo —especuló Mitch.

—Espero que no —interpuso Kaitlyn—. Me gustaría que siguiera libre en la naturaleza.

—Yo quiero poder verlo —afirmó Mitch antes de volver a adelantarse dando saltitos.

Mientras almorzaban en la cafetería del zoo, Tanner tenía a Mitch embelesado con su descripción de la vida salvaje en Camerún. Por su parte, Mitch explicó un montón de curiosidades de animales que había aprendido en un libro: que un elefante tiene cuarenta mil músculos en la trompa, o que los leones pueden hidratarse con plantas. Durante todo el rato Kaitlyn iba mirando alternativamente a Mitch y a Tanner, aliviada de que su hijo pareciera sentirse tan cómodo. Cuando ya se iban, por alguna razón empezaron a hablar de jugar al frisbee. Al final, Mitch convenció a su madre de que pasaran por un Walmart cercano a comprar uno. Tanner salió del coche de un salto y se esfumó en el interior de la tienda, para regresar con un frisbee pocos minutos después.

Condujeron hasta el parque Bicentennial y durante media hora, Kaitlyn, Tanner y Mitch se lanzaron el frisbee una y otra vez. Empezaron guardando poca distancia entre ellos, pero a medida que se iban separando, Tanner y Kaitlyn se encontraron con que tenían que correr para recuperar el disco continuamente mientras Mitch se reía y gritaba «¡Lo siento!». Tras veinte minutos ambos tenían la frente cubierta por una fina capa de sudor.

Kaitlyn intentó recordar la última ocasión, si es que había habido alguna, en la que George había hecho algo similar con Mitch, pero no le vino nada a la mente. Sentía que su corazón se enternecía, pero se estaba haciendo tarde.

Tanner se lanzó por última vez para recuperar el disco de un lanzamiento tremendamente desviado de Mitch. Al acercarse a ella, con el frisbee en la mano, sonreía.

—Sé que trabajas esta noche —dijo, todavía intentando recuperar el aliento—, pero no he podido resistir la tentación de jugar al frisbee cuando Mitch ha mencionado que quería probarlo.

Mitch corrió para unirse a ellos.

—¿Tenemos que irnos ya?

—Ya es hora. Pero te lo has pasado bien, ¿no?

—¡Ha sido increíble! —Luego, su rápida mente le hizo fruncir una ceja—. ¿Estará Casey en casa esta noche?

—Debería. Ya sabe lo que toca hoy.

—Vale. ¿Podemos cenar perritos calientes?

—Estaba pensando hacer un gratinado de atún.

—¿Con patatas chips por encima?

—Por supuesto —respondió Kaitlyn. Satisfecho con la respuesta, Mitch se dirigió hacia el Suburban. Mientras avanzaban tras él, Kaitlyn miró a Tanner—. ¿Supongo que quieres que te deje en el hotel?

—Si no te importa —contestó él—. Después de tanta carrera creo que necesito una ducha y tumbarme un rato antes de cenar.

El trayecto hasta el hotel tan solo duró unos pocos minutos. Tras bajar del coche, Tanner se apoyó en la puerta abierta.

—Me lo he pasado muy bien, Mitch —dijo acompañando sus palabras con un saludo juguetón—. Y gracias por enseñarme todas esas cosas sobre los animales.

—No hay problema —respondió Mitch en tono distraído; del asiento trasero llegaba el ruido del motor del *Mario Kart Tour*.

—Gracias de nuevo por este día, Kaitlyn —dijo Tanner—. Me lo he pasado estupendamente. Y solo para tu información, tu padre y sus ideas sobre los lunes me han dado mucho que pensar. Creo que es un buen objetivo para mí.

—Gracias por acompañarnos.

Después Tanner se dirigió a la entrada del hotel. Kaitlyn esperaba en parte que se volviera a mirarla, pero eso no sucedió. En lugar de eso Tanner abrió la puerta de cristal, entró en el edificio y desapareció rápidamente de su vista.

Mientras soltaba el freno intentó no sentirse desanimada por el hecho que no le hubiera propuesto volver a verse; al mismo tiempo pensó que tal vez era lo mejor. ¿No bastaba simplemente con haber disfrutado de aquel día juntos?

«Claro que sí», decidió. No había pasado un día como aquel en siglos; no podía recordar cuándo fue la última vez que se había sentido una mujer completa, no solo una madre o una médica, y Tanner había hecho que se diera cuenta de cuánto echaba de menos esa sensación.

V

—¿Dónde estabais? —preguntó Casey, en cuanto Kaitlyn entró por la puerta. Mitch había entrado como una exhalación directo a la cocina.

—Estábamos en el zoo —respondió—. Ya lo sabías. —Vio a su hijo estirarse para alcanzar la caja de las galletas y exclamó—: ¡Mitch! ¿Qué te crees que estás haciendo?

—Estoy cogiendo unas galletas.

—Solo puedes coger una…

—Mamá —interrumpió Casey—. Estoy intentando hablar contigo. ¿Por qué no has respondido antes a mis mensajes?

—Lo siento. No miré el móvil.

—Estaba hablando con el señor Tanner —explicó Mitch—. Es guay.

—¿Quién es ese señor Tanner? —preguntó Casey.

—Tanner Hughes —dijo Kaitlyn—. El hombre al que destrozaste anoche su coche, ¿te suena?

—¿Por qué estabas con él en el zoo?

—Cuando se enteró de que íbamos a ir, me preguntó si podía acompañarnos —respondió ella como si fuera la cosa más natural del mundo. Pero enseguida cambió de tema—. ¿Por qué estabas escribiéndome mensajes?

Casey se quedó mirándola fijamente, pero por suerte lo dejó estar.

—Quería saber cuándo volvíais a casa porque necesito el Suburban para ir a por algunas cosas. Vamos a decorar las taquillas esta noche, ¿te acuerdas? Antes del partido de baloncesto. Te lo dije la semana pasada.

Kaitlyn recordaba vagamente que su hija lo había mencionado, aunque no había registrado que sería el domingo.

—No puedes ir al instituto esta noche. Tengo que trabajar y tienes que cuidar de Mitch.

—Solo será una hora, como mucho dos. Estará bien solo. O le podemos pedir a la señora Simpson que le eche un ojo.

—Casey…

—Vale —la interrumpió—. ¿Y si me lo llevo?

—¿Al instituto? ¿Con tus amigos?

—¿Por qué no? Se lo pasará bien.

—¿Y si no le apetece ir?

Casey se giró hacia la cocina.

—¡Eh, Mitch! ¿Quieres venir conmigo y mis amigos al instituto esta noche? ¿A decorar las taquillas con banderines y cosas así?

—¡Sí! —exclamó entusiasmado—. ¡Eso suena genial! ¿Puedo ayudaros?

—¡Claro! —Casey volvió a girarse hacia su madre con una expresión triunfante—. ¿Lo ves? Ningún problema. Sí quiere venir.

Kaitlyn se sintió acorralada.

—Vale. Pero no podéis volver más tarde de las ocho.

—Si Camille puede llevarnos al instituto más tarde, ¿puedo usar el coche ahora para ir a comprar lo que necesitamos?

—No estoy segura de que sea buena idea —dijo Kaitlyn.

—¿Por el accidente?

—Haces que parezca que no es nada importante.

—¡Sé que es importante! Pero para que lo sepas, todo esto es en parte culpa tuya también. Para empezar, no debería haber tenido que llevarme el Suburban ayer.

Kaitlyn tardó un poco en entender a qué se refería.

—¿Quieres decir que deberías haber tenido tu propio coche? Ya lo hablamos y decidimos que después de tu graduación…

—No, tú lo decidiste. Y si viviera con papá, ya tendría un coche.

—¿Estás segura de eso?

—Acabo de hablar con él, mamá. Justo antes de que volvierais a casa. —Echó la cabeza hacia atrás en un gesto desafiante—. Dijo —habló alargando las palabras deliberadamente— que si me mudo con él, no le importaría comprarme un coche.

Kaitlyn sintió que le recorría un escalofrío. «Claro que le ha dicho eso».

—No creo que quieras mudarte justo antes de tu último curso. Tendrías que despedirte de todos tus amigos.

—De todos modos eso va a suceder en cuanto empiece en la facultad, o sea que no me parece tan grave. Y hasta entonces ya tendría un coche.

Kaitlyn la miró fijamente. Por el rabillo del ojo vio a Mitch en la cocina y sabía que también había oído a su hermana.

—¿Y te lo estás planteando?

Casey posó las manos sobre sus caderas, con un brillo desafiante en los ojos.

—¿Por qué no debería hacerlo?

VI

Mientras Casey iba a hacer las compras, Kaitlyn se puso a cocinar. No quería pensar en la amenaza de su hija, pero no podía evitarlo. Algo en el tono de voz que había empleado le hizo preguntarse si iría en serio.

La mera idea de que Casey se fuera a vivir con su padre la ponía enferma; no podía imaginarse no tenerla a su lado. Lo cierto era que Casey era buena chica. ¿Qué adolescente invitaría a su hermano de nueve años a acompañarla cuando iba a hacer algo con sus amigos? Intentaba de veras encontrar tiempo para su hermano en su ocupada vida. Se lo había llevado a la playa el verano pasado, veían películas juntos con frecuencia, y cuando estuvo enfermo en noviembre le había dejado dormir en su habitación. A Mitch se le rompería el corazón si Casey se marchaba, y Kaitlyn lo sabía.

Para intentar dejar a un lado esa preocupación, fue a su despacho y abrió el portátil. Mientras se cargaban las fotos del accidente que estaba subiendo desde el móvil, escribió rápidamente un correo electrónico a Dan Hendrix, su corredor de seguros, además de conocido desde hacía años, para explicarle lo sucedido.

Luego Kaitlyn empezó a organizar el maletín médico que usaba en las visitas a domicilio, comprobando las baterías del pulsiómetro, y que el brazalete de presión arterial, el termómetro y el electrocardiógrafo portátil funcionaban correctamente. Revisó el listado de pacientes que tenía que visitar y sus historias clínicas en su iPad, y preparó una lista de suministros que necesitaba de la consulta. Uno de sus pacientes tenía una infección articular, de modo que necesitaba rellenar una jeringuilla con lidocaína y triamcinolona; y una de las familias tenía hijos que iban al parvulario, así que tenía que ponerles las vacunas para la difteria, el tétanos, la tosferina, la polio y la triple vírica; otro paciente tal vez iba a necesitar una inyección de cortisona en la rodilla. Se recordó a sí misma que tenía que llevar consigo los medicamentos que le habían traído de la farmacia, algunos de los cuales pagaba ella misma cuando sabía que sus pacientes no podían permitírselos.

Cuando por fin estuvo lista, salió de su despacho. Casey ya había vuelto y estaba sentada con Mitch viendo una película de la serie *Transformers*.

—Me voy a ir ahora —anunció Kaitlyn—. La fuente con el gratinado está lista para ponerla en el horno para la cena. ¿Necesitas algo más antes de que me vaya?

—¿Qué tal un millón de dólares y un Ferrari rojo? —dijo Casey sin alzar la vista.

—A mí me gustaría tener a Bumblebee —añadió Mitch.

Kaitlyn se sintió orgullosa de sí misma por ser capaz de recordar que Bumblebee era uno de los personajes de las películas de *Transformers*.

—De todos modos a las ocho estaréis en casa, ¿no?

—Sí, mamá —dijo Casey con voz cansina.

—En teoría no volveré a casa mucho más tarde, pero os avisaré si surge algo. Nos vemos en un rato.

Absortos en la película, ninguno de los dos contestó, y poco después, Kaitlyn salía por la puerta.

VII

Kaitlyn fue a su consulta y recogió todo lo que había apuntado en la lista. Justo cuando iba a salir sonó su móvil. Le sorprendió ver que era Dan, su corredor de seguros, quien llamaba.

—No esperaba tener noticias tuyas tan pronto —dijo Kaitlyn—. Es domingo. ¿Por qué estás trabajando?

—Lori se fue a casa de su madre este fin de semana con los niños —respondió Dan—, por eso aprovecho para arrancar ya la semana. ¿Puedes decirme exactamente lo que pasó?

Kaitlyn le contó lo que sabía, incluyendo el hecho de que el Suburban parecía estar bien, y que ni Casey ni Tanner habían resultado heridos.

—De acuerdo —respondió, y luego le hizo saber que el perito contactaría con Tanner por la mañana y se ocuparía de todo. Después charlaron sobre sus familias durante unos minutos.

Tras colgar, Kaitlyn se disponía a volver a dejar el móvil en su bolso, pero en vez de eso, abrió la conversación de mensajes de texto con Tanner y escribió:

> He hablado con mi corredor de seguros.
> El perito se pondrá en contacto contigo
> mañana por la mañana. También me ha

> dicho que no hay de qué preocuparse,
> tu coche quedará como nuevo

Sus dedos sobrevolaron la pantalla, vacilantes. Luego, tras respirar hondo, añadió:

> Me lo he pasado muy bien hoy.
> Buenas noches

Esperó un momento a ver si aparecían en la pantalla los puntitos que significaban que él estaba respondiendo, pero fue en vano. Devolvió el móvil al bolso, llevó todo lo que necesitaba al Suburban y se puso en marcha, para salir de Asheboro y dirigirse hacia las afueras del condado. Su primera parada fue un parque de remolques a unos diez kilómetros de los límites de la ciudad.

Durante la siguiente hora y media visitó un paciente tras otro. Puso una inyección a un paciente en el codo y a otro en la rodilla. Tomó la presión y la temperatura a otra decena de pacientes; examinó oídos, narices y gargantas; escuchó corazones y pulmones; y vacunó a un niño de cinco años. Tenía dos pacientes nuevos, ambos con cortes que se habían infectado. Les limpió las heridas, les suministró antibióticos y les abrió un expediente médico, aunque sabía que eso les causaba inquietud. También les dejó tres recetas.

Después de salir de la zona de tráileres visitó tres casas más. Eran personas mayores, por lo que a todas les hizo un electrocardiograma, además de las pruebas rutinarias. También les tomó muestras de sangre para enviarlas al laboratorio.

Luego hizo dos visitas más para dejar recetas, y volvió a casa a las ocho y media.

Al entrar, Mitch y Casey se encontraban de nuevo en el sofá, esta vez con un bol de palomitas.

—¿Cómo ha ido en el instituto? —preguntó.

—¡Ha sido increíble! —respondió Mitch—. ¡Hemos puesto globos y todo!

—Me alegro de que lo hayáis pasado bien —dijo Kaitlyn—. Pero ¿no deberías ir preparándote para ir a la cama?

Mitch se levantó con desgana del sofá.

—Buenas noches, bicho —dijo Casey al tiempo que le lanzaba una palomita.

—Buenas noches, culona —replicó Mitch, y Casey profirió una risita.

Por un instante Kaitlyn se planteó si debería intentar hablar con Casey de nuevo, pero decidió que sería mejor dejar reposar el tema por el momento.

Lo último que le apetecía era otra discusión, y además tal vez lo único que conseguiría es que su hija tuviera más ganas aún de irse.

VIII

Después de que Mitch se hubiera bañado y puesto el pijama, le leyó un capítulo de la novela *Wonder*, de R. J. Palacio. Aunque Mitch era lo bastante mayor como para leer solo, era algo que Kaitlyn llevaba haciendo desde que era un bebé, y todavía no estaba preparada para dejar de hacerlo. Sabía que pronto llegaría el día en que Mitch pondría fin a esa tradición, tal como ya había pasado con Casey.

Tras darle un beso de buenas noches, cuando estaba a punto de apagar la luz, Mitch la llamó.

—¿Mamá?

—¿Qué, cariño?

—Casey no se va a ir con papá, ¿no?

—Simplemente dice esas cosas a veces —respondió Kaitlyn, esperando no equivocarse—. Ya sabes cómo es.

—No quiero que se vaya.

Kaitlyn percibió el miedo en su voz.

—Lo sé, cariño.

Le dio otro beso y apagó la luz antes de dejar la puerta abierta a medias tras ella. Se asomó al cuarto de Casey, vio que estaba estudiando en la cama y decidió no interrumpirla. Había sido un día muy largo, todo el fin de semana había sido muy intenso, de hecho, y estaba cansada.

Y sin embargo…

Apretó los brazos en torno a su cuerpo, y volvió a ocurrírsele que, aunque la amenaza de Casey la había desconcertado, aquel había sido uno de sus mejores días de los últimos tiempos.

IX

Kaitlyn recogió la sala de estar y la cocina, y después subió las escaleras para ir al baño principal y abrir el grifo de la ducha. Mientras el vapor empezaba a inundar el cuarto, se sorprendió a sí misma pensando en el tiempo que había pasado en el zoo con Tanner.

Era una sensación insólita, lo cómoda que se sentía en su compañía, casi como si hubieran sido amigos durante años. El fácil intercambio ponía de relieve cuánto echaba de menos la vida social. Las conversaciones adultas. En definitiva, era un recordatorio de que era algo más que simplemente madre y doctora, y aunque no significara nada más, aquella tarde en el zoo había vuelto a despertar esa consciencia de sí misma.

Ya en la ducha, se enjabonó, se lavó el pelo y por último se lo aclaró. Después de secárselo, se envolvió en una toalla y se dio cuenta de que se había dejado el móvil dentro del bolso en el despacho. Se ajustó la toalla para que no se le cayera y fue caminando lentamente del dormitorio al despacho para ir a buscarlo. Al pulsar el botón lateral, su corazón dio un brinco al ver que Tanner había contestado su mensaje:

> Gracias por haberte puesto ya en contacto con la compañía aseguradora. Y también por permitirme acompañaros hoy. Ha sido estupendo conocerte un poco mejor y conocer a Mitch. ¿Quizá nos veamos pronto?

Kaitlyn sonrió y se debatió entre enviar un mensaje de respuesta o no. «Me gustaría mucho» sonaba demasiado entusiasta, tal vez incluso a desesperación; «Ya veremos» le pareció demasiado esquivo. Incapaz de tomar una decisión, decidió consultarlo con la almohada.

¿Quizá «Sí, nos vemos»?

«Le gusto —pensó, sintiéndose un poco mareada—. Y a mí también me gusta». Pero esa no era la cuestión. «Se va pronto», se recordó a sí misma.

Obedeciendo a un impulso se metió en la cama desnuda por primera vez en años. Deleitándose en la sensación de las sábanas sobre su piel, esperó a que su mente se desacelerara. Sin embargo, seguía visualizando a Tanner mientras caminaba a su lado.

«Le gusto», volvió a pensar, y tardó bastante rato en poder conciliar el sueño.

X

El lunes comenzó con el ajetreo típico de los días entre semana. Kaitlyn llevó a los chicos al colegio y fue a la consulta, donde tuvo trabajo hasta las once de la mañana. Luego volvió a reponer lo necesario en su maletín y se dirigió hacia El pan nuestro.

En cuanto entró al anodino edificio cogió uno de los delantales colgados en la pared y luego saludó a los voluntarios habituales. Cuando entró en la bulliciosa cocina y vio a un hombre cortando tomates para una gran ensaladera, tuvo que volver a mirar con más atención para comprobar quién era.

—¿Tanner?

—Hola, Kaitlyn —saludó él con un gesto amistoso—. Feliz lunes.

Unos cuantos voluntarios intercambiaron miradas, pero no dijeron nada.

—¿Qué haces aquí?

—Trabajar de voluntario —respondió—. Llamé para preguntar si necesitaban ayuda hoy, y resulta que Evelyn no podía venir, así que aquí estoy.

—Pero ¿por qué?

—Porque tengo tiempo libre y es una buena acción —explicó con practicidad—. Y quería volver a verte.

Los demás voluntarios abrieron mucho los ojos con una expresión de regocijo. En cuanto a Kaitlyn, no estaba exactamente molesta por su presencia, pero no sabía qué pensar. Lo único que sabía con toda seguridad era que no le apetecía tener público en aquella desconcertante situación.

—Ah, bueno… me alegro por ti —respondió. Tragó saliva—. Voy hacia la entrada porque vamos a abrir en un minuto.

—Haz lo que tengas que hacer —dijo Tanner con un gesto desenfadado antes de volver su atención a los tomates.

Kaitlyn caminó hasta la cola donde se servía a la gente intentando ignorar el obvio interés que había suscitado a su alrededor.

—¿Todo bien? —preguntó Linda. Levaba más tiempo incluso que Kaitlyn como voluntaria, y eran amigas desde hacía años.

—Sí, todo bien —respondió Kaitlyn.

—Me alegro —comentó Linda—. Porque, ¿sabes?, Margaret ya le ha apodado como «el hombre atractivo desconocido».

Lo único que Kaitlyn pudo hacer fue cerrar los ojos y pensar: «No me puedo creer que esté aquí».

XI

Durante la siguiente hora y media sirvieron más de setenta comidas, y a última hora un anciano con una tos terrible le preguntó si tenía un momento para visitarle. Kaitlyn lo examinó en la pequeña oficina de administración y le diagnosticó una bronquitis. Le dio antibióticos, unas muestras cortesía del representante farmacéutico que además le había llevado dónuts aquella misma mañana.

Después Kaitlyn volvió a la cocina, donde los voluntarios se afanaban en las tareas de limpieza. La mayoría se encontraban en la parte delantera limpiando las mesas, y Kaitlyn se acercó donde estaba Tanner frotando la tabla de cortar en el fregadero.

—¿Cómo te ha ido con ese paciente? —preguntó él. Aunque

Kaitlyn tenía la sensación de que los demás trabajadores la estaban mirando de reojo, consiguió mantener la compostura.

—Bien.

—No me contaste que también tratabas pacientes aquí.

—No suele pasar tan a menudo. —Se aclaró la voz—. Pero... Debo decir que tu presencia aquí ha sido un tanto inesperada.

—Ya te dije que pensaría en tu padre —replicó él—, y es lunes. —Sonrió, y aquellos ojos de color verde oro la cautivaron—. Me alegro de verte de nuevo.

Kaitlyn sintió el rubor típico en ella ascendiéndole por el cuello.

—Yo también me alegro de verte. Pero tengo que volver a la consulta.

—¿Has comido?

—No, pero normalmente me salto el almuerzo.

—Eso no es bueno para tu salud, y lo sabes. Tendré que hablar con tu médico al respecto.

Kaitlyn intentó reprimir la risa en vano.

—¿Puedo acompañarte a la puerta? Supongo que todavía me quedaré aquí una hora más o menos.

—Claro —respondió y enseguida empezaron a avanzar juntos—. Ah, antes de que me olvide —prosiguió Kaitlyn—, ¿ya se ha puesto en contacto el perito contigo?

Tanner asintió.

—He hablado con él esta mañana. Ya ha enviado la grúa para recoger el coche, y hemos quedado en el taller Bill's Body Shop a las tres para revisarlo todo. También me ha conseguido un coche de alquiler.

Al llegar al Suburban, Tanner dijo:

—Me alegro de haber venido aquí hoy.

—De haberlo sabido te habría avisado de que no tendríamos la oportunidad de hablar.

—No pasa nada —respondió encogiéndose de hombros con un gesto indolente—. Pero estaba pensando si tal vez te gustaría cenar conmigo mañana por la noche.

Kaitlyn sintió el corazón desbocado en su pecho. «No es buena idea», la riñó una voz sensata dentro de su cabeza.

—Tendría que preguntar a ver qué hacen los chicos —respondió tras dudar un momento—. ¿Te puedo enviar un mensaje luego? ¿Después de hablar con ellos?

—Por supuesto. Y si mañana no puede ser, ¿tal vez otro día?

Kaitlyn profirió un suspiro.

—Suena bien.

5

I

El domingo por la tarde, después de limpiar las heridas de Arlo, Jasper se dedicó a tallar algunas piezas en el porche hasta que se hizo de noche, y luego volvió al interior de la cabaña. Abrió una lata de chile con carne para cenar y la compartió con el perro, pero su mente no podía dejar de darle vueltas a lo sucedido, y su estómago seguía demasiado tenso como para comer. No podía olvidar la mirada fija en el cañón del rifle ni la sonrisa hueca del joven que blandía el arma. Tras obligarse a tragar unas pocas cucharadas, le dio el resto a Arlo.

Mientras enjuagaba el bol, su mente volvió al cervatillo muerto que se había encontrado y se preguntó cuánto tiempo podría sobrevivir el ciervo blanco en un mundo donde se premiaba matar las cosas bellas.

Se acordó de que hacía una eternidad había sido avistado otro ciervo blanco en el bosque Uwharrie. Él tenía diecisiete años y la noticia había suscitado la misma excitación en aquel entonces, por lo que su padre lo había llevado al bosque con la esperanza de poder verlo. Fue la última vez que pasaron un fin de semana juntos en la cabaña antes de que a su padre le fallara el corazón.

Pasaron horas en el bosque intentando encontrarlo. Su padre era un excelente cazador; podía saber lo reciente que era un rastro con tan solo dar un vistazo, sabía el estado de salud de un animal por las heces, y tenía una capacidad instintiva para localizar los sitios donde los ciervos tal vez habían pasado la noche. A última hora de la tarde, cuando por fin hicieron una pausa para comer, su padre empezó a hablar. Fue una conversación inusual, ya que no mencionó los melocotones ni tampoco un solo versículo de la Biblia. En lugar de eso, le relató a Jasper algunos de los mitos e historias relacionadas con los ciervos blancos. Le contó que el rey Arturo había intentado atrapar uno sin éxito, y que los reyes y reinas de Narnia habían perseguido uno y solo consiguieron salir disparados del armario. Mencionó que los ojibwa, una tribu del Alto Medio Oeste, veían a los ciervos blancos como un recordatorio de su propia espiritualidad, y luego compartió con Jasper una leyenda de los chickasaw.

La leyenda contaba que un joven guerrero llamado Arrendajo Azul se enamoró de Luna Brillante, la hija del jefe de la tribu. Este, que no creía que Arrendajo Azul fuera digno de su hija, decretó que la joven pareja solo podría unirse si el pretendiente le llevaba la piel de un ciervo blanco. Arrendajo Azul pasó semanas enteras solo en el bosque buscándolo. Finalmente encontró el animal y le lanzó una flecha, pero, de forma sorprendente, a pesar de haber dado en el blanco, el ciervo no murió, sino que huyó. Arrendajo Azul siguió al animal en su huida y se adentró aún más en el bosque, hasta que se perdió. Luna Brillante, con el corazón roto, nunca amó a otro hombre. En el humo de las hogueras nocturnas, con frecuencia veía un ciervo blanco que huía por el bosque perseguido por Arrendajo Azul; la leyenda decía que vivió el resto de su vida rezando para que el ciervo muriera y su amado pudiera por fin regresar a su lado.

Mientras escuchaba, Jasper pensó que tal vez su padre estaba hablando sobre sí mismo. Por alguna razón tenía la sensación de que su padre quería que supiera lo profundo de su añoranza por la esposa que había perdido, una mujer a la que Jasper nunca conoció. Quería que su hijo comprendiera por qué nunca había vuelto a casarse, ni siquiera había vuelto a salir con nadie. Tal vez, reflexionó Jasper, su padre se reconocía a sí mismo tanto en Luna Brillante como en Arrendajo Azul.

Impresionado por ese pensamiento, guardó silencio. Su padre pasó a otro mito, esta vez europeo, y luego prosiguieron la búsqueda.

Pero no consiguieron ver el ciervo blanco, para gran decepción de su padre. Pocas semanas después, mientras Jasper estaba de pie ante la tumba de su progenitor, pensó si tal vez su padre había intuido que su tiempo en la tierra estaba llegando a su fin; y si no habría buscado en ese ciervo blanco la última posibilidad de ver a la mujer a la que había amado y perdido.

En la mitología celta, después de todo, se creía que los ciervos blancos eran los mensajeros del más allá.

II

Al día siguiente después de desayunar, Jasper cogió las llaves de la camioneta y otro pañuelo. Arlo lo siguió hasta la puerta delantera y Jasper bajó con cuidado los escalones hasta llegar a la pista de gravilla frente a la casa.

La camioneta tenía más de medio siglo de antigüedad, la pintura estaba descolorida y la tapicería desgarrada. Cuando el motor estaba frío a veces tenía que girar la llave tres veces o más antes de que empezara a toser en su regreso a la vida. Jasper a menudo se preguntaba cuál de los dos aguantaría más.

El portón trasero chirrió al abrirlo. Arlo meneó la cola, pero no hizo amago de querer dar un salto. Jasper sacó un juego de escaleras de plástico y Arlo subió por ellas como si fuera un miembro de la realeza.

—De nada —dijo Jasper.

Cerró el portón, se puso tras el volante y se dirigió a la ciudad. Cuando llegó al aparcamiento de la oficina del sheriff se cubrió la cara con el pañuelo. Fue a la parte trasera de la camioneta y volvió a sacar las escaleras para que Arlo descendiera con dignidad.

Una vez dentro, la agente que estaba detrás del mostrador, algo desconcertada, se quedó con la boca abierta al verlo, pero rápidamente apartó la mirada. El pañuelo solo ayudaba un poco, y Jasper lo sabía.

—Buenos días —saludó la agente mientras retiraba a un lado algunos papeles—. ¿En qué puedo ayudarle?

—¿Está Charlie? —preguntó, refiriéndose al sheriff Donley.

—Ahora mismo está hablando por teléfono —respondió ella, aparentemente concentrada en el montón de papeles que había sobre su mesa—. ¿Puedo preguntarle cuál es el motivo por el que quiere verlo?

—Caza furtiva —dijo—. Y algo más.

—Ah —se limitó a decir la agente mientras descendía la mirada hacia Arlo—. Sabe que se supone que tiene que llevar al perro con correa, ¿verdad?

—No traigo ninguna conmigo. Pero me hará caso.

—Ajá. —Asintió, observando detenidamente las canas del hocico de Arlo y al anciano con la cara cruzada por cicatrices que estaba ante ella—. Supongo que no pasará nada. ¿Quiere hacer una declaración?

—Preferiría hablar con Charlie en privado, si no le importa.

—¿Y quién le digo que quiere hablar con él?

—Mi nombre es Jasper. Charlie y yo nos conocemos desde hace mucho tiempo.

Poco después, él y Arlo fueron conducidos a la oficina del sheriff, donde lo encontraron sentado tras su escritorio. Se puso en pie y tendió la mano a Jasper mientras este se quitaba el pañuelo de la cara.

—Jasper, viejo amigo —dijo. Al político que había en él (los sheriffs eran cargos electos) le costaba menos que a la mayoría de la gente mirar a Jasper a los ojos; aunque también había que tener en cuenta que se conocían desde hacía más de tres décadas, por lo que el aspecto de Jasper no le afectaba. Aun así, siempre sonreía de forma un poco exagerada, como si tratara de compensar algo—. No te he visto mucho por aquí últimamente. ¿Sigues escondido en esa cabaña tuya?

—Es mi casa —dijo Jasper encogiéndose de hombros.

Charlie indicó por señas la silla situada ante el escritorio.

—Sabes que en realidad tu perro debería ir con correa.

—La agente de la entrada ya me lo ha dicho. —Jasper tomó

asiento mientras Arlo se tumbaba en el suelo y rápidamente cerraba los ojos.

—¿Qué puedo hacer por ti?

Jasper relató lo sucedido el día anterior. Mientras hablaba, Charlie tomaba notas en una libreta de hojas amarillas, y cuando acabó alzó la vista.

—¿Y dices que encontraste el cervatillo ayer? ¿El domingo?

—Sí.

—Las infracciones por caza furtiva deben denunciarse en la Agencia estatal para el Medio Ambiente de Carolina del Norte. ¿Ya te has puesto en contacto con ellos?

—No, pero he venido aquí.

—Puedo hacer el trámite por ti —dijo Charlie, y luego le pidió que le confirmara la ubicación.

—Ahí es. —Jasper asintió—. Diles que busquen también mi pañuelo rojo.

—Se lo haré saber. —Charlie dio unos golpecitos con el lápiz sobre la libreta—. ¿Y no sabes quiénes son los adolescentes?

—No.

—¿Y tampoco sabes con seguridad si han sido ellos lo que mataron el ciervo?

—No, pero ¿quién más habría podido ser?

Charlie se reclinó hacia atrás en su silla.

—No digo que no te crea, pero es una situación complicada puesto que no lo presenciaste. Estoy bastante seguro de que el agente de conservación del medio ambiente va a decir lo mismo. Y como no sabes quiénes eran esos chicos, la verdad es que tampoco podrán hacer nada.

—¿Ya te han llegado noticias de que podría haber un ciervo blanco en el bosque?

—¿A quién no? Es de lo único que se habla en la cafetería en los últimos días.

—Creo que esos chicos lo estaban buscando.

—Puede que no sean los únicos. Se ha corrido la voz sobre el avistamiento y seguramente ya está en internet. Por lo que he oído decir, solo hay un ciervo albino por cada treinta mil, o sea que no sería de extrañar.

—¿Hay algo que puedas hacer?

—No tengo jurisdicción —objetó—. Es un bosque nacional, lo cual significa que es un asunto federal, y ambos sabemos que no hay suficientes agentes forestales como para tener el bosque completamente vigilado contra cazadores furtivos. Siempre ha sido un problema, no solo ahora.

—Tal vez podrías hablar con esos jóvenes de todos modos. Ya te he dicho que uno de ellos llevaba una camiseta de lucha libre del instituto de Asheboro. Eso podría ayudarte a dar con ellos.

Charlie se frotó la barbilla, adoptando de nuevo su actitud de político.

—El instituto está en la ciudad, no en el condado, por lo que es la policía de Asheboro quien debería hacerse cargo.

—Aquel chico disparó a mi perro.

—Sé que es terrible, pero desde el punto de vista penal solo es un disparo ilegal de un arma, o sea una simple falta leve. Y, francamente, tu situación no es buena, puesto que el perro le atacó primero.

—¿Y qué hay de que me apuntara a mí con el rifle?

—Eso también es un delito menor. Y de nuevo hay circunstancias atenuantes debido al perro, o sea que dudo que tuviera consecuencias. Me alegro de que no te haya pasado nada. Ambos sabemos que podría haber sido peor.

«Tal como así fue para el cervatillo —pensó Jasper—. Y como podría ser para el ciervo blanco».

—Entonces ¿cómo se puede proteger a ese ciervo?

—Mira, Jasper… ¿todavía sales a cazar?

—Hace mucho tiempo que no.

—De todos modos, al igual que yo, seguramente te imaginas que el ciervo blanco no es de por aquí. Es más que probable que esté de paso por la zona en busca de agua, comida o lo que sea. Debe de ser listo si ha sobrevivido tantas temporadas de caza como para alcanzar la edad adulta. Lo que intento decir es que este fin de semana, cuando empiece la temporada del pavo, va a haber mucho revuelo. Disparos de armas, cazadores deambulando por ahí… Lo cual significa que es probable que el ciervo se vaya a toda prisa por donde vino.

Jasper miró por la ventana, consciente de que probablemente tuviera razón. Sin embargo, el ciervo estaría en peligro hasta entonces.

—Si yo fuera tú —añadió Charlie—, intentaría quitármelo de la cabeza. Y me andaría con cuidado por el bosque Uwharrie durante los próximos días. Piensa en lo que te he dicho de internet. Nunca se sabe con quién puede toparse uno ahí fuera.

Una vez acabado el encuentro, de regreso en la camioneta, Jasper meditó sobre las palabras de Charlie. Tal vez debería intentar olvidarlo todo, pero se dio cuenta de que no podía. Los adolescentes con los que se había encontrado en el bosque debían rendir cuentas. Eran culpables de furtivismo y si tenían otra oportunidad lo volverían a hacer. Tampoco era aceptable que hubieran disparado a un perro o que le hubieran apuntado a él con un rifle.

En un nivel más profundo, Jasper no podía desprenderse de la sensación de que estaba conectado con el ciervo blanco de algún modo. No estaba seguro de si era un augurio o un mensaje, pero mientras se sentaba al volante percibió cada vez con más certeza que la aparición de aquel ciervo blanco tenía que ver específicamente con él.

Al igual que su padre y su abuelo, en el fondo, Jasper siempre había querido presenciar un milagro.

III

Hubo un tiempo en el que Jasper no sabía si volvería a sentirse normal algún día. La muerte de su padre, tan inesperada, dejó un vacío que ni siquiera la presencia de Audrey podía llenar por completo. En la pequeña ciudad en la que siempre habían vivido estaba rodeado de los retazos de la vida que había compartido con su padre: fotografías de los dos en la repisa de la chimenea, el equipo de pescar al que recurrían en tardes ociosas, figuritas talladas apiñadas en los alféizares de las ventanas y muchas otras superficies. En la sala de estar, sobre la mesa auxiliar cerca de la mecedora acolchada, se encontraba todavía la Biblia de su padre.

En las semanas posteriores a la muerte de su padre, Jasper vagaba por la casa en silencio, socavado por la pena. En esos momentos recurría a la Biblia, intentando encontrar consuelo en las palabras que su padre tan a menudo citaba o había garabateado en los márgenes.

El salmo 34:18 decía: «El Señor está cerca de los quebrantados de corazón, y salva a los de espíritu abatido»; y en Mateo 5:4 se podía leer: «Bienaventurados los que lloran, porque ellos recibirán consolación». Se ponía de rodillas y rezaba no solo por el alma de su padre, sino también por la suya. De vez en cuando, Audrey pasaba a verlo después de clase con un guiso o una empanadilla acabada de hacer. Comían juntos, hablando en susurros. Le preguntaba qué tal estaba y cada palabra y cada gesto irradiaban una profunda compasión. A medida que transcurrían aquellas terribles semanas y meses, Jasper llegó a amar a Audrey con una devoción que él no había creído posible. «El Amor Es, sobre todo, paciente y bondadoso» (1 Corintios 13:4), y efectivamente, ella parecía comprender que Jasper necesitaba pasar el duelo a su ritmo, antes de poder regresar a la marcha normal de la vida.

Sin la ayuda de su padre, Jasper tuvo que dejar el instituto y empezar a trabajar a tiempo completo en el campo de melocotoneros. Aunque eso significaba que no vería a Audrey en clase, no tenía elección. Pagaba las facturas, usaba la fiambrera de su padre y trabajaba desde el amanecer hasta la noche. Un hombre llamado Richard Stope había ocupado el puesto de su padre. Stope era el yerno del propietario, y siempre había sentido celos del padre de Jasper por haberse granjeado la confianza del propietario. Era un hombre duro y culpaba a los demás cuando algo salía mal. En más de una ocasión Jasper le había visto golpear a uno de los temporeros. Años atrás, cuando Jasper preguntó a su padre por qué Stope actuaba de ese modo, él respondió «Proverbios 24:2». Esa noche, Jasper leyó el versículo en la caligrafía de su padre: «Porque su corazón trama violencia, y sus labios hablan de hacer mal». Jasper sabía que en el pasado Stope había intentado que echaran a su padre con la excusa de cualquier fallo. Ahora Jasper mantenía la distancia y se centraba en su trabajo.

Pero los celos de Stope ahora se centraban en Jasper. Si este trabajaba cincuenta horas, Stope encontraba un motivo para pagarle solo cuarenta; si uno de los motores de los camiones se averiaba, Stope le echaba la culpa a Jasper. Con el tiempo, otros trabajadores empezaron a distanciarse de él por miedo a que Stope también les hiciera la vida imposible si los relacionaba con él. En lugar de comer con los demás, Jasper almorzaba apartado de ellos. Si tenía que reparar un motor o arreglar las bombas de riego, los demás ya no le ayudaban. Y cuando acababa con la reparación, le echaba en cara que había tardado demasiado en hacerlo.

Después de trabajar a tiempo completo durante más de un año, la moniliosis afectó a dos árboles situados en uno de los extremos de la propiedad. El hongo procedía de un huerto vecino, donde una parte significativa del cultivo había quedado afectada. Pero Stope señaló a Jasper como responsable. Le despidió mientras los demás trabajadores presenciaban aquello con el rabillo del ojo. A esas alturas, Jasper ya se lo esperaba, de modo que se limitó a asentir con la cabeza.

Eso ocurrió en 1958. Jasper tenía dieciocho años y su padre había muerto hacía poco más de un año. Audrey se graduaría pronto de sus estudios secundarios. Puesto que Jasper contaba con unos pocos ahorros, podría sobrevivir. Al dar media vuelta para irse, Stope gritó: «Eres un pueblerino chiflado, un donnadie, como tu padre».

Jasper se detuvo, y de inmediato sus hombros se tensaron. En su mente oyó a su padre susurrar: «Proverbios 29:11: "El necio da rienda suelta a todo su espíritu, pero el sabio, al fin conteniéndose, lo apacigua"».

Relajó los hombros y dio otro paso hacia el almacén donde guardaba la fiambrera de su padre. Stope se abalanzó hacia delante y lo cogió por el brazo.

—Te vas ahora mismo —exigió.

Jasper podía notar los ojos de los demás trabajadores posados sobre él. Se zafó con brusquedad de la mano que le sujetaba, y siguió avanzando para recuperar la fiambrera. Stope volvió a acercársele, con la cara roja y los ojos enardecidos.

—¡No me ignores, chico!

Stope asió a Jasper y le hizo girarse hacia él, y después cerró el puño; al recibir el golpe, Jasper notó que los bordes de su campo de visión se tornaban negros y después cayó al suelo. Consciente de lo que su padre hubiera querido que hiciera, Jasper se levantó. Miró a Stope fijamente a los ojos y giró la cabeza despacio. Señaló su otra mejilla, tal como Jesús había hecho, en caso de que Stope deseara pegarle una vez más.

El rostro de Stope se tornó púrpura oscuro. Volvió a cerrar el puño. Pero una sensación de asombro, incluso de admiración, parecía haberse extendido entre los demás trabajadores como un aliento contenido. Stope debió percibirlo, porque en lugar de volver a pegar a Jasper, al final bajó la vista al suelo.

Jasper siguió avanzando hacia el almacén y recogió la fiambrera. Salió del campo de melocotoneros y se dirigió a la camioneta que antes fuera de su padre, consciente de que nunca más volvería allí.

IV

Tras salir de la oficina del sheriff Jasper se dirigió al instituto de Asheboro y entró en el aparcamiento. Se detuvo un momento a acariciar la cabeza de Arlo.

—Ahora tienes que esperar aquí —le dijo—. No puedes entrar en el instituto conmigo.

Al acercarse a la entrada le asombró comprobar que era mucho más grande que el centro educativo al que él había asistido, así como la cantidad de vehículos que llenaban el aparcamiento. Cuando era joven, ninguno de sus conocidos poseía coche propio, pero aparentemente ahora casi todos los chicos tenían uno.

Intentó acceder al edificio y se encontró con que la puerta principal estaba cerrada. Volvió a probar y escuchó una voz entrecortada que salía del portero electrónico.

—¿Puedo ayudarle?

No sabía con quién hablaba, y no podía ver nada a través del vidrio reflectante.

—Me gustaría ver algún anuario.

Se hizo un silencio.

—Los anuarios no estarán listos hasta mayo. ¿Quiere hacer un pedido? ¿Alguno de nuestros alumnos es pariente suyo?

—No. Quería ver el anuario del año pasado.

—Lo siento... ¿Cómo me ha dicho que se llama?

Jasper dijo su nombre.

—¿Y algún hijo suyo viene al instituto? ¿O algún nieto?

—No. Solo quiero echar un vistazo al anuario. ¿No guardan ninguna copia de sus propios anuarios?

—No lo sé. Tendría que comprobarlo. Pero si no es padre o tutor de ningún alumno, y tampoco viene por un asunto oficial, me temo que no puedo dejarle pasar.

—Pero esto es un instituto...

—Exacto —dijo la mujer, interrumpiéndole—. Es por una cuestión de seguridad. No me cabe duda de que lo comprende.

—Pero si solo quiero ver un anuario del año pasado...

—Señor —interrumpió la voz femenina—, no puedo dejarle pasar a menos que sea padre de uno de los chicos o tenga una cita...

Jasper sacudió la cabeza y se alejó del edificio.

V

De vuelta en casa, Jasper se puso a tallar en el porche, mientras reflexionaba. Hacia media tarde se dirigió a casa de la doctora y llamó a la puerta.

Pasó un minuto antes de que el chico la abriera.

—Hola, señor Jasper —dijo Mitch animado—. ¿Qué haces aquí?

—He venido a verte.

El niño movió los pies de un lado a otro.

—Mi madre dice que no debo dejar entrar a nadie en casa si no está ella.

—No me gustaría que tu madre se sintiera molesta, o sea que prefiero quedarme en el porche. Estaba preguntándome si Casey tiene el anuario del año pasado del instituto.

—Creo que sí. Pero ahora no está. ¿Para qué lo quieres?

—Estoy buscando a alguien que tal vez sea compañero suyo.

—¿Por qué?

—Prefiero no entrar en detalles, si no te importa.

—¿Es un secreto?

—Podríamos decir que sí —dijo Jasper de forma evasiva—. No tengo que llevármelo, solo necesito echarle un vistazo.

El chico volvió a la sala de estar para coger un teléfono móvil de la mesita auxiliar.

—Se supone que no debo entrar en el cuarto de Casey sin permiso, pero le voy a enviar un mensaje, ¿vale?

Jasper asintió.

Tras un par de minutos el chico miró el teléfono y sonrió.

—Espera aquí un momento —dijo, esfumándose por las escaleras para reaparecer enseguida con un libro bajo el brazo.

—Le he dicho que tú has dicho que es superimportante —dijo Mitch mientras se lo daba—. Y debo volver a ponerlo en su sitio en cuanto acabes. Y dice que no quiere que leas nada de lo que sus amigos han escrito en él.

—No lo haré.

Jasper tomó asiento en el balancín del porche, y el chico se sentó junto a él con evidente curiosidad. Al abrir el volumen encuadernado en piel, Jasper buscó en el índice y encontró la página adecuada. Como era de esperar, había una foto de grupo del equipo de lucha libre.

Enseguida identificó al adolescente con la camiseta de lucha libre: Carl Melton. Siguió examinando la foto de equipo y reconoció una segunda cara. Uno de los chicos que se hallaban de pie en la última fila era el más alto, el que llevaba el arma.

Josh Littleton.

Jasper alzó la vista, parpadeando, y respiró hondo.

«Dios mío», pensó.

Los Littleton.

Siguiendo una corazonada, volvió al índice. Justo encima del nombre de Josh había otra entrada, y Jasper pasó las páginas hasta encontrarla. Eric Littleton, el hermano pequeño de Josh, era el que faltaba en ese trío. Jasper cerró el libro y se lo devolvió a Mitch.

—¿Eso es todo? —preguntó Mitch.

—Es todo lo que necesito. Gracias. Y dale también las gracias a tu hermana de mi parte.

—Lo haré.

Jasper se puso en pie, inmóvil por un momento, perdido en sus pensamientos sobre la familia Littleton, y Mitch pasó el peso de su cuerpo de un pie a otro una vez más. Jasper preguntó, regresando a la conversación:

—¿Qué tal le va a tu hermana?

Mitch apartó la vista y repitió el movimiento con los pies.

—Dice que quiere irse a vivir con mi padre. A partir del verano.

—¿No vivía tu padre en Greensboro?

—Odiaría que se fuera.

Sabiendo lo mucho que Casey significaba para él, Jasper le puso una mano en el hombro.

—Puede que esté hablando por hablar.

—¿Qué significa eso?

—Confiemos en que decida quedarse, ¿vale?

Mitch asintió.

VI

Tal vez debido a la conversación con Mitch, cuando Jasper volvió a la cabaña decidió visitar a su familia.

Se encontraban a los pies de un antiguo roble de gruesas ramas a baja altura, algunas cubiertas por un musgo llamado «barba de viejo». Era el árbol perfecto para ser escalado, y Jasper recordó cómo sus hijos ponían a prueba su equilibrio y valentía mientras se agarraban de las ramas precipitándose hacia arriba y alrededor de ellas. Durante unos cuantos años había albergado un columpio; Jasper se acordó del día en que lo colgaron y sus hijos le habían pedido por turnos que los empujara para subir cada vez más alto.

Ahora el columpio ya no estaba y nadie había escalado por el árbol en décadas. Pero ahí era donde Jasper había enterrado a su mujer y cuatro hijos, y alzado un pequeño muro de ladrillos alrededor de ese lugar. Los pensamientos que había plantado el pasado noviembre seguían en flor, pero en un mes las flores de primavera emergerían a través del mantillo: trilios, flox musgoso, iris cristata enana, sanguinarias y lirios trucha. A Audrey le encantaban las flores.

Las lápidas estaban dispuestas en un semicírculo con Audrey en el centro. Sabía que ella lo habría querido así, porque siempre había sido el centro de la vida de todos ellos. Ella era el sol y sus hijos los planetas. Él mismo había esculpido los nombres y las fechas en las lápidas, además de un epitafio para cada uno.

Jasper se agachó con cuidado y empezó a sacar las malas hierbas que habían brotado entre los pensamientos, y con su memoria regresó a 1958, poco después de que le despidieran de la plantación de melocotoneros. Audrey llevaba más de un año yendo a su casa y a la cabaña de tanto en tanto, pero Jasper todavía no la había besado, aunque sabía que quería pasar el resto de su vida con ella. Cuando hablaban, sentía que podría seguir escuchando el sonido de su voz siempre. Ella le contó que quería ser maestra en una escuela fuera de la ciudad, donde pudiera trabajar con niños de las zonas rurales. Le dijo que quería tener como mínimo cuatro hijos y vivir en una casa de dos plantas con un porche y una cocina lo suficientemente grande como para que cupiera toda la familia; que quería pasar su luna de miel en Sullivan's Island, cerca de Charleston, donde podrían ver a las marsopas surfeando las olas. El hecho de que tuviera tan claro esos detalles que quería en su vida le aturdía. Al igual que su padre, Jasper nunca había sido un soñador, pero se hizo la silenciosa promesa de que encontraría la forma de hacer que todos los sueños de Audrey se hicieran realidad, aunque no tuviera ni idea de cómo lo conseguiría.

Pero eran sus ojos, no sus sueños, lo que más le fascinaba de ella. Cuando se quedaba mirándolos, era incapaz de apartar la vista, como si lo hubiera hechizado. Pocas semanas antes de su graduación del instituto Jasper le llevó un ramo de pensamientos recién cogidos. Los padres de ella no creían que fuera lo suficientemente bueno para ser pretendiente de su hija, y cuando la madre de Audrey vio a Jasper de pie en el porche con las flores en la mano, su rostro se contrajo en una expresión de disgusto. Audrey, sin embargo, había bajado las escaleras dando saltitos y logró deshacerse de su madre mientras ambos tomaban asiento en el porche. Cuando, a regañadientes, su madre cerró la puerta, Audrey sumergió la cara en el ramo.

—Son maravillosas —dijo aspirando. Jasper por fin susurró las palabras que había reprimido desde el momento en que por primera vez ella se subió a su camioneta.

—Tú también eres maravillosa.

Hablaron durante una hora y después compartieron un trozo de empanada. Se oía el canto de los grillos y Jasper también oyó el ulular de un búho procedente del bosque. Las estrellas punteaban el cielo nocturno, y Jasper se dio cuenta de que era hora de marcharse. Pero justo cuando se disponía a descender las escaleras del porche, se giró para volverse hacia ella. Colocó con suavidad una mano en su cintura y se acercó aún más; un segundo después, los labios de Audrey rozaron los suyos por primera vez. Jasper percibió el aroma a manzana y canela en su aliento, y de regreso a su casa le temblaban tanto las piernas que a punto estuvo de chocar contra un árbol.

En el transcurso del verano su relación floreció de repente, como las flores en una pradera. Daban paseos por las tardes, cuando menguaba el calor del día, y a veces paraban en el centro para ir a tomar un refresco. Hacían pícnics y a veces iban al cine, sobre todo porque a ella le encantaba. En la librería, ella le mostraba las novelas que más profundamente la habían conmovido (a pesar de la sospecha generalizada hacia todo lo soviético, se inclinaba por escritores rusos como Tolstói y Dostoyevski). Y el día de la Independencia, mientras se desplegaban los fuegos artificiales en el cielo, Jasper por fin le susurró que la amaba.

—Oh, Jasper —respondió ella con una amplia sonrisa—, yo también te quiero.

Ese mes de agosto ella se fue a la universidad. Era un día

abrasador, y pasaron su última mañana juntos en casa de ella, bajo la mirada desaprobatoria de sus padres.

Jasper preguntó al padre de Audrey si podían hablar a solas. Llevaba en un bolsillo el anillo de boda de su madre, y le pidió formalmente su permiso para pedirle la mano.

En un tono de voz controlado, el padre de Audrey le explicó que era imposible llevar a cabo tal enlace. Eran demasiado jóvenes, aclaró, sin mencionar el hecho de que Jasper no se había graduado de la secundaria y no tenía trabajo, por no hablar de las perspectivas de cualquier clase de carrera profesional.

Jasper devolvió la alianza al bolsillo y más tarde, cuando Audrey se subió al asiento trasero del Cadillac familiar para comenzar el trayecto hasta la escuela universitaria Sweet Briar en Virginia, Jasper forzó una valiente sonrisa. No dejó de saludar con la mano a pesar de las náuseas que había empezado a sentir, y al regresar a su casa, se preguntó si acaso ella le olvidaría. Pero no fue así, sino que la distancia aparentemente los unió aún más. Jasper le escribía dos veces por semana, y leía y releía las cartas con las que ella respondía a las suyas. De vez en cuando le enviaba pequeños regalos por correo, normalmente algo que él mismo había tallado, pero también le envió un pañuelo y un pequeño guardapelo, y pasaba todo el tiempo posible con ella durante las vacaciones, el día de Acción de Gracias y las Navidades. Y siempre, tanto si estaba con ella como si Audrey estaba en la facultad, seguía planteándose cómo podría hacer que todos sus sueños se hicieran realidad.

Ahora, toda una vida después, Jasper pasaba la mano por encima del granito, para sentir su nombre grabado bajo las yemas de sus dedos. Hizo lo mismo con cada uno de sus hijos, y a pesar del dolor de su corazón, les relató todo lo sucedido en los últimos días. Hacia el final de su narración, se sorprendió a sí mismo especulando sobre la posibilidad de que el ciervo blanco hubiera hecho aparición porque Dios sabía que Jasper deseaba presenciar un milagro. Una voz racional en su interior descartaba esa idea como ridícula, pero Jasper había vivido lo suficiente como para saber que la esperanza y la duda pueden coexistir, y por eso alzó la vista para escrutar el bosque. Miró a izquierda y derecha, y luego escuchó los sonidos provenientes de más lejos, pero solo oyó el gorjeo de un pájaro, y el ciervo blanco no acudió. Sacudió la cabeza y se reprendió a sí mismo por su necedad.

Después de un rato, Jasper se puso en pie, sintiendo punzadas de dolor en las rodillas, las caderas y la parte baja de su espalda. Sentía su piel estirarse dolorosamente con cada movimiento, y mientras clavaba la mirada por última vez en las lápidas, sintió cómo el peso oscuro de la soledad lo invadía, asfixiándolo.

—Os quiero y os echo de menos a todos —dijo en voz alta, antes de recorrer penosamente el camino de regreso a casa.

VII

Jasper sabía que todavía tenía tiempo antes de que Charlie diera por terminada su jornada, y le llamó a la oficina del sheriff. Le informó de que había identificado a los jóvenes que había visto en el bosque.

—No voy a preguntarte cómo has sabido su identidad, pero sí si estás seguro.

—Lo estoy —respondió Jasper, y después le recitó los nombres.

Oyó a Charlie respirar hondo, y luego hacer una pausa antes de responder.

—Si quieres, puedes venir y presentar una denuncia, pero incluso dejando aparte el tema de la jurisdicción, no te va a hacer ningún bien.

—¿Por qué?

El silencio de Charlie llenó la línea telefónica. Finalmente dijo:

—Sabes la razón tan bien como yo.

En realidad era cierto. Tras colgar, consideró la situación mientras cenaba su sopa de tomate. Como Arlo no era fan de ese plato, Jasper puso unas cucharadas de comida para perros en su cuenco y después cogió las llaves. Arlo alzó la vista de la comida y se lamió los labios, como preguntándose adónde tendrían que ir ahora.

—Esta vez voy solo. Tienes que quedarte en casa.

Jasper dio unas palmaditas al perro en la cabeza y se dispuso a salvar el corto trayecto hasta el centro de nuevo. En un momento dado giró en una calle flanqueada por residencias señoriales, ocupadas por familias cuya riqueza había pasado de una generación a otra. En las entradas pudo ver Mercedes y BMW, incluso algún Bentley. Jasper redujo la marcha al acercarse a una casa de estilo colonial de ladrillo parcialmente oculta por un jardín exuberante. Jasper sabía que esa era la casa donde Josh y Eric Littleton vivían; también era la casa donde su padre, Clyde, había nacido y se había criado junto con sus hermanos, Roger y Vernon.

El honorable juez Roger Littleton.

El fiscal del distrito Vernon Littleton.

Los Littleton contaban con una larga historia en la región, que se remontaba a antes de la guerra civil. Habían amasado una fortuna invirtiendo en el ferrocarril y especulando con terrenos antes de pasarse al ámbito jurídico. Seguían contándose entre las familias más ricas del estado; todavía eran propietarios de miles de hectáreas, en su mayoría arrendadas a granjeros. Durante toda la vida de Jasper (y con bastante seguridad ya desde mucho antes), siempre había habido un juez Littleton en Asheboro. El padre y también el abuelo de Roger, Vernon y Clyde habían sido jueces; Vernon, por su parte, había ejercido de fiscal del distrito durante casi tres décadas. Teniendo en cuenta sus generosas donaciones a políticos, así como sus amistades en puestos importantes, holgaba decir que los Littleton habían sido y seguían siendo la ley en ese condado.

No obstante, aunque Roger y Vernon Littleton eran respetados en la comunidad (o tal vez en ocasiones incluso temidos), a Clyde meramente se le toleraba. En su adolescencia, uno de los amigos de Clyde había sufrido una sobredosis en casa de los Littleton, y se rumoreaba que fue él quien le había suministrado las drogas. Años más tarde, cuando rondaba la veintena, por la ciudad corrió la voz de que Clyde había pegado a su novia. Aunque no se habían presentado cargos por ninguno de esos sucesos, aquellos rumores bastaron para instar a Clyde a abandonar la ciudad como mínimo por un tiempo. En Raleigh supuestamente limpió su expediente. Allí se hizo promotor y conoció a una mujer llamada Anne, con la que se casó y tuvo dos hijos. Hacía ya catorce años, tiempo suficiente para que sus felonías se hubieran borrado de la memoria colectiva, que Clyde y su familia habían regresado a Asheboro y se habían mudado a la casa familiar original. Uno de sus primeros proyectos en la región fue la zona residencial que Jasper había intentado detener en vano.

A Clyde también le gustaba cazar, en especial una modalidad concreta de caza: cuanto más exótico fuera el animal, tanto mejor. Jasper había oído decir que muchas de sus presas habían sido disecadas para exhibirlas como decoración de la casa. Había matado un león, un jaguar y una pantera. Había disparado y conseguido matar un rinoceronte en Namibia y había viajado al Himalaya para matar un carnero azul, también llamado baral. Aunque no todos los animales que había cazado estaban en peligro de extinción, algunos de ellos sí se contaban entre las especies amenazadas, y Clyde era famoso en algunos círculos del mundo de la caza por su inclinación a publicar sus hazañas en las redes sociales. Argumentaba que todo lo que hacía era legal y contaba con la total aprobación del gobierno de turno, pero a Jasper (como a muchas otras personas) no le cabía duda de que Clyde a veces se saltaba las reglas sobornando a los funcionarios gubernamentales para que hicieran la vista gorda.

Hacía unos pocos años la cadena de noticias local se había hecho eco de una publicación de Clyde en las redes sociales. En la primera foto aparecía él sosteniendo la cabeza de una jirafa a la que había derribado en Sudáfrica; en otra tenía su corazón en la mano y sonreía. Se defendió de aquello diciendo que era legal, que la carne había sido donada a los locales, y que se trataba de un espécimen de avanzada edad, pero activistas por los derechos de los animales procedentes de lugares tan apartados como Florida se habían manifestado delante de su despacho en el centro de Asheboro. Había gente exhibiendo carteles de protesta y coreando consignas con megáfonos, pero la policía dispersó discretamente a los manifestantes.

Y ahora sus hijos merodeaban por el bosque en el que un ciervo blanco, otro animal exótico, había sido avistado prácticamente a la puerta de su casa.

«¿Estarán buscando esos chicos la aprobación de su padre?». A Jasper le parecía obvio que así debía de ser.

En la entrada de la casa había un elaborado portón de hierro forjado. Jasper apretó el timbre del interfono. Respondió una mujer que anunciaba que se trataba de la residencia de los Littleton.

—Me gustaría hablar con Anne o Clyde Littleton.

—¿Tiene una cita?

—No. Pero es un asunto referente a sus hijos, Eric y Josh. Es importante.

—¿Y usted es…?

Jasper dijo su nombre antes de que se apagara la voz. Esperaba que al volver a oír hablar a la mujer esta le diría que no estaban en casa, o cualquier otra excusa. Pero, en cambio, el portón se abrió.

Jasper avanzó por la larga pista de acceso y detuvo la camioneta detrás de una ranchera negra. Bajó del vehículo y llegó hasta la puerta principal, y en el último momento se acordó de sacar el pañuelo del bolsillo y cubrirse el rostro con él. Dio unos golpes con los nudillos y retrocedió un paso.

Fue Anne quien abrió la puerta. Era una mujer de pequeña estatura y aspecto quebradizo que llevaba el pelo recogido en un moño apretado; la reconoció por las fotos de los periódicos. Los Littleton eran mencionados con frecuencia por sus obras de caridad en la comunidad, e incluso la nueva ala del hospital llevaba el nombre de la familia.

—Buenas tardes, señora Littleton —saludó Jasper—. Gracias por aceptar recibirme.

Los ojos de Anne eludieron mirarle a la cara.

—Me han dicho que quería hablarme de algo que tenía relación con mis hijos.

—Así es, señora.

Por encima del hombro, Jasper vio a Clyde descender la magnífica escalera hasta el vestíbulo de baldosas de mármol. Al acercarse alzó las cejas como dando a entender que lo reconocía.

—Me acuerdo de usted. Espero que no haya venido para quejarse de la zona residencial Neely Ridge.

Jasper negó con la cabeza.

—No, señor. Se trata de sus hijos.

Condujeron a Jasper desde el recibidor a la biblioteca, revestida de estanterías de caoba hasta el techo. De una de las paredes colgaba la cabeza de una pantera negra; enfrente se encontraba la del baral. Al lado de la chimenea había un oso pardo disecado, de unos tres metros de altura. Clyde señaló con un gesto una silla que parecía ser una antigüedad y Jasper tomó asiento. Anne se sentó en el borde del sofá y Clyde se quedó de pie.

—¿Qué quería decirme sobre mis hijos? —preguntó Clyde.

Jasper explicó lo sucedido el día anterior, y hacia el final de su relato Anne tenía las manos fuertemente apretadas sobre su regazo. Clyde, sin embargo, puso los brazos en jarras, y su expresión había dejado de ser amable.

—A ver si lo he entendido. ¿Está acusando a Josh y Eric de furtivismo?, ¿afirma que Josh disparó a su perro y que además le apuntó a usted con el rifle?

—Sí, señor. Y además me pidió dinero. Y pisoteó mis setas. Eso es exactamente lo que sucedió.

—Mis hijos nunca harían ninguna de esas cosas. Han estado rodeados de armas toda la vida. Saben que no deben apuntar con un arma a nadie ni tampoco disparar a ninguna mascota. ¿Y por qué motivo matarían a un cervatillo sin valor?

—Creo que están buscando el ciervo blanco.

—Eso no explicaría por qué habrían disparado a otro ciervo, ¿no cree?

—Imagino que su hijo estaba probando la mira del rifle —respondió Jasper. Lo que no dijo era que tal vez Josh quería matarlo simplemente porque podía hacerlo.

—Bien, entonces preguntémosles a ellos acerca de todo esto, ¿le parece?

Clyde abandonó la sala y llamó a Josh y Eric desde la escalera para que bajaran. Cuando los chicos entraron en la sala, intercambiaron una mirada nerviosa antes de volverse a mirar a su padre.

—Aquí Jasper nos ha contado una historia interesante —empezó a decir Clyde—. ¿Fuisteis ayer por la mañana al bosque Uwharrie?

—Sí —contestó Josh.

—¿Puedo preguntar por qué?

—Fue una salida de reconocimiento —respondió Josh, sin que le costara pronunciar aquellas palabras—. La temporada del pavo está a punto de empezar, y por eso salimos a ver dónde podríamos encontrarlos.

—¿Visteis a este hombre?

—Sí —dijo Josh—. Nos encontramos con él justo antes de volver. Hablamos y cuando intenté ver las setas que había recogido en un cubo, su perro me atacó.

—Este hombre —dijo Clyde señalando a Jasper— afirma que matasteis a un cervatillo.

Josh negó con la cabeza.

—No es cierto. Nos acusó de haberlo hecho, pero ya le dijimos que no sabíamos nada de eso.

—¿Y su perro os atacó?

—Sí, de repente. Tropecé cuando intentaba defenderme, y entonces se disparó el arma. Fue un accidente.

—¿Le apuntaste con el rifle? ¿Y le pediste dinero? ¿Y pisoteaste sus setas?

—No. Bueno, creo que no. Como ya he dicho tropecé y el cubo debió volcarse cuando me caí. Estaba en el suelo intentando librarme del perro, y probablemente por eso las setas quedaron aplastadas. Cuando me levanté es posible que el cañón apuntara en su dirección, pero de ser así, fue un accidente. Estaba bastante nervioso. Y no disparé a su perro ni le pedí dinero.

Jasper escuchaba con asombro la facilidad con la que el chico mentía. Clyde desvió la mirada hacia Eric.

—¿Es eso cierto, hijo? ¿Es eso lo que pasó?

Eric pasó el peso de su cuerpo de un pie al otro, asustado.

—Sí.

Clyde asintió antes de volver su atención a Jasper.

—¿Hay algo que quiera decir sobre su versión de los hechos?

Jasper sostuvo la mirada a Clyde. Proverbios 14:5 siempre

había sido uno de los versículos favoritos de su padre: «El testigo veraz no mentirá, pero el testigo falso hablará mentiras».

—Sus hijos no están siendo sinceros.

Anne se sobresaltó, y Clyde endureció su expresión.

—Mis hijos no son unos mentirosos —espetó—. Lo cual me hace preguntarme qué es lo que realmente quiere. ¿Ha venido a pedir dinero?

—He venido porque ustedes son sus padres, y pensé que tal vez querrían saber lo que han hecho sus hijos para hacer que asuman su responsabilidad.

Durante unos segundos nadie dijo nada y Clyde se llevó una mano a la barbilla, haciendo como si estuviera rebuscando en su memoria.

—Es curioso que venga a darnos consejos sobre crianza… Creo recordar haber oído algo sobre su hijo. ¿No acabó en prisión? Algo relacionado con un incendio, ¿no?

Jasper calló, pero Clyde sabía que había dado en el clavo.

—La próxima vez mírese al espejo antes de empezar a cuestionar cómo crío a mis hijos —añadió Clyde—. En cuanto a sus acusaciones, estoy seguro de que mis hijos no hicieron nada malo. Aunque me pregunto si les pedirá disculpas por lo que su perro le hizo al más mayor de mis hijos.

Nuevamente Jasper permaneció en silencio. Tras unos instantes, Clyde retrocedió un poco para indicar por señas el vestíbulo.

—Entonces creo que lo mejor es que se vaya. Se me ha acabado la paciencia, y ya no es bienvenido en mi casa.

Con esas últimas palabras le mostraron la puerta a Jasper.

VIII

Jasper apenas acababa de llegar a la cabaña cuando sonó el teléfono. Al descolgar oyó a Charlie en el otro extremo de la línea.

Por su tono de voz no parecía contento. Los Littleton no solo estaban molestos, sino que además se habían sentido amenazados.

—Yo no les he amenazado —replicó Jasper—. Les dije lo que habían hecho sus hijos.

—¿Les llamaste mentirosos?

—Dije que sus hijos no estaban siendo sinceros.

Charlie suspiró y Jasper pudo notar su frustración.

—Mira, Jasper. Déjalo correr. Ambos sabemos que no te interesa que esa familia esté en tu contra. Simplemente aléjate de ellos, ¿vale? No vuelvas a casa de los Littleton.

Tras colgar, Jasper se quedó en la cocina. Al otro lado de la ventana solo había oscuridad, y se preguntó dónde podría estar el ciervo blanco. ¿Seguiría en la zona? ¿Habría cazadores en el bosque intentando matarlo en ese mismo instante? Se preguntó cuánto tiempo pasaría antes de que los hijos de los Littleton volvieran a probar suerte, y si el ciervo acabaría disecado y colgado de la pared como un trofeo debido a su ansia de imitar a su padre.

En aquella oscuridad no encontró ninguna respuesta. Lo único que sabía era que la salvación de ese ciervo dependía de él.

6

I

Tras acabar su labor de voluntariado en El pan nuestro, Tanner se dirigió al taller Bill's Body Shop. Puesto que se encontraba a poco más de dos kilómetros, decidió ir a pie, aunque una de las voluntarias, Trudy, se había ofrecido a llevarlo hasta allí. Un poco de aire fresco le iría bien, y la temperatura había ido aumentando a lo largo del día, trayendo consigo algunos recuerdos. Una de las cosas que más había disfrutado durante su época en Carolina del Norte, cuando estuvo destacado en Fort Bragg, había sido el clima: meses de cielo azul y la temperatura perfecta en primavera y otoño.

Devolvió el móvil a su bolsillo y empezó a caminar, a un ritmo que no era apresurado ni tampoco lento. Ese mismo día había pasado media hora al teléfono hablando con una mujer que trabajaba en Revology. Tal como había previsto, le recomendó que fuera su empresa quien se ocupara de enviar los recambios necesarios, en lugar de recurrir al mercado de piezas de repuesto. Lamentablemente no podía decirle cuánto tardarían en tenerlas. Tal vez algunas estarían en el almacén; las demás habría que pedirlas. Aunque no estaba entusiasmado con la idea de que pudieran tardar semanas en reparar su coche, se recordó a sí mismo que no tenía problemas de agenda, por lo menos de momento.

En cualquier caso, Asheboro estaba demostrando resultar más interesante de lo que había esperado. O, mejor dicho, Kaitlyn le interesaba con una intensidad como pocas otras mujeres lo habían hecho antes en su vida. La noche anterior había estado dando vueltas en la cama durante casi una hora porque no era capaz de dejar de pensar en ella. Por la mañana, en cuanto abrió los ojos, vinieron a su mente imágenes de ella, y supo con absoluta certeza que quería volver a verla.

Su decisión de presentarse como voluntario en El pan nuestro, sin embargo, no le había resultado fácil. Se había cuestionado cómo se sentiría Kaitlyn al ver que había aparecido por allí sin previo aviso: ¿se lo tomaría como un exceso de atrevimiento? ¿O le parecería un tanto raro? No obstante, decidió arriesgarse. No le había mentido al decirle que la filosofía de su padre le había servido de inspiración, y previamente se dijo a sí mismo que en caso de notar que ella se sentía mínimamente molesta por su presencia, él se limitaría a mantener las distancias durante el voluntariado y después se alejaría de ella por completo.

Pero eso era más fácil de decir que de poner en práctica, aunque solo fuera porque el grupo de voluntarias habituales (Trudy, Lisa, Margaret y Linda, entre otras) le bombardearon con preguntas desde el primer momento. Al principio aquellas cuestiones no demostraban nada más que su curiosidad de forma general, pero su interés se fue intensificando al enterarse de que había oído hablar de El pan nuestro por Kaitlyn. De forma consecutiva, fue como si se fueran iluminando pequeñas bombillas sobre su cabeza y enseguida empezaron a intercambiar miradas de complicidad. Estaba seguro de que Kaitlyn advirtió aquellas miradas en cuanto llegó. Tanner había olvidado lo chismosa que podía ser la gente en las pequeñas ciudades.

Para su alivio, no tuvo la impresión de que ella estuviera molesta ni enfadada al verlo en la cocina. Sin embargo, sí que parecía un tanto desconcertada, y en ese momento se dio cuenta de que como mínimo debería habérselo dicho con antelación en un mensaje de texto. Pero ¿por qué no lo había hecho?, se preguntaba en retrospectiva.

«Porque no quería arriesgarme a que me dijera que no viniera». Sacudió la cabeza de un lado a otro, planteándose qué mosca le había picado.

Mientras paseaba por las tranquilas calles de Asheboro, caviló sobre la respuesta de Kaitlyn ante su propuesta de cenar juntos. No había sido un «no» exactamente, pero tampoco había sido un «sí». Comprendía su renuencia, y aun así no podía dejar de pensar en ella, trayendo a su mente su impactante belleza o la profunda amabilidad que irradiaba. O su sonrisa, tan genuina y radiante que era difícil imaginar que hubiera derramado lágrimas alguna vez. Resultaba obvio que era una madre excelente (al observar su interacción con Mitch resultaba evidente) y se acordó de la primera impresión que había tenido de ella, de pie en el porche la noche del accidente. «Esta mujer tiene una historia», recordó haber pensado, y admitió que los últimos dos días solo habían conseguido acrecentar su deseo de saber más cosas de ella.

II

Cuando Tanner llegó al taller Bill's Body Shop, el perito ya estaba tomando más fotos del coche. El propietario y otros empleados habían formado un corro, y murmuraban afirmaciones como por ejemplo «Es una verdadera lástima, eso seguro».

Tanner se presentó, y durante los siguientes veinte minutos, el perito y el propietario del taller repasaron el papeleo y hablaron sobre lo que era necesario hacer. Tanner les facilitó la información de contacto con Revology; el propietario a su vez le prometió inventariar los recambios que iba a tener que pedir en uno o dos días. La parte positiva, había dicho, era que el chasis no estaba deformado, lo cual haría más sencilla la reparación.

Antes de irse, el perito cogió un juego de llaves que colgaba de su portapapeles y con un gesto le señaló un Chevrolet Impala relativamente nuevo de color plateado aparcado frente al taller.

—Ya sé que no es a lo que estás acostumbrado —le dijo a Tanner, pero te llevará de un sitio a otro.

Tanner rellenó los formularios de alquiler y firmó sobre la línea de puntos. Arrancar el motor le pareció un tanto decepcionante en comparación con su propio coche, pero el Impala se manejaba relativamente bien. Pensó que necesitaba comer algo y aparcó al lado de la entrada de un local de bocadillos que estaba cerca.

Llevó su sándwich y una botella de agua hasta una mesa próxima a la ventana de la parte delantera, y comprobó si tenía mensajes en el móvil. Ninguno de Kaitlyn todavía. No le preocupó. Desenvolvió el sándwich y tras un par de mordiscos se abrió de par en par la puerta del local. Tres chicas adolescentes entraron charlando en voz muy alta y se acercaron al mostrador. Un momento después reconoció a una de ellas.

Era Casey.

Tenía un aspecto distinto del de la noche del accidente. Sin rímel resbalándole por las mejillas aparentaba más edad, y su parecido con Kaitlyn era notorio. Tenía el mismo pelo y ojos oscuros, y Tanner habría estado dispuesto a apostar que casi todos los chicos del instituto debían pensar que era muy guapa.

Tanner la observó mientras ella se volvía hacia una de sus amigas para susurrarle algo; cuando la chica se giró en su dirección, con los ojos muy abiertos, Tanner la reconoció, la había visto también la noche del accidente. «La amiga rubia —pensó—, la que me reprendió por espantar a Josh». Vio a Casey articulando las palabras «Esperadme un momento».

Casey avanzó hacia él; Tanner la observó con curiosidad mientras ella tiraba de la silla que había frente a él para sentarse y apoyaba los codos sobre la mesa. Tanner dejó lentamente el sándwich sobre la mesa, sonrió y dijo:

—Eh, hola.

—Así que has decidido salir con mi madre, ¿no?

Le hizo gracia su valentía.

—Fuimos al zoo, si te refieres a eso. —Se reclinó hacia atrás en la silla, limpiándose las manos con una servilleta de papel.

—¿De qué va todo esto?

Tanner clavó sus ojos en ella con una mirada inquisitiva.

—No estoy seguro de qué es lo que quieres saber.

—Quiero saber por qué has salido con mi madre.

Tanner alargó la mano para coger la botella de agua e hizo girar el tapón.

—Técnicamente, yo no he salido con ella. Fue ella quien me recogió del hotel. En cuanto al por qué, visitar el zoo me pareció una buena manera de pasar unas cuantas horas de la tarde del domingo.

—Entonces lo que te interesaba era el zoo, ¿no? ¿Es eso lo que intentas decirme?

Tanner alzó una ceja, y de repente comprendió por qué Kaitlyn a menudo estaba tan preocupada por su hija.

—Ir al zoo era una de las cosas que ya tenía planeado hacer, antes incluso de llegar aquí. Y cuando oí que tu madre y Mitch querían ir, pregunté si podía acompañarlos.

Casey seguía mirándolo fijamente con los ojos entornados.

—¿Vas a volver a salir con ella?

Tanner admiró su actitud protectora hacia Kaitlyn.

—No lo sé. Le he preguntado si quiere ir a cenar conmigo, pero no me ha dicho nada todavía.

—Lo sabía —espetó ella. Tanner la observó mientras Casey profería un suspiro—. Me lo imaginé por la forma en que la miraste después del accidente; sé que pensaste que era muy guapa.

Tanner dio un largo trago de su botella de agua.

—¿Me permites que te haga yo una pregunta?

—Supongo que estás en tu derecho.

—¿Te molesta? Porque tengo la sensación de que no cuento con tu aprobación.

—No te conozco lo suficiente como para aprobarlo o no —respondió—. Así que empecemos por ahí. ¿Cuál es tu historia?

Tanner alzó una ceja de nuevo, al darse cuenta de que la chica le caía bien. Le hizo un breve resumen, similar a lo que le había contado a Kaitlyn. Al terminar, Casey cogió su refresco.

—Eres uno de esos tipos, ¿no?

—¿Qué quieres decir?

—Nunca has estado casado. Pero sí has salido con mujeres, ¿verdad?

—Sí.

—¿Cuánto tiempo ha durado la relación más larga que has tenido?

«Oh, cielos», pensó Tanner. Pero, puesto que Casey tenía el valor de preguntar, nuevamente decidió responder.

—Un año más o menos.

—Eso es lo que me imaginaba.

—Haces que eso parezca un problema.

—Dime tú si lo es. Si tú estuvieras en mi lugar, y se tratara de tu madre, y llega un extraño a la ciudad que nunca ha tenido una relación duradera y no piensa quedarse…

Por primera vez no estaba seguro de qué decir.

—No tengo intención de hacer daño a tu madre. Y me ha encantado tener la oportunidad de conocerla un poco mejor —dijo finalmente.

Casey asintió y desvió la mirada hacia la ventana por unos instantes, para luego volver a mirarlo.

—Sé que esto en realidad no es asunto mío. Pero es mi madre. Y no es que se pase el día saliendo con otros hombres. Creo que ha quedado con tres tipos desde el divorcio, y ninguno pasó de la primera cita.

—Lo comprendo. Y me parece genial que te preocupes por ella.

Casey guardó silencio un momento.

—¿Te destinaron al extranjero cuando estabas en el ejército? ¿A Iraq?

—Sí.

—¿Conoces a un tipo llamado Marshall Cullen?

Tanner intentó hacer memoria.

—Ese nombre no me dice nada.

—Era el padre de una de mis amigas. También estaba en el ejército y lo enviaron allí.

—Enviaron a muchos.

—Mi amiga dice que tiene pesadillas realmente terribles.

—Les pasa a muchos veteranos.

Casey parecía estar a punto de preguntarle si también él sufría esa clase de pesadillas, pero en lugar de eso cambió de tema.

—Mitch me contó que le enseñaste a jugar al frisbee. Dice que eres guay.

—Me cae bien. Es un gran chico.

—Es mi pequeño compinche. Le quiero con locura.

Tanner sonrió pero no dijo más. Tras unos instantes, Casey siguió hablando.

—Cuando hayas encontrado a ese tipo al que estás buscando, ¿qué pasará entonces?

—Supongo que depende de cómo vaya todo.

—Pero pase lo que pase, te vas a ir, ¿no? ¿Otra vez a África?

Al ver que Tanner no respondía, miró fugazmente hacia sus amigas. Luego se puso en pie y añadió:

—Tengo que irme. Me están esperando.

—Claro. Pero no has respondido a mi pregunta de antes.

—¿Qué pregunta?

—¿Te vas a sentir molesta si llevo a tu madre a cenar?

Casey lo miró fijamente.

—Todavía no lo he decidido.

III

Tras acabar de comer su sándwich, Tanner condujo de regreso al hotel.

Kaitlyn seguía sin responderle, y se sorprendió a sí mismo pensando qué le diría su hija. Estaba convencido de que Casey había sido honesta acerca de su indecisión sobre él, lo cual le importaba más de lo que habría querido admitir. Al mismo tiempo, él tampoco había mentido al decir que no quería hacerle daño a Kaitlyn. Pero ¿en qué punto lo dejaba todo eso exactamente?

No estaba seguro, y lo único que le quedaba era aceptar que Kaitlyn era quien debía hacer el siguiente movimiento. Ya no aparecería de improviso en lugares como El pan nuestro, por ejemplo, ni tampoco le enviaría más mensajes ni la llamaría. De un modo u otro Kaitlyn le daría una respuesta.

En cualquier caso, probablemente lo mejor sería centrarse en lo que le había traído a Asheboro en un principio. Recopiló la información que había conseguido en la biblioteca el sábado y empezó a confeccionar una lista de llamadas que podría hacer a todos los Johnson que habían estado en Asheboro en 1992 y seguían en la zona. Anotó los números de teléfono en una libreta, dedicó unos minutos a pensar qué iba a decir, y marcó el primer número de la lista. No obtuvo respuesta, así que continuó con el segundo. De nuevo nadie descolgó.

De diez llamadas, nueve no fueron atendidas. La única vez que pudo hablar con alguien fue para informarle de que el nombre no le decía nada, y Tanner se limitó a tachar el número de la lista.

Su falta de éxito no era de extrañar. La mayoría de la gente tenía móvil, y únicamente seguían llamando a números fijos desde números desconocidos televendedores, encuestadores o personas que se equivocaban al marcar. Él tampoco contestaba esa clase de llamadas.

Como no quería seguir perdiendo el tiempo, enchufó el móvil al cargador, se tumbó en la cama con las manos detrás de la cabeza y empezó a hacer planes para el día siguiente. Tenía que volver a la biblioteca para acabar de completar la lista. Después trazaría una ruta eficiente y empezaría a llamar a puertas. Calculaba que bastantes de sus visitas también serían infructuosas, al igual que las llamadas. Durante el día muchos estarían en el trabajo. En ese caso sería mejor pasarse al caer la noche, aunque eso significara interrumpir alguna cena.

Cogió su iPad, leyó un libro sobre la Segunda Guerra Mundial durante unas horas y luego se sentó a ver el canal de deportes hasta que se hizo de noche. Al apagar la luz sus pensamientos regresaron a la conversación con Casey. Su seguridad en sí misma le había impresionado. Costaba creer que solo tenía diecisiete años; era mucho más madura de lo que él había sido a su edad. No se acordaba de haber pensado demasiado en sus abuelos cuando era adolescente, ni mucho menos de haber sentido que tenía que velar por ellos.

Y Mitch...

Era fantástico, con un entusiasmo contagioso. ¿Vamos al zoo? «¡Genial!». ¿El oso polar está armando jaleo? «¡Estupendo!». ¿Te gustaría probar qué tal se te da el frisbee? «¿Podemos? ¿Por favor?». Era imposible no sonreír mientras charlaban durante el almuerzo, y de nuevo, Tanner era consciente de que él había sido mucho menos encantador a la edad de Mitch. Mudarse de una base militar a otra significaba dejar a los amigos atrás y luchar por encajar en ambientes siempre distintos. También tardar más de lo normal en confiar y aún más en abrirse a los demás, así como más peleas de las que podía recordar. Mitch, en cambio, era básicamente feliz, un libro abierto; Tanner no podía imaginar a Mitch peleándose con nadie.

Por alguna razón, Casey y Mitch le recordaban a los hijos de su amigo Glen: el mayor era más avispado, incluso un poco avasallador, mientras que el pequeño siempre estaba contento y dispuesto a todo. Kaitlyn también le recordaba un poco a Molly, pensó. Y aunque era algo que mantenía en secreto, Molly siempre había sido la favorita entre todas las mujeres de sus amigos. En su opinión, se trataba de una mujer con clase en todos los sentidos.

Igual que Kaitlyn.

IV

A la mañana siguiente Tanner salió a correr, y antes de volver a su habitación para ducharse y cambiarse, hizo una parada en el vestíbulo del hotel para desayunar. Acudió a la biblioteca poco después de que esta abriera, y la bibliotecaria del mostrador le trajo de nuevo la vieja guía de teléfonos. Al igual que la vez anterior, cruzó las referencias de los nombres en la guía con las más recientes páginas blancas que se podían encontrar en internet. Luego localizó las direcciones y las marcó en el mapa. De pronto pensó que tal vez algunos de los Johnson habían vivido en Asheboro, se habían mudado por un tiempo y después habían vuelto a la ciudad (o conocían a algún miembro de la familia que lo hubiera hecho), por lo que decidió añadir a su lista a todas las personas que figuraran con ese nombre en las páginas blancas, y volvió a repetir la operación de marcar su dirección en el mapa. Al final había más de noventa entradas en la nueva lista, y poco antes de mediodía ya estaba saliendo por la puerta.

Decidió empezar por la zona oeste de la ciudad. Había muchos Johnson en esa parte, y al llegar a la primera casa, se acercó a la puerta y llamó. No había nadie en casa, pero una vecina salió afuera poco después de que Tanner hubiera aparcado en la entrada. Era una mujer mayor, vestida para trabajar en el jardín. Tanner le dijo a quién estaba buscando, y la mujer movió la cabeza de un lado a otro.

—Henry y Ethel tienen hijas, ningún hijo —informó—. Vinieron de Fayetteville en 1990.

Eso habría sido once o doce años demasiado tarde.

—¿Está segura de la fecha?

—Sí, porque nosotros acabábamos de mudarnos el mes antes. Me acuerdo de que le llevé mi famoso pastel de melocotones. Ganó el tercer puesto en la feria de Carolina del Norte.

Aunque Tanner estaba ansioso por ir a la siguiente casa, la vecina no paraba de hablar. Tras describir el pastel de melocotones y compartir su secreto (una pizca de nuez moscada) empezó a hacerle preguntas, con la excusa de explicarles a Henry y Ethel quién se había pasado por su casa. Tanner dio a entender que el hombre al que buscaba era un amigo que había conocido en el ejército, lo cual suscitó otra ronda de preguntas, porque Henry también había servido en el ejército. Al igual que Tanner, había sido destinado a Fort Bragg.

Tanner tardó casi veinte minutos en zafarse, pero en la segunda casa tuvo más suerte. O peor. Los Johnson se habían mudado hacía tres meses, y los nuevos propietarios no sabían nada de ellos.

Pasó por tres casas más sin fortuna, y luego hizo una pausa para tomar un refrigerio a última hora de la tarde en Kickback Jack's. Pidió una ensalada, y cuando ya estaba pinchando la lechuga, su móvil vibró con un nuevo mensaje. Era de Kaitlyn. En la pantalla solo podía leer la primera parte del texto:

> He preguntado a los niños. Casey me
> recordó que tiene los exámenes parciales
> a principios de semana, por lo que no he
> querido pedirle que...

Tanner vaciló un momento antes de mirar el resto del mensaje, pensando: «Supongo que así termina esto».

> ... cuide de Mitch. Pero propuso que
> podrías venir a cenar el miércoles por la
> noche. Dice que quiere volver a darte las
> gracias por traerla a casa tras el
> accidente. ¿Te iría bien?
> ¿Sobre las seis y media?

Tanner alzó una ceja, consciente de que Casey no había hecho esa propuesta para volver a darle las gracias. Quería hacer de carabina, sin duda para poder formarse una opinión propia sobre su madre y el extraño que pronto se iría de la ciudad. Contestó enseguida de forma escueta.

> 6.30 el miércoles me parece genial.
> Nos vemos entonces

Dejó el móvil a un lado y sonrió. Aunque habría preferido ver a Kaitlyn antes del miércoles, se recordó a sí mismo que tenía muchas cosas que hacer hasta entonces.

V

Pasó el resto de la tarde yendo de una casa a otra y tachó más nombres de la lista. Pensó que en el caso de los que no estaban en casa, volvería a probar un poco más tarde.

De momento había acabado con la zona oeste de la ciudad, así que decidió centrarse en la parte más al norte y visitó siete casas más sin suerte. En una ocasión creyó que la fortuna le sonreía; era el nombre exacto, pero con una simple mirada se dio cuenta de que era imposible que aquel hombre fuera su padre biológico. Apenas debía de ser un poco mayor que Tanner.

Por último, cuando el anochecer empezaba a atenuar los brillantes colores de la primavera, volvió a pasarse por las casas que ya había visitado antes pero en las que no había nadie. En más de la mitad de ellas ahora había alguien en casa, y en una ocasión sintió que su corazón se le aceleraba dentro del pecho. El nombre coincidía, y el hombre también parecía tener la edad adecuada. Pero cuando dijo que se había mudado a Asheboro en 2001 desde Pennsylvania, las fechas una vez más no encajaban.

Ya había anochecido cuando regresó al hotel. Podía decirse que había sido un día relativamente productivo; calculó que había descartado más de una cuarta parte de las direcciones de la lista. A ese ritmo podría acabar a principios de la semana siguiente, o incluso antes, si por fin le sonreía la suerte.

Se dirigió a un restaurante italiano que había visto un par de días antes para cenar; mientras comía se sorprendió a sí mismo pensando de nuevo cómo sería su padre, aunque ya había aceptado la idea de que era más que plausible que estuviera perdiendo el tiempo y el hombre ya hubiera muerto hacía tiempo. Cuarenta años eran muchos como para que alguien que viniera de fuera se quedase en esa pequeña ciudad, pero como su coche iba a permanecer en el taller los próximos días, tampoco tenía nada mejor que hacer. Y, sobre todo, sabía que cualquier incertidumbre persistente sobre la conexión de su padre con Asheboro le atormentaría hasta que no supiera la verdad, fuera cual fuese.

Hacia las ocho de la tarde, Tanner empezó a hacer llamadas de nuevo. Respondieron tres personas, y eso le permitió tachar más nombres de la lista.

VI

El miércoles por la mañana, Tanner siguió probando con las llamadas y cuatro personas cogieron el teléfono. Nuevamente una de las llamadas reavivó por un momento sus esperanzas, pero las respuestas a sus preguntas volvieron a confirmar que pasaría la mayor parte del día llamando a las puertas de las casas de la lista.

Como de costumbre, salió a correr antes de tomar dos tazas de café, y después retomó la búsqueda donde la había dejado el día anterior. Estuvo en autocaravanas y casas adosadas, granjas y en una cabaña tan vieja que parecía que podría irse abajo con la próxima gran tormenta.

A última hora de la tarde había avanzado más de lo que habría creído posible, aunque todavía no había encontrado al hombre que buscaba. Sus pensamientos regresaban una y otra vez a Kaitlyn y la cena en su casa. Estaba impaciente por volver a verla.

VII

Paró en el taller de camino al hotel, y el dueño le informó de que ya habían pedido las piezas de recambio necesarias. Lo malo era que tardarían dos semanas en llegar, quizá incluso tres. Eso le hizo plantearse qué haría si sus pesquisas en Asheboro no daban resultado.

Pensó que podría utilizar el coche de alquiler para ir a ver a algunas viudas y familias que todavía no había visitado. Una estaba en Virginia y otra en Pennsylvania, lo bastante cerca una de otra como para que el trayecto valiera la pena, y la última familia vivía en el Alto Medio Oeste. Pero decidió que ya se lo plantearía más adelante. En esos momentos tenía cosas más importantes en que pensar.

Tras darse una ducha en el hotel, pasó por una tienda de comestibles para comprar un vino y luego por el Walmart para coger algo más. Llegó a casa de Kaitlyn un poco antes de la hora, pero Mitch abrió la puerta principal antes incluso de que hubiera accedido al porche.

—¡Hola, señor Tanner! —Mitch se había echado sobre los hombros una manta y sostenía en una mano una manzana mordisqueada—. Mi madre me ha dicho que estuviera atento y abriera la puerta cuando llegaras. ¡Pero adivina qué!

—¿Qué?

—Llevé el frisbee al colegio. Para el patio.

—Guay —respondió Tanner—. ¿Te lo pasaste bien?

—Sigue torciéndose cuando lo lanzo. Una vez casi aterriza en el tejado.

—Requiere práctica, pero le pillarás el truco.

Mitch condujo a Tanner hacia el interior, donde una rápida mirada revelaba una sala de estar familiar y decorada con gusto, con un sillón reclinable de cuero suave y un sofá gris afelpado lo suficientemente grande como para que toda la familia pudiera ponerse cómoda. En una de las paredes había un televisor de pantalla plana en la que se veían las imágenes de una película de la saga de *Jurassic Park*; en otra destacaba una vitrina llena de libros y decorada con fotos de los niños y detalladas figuras artísticas de cristal. Sobre la chimenea colgaba una impactante fotografía de un conjunto de abedules en invierno, una escena austera de colores blancos, negros y grises que confería un aura de paz a la sala. Justo enfrente de la entrada, desde el vestíbulo, salían las escaleras, y a la derecha Tanner supuso que estaba la cocina y el comedor. Ni rastro de Casey.

—Mi mamá está ahí, en la cocina —dijo Mitch, haciendo señas—. Estoy viendo una peli.

—Parece buena.

—Ya la he visto. Los *raptors* son bastante guays. ¿La has visto?

—Creo que sí. A mí también me gustan los *raptors*. Cazan en manada y trabajan juntos.

—¡Exacto! —dijo Mitch—. Puedes quedarte a verla conmigo si quieres.

Tanner sonrió.

—Déjame que salude antes a tu madre, ¿sí?

Tanner dejó la bolsa de Walmart sobre la mesa cerca de la puerta, sacó las botellas de vino y se dirigió a la cocina. Al rodear la barra americana advirtió que ya estaba puesta la mesa del comedor, incluidas dos copas de vino. Al otro lado de la encimera central, Kaitlyn estaba de pie frente a una bandeja de horno, de espaldas. Estaba rociando un pollo en un lecho de zanahorias y cebolla, y un sabroso aroma llenaba el aire. El pelo oscuro, ahora suelto y sin arreglar, le caía sobre los hombros.

—Hey —dijo, mirando por encima del hombro—. Has llegado. No estaba segura de que te acordaras de dónde vivimos. Estaba a punto de enviarte la dirección en un mensaje.

—Sí me acordaba —confirmó Tanner, pensando al verla que estaba aún más hermosa que hacía dos días. Dejó las botellas sobre la encimera—. ¿Qué tal tu día?

—Normal —respondió Kaitlyn, volviendo su atención al pollo—. ¿Qué tal el tuyo? ¿Ya has empezado tu búsqueda?

—Sí.

—¿Has tenido suerte?

—Todavía no —respondió—. Lo bueno es que tengo la sensación de que empiezo a orientarme realmente en Asheboro.

—¿Y qué te parece?

—Entiendo por qué te gusta vivir aquí. Es muy bonito, pero mientras conducía por las calles no he podido evitar preguntarme cómo se gana la vida aquí la gente.

—Hay colegios y organismos públicos y por supuesto el hospital, pero si no eres médico, abogado o contable, o no tienes negocio propio, lo normal es trabajar en Greensboro. Hay que desplazarse, pero a veces vale la pena. La vida va un poco más despacio aquí, lo cual es poco habitual en este mundo frenético.

—Lo comprendo. A mí me gustan también las pequeñas ciudades.

—¿En serio? ¿Un viajero cosmopolita nacido y criado en Europa como tú?

—Soy menos cosmopolita de lo que te crees. Y con la vida que he tenido, créeme cuando te digo que un poco de paz y tranquilidad es justo lo que me ha mandado el médico.

—Ah, ¿sí? ¿Yo te he mandado eso?

Tanner se rio.

—Si todavía no lo has hecho, deberías. Siempre que volvía de mis destinos, visitaba a mis abuelos unos cuantos días y luego alquilaba una casita en algún lugar de la costa. Me pasaba horas caminando por la playa, simplemente escuchando el rumor de las olas. A última hora de la tarde hacía una barbacoa en el porche trasero, y apagaba las luces tras la puesta de sol. Y hacía lo mismo cada día hasta que tenía que regresar a Fort Bragg. Asheboro me recuerda esos lugares.

—Sabes que aquí no hay playa, ¿no?

—Lo sé, pero tenéis un bosque que es un parque nacional. Si viviera aquí, estoy seguro de que saldría a correr por los senderos que lo atraviesan todos los días. Lo he hecho a menudo en los últimos años en varios parques nacionales, y he llegado a creer que para tener una buena salud mental es necesario pasar tiempo en la naturaleza con regularidad.

—Y aun así vas a volver pronto a una ciudad de tres millones de habitantes —fue la observación de Kaitlyn antes de sacudir la cabeza de un lado a otro—. Perdón. Comprendo que cuando se trata de trabajo no siempre podemos elegir dónde vivir.

Volvió a dirigir su atención a la bandeja de horno y siguió rociando el pollo.

—Espero que te guste el pollo asado. Encontré esta receta en internet hace algún tiempo y siempre he querido probarla.

—Huele fenomenal.

—Todavía necesita cocinarse un poco más, espero que no te estés muriendo de hambre. Hoy he llegado tarde a casa.

—No tengo prisa. —Alargó el brazo hacia las botellas de vino—. No sabía qué harías para cenar, por eso he comprado un Sauvignon Blanc y un Pinot. Si te apetece tomar vino, claro está.

—Siempre me apetece una copa de vino —dijo Kaitlyn con una sonrisa traviesa—. ¿Empezamos con el blanco?

—Me parece estupendo. ¿Tienes un sacacorchos?

—Debería estar en el cajón al lado del fregadero. Justo ahí.

Tanner fue a buscar las copas a la mesa y sirvió el vino. Le ofreció una a Kaitlyn mientras ella volvía a deslizar la bandeja en el horno.

—Es una lástima que no esté frío —se disculpó.

—¿Te importa que le ponga un par de cubitos de hielo?

—¿Por qué debería importarme?

—No lo sé. Quizá hay un sumiller oculto en tu interior que se podría sentir ofendido.

Se rio.

—La verdad es que creo que también me gustaría enfriarlo con un poco de hielo.

Kaitlyn sacó un puñado de cubitos del congelador y los dejó caer en el interior de las copas. Tanner la observó mientras ella daba un sorbo.

—Oh, qué bueno —dijo Kaitlyn, con entusiasmo.

—Confío en tu buen gusto. No suelo beber vino.

—Debes de ser uno de esos amantes de la buena cerveza, ¿no? —preguntó mientras le guiñaba un ojo—. Por cierto, creo que no me has dicho por qué estás buscando a ese hombre en Asheboro…

Tanner dejó que el comentario quedase flotando en el aire por un momento antes de sacudir la cabeza de un lado a otro.

—No lo hice —respondió al fin—. Es un poco complicado.

—Si prefieres no hablar de ello, no pasa nada. No es asunto mío.

—No, no me importa —contestó mientras le venía a la cabeza el recuerdo de su abuela—. Creo que te comenté que mi madre murió al dar a luz —empezó a decir, y le contó el resto de la historia. Durante todo el relato Kaitlyn permaneció en silencio, y finalmente alzó una ceja.

—¿Por qué crees que tu abuela esperó tanto para compartir contigo esa información? ¿Y por qué te lo reveló en ese momento?

Tanner se encogió de hombros.

—Llevo pensando en eso cada día desde que falleció. Me parece que la explicación más plausible es que no sabían mucho de él, o que era demasiado doloroso hablar de ello. Otra posibilidad, menos generosa, sería que no querían que nadie, incluido yo mismo, supiera nada de mi padre biológico porque querían criarme ellos mismos. Y puedo entenderlo. Yo era lo único que les quedaba de su hija tras su muerte. —Se pasó una mano por el pelo—. En cuanto al momento que eligió, estoy seguro de que fue una de esas cosas que pasan en el lecho de muerte. Creo que le preocupaba saber que nunca había echado raíces ni encontrado un lugar al que llamar «hogar». Tal vez pensó que si daba con él, eso me proporcionaría algún tipo de vínculo familiar, o por lo menos la sensación de procedencia de algún sitio.

Tanner notó que Kaitlyn le estaba mirando.

—¿Crees que eso sería así?

Se volvió hacia ella, apoyándose con las palmas de las manos extendidas en la encimera central de la cocina.

—No lo sé. Me cuesta imaginar que conocer a un hombre al que nunca he visto podría cambiar quién soy yo o cómo vivo mi vida. Pero ¿quién sabe?

Kaitlyn fue la primera en apartar la mirada.

—Supongo que la idea de echar raíces en algún lugar te parecerá extraña.

—Nunca he sentido el impulso de quedarme en un sitio para siempre —admitió—. Pero tal vez se deba a que nunca he tenido una razón lo suficientemente buena para ello.

Kaitlyn parecía estar absorbiendo la información.

—Bueno, dudo mucho que puedas resolver esa cuestión esta noche —dijo—. Pero ¿te has parado a pensar cuál será tu reacción si resulta que al final encuentras a tu padre y no es lo que esperabas?

—¿A qué te refieres?

Kaitlyn movió ligeramente la copa y observó cómo se arremolinaba el vino.

—Tengo la suficiente experiencia como para saber que la gente no siempre quiere saber la verdad, especialmente si se trata de noticias inesperadas. Y algo así…

Al ver que no acababa la frase, Tanner frunció el ceño.

—¿Estás insinuando que no debería estar buscándolo?

—Para nada —replicó—. Solo estoy planteando si has pensado en todas las posibilidades.

—¿Como por ejemplo?

—¿Y si ni siquiera se acuerda de tu madre y no tiene el menor interés en conocerte? ¿Y si tiene una nueva familia? —Al ver que Tanner callaba, prosiguió—: También cabe la posibilidad de que sea alguien a quien no te gustaría conocer. Por ejemplo… ¿Y si tu madre y tus abuelos cortaron la relación porque no es una buena persona, ha estado en la cárcel o algo así?

Tanner la miró fijamente, consciente de que, aunque sí había considerado algunas de esas posibilidades, oírlas en voz alta las hacía más plausibles.

—Oye —añadió por fin—, no es asunto mío, pero es algo que da que pensar, ¿no crees?

—Tienes razón —admitió Tanner.

—Lo siento, quizá simplemente estoy siendo pesimista.

—No tienes que disculparte. —Sonrió, agradecido no solo por su sabiduría, sino también por su honestidad—. Sabía que venir hoy aquí era buena idea.

—Sí, bueno, ¿qué te parece si te pongo a trabajar y llevas la comida a la mesa? —dijo Kaitlyn al tiempo que le propinaba un codazo juguetón.

—Con mucho gusto. —Tanner hizo una suerte de comedia remangándose y alzando las manos en alto—. Estoy listo para hacer de ayudante de chef.

—Advertí el lunes que eres bastante bueno cortando tomates. ¿Podrías hacer la ensalada? Hay pepinos y tomates en la isla de la cocina cerca del bol con las uvas, y ya están lavados. El cuchillo y la tabla de cortar también están ahí.

Tanner se lavó las manos en el fregadero. Tras secárselas con un trapo, pasó la tabla de cortar a la encimera al lado de los fuegos, donde Kaitlyn estaba empezando a derretir un poco de mantequilla en una sartén. De pie a su lado, él empezó a cortar las verduras y percibió el aroma de su perfume de lavanda.

—Cuéntame cómo es esta receta de pollo que siempre habías querido hacer.

—Es bastante simple, en realidad: mantequilla, hinojo, sal, pimienta, y limones cortados a la mitad en el interior.

—No me parece tan simple.

—No requiere demasiada preparación y si fuera demasiado elaborado, dudo mucho que a Mitch le gustara. Es muy tiquis-miquis con la comida.

—Como la mayoría de los niños —observó Tanner.

—Por cierto, eso es arroz preparado —dijo Kaitlyn, señalando con una mano una caja de arroz sobre la encimera—. No voy a preparar arroz pilaf de cero.

—No sabía que se podía hacer arroz pilaf a partir de un cero —bromeó Tanner mientras le ofrecía una sonrisa—. Gracias de nuevo por invitarme.

—Fue idea de Casey, pero me alegro de que hayas podido venir.

—No la he visto al llegar.

—Está arriba, en su cuarto —explicó Kaitlyn—. Acaba de terminar los exámenes parciales, así que probablemente esté escuchando música o viendo vídeos de TikTok para relajarse. Dijo algo de ir a la playa mañana.

—¿No tiene que ir al instituto?

—Mañana es día de trabajo para los profesores. Tienen que poner las notas.

—¿Y cancelan las clases por eso?

—Ahora cancelan las clases por cualquier cosa.

—Me habría encantado que lo hicieran en mi época.

—A mí también, pero complica mucho las cosas para los padres que trabajan, porque hay que buscar a alguien que cuide a los niños.

—¿Cómo te organizas?

—Cuando no hay clase, mi vecina, la señora Simpson, cuida a Mitch. Es muy amable, una maestra jubilada, con una docena de nietos.

—Parece digna de confianza.

—Lo es. También le pido que cuide a Mitch cuando vuelve del colegio y yo todavía estoy en el trabajo, si Casey no está en casa. No quiero que se sienta como un niño abandonado.

—Si te hace sentir mejor, cuando yo tenía la edad de Mitch mis abuelos trabajaban y no tenían la menor idea de qué hacía después del colegio hasta que llegaban a casa. Y los fines de semana a veces salía con mis amigos y me pasaba todo el día fuera haciendo cualquier cosa, y ellos no sabían por dónde andaba.

—Los tiempos han cambiado. —Mientras Tanner empezaba a cortar el pepino, Kaitlyn le preguntó—: ¿Cómo fue crecer en Italia y Alemania? ¿Aprendiste el idioma?

Tanner negó con la cabeza.

—Iba a colegios americanos gestionados por el Departamento de Defensa, de modo que las clases eran en inglés. Pero aprendí lo suficiente de aquí y de allá como para entenderme con la población autóctona.

—¿Todavía sabes hablar italiano y alemán?

—Solo un poco. Si no lo usas regularmente, es increíble lo rápido que se olvida.

Por el rabillo del ojo Tanner vislumbró algo que se movía, y entonces vio a Casey entrando en la sala de estar. Al pasar al lado de Mitch alargó una mano para hacerle cosquillas. Mitch chilló, retorciéndose y riendo, y luego Casey le dejó en paz igual de rápido. Al acercarse a la cocina, alzó una ceja intencionadamente, como para recordarle que estaría observándole. Alargó la mano hacia el bol con uvas, introdujo una en su boca y luego se apoyó en la encimera al lado de Tanner.

—Hey —gorjeó inocente—. Espero no interrumpir nada.

—En absoluto —dijo Kaitlyn mientras cogía una sartén, ponía un poco de mantequilla y añadía el arroz preparado.

—¿Hay vino?

—Lo ha traído Tanner.

—¿Puedo beber un poco?

—Creo que no.

Casey sonrió.

—Huele bien. ¿Qué hay para cenar?

—Pollo asado con verduras, arroz pilaf y una ensalada.

—Guau. Qué lujo.

—Oh, para. Comemos pollo todo el tiempo.

—¿Te refieres al pollo asado de la tienda?

—A menos que tengas la intención de empezar a cocinar, no te está permitido quejarte de la comida, ¿no te parece?

—¿Necesitáis ayuda?

—Creo que ya lo tenemos todo. Debería estar listo en media hora.

Casey volvió a dirigir su atención a Tanner con aire despreocupado.

—Me alegro de que hayas podido venir. Quería volver a darte las gracias por lo que hiciste la otra noche.

—De nada —respondió Tanner siguiéndole el juego.

—¿Cómo va tu coche?

—Estará como nuevo en breve.

—Me alegro de oír eso. Me gusta tu coche. Es molón.

—Ese lenguaje —intervino Kaitlyn, mientras removía el arroz.

Tanner vio a Casey poner los ojos en blanco.

—Perdón. Debería haber dicho que tiene estilo.

—Sí, a mí también me gusta.

—¿Me dejarías conducirlo? ¿Cuando esté arreglado?

—¡Casey! —dijo Kaitlyn con severidad—. ¿Qué clase de pregunta es esa?

—Solo he preguntado —se burló Casey—. Puede decir que no, igual que tú cuando he preguntado si podía beber una copa de vino.

Tanner advirtió que disfrutaba poniéndolo en apuros.

—Me lo pensaré.

—Puede pensárselo tanto como quiera, pero yo no te voy a dejar —anunció Kaitlyn, y luego puso la tapa encima de la sartén—. ¿Y si vuelves a destrozarlo?

—No lo destrozaré —protestó Casey—. Ya cometí mi único error. Pero, cambiando de tema, ¿de qué estabais hablando?

—¿Por qué? Estábamos hablando de ti, por supuesto —bromeó Kaitlyn.

—No, va, en serio.

Kaitlyn se encogió de hombros.

—Nada importante en realidad. El colegio, las dificultades que comporta ser una madre trabajadora. Cosas de mayores. ¿Sigues pensando en ir a la playa mañana?

—No —respondió Casey—. Eso ya está descartado. Parece que va a hacer frío y viento en la costa. Seguramente quedaré con Camille.

—¿Puedes cuidar a Mitch cuando vuelva del colegio?

—No necesita que lo cuide, mamá. La señora Simpson está al lado.

—Ya lo sé, pero a él le encantaría.

—Vale —resopló Casey—. Antes de que me olvide, estoy pensando en ir a dormir a casa de Camille el viernes.

—¿Estarán sus padres en casa?

—Claro —respondió Casey.

—¿Y no vais a ir a una fiesta?

—Vamos a ver pelis de miedo.

—Ya sabes que antes voy a llamar a los padres de Camille, para estar segura.

Casey suspiró.

—Vale. Vamos a ir a una fiesta en casa de Mark, y luego a casa de Camille a ver pelis de miedo.

—¿Estarán los padres de Mark en casa?

—Sí, mamá. Te lo prometo.

—De acuerdo. Pero tienes que prometerme que no volveréis muy tarde.

—Nunca lo hago —canturreó—. Bueno, avísame cuando la cena esté lista. Me voy a chinchar un rato a Mitch. Así vosotros dos podréis hablar de cosas de mayores.

Se apartó de la encimera y se fue. Para entonces Tanner ya había acabado de cortar los pepino y los tomates, y Kaitlyn compartió con él una mirada de resignación.

—Bienvenido a mi mundo.

—Sabes llevarla estupendamente.

—He aprendido a elegir con sumo cuidado mis batallas.

VIII

Cuando la comida ya estaba en la mesa, Kaitlyn llamó a sus hijos y les recordó que apagaran el televisor; mientras iban hacia el comedor, Mitch dio un golpecito a Casey en las costillas y salió corriendo al oírla gritar. Se persiguieron alrededor de la mesa antes de sentarse por fin cada uno en su sitio, jadeando y riendo.

Kaitlyn seguía de pie para cortar con más facilidad el pollo en porciones. Mitch y Kaitlyn preferían los muslos, y Casey y Tanner, la carne blanca. Fueron pasándose el arroz y la ensalada para servirse, mientras Mitch le daba la lata a Tanner preguntando por el contenido de la bolsa del Walmart que había dejado al lado de la puerta.

—He traído un Jenga —respondió—. Por si os apetece jugar después de la cena.

Casey lo miró escéptica.

—¿Jenga?

—¿Conocéis el juego?

—Sé jugar —dijo Casey—. Pero la última vez que jugué debía de estar en tercero.

—No es solo para niños. Jugaba con mis compañeros cuando estábamos destinados en el extranjero.

—¡Guay! —exclamó Mitch.

Casey arrugó la nariz.

—Sigue siendo un juego para niños.

—Entonces no te costará nada ganarme, ¿no?

Los ojos de Casey se iluminaron, y en cuanto empezaron a comer, la conversación fluyó fácilmente. Kaitlyn les preguntó por los estudios; Casey afirmó que los exámenes parciales eran tan fáciles que parecía un chiste, y Mitch dijo que había empezado a leer *Donde crece el helecho rojo* durante el tiempo dedicado a la lectura. Preguntó a Tanner si podían volver a jugar al frisbee después de cenar y luego añadió que quería enseñarle todas las tallas que había hecho. Casey explicó una anécdota divertida sobre Camille (que había rebuscado como loca su mochila para encontrar el móvil y había empezado a llorar histérica pensando que lo había perdido, y de pronto empezó a sonar y se dio cuenta de que lo había metido en el bolsillo de la chaqueta). Cuando Tanner le preguntó a Kaitlyn cuál era el diagnóstico más raro que había hecho, ella reflexionó un momento y finalmente explicó la historia de una paciente cuyos primeros síntomas consistían en hematomas leves en el estómago y una vívida alucinación donde se imaginaba que unas arañas le recorrían la piel. Kaitlyn averiguó mientras la examinaba que había viajado con frecuencia a México; también había advertido que parecía veinte años más joven de lo que era en realidad, con una piel resplandeciente y apenas arrugas.

—En esa época todavía era médico residente —prosiguió Kaitlyn—. En un primer momento pensé que era falta de vitamina B12, pero al ver que empezaba a sangrar por la nariz y los oídos, supe que había algo más. Le hicimos pruebas de todo tipo, incluida la de la enfermedad de Huntington y la esclerosis múltiple. Al final, el médico adjunto le diagnosticó lepra.

Tanner parpadeó.

—¿Lepra? ¿Te refieres a lepra de la que habla la Biblia?

—Lepra lepromatosa difusa, también conocida como lepra bonita.

Casey volvió a arrugar la nariz, ahora con extrañeza.

—¿Cómo puede la lepra ser bonita? ¿No hace que se vayan desprendiendo distintas partes del cuerpo?

—¡Qué dices! —interrumpió Mitch—. ¿Se caen partes del cuerpo?

—Solo en casos graves, si no reciben tratamiento. Pero la lepra bonita, en las fases tempranas, suaviza la piel y elimina las arrugas.

—Tal vez la gente debería contagiarse de eso en vez de recurrir al bótox —dijo Casey sarcástica.

—Ja, ja —espetó Kaitlyn—. El caso es que ese diagnóstico creó mucho revuelo en esa época. No es habitual que los médicos en Estados Unidos vean casos de lepra. Pero, al final, la paciente recibió tratamiento y se puso bien.

—¿Conservó todas las partes del cuerpo? —preguntó Mitch.

—Todas —le tranquilizó Kaitlyn—. Lo malo fue que le salieron arrugas. Eso no le gustó.

Después de la cena, Tanner lanzó el frisbee con Mitch mientras Kaitlyn recogía la mesa. Casey les siguió y se unió a ellos. Kaitlyn finalmente también salió al porche a mirarlos, aunque al preguntarle si quería jugar rechazó la proposición.

—Me quedo aquí acabando mi vino y miro lo bien que os lo pasáis los tres.

Al cabo de un rato Tanner suplicó parar y volvieron todos adentro. Casey cogió la bolsa del Walmart que seguía al lado de la puerta y abrió la caja antes incluso de tomar asiento tras la mesa de la cocina. Repasó las normas, y luego apiló los bloques en forma de torre.

—Con una sola mano sacas cualquier bloque que no esté en la fila superior y lo colocas arriba —le explicó a Mitch—. Si la torre se derrumba, pierdes.

Era obvio para Tanner que Casey estaba decidida a ganar. Cuando le tocaba a ella se tomaba su tiempo para dar suaves golpecitos a varios bloques antes de elegir. Mitch era menos selectivo, y en la primera ronda fue él quien hizo caer la torre. En la siguiente fue Kaitlyn. Mitch perdió en la tercera, y para su disgusto, Tanner perdió en la cuarta. Podría haber echado la culpa al vino (ya casi se había acabado la segunda copa), pero Kaitlyn había bebido lo mismo y sus manos parecían cada vez más firmes, probablemente porque era médica. O por lo menos eso es lo que Tanner se dijo a sí mismo.

Durante todo el juego charlaron metiéndose uno con otro con simpatía, y hubo muchas risas, y cuando Tanner finalmente devolvió los bloques a su caja, Kaitlyn miró el reloj y le recordó a Mitch que era la hora del baño y de empezar a prepararse para ir a la cama.

—¿Y las figuritas? Todavía no se las he enseñado al señor Tanner.

—Baja solo unas cuantas, ¿vale? Se está haciendo tarde.

Mitch se esfumó para volver menos de un minuto después bajando al trote las escaleras con los brazos cargados. Sobre la mesa de la cocina colocó las figuras correctamente: un puma, un perro, un burro, un pato, un elefante y una jirafa, entre otras.

—Guau —dijo Tanner impresionado—. Tienes tu propio zoo.

—¿Verdad que sí?

—¿Este eres tú? —preguntó Casey, señalando una de las figuras.

—No —protestó Mitch—. ¡Es un perro!

—Se parece un poco a ti.

—Mamá…

—Casey —advirtió Kaitlyn.

—Solo lo he dicho porque me parecía mono —dijo Casey—. Mitch puede que todavía no sea mono, pero algún día lo será.

—Tú tampoco eres mona. Creo que este eres tú —dijo mientras alzaba uno de los animales.

—Mmmm. Tiene sentido. Ya me habían dicho que soy un poco unicornio.

—¡Es un burro, no un unicornio! —exclamó Mitch—. ¿Lo ves? No tiene cuerno y tiene las orejas enormes igual que tú.

—Creo que basta por hoy —anunció Kaitlyn—. Ve a bañarte.

Mitch asintió y se dispuso a recoger los animales.

—Buenas noches, culona —canturreó por encima del hombro mientras desaparecía por las escaleras.

—Yo también me voy arriba —dijo Casey—. Me encanta fingir que son los años cincuenta tanto como a cualquier otra adolescente moderna, pero se me están acumulando los mensajes.

Un minuto después, Tanner y Kaitlyn estaban solos en la mesa.

—Me lo he pasado bien esta noche —dijo Tanner en medio de la repentina quietud.

—Ha sido divertido —confirmó Kaitlyn—. Es más fácil cuando Casey demuestra su mejor comportamiento.

—¿Quieres salir al porche? —preguntó Tanner—. Hace una noche preciosa.

—¿Queda algo de vino en la botella?

Tanner fue a buscar el vino y rellenó ambas copas antes de salir afuera. Sentados en las mecedoras del porche podían ver las casas de los vecinos iluminadas por dentro, y la luz de la luna bañando los jardines con un resplandor plateado. Tanner escuchó una música amortiguada procedente de una de las casas.

—¿Vienes mucho a sentarte aquí?

—Casi nunca —confesó—. Esto es algo que hacían a menudo mis padres. Solían sentarse en el porche después del trabajo y los fines de semana. De hecho, estas mecedoras son uno de sus regalos de boda. Pero sentarse en el porche no estaba entre las cosas que le gustaban hacer a George, ni siquiera las pocas veces que estaba en casa.

—Tienes que admitir que es bastante agradable.

—Lo es. —Apoyó la cabeza en el respaldo de la mecedora y lo miró a través de los párpados entornados—. Me alegro de veras de que hayas venido esta noche —dijo con voz suave.

—Yo también.

—Les caes bien a los chicos. Hasta a Casey, lo cual no deja de ser un tanto asombroso.

—¿Por qué?

—No le gustó ninguno de los hombres con los que salí después del divorcio. Aunque tampoco han sido tantos.

—Eso es normal, ¿no crees? Muchos niños sueñan con que sus padres vuelvan a estar juntos, o sea que tiene sentido que no les guste una persona nueva.

—Supongo que así es. —Kaitlyn dio un sorbo de vino—. Quiero preguntarte algo, pero también quiero que sepas que comprenderé si no quieres hablar de ello.

—Pregúntame lo que quieras.

—Es sobre tu tiempo en el ejército —empezó a decir ella.

Tanner asintió.

—¿Qué quieres saber?

—No sé… Por qué te enrolaste, cómo era, por qué lo dejaste.

—Y también si me trastornó, ¿no?

—No creo que estés trastornado —protestó. Y enseguida preguntó—: ¿Lo estás?

Tanner le ofreció una sonrisa burlona.

—No lo creo, pero, como ya sabes, mis elecciones vitales no han sido exactamente las más típicas. —Miró al cielo, ordenando sus pensamientos—. Cuando tenía trece o catorce años ya sabía que la universidad no era para mí, y debido a la influencia de mi abuelo, el ejército me pareció la opción que mejor encajaba conmigo. Era joven y engreído, y creía que era a prueba de balas, así que me alisté. Y muy pronto descubrí que el ejército, en algunos aspectos, es como cualquier otro sistema burocrático. Algunos de los que te superan en rango son gente estupenda, otros son idiotas, pero en última instancia solo eres un engranaje en la máquina. Entonces se produjeron los atentados del 11 de septiembre. No sé si recuerdas cómo fueron aquellos primeros años después de que cayeran las torres, pero hubo una oleada masiva de patriotismo, especialmente en el ejército, y sentí como si de repente comprendiera cuál era mi propósito. Y durante mucho tiempo así fue. Por eso acabé en las fuerzas Delta, después de estar en los *rangers*. Estados Unidos había sido atacado, y se me había asignado la tarea de eliminar la infraestructura y a las personas que habían hecho posible ese ataque. De modo que eso es lo que hice, noche tras noche. Y tenía la sensación de estar haciendo el trabajo más importante del mundo.

Cuando Tanner hizo una pausa, Kaitlyn dejó de mecerse y se giró para mirarlo.

—¿Pero?

—La misión evolucionó —dijo Tanner encogiéndose de hombros—. Tras unos cuantos años, ya no se trataba de los talibanes, Al Qaeda o Bin Laden, de pronto la cuestión era Iraq. Nos enviaron a buscar armas de destrucción masiva, pero no existían. Luego se suponía que debíamos conseguir que Iraq se encaminara a una democracia, y eso tampoco fue demasiado bien. Después se nos encargó ayudar al establecimiento de un gobierno estable en Afganistán, lo cual implicaba compartir el pan con líderes tribales y aldeanos que tal vez habían disparado a nuestro campamento aquella misma mañana. Se volvió todo… algo confuso. Las reglas del juego no solo habían cambiado; los postes de la portería ya no estaban en el mismo sitio, sino que se trasladaban continuamente, no solo en el mismo campo, incluso a otros estadios distintos. En cada nuevo destino había nuevas ideas, y al final me pareció que todo había perdido su encanto. Muchos de mis amigos empezaron a abandonar el ejército y, con el tiempo, yo hice lo mismo.

—¿Te arrepientes de haberlo dejado?

Reclinó la cabeza hacia atrás, cavilando cuál era la mejor forma de explicarlo.

—Cuando lo dejé, sabía que se trataba de la decisión adecuada. Sabía que se había terminado para mí. Pero el paso del tiempo cambia las cosas. Ahora no puedo evitar pensar que aquellos años se cuentan entre los mejores de mi vida. No los cambiaría por nada.

—¿En serio? —El rostro de Kaitlyn expresaba duda.

—No estoy seguro de que nadie que no haya estado allí pueda realmente comprenderlo. Pero lo cierto es que te sientes mucho más vivo cuando llevas a cabo misiones con personas en las que confías. Existe una profunda camaradería, una unidad de propósito absoluta y una abrumadora intensidad, con vidas humanas reales en riesgo. Al incluir el factor de las enormes descargas de adrenalina… la guerra se convierte en una droga adictiva. Sé que no soy el primero que lo describe de ese modo, pero es cierto, aunque uno mismo no quiera admitirlo. Creo que esa es en parte la razón por la que a muchos veteranos les cuesta adaptarse a la vida en el mundo civil. Simplemente no hay nada que pueda compararse.

Tanner hizo una pausa para dar un sorbo a su vino, consciente de que ella le estaba mirando.

—No pretendo que suene romántico, porque no es así. Era un trabajo desagradable y estresante, y con frecuencia también aburrido; además, cuando estás en el meollo, lo único que deseas es salir de allí. Sueñas con pasar tiempo con tus abuelos o disfrutar las cosas simples de la vida. Actividades como cortar el césped o ponerte cómodo para ver un partido en la tele con amigos cobran un significado casi espiritual. Pero cuando vuelves de tu destino en el extranjero, te das cuenta de que todo eso no basa para llenar el vacío creado por lo que has dejado atrás.

—Creo que puedo comprenderlo —dijo Kaitlyn tras unos momentos—. Y tiene sentido que una parte de ti lo eche de menos. Lo cual supongo que también explica por qué decidiste trabajar para la USAID. ¿Tal vez porque la vida provinciana en Estados Unidos no era para ti?

—En parte es por eso, por supuesto, pero también tiene que ver con la culpa. Perdí a muchos amigos, como ya te he contado, y al final me di cuenta de que nada de lo que hice en Afganistán había marcado realmente una diferencia a largo plazo. La mayoría de los clanes y las tribus seguían considerándonos invasores, infieles, por mucho que intentáramos ayudarles. Para ellos éramos los malos, y supongo que una parte de mí quería compensar aquello haciendo algo bueno en el mundo.

—¿Y ahora?

—¿A qué te refieres?

—¿Qué te parece ahora la vida provinciana en Estados Unidos?

—Me resulta difícil de explicar. Estaba de vacaciones en Lahaina cuando llegó la COVID, de modo que tuve que quedarme unos cuantos meses, pero nunca sentí que fuera mi hogar. Más tarde, cuando estaba con mi abuela en Pensacola, en ese trance tan triste, tampoco me sentí como en casa.

—Me alegro de que no te atormente lo que tuviste que pasar como a otros de tus amigos.

—Puede que sea así, pero tampoco estoy seguro de que pueda considerarme normal. ¿Y qué hay de ti? ¿Tienes alguna herida de guerra que quieras compartir conmigo?

—¿Te refieres a mi divorcio?

—¿Quieres explicarme qué pasó?

Kaitlyn permaneció en silencio unos instantes.

—Fue una de esas cosas que funcionan hasta que dejan de hacerlo —dijo a continuación—. Eso es lo que le cuento a la gente, y hay mucho de cierto en ello: al final éramos más bien compañeros de negocios, en lugar de una pareja. Pero la manera como acabó hizo que me sintiera como si no valiera nada durante mucho tiempo. —Cerró los ojos y suspiró antes de mirar de soslayo a Tanner—. Me dejó por una instructora de pilates pocos días antes de que yo cumpliera cuarenta años.

—Me tomas el pelo.

—Pues no. Recuerdo que fue como si me desvinculara de la realidad en el momento en que me lo dijo. Quiero decir que todo sonaba como un cliché. Hasta me dio el nombre de su amante: Amber. Se fue de casa esa misma noche.

—¿Y se ha casado con ella?

—Sí. Les doy diez años como mucho, pero eso es solo cuando me convierto puntualmente en la exmujer vengativa.

Tanner sonrió y Kaitlyn prosiguió con su relato.

—Pero eso solo fue el principio. El proceso hasta conseguir el divorcio también resultó horroroso. Seguía insistiendo en pedir la custodia compartida, y que los chicos fueran de mi casa a la suya en semanas alternas, pero en mi opinión estaba usando a los niños para presionarme con el fin de reducir la separación de bienes. No es que yo no quisiera que los niños lo vieran o pasaran tiempo con él, pero su trabajo exige que salga de casa cada día a las seis y media de la mañana, y cuando vivíamos juntos normalmente no regresaba hasta las siete y media. A diferencia de mí, está de guardia en el hospital y trabaja incluso dos o tres sábados al mes, lo cual significa que los niños no estarían con él, sino con alguien que los cuidaría, y como ellos lo estaban pasando mal al final cedí. Se quedó con casi todo, y a cambio yo tengo la custodia exclusiva. Lo único positivo de toda esa experiencia, si es que se puede valorar de ese modo, es que le perdí el respeto, y eso hizo más fácil pasar página.

—Parece que fue muy duro —comentó Tanner—. Ya no me cae bien.

—Gracias —dijo Kaitlyn. Guardó silencio un instante y luego añadió—: En cuanto a otras cicatrices, creo que son comunes a todas las madres trabajadoras. La sensación de estar fracasando, independientemente de lo que haga. Cuando estoy en el trabajo, desearía estar más con mis hijos; cuando estoy con mis hijos, me parece que estoy malgastando mi formación. Y es complicado porque el trabajo cubre una de mis necesidades interiores, una muy distinta a mi vida como madre, y eso a veces también me hace sentir culpable.

—Parece entonces que hay mucho sufrimiento en tu pasado.

Kaitlyn se rio.

—Por lo menos no vivo en un motel.

—Perdona, pero estoy alojándome en el hotel Hampton Inn.

—Vale, me he equivocado —dijo en tono burlón.

—Y los niños, ¿cómo lo llevan ahora?

—Creo que se han acostumbrado. A decir verdad, él se esfuerza por mantener el contacto. Les llama con regularidad, les envía dinero y regalos, y pasan las vacaciones de vez en cuando con él, además de un mes en verano. Pero…

Tanner alzó una ceja antes de que ella siguiera hablando.

—Casey acaba de amenazarme con irse a vivir con él el próximo curso. Le prometió que le compraría un coche si se mudaba a su casa.

—¿Crees que lo dice en serio?

—No lo sé. Pero es lo suficientemente mayor como para tomar esa decisión, así que si quiere irse, no intentaré evitarlo.

—Se quedará —dijo Tanner en un tono tranquilizador, aunque podía sentir lo impotente que Kaitlyn se sentía. Antes de que dijera nada más, Kaitlyn movió la cabeza de un lado a otro.

—Bueno, esa es mi historia.

—Gracias por contármela —dijo Tanner buscando sus ojos y sosteniéndole la mirada.

Kaitlyn fue la primera en apartarla.

—Debería ir a comprobar que Mitch está en la cama.

Tanner asintió y ambos se pusieron en pie y fueron al interior de la casa. Mientras Kaitlyn subía para ver dónde estaba Mitch, Tanner lavó las copas. Justo cuando acababa de secarlas Kaitlyn bajó por las escaleras.

—Todo bien —informó cuando llegó a la cocina—. ¿Te gustaría tomar un café antes de irte? —le preguntó.

—Un descafeinado sería genial, pero solo si tienes tiempo.

Kaitlyn preparó la cafetera y luego sacó un par de tazas del armario.

El café no tardó mucho en salir, y Kaitlyn llevó las tazas a la mesa.

—¿Qué haces mañana por la noche? —preguntó Tanner.

—No tengo ni idea —respondió, abrazando la taza con las manos. —¿Por qué?

—Porque tenía la esperanza de que pudiéramos cenar juntos. Iba a proponerte que quedáramos el viernes, pero he oído decir a Casey que va a ir a una fiesta.

Kaitlyn esperó un poco antes de alzar la vista.

—No estoy segura de que sea buena idea —dijo en voz baja.

Tanner tenía la sensación de que sabía lo que iba a decir.

—Me gustas. Mientras hablábamos esta noche me he dado cuenta de cuánto me gusta pasar el tiempo contigo, y si volvemos a vernos seguramente me gustes aún más. Y eso me da miedo. Porque te vas a ir de la ciudad pronto. Y luego te irás del país. No estoy segura de que sea eso lo que necesito en mi vida ahora mismo.

Reconoció la verdad en sus palabras, aunque no fuera lo que deseaba oír.

—Lo comprendo.

—Pero que sepas que si las cosas fueran distintas, sí me habría encantado volver a verte.

—No puedo decir que eso me haga sentir mejor.

—Lo sé. Lo siento.

Tanner miró hacia el interior de su taza de café y luego tomó el último sorbo.

—Se está haciendo tarde y tienes que trabajar mañana. Y eso significa que debería irme.

Kaitlyn parecía aliviada, aunque Tanner percibió una sombra de arrepentimiento en sus ojos.

—Te acompaño.

Tanner llevó la taza hasta el fregadero y la lavó; Kaitlyn dejó la suya sobre la encimera. Mientras se dirigían a la puerta, Kaitlyn se detuvo.

—No te olvides de tu juego —le recordó.

—Ah, es para los niños —respondió.

—Gracias.

Bajaron las escaleras del porche y fueron hacia el coche de alquiler. Mientras caminaba al lado de Kaitlyn, a Tanner se le ocurrió que tal vez serían los últimos momentos que pasaban juntos, una realidad que le resultaba extrañamente agobiante. Y sin embargo, cuando por fin llegaron al coche, Tanner se volvió hacia ella. Cuando Kaitlyn se encontró con sus ojos, Tanner avanzó levemente hacia ella y siguiendo un impulso posó la mano sobre su cadera.

Tanner esperaba que le dijera que parase, esperaba que diera un paso atrás, pero Kaitlyn le sostuvo la mirada mientras él se acercaba aún más y la atraía hacia sí. Sintió que ella reaccionaba inclinándose hacia él, y sus cuerpos se aproximaron lentamente.

Kaitlyn tenía los labios suaves y calientes, y cuando la lengua de Tanner apenas rozó la de ella, él sintió una descarga eléctrica recorriéndole todo el cuerpo. Sucumbió entonces a la sensación, la presión imperiosa del cuerpo de Kaitlyn contra el suyo. Con la mano rodeó su baja espalda, estrechándola aún más, y durante un largo intervalo siguieron besándose. Tanner se perdió completamente en la sensación gloriosa de su aroma y de su piel, los huecos de su cuello y el sonido de su respiración entrecortada.

Cuando por fin se separaron, Tanner percibió tanto el deseo como la tristeza de Kaitlyn.

—Tanner… —susurró Kaitlyn, y aunque él sabía que estaba queriendo despedirse, no pudo resignarse a que todo acabara así. En lugar de eso exhaló las palabras que llevaban en su interior desde que la vio por primera vez.

—Eres preciosa, Kaitlyn.

Ella cerró los ojos, y por un momento su rostro pareció resplandecer bajo la penumbra que ofrecía la luz lechosa de la luna. Cuando volvió a abrir los ojos, sus pupilas parecían enormes, hipnóticas, cautivándolo con un hechizo que era incapaz de resistir.

—De acuerdo —aceptó Kaitlyn, con una voz que sonaba casi como en un sueño—. Quedamos para cenar mañana.

7

I

Jasper vio el ciervo blanco, pero no como a él le habría gustado.

Salía en las noticias de la mañana, que Jasper rara vez veía. Hacía mucho que se había aburrido de la televisión, pero por alguna razón había sentido la irrefutable necesidad de enchufarla poco después de haberse levantado ese martes.

Vio la foto borrosa tomada desde la ruta panorámica y después una transición hacia el fragmento de un vídeo que un senderista había grabado supuestamente el día anterior. Apenas eran diez segundos que mostraban al ciervo blanco cerca de un saliente rocoso, como si estuviera mirando a la cámara, con la cabeza erguida. Debido al follaje a su alrededor, y a la inestabilidad de la cámara al grabar, era difícil poder distinguir las astas o siquiera su tamaño, y además el ciervo enseguida se daba la vuelta y empezaba a alejarse hasta desaparecer en el bosque. Los presentadores del telediario, que parecían vibrar de la emoción en la emisión de la mañana, comentaron que el vídeo ya se había hecho viral.

Jasper no estaba seguro de qué significaba «viral», solo imaginaba que no debía de ser nada bueno. Supuso que quería decir que todavía más gente se enteraría de la existencia del ciervo blanco, y eso probablemente atraería aún a más furtivos a la región.

Jasper apagó el televisor y pensó cuál debía ser el siguiente paso. Intentar salvar al ciervo blanco implicaba ser el primero en encontrarlo, y por suerte ahora contaba con dos ubicaciones donde había sido visto. Además, había reconocido la zona que aparecía en el vídeo. Al fondo se veía un afloramiento singular de rocas con forma de bloques; décadas atrás, sus hijos solían subirlas trepando y escalando en las salidas de los fines de semana. A veces incluso habían hecho un pícnic en sus proximidades.

En la cocina, Jasper abrió uno de los cajones, donde guardaba los mapas. En su mayoría estaban ajados y desfasados, pero hacia el final del montón encontró el que buscaba. Era un mapa del condado que representaba la ciudad de Asheboro además de algunas partes del bosque nacional Uwharrie.

Lo desplegó sobre la mesa y con un bolígrafo marcó el lugar donde había sido tomada la foto desde la ruta panorámica; hizo otra marca cerca de los bloques de rocas para indicar el sitio que aparecía en el vídeo. Calculó que la distancia entre esos dos sitios era de un par de kilómetros, y dibujó un óvalo usando los dos puntos. Supuso que esa debía de ser el área por donde ahora se movía el ciervo, y le pareció que tenía sentido. Sabía que había agua y comida en esa zona, y tal como Charlie le había dicho, el ciervo seguramente se quedaría por ahí hasta que las reservas de comida se hubieran acabado o hasta que se sintiera amenazado.

Sospechaba que los furtivos más listos también serían capaces de calcular el área de acción del ciervo. Cualquiera podía hacer puntos en un mapa y dibujar una forma ovalada, incluso aunque no conociera la ubicación de las singulares rocas. El radio de alcance de un ciervo era el mismo para todos sus congéneres, de modo que lo único que tenían que hacer era dibujar un círculo a partir de la foto de la ruta panorámica. Por otro lado, una cosa era encontrar y matar al ciervo; otra muy distinta era transportar un pesado cadáver desde el bosque sin ser descubierto, lo cual implicaba tener acceso con un vehículo. Tendrían que averiguar cuáles eran las carreteras de entrada y salida del bosque y prever lo frecuentadas que estarían en los distintos intervalos horarios del día; también tendrían que encontrar los caminos de tierra para todoterrenos que les conducirían cerca del área donde estaba el ciervo, o crear los suyos propios. Necesitarían conocer la ubicación de las zonas de camping y los puestos de los guardabosques, aunque solo fuera para evitarlos, sin olvidar que tendrían que mantenerse alejados de senderistas y otras personas que aparecieran en sus jeeps para practicar la conducción fuera de carreteras asfaltadas. Habían pasado años desde la última vez que Jasper atravesó el bosque en coche, y como imaginaba que ahora debía haber más carreteras y pistas que en el pasado, lo primero que decidió hacer fue averiguar cómo un furtivo podía acercarse al ciervo y luego salir del bosque sin ser descubierto.

Antes de salir para acometer esa tarea, Jasper preparó un café de puchero y un sándwich de huevo para desayunar. El huevo le quedó un poco quemado por los bordes, pero nunca había sido buen cocinero. Esa fue siempre la pasión de Audrey, tal como le había demostrado en los platos que solía llevarle antes de irse a la universidad.

Cuando ella se marchó a la escuela universitaria Sweet Briar, los ahorros de Jasper casi se habían agotado. Tenía dieciocho años, necesitaba trabajar, y por fin lo contrató un constructor llamado Ned Taylor, que era muy distinto a Stope en casi todos los sentidos. Era más mayor y tenía sobrepeso, además de una mata de pelo blanco y rebelde, y chupaba sin cesar su pipa hecha de mazorca de maíz cuando se encontraba en la obra. Lo más gratificante era que elogió la calidad del trabajo de Jasper desde el principio.

Sin embargo, Jasper apenas se había adaptado a su nuevo trabajo cuando su vida de nuevo sufrió un vuelco. En septiembre, cuando solo había pasado un mes desde la partida de Audrey, el huracán Helene provocó lluvias torrenciales y un arroyo cercano a Asheboro creció rápidamente hasta alcanzar niveles peligrosos. Por suerte (o por desgracia, quizá) Jasper no se encontraba en la cabaña, sino en la casa de la ciudad, cuando esta empezó a inundarse. Se abrió camino a través del agua, que enseguida le llegó hasta la cintura, y recogió las fotografías que había sobre la repisa de la chimenea, la Biblia de su padre y todas las figuras que pudo cargar de las que habían tallado juntos, para llevarlo todo a la camioneta que había aparcado un poco más arriba, por si acaso. La tormenta no amainaba y un pino taeda se partió en dos y cayó sobre el tejado, atravesándolo. Unos cuantos días más tarde, cuando el agua por fin se hubo retirado, volvió a hacer calor y las paredes y el suelo de la casa empezaron a llenarse de moho, estropeando casi todo lo que se había salvado de la tormenta.

Al igual que todos sus vecinos y otros afectados, Jasper contactó con su compañía de seguros. No estaba preocupado; había seguido pagando todas las facturas, incluidas las primas del seguro, tras la muerte de su padre, pero cuando se encontró con el perito de siniestros, Jasper se enteró de que en la letra pequeña de la póliza quedaban excluidos los daños causados por inundaciones. El perito señaló la sección y la leyó en voz alta, poniendo énfasis en ese punto. No obstante, la póliza sí pagaría los desperfectos en el tejado.

El perito deslizó un cheque sobre la mesa. Ni por asomo se acercaba a la cantidad necesaria para reparar la casa. En el silencio que siguió a continuación, Jasper pudo oír en su mente la voz de su padre: «Santiago 1:12»: «Dichoso el que resiste la tentación».

Jasper ingresó el cheque, se trasladó a la cabaña y siguió trabajando para Ned. Dedicaba las tardes y los fines de semana a sacar los muebles empapados y mohosos de la casa en Asheboro. Arrancó el tejado, retiró las planchas del suelo y quitó las paredes de yeso y toda la instalación eléctrica. Llevó los escombros al vertedero. Al final, cuando solo quedaba la estructura y la fontanería, vendió la propiedad a otro constructor que Ned conocía desde hacía años. Ese cheque también pasó a formar parte de sus ahorros.

En noviembre, Ned le pidió que le llevara a Charlotte para recoger una bañera que se había retrasado en la entrega. A las afueras de la ciudad, Jasper advirtió dos nuevas zonas residenciales, una al lado de la otra, con decenas de casas ya construidas y otras en proceso. Los constructores independientes como Ned poco a poco cedían terreno a promotores que construían cientos de casas a la vez, y llevado por un impulso, Jasper decidió darse una vuelta por uno de esos barrios. Le impresionó la gran capacidad organizativa necesaria para llevar a cabo esas urbanizaciones, aunque tenía la certeza de que nunca querría vivir en un barrio semejante. Tenían un aire casi desolado, incluso las calles donde las casas ya estaban terminadas. Al observar los tramos de casas hechas como con un molde para galletas, asépticas, de pronto se dio cuenta de que lo que podría ayudar a que el barrio resultara más atractivo eran árboles. No los plantones esqueléticos que habían sido plantados aleatoriamente por los nuevos propietarios, sino árboles bonitos y frondosos de rápido crecimiento.

Siguió dándole vueltas a esa idea y, al año siguiente, a medida que se iban construyendo más urbanizaciones también decidió visitarlas, y cada vez estaba más seguro de que tenía razón. A principios de 1960 fue a la biblioteca en busca del árbol ideal, pero no le sirvió de ayuda; tampoco la biblioteca de Raleigh, pero la mujer del mostrador principal le recomendó que visitara la escuela de agricultura de la Universidad del Estado de Carolina del Norte. Le llevó tiempo y perseverancia conseguir una cita, pero el profesor que le atendió (el mismo que en el futuro le enseñaría a cultivar colmenillas) le habló del árbol que el Departamento de Agricultura estaba pensando introducir oficialmente en Estados Unidos.

El profesor le enseñó fotos y le dio información, y Jasper lo asimiló todo. Era un árbol originario de Corea y China que crecía rápido y tenía flores blancas en primavera, con una bonita forma piramidal y brillantes colores en otoño. Su nombre científico era *Pyrus calleryana*; en el Departamento de Agricultura estaban pensando llamarlo peral de flor, aunque no daba frutos comestibles. El profesor añadió que todavía no había demasiada gente interesada en el árbol, aparte de las universidades dedicadas a la investigación agrícola y el Departamento de Agricultura, pero preveía que el mercado con el tiempo crecería de forma considerable.

Jasper acudió al centro de jardinería Garner de la ciudad para conseguir aquellas oscuras semillas de Corea; Mack Garner había servido en la guerra de Corea, y su mujer era de Seúl. Con el dinero del seguro y los beneficios de la venta de la casa, Jasper alquiló unos terrenos de poco valor a unos treinta kilómetros y compró fertilizante. Se tomó una semana de vacaciones, cultivó y fertilizó la tierra y plantó semillas como para obtener unos cinco mil árboles. Las regó a mano todas las tardes después del trabajo y los fines de semana y, para su sorpresa, las semillas brotaron y atravesaron el suelo casi de forma inmediata.

Le enseñó a Audrey lo que estaba haciendo cuando ella volvió a casa para pasar el verano. En ese par de años Audrey cada vez era más hermosa a sus ojos, y seguían viéndose siempre que ella estaba en casa. Daban largos paseos y compartían batidos de chocolate, y ella le contaba historias sobre las clases o los profesores, o sobre los amigos que había hecho en la universidad. A veces, cuando le preguntaba si deseaba dejar atrás su vida anterior (y a él), ella se reía y descartaba la ocurrencia como una tontería. Jasper le decía a menudo que la quería, y ella le respondía lo mismo, pero cuando se despidió de ella por tercera vez en agosto, sus padres seguían mirándolo con la misma expresión adusta a la que ya se había acostumbrado hacía tiempo.

Mientras tanto, él continuaba trabajando para Ned y había alquilado más tierras. Plantó decenas de miles de árboles más. Mostró a los padres de Audrey a qué se había estado dedicando. Aunque aquello no les hizo cambiar de opinión sobre él (todavía no había ventas, ni siquiera un mercado), a Jasper le gustaba pensar que la expresión en el rostro de la madre de Audrey parecía más relajada, aunque su desaprobación seguía siendo evidente.

Cuando Audrey se graduó en mayo de 1962, todavía no estaba preparada para empezar con la enseñanza. En su opinión, llevaba muchos años estudiando y necesitaba tomarse un respiro, de modo que se puso a trabajar en la tienda de ropa de su madre. Jasper estaba entusiasmado con su regreso a Asheboro, y ambos retomaron la relación donde la habían dejado. Luego, en la primavera de 1963, el Departamento de Agricultura introdujo formalmente el peral de flor en el mercado de Estados Unidos. En ese momento los árboles de Jasper estaban creciendo con fuerza, y los que había plantado el primer año ya tenían el tamaño suficiente para su venta. Dejó de trabajar para Ned con el objetivo de dedicarse a tiempo completo a sus árboles. Sacó algunos del suelo y envolvió las raíces con arpillera, los cargó en su camioneta, y empezó a visitar promotores en Charlotte, Greensboro y Winston-Salem. Su discurso de venta era simple: les mostraba la información del Departamento de Agricultura, les daba un precio razonable, y después les ofrecía plantar los árboles frente a los jardines y en los patios traseros de las casas en las urbanizaciones para que pudieran ver por sí mismos el valor estético que tenían. También visitó centros de jardinería, y puesto que básicamente contaba con el monopolio de aquel árbol, en muy poco tiempo empezaron a lloverle pedidos. No solo vendió todos los árboles plantados el primer año, sino también casi todos los del segundo.

Disponiendo de una abundante cantidad de dinero por primera vez en su vida, se dirigió una vez más a casa de Audrey. De nuevo volvió a hablar con su padre, con la alianza de su madre otra vez en el bolsillo. En esa ocasión su padre aceptó, y Jasper le pidió la mano a Audrey dos días después.

Se casaron en octubre de 1963, y pasaron su luna de miel en Sullivan's Island, como ella siempre había deseado. Se mudaron a la cabaña, y aunque se quedó embarazada el primer mes de casados, Audrey insistió en convertir la cabaña también en su hogar, no solo el de Jasper. Compró muebles nuevos y confeccionó cortinas, dispuso alfombras en la sala de estar y los dormitorios; también compró ollas, sartenes y platos, y menaje a juego. Convirtieron el antiguo dormitorio de Jasper en la habitación del bebé, y cuando Audrey cocinaba la cabaña se llenaba de deliciosos aromas. Hacían el amor casi todos los días, y en las Navidades de ese año, como regalo, Jasper colocó las estanterías que ella deseaba, hechas por él, porque sabía que la haría feliz. Le mostró además un borrador de los planos de una preciosa casa blanca con un porche y una cocina lo suficientemente grande como para albergar a toda la familia. Como sabía que quería tener al menos cuatro hijos, había dispuesto varios dormitorios y cuartos de baño en el segundo piso. Al examinar los planos dibujados por Jasper, sus ojos rebosaban lágrimas de felicidad.

Comenzaron a construirla al año siguiente, después de que Audrey diese a luz a su primer hijo, y de otra cosecha excelente de perales de flor.

II

Tras lavar la taza y el plato, Jasper preparó unos cuantos sándwiches de mantequilla de cacahuete y miel para él y Arlo, y llenó un termo con lo que quedaba en la cafetera. Puso más comida de lo habitual para el perro y metió un puñado de sus golosinas en el bolsillo de su chaqueta. Iba a ser un día muy largo.

Cogió los prismáticos de camino a la puerta, y pensando que tal vez le gustaría tener compañía, decidió permitir a Arlo que viajara en el asiento del pasajero. Bajó ambas ventanillas, y vio cómo el perro alzaba el hocico para husmear el viento. Se detuvieron en una gasolinera cercana donde detrás de la caja registradora había un joven de pelo largo con un *piercing*; en el cuello lucía un tatuaje que representaba una araña. Jasper le preguntó si tenían mapas recientes del bosque nacional de Uwharrie, pero el joven negó con la cabeza.

—No vendemos mapas.

—¿Cómo es posible que no vendáis mapas?

El joven parecía desconcertado por la pregunta.

—Eh… La mayoría de la gente usa el móvil.

Jasper no tuvo mejor suerte en la siguiente gasolinera, ni en la tercera, otra prueba de que el mundo moderno le había dejado atrás. Decidió resolver el tema del mapa por sí mismo y se dirigió hacia la entrada principal del bosque. Al lado de la entrada vio un letrero con un mapa general, incluidas las principales carreteras. Jasper paró la camioneta. En la guantera encontró un lápiz roto y un sobre con el recibo de una antigua reparación en su interior. En el anverso copió el mapa lo mejor que pudo.

Su camioneta, aunque vieja, contaba con tracción a las cuatro ruedas, algo que resultó útil mientras se adentraba en el bosque por una carretera y luego se desviaba en una bifurcación que conducía al área de camping. Una vez allí, dedicó un rato a buscar vehículos o individuos sospechosos antes de darse cuenta de que no podía saber con exactitud qué aspecto podrían tener. Más allá del camping había una vía de acceso para bomberos, la siguió hasta llegar a un cruce que llevaba a otra carretera similar y por último de regreso a una de las principales. De vez en cuando se detenía y trazaba las nuevas carreteras en su mapa improvisado; también usaba los prismáticos para escrutar el bosque, incluso aunque no estuviera cerca de la zona donde había sido avistado el ciervo. Por si acaso.

Hacia media tarde Jasper ya se había hecho una idea de la configuración del terreno. Había recorrido todas las carreteras principales y las pistas de acceso para los bomberos, e incluso algunas de las rutas para todoterrenos. Ahora sabía cómo podría acercarse cualquier furtivo al ciervo, y algo crucial: cómo podría salir del bosque sin ser visto.

Hizo una pausa para almorzar, y a su entender Arlo disfrutó de los sándwiches tanto como él. Se tomó dos tazas de café, y luego volvió a cargar al perro en la camioneta. Sabía que lo que vendría a continuación sería la exploración más importante del día.

Siguió una pista forestal en dirección sur hasta el final y luego avanzó dando tumbos por una pista que giraba aún más hacia el sur. Todo aquel que quisiera acceder a esa zona del bosque con un vehículo tendría que ir por allí; la exploración que había hecho anteriormente había dejado claro que el terreno a lado y lado de la pista impedía cualquier otra posibilidad. La camioneta chirriaba y daba tumbos con los baches, ascendiendo gradualmente. Jasper se detenía con más frecuencia y escrutaba la zona con los prismáticos. Solo podía ver pájaros y árboles. Finalmente la pista se acababa, pero todavía quedaba mucho para que los furtivos pudieran llegar al área por donde se movía el ciervo. Cargar con una pesada carcasa hasta ese lugar era del todo imposible.

Recorrió cincuenta metros marcha atrás con la camioneta. Echó un vistazo alrededor, pero no vio ninguna huella de vehículo que hubiera abandonado la pista para adentrarse en el bosque. Siguió retrocediendo y volvió a mirar, luego un par de veces más, hasta que por fin descubrió un árbol pequeño, quebrado en su base no hacía mucho. Al acercarse pudo ver marcas de neumáticos a ambos lados.

«Ya te tengo».

Siguió las marcas, esta vez hacia el interior del bosque virgen. Conducía despacio, sorteando árboles y rocas sobre el accidentado terreno. Siguió hacia el sur, en la dirección que apuntaba hacia su cabaña, hasta que llegó a una zona cubierta de espesa maleza. A un lado había un enorme terraplén. Supuso que aún quedaban unas cuantas horas hasta el anochecer.

Jasper salió de la camioneta. La temperatura estaba empezando a caer, y miró alrededor, pensando que sabía exactamente dónde estaba. A un lado se encontraba la ruta panorámica; al otro el lugar donde habían filmado al ciervo. Calculó que debía de estar a medio kilómetro del epicentro del radio de acción del animal, pero un furtivo habría intentado acercarse aún más con su vehículo. Las camionetas más modernas, no como la suya, tal vez podrían avanzar por encima del denso monte bajo y, en efecto, fue capaz de encontrar el lugar donde un vehículo había seguido hacia el sur. Pensó que lo más probable es que fuera una ranchera con neumáticos sobredimensionados, como la que había visto en la entrada de la casa de los Littleton.

Tenía que reconocer que los adolescentes habían conseguido identificar el alcance del ciervo blanco el domingo anterior. Al fin y al cabo, en ese momento solo habían contado con una única fotografía. Se preguntó cuánto más habrían podido avanzar hacia el sur con su vehículo, pero para averiguarlo tendría que seguir a pie. Puesto que se estaba haciendo tarde para eso, volvió a subir a su camioneta. La condujo lentamente hasta el terraplén más cercano, la aparcó detrás para ocultarla y apagó el motor.

Luego regresó caminando hasta el lugar donde se había detenido primero, ignorando la rigidez en su espalda, y asintió para sí mismo al pensar que había acertado con el lugar donde había decidido aparcar. Supuso que los Littleton y Melton usarían la misma ruta la próxima vez y su camioneta no estaba a la vista. Con eso bastaba.

Volvió a subir a la cabina de la camioneta y lanzó una mirada a Arlo.

—Creo que deberíamos cerrar los ojos un rato, ¿no te parece?

El perro bostezó como si estuviera de acuerdo y Jasper se reclinó en su asiento, para ponerse cómodo. Cerró los ojos y supuso que tenía mucho tiempo.

Los furtivos, él lo sabía muy bien, solían cometer sus crímenes en las horas posteriores a la puesta de sol o en las que precedían a su salida.

III

Jasper dormitaba, pero no dormía. Dejó las ventanillas bajadas, atento para poder escuchar con media oreja el sonido de cualquier vehículo que se aproximara.

Anocheció y después por fin llegó la oscuridad. Aunque su visión nocturna había empeorado con los años, Jasper pensó que eso no importaba. Sería imposible no ver unos faros acercándose o un foco en el bosque.

Se tomó el resto del café del termo. Le dio a Arlo otro sándwich. De vez en cuando bajaba de la camioneta y caminaba hacia el otro lado del montículo, pero aparte del ocasional ulular de algún búho, el bosque parecía estar vacío.

Se quedó hasta las diez y media, y pensó que a esas horas el ciervo blanco y todos los demás ya se habrían acomodado para pasar la noche. Tuvo que girar varias veces la llave para arrancar el motor, y lentamente deshizo el camino a través del bosque hasta la pista, luego hasta el camino de incendios y, por último, hasta la salida. De regreso a la cabaña puso la alarma del despertador para que sonara muy temprano por la mañana.

El martes se convirtió en miércoles mientras estaba tumbado en la cama, y quizá fuera debido al café, pero no podía conciliar el sueño. En lugar de dormir se quedó mirando el techo, y su mente vagó hasta los primeros años de su matrimonio, cuando

Audrey y él ya eran padres. Le pusieron a su hijo mayor el nombre del rey David, uno de los escritores de los salmos, y recordó el orgullo exhausto en el rostro de Audrey cuando cogió a su hijo en los brazos. Cuando Jasper se inclinó para besarla, ella susurró: «Mira lo que ha hecho nuestro amor», y los ojos de Jasper se llenaron de lágrimas.

Recordó cuando trabajaba con Ned al empezar a construir la casa nueva, y cómo Audrey insistía en visitar la obra todas las tardes, para seguir los avances a diario. Se acordó de cuando Audrey se giró en la cama y casi con indiferencia le hizo saber que volvía a estar embarazada. Mary, llamada así en honor a la madre de Nuestro Salvador, nació en junio de 1965, tres días después de haberse mudado a la nueva casa. Aunque Audrey debía estar agotada, enseguida se lanzó a decorarla, añadiendo su toque personal y otras florituras, mientras cuidaba a sus dos criaturas todavía en pañales.

Durante toda esa época Jasper siguió expandiendo su negocio, vendiendo perales de flor en estados tan alejados como Tennessee. Alquiló más terrenos y contrató personal, llegando a contar con hasta más de una docena de trabajadores. No tenía hipoteca y tenía dinero en el banco. Pero como le preocupaba lo que había leído en Mateo 19:24 («Otra vez os digo, que es más fácil para un camello pasar por el ojo de una aguja que para un rico entrar en el reino de Dios») donó lo necesario para reformar la iglesia, y además subvencionaba el banco de alimentos local. Casi siempre se quedaba únicamente lo que necesitaba para mantener a su familia, y aunque su generosidad a veces ponía nerviosa a Audrey, Jasper la tranquilizaba diciendo que nunca les faltaría de nada.

Mucho de lo transcurrido esos primeros años, pensó con pena, era en su mayoría un recuerdo borroso. Le venía a la memoria la visión de la casa ocasionalmente desordenada y lo preciosa que estaba Audrey cada vez que sonreía. Recordó el nacimiento de Deborah, llamada así para honrar a la juez y profeta, y el de Paul, cuyo nombre hacía honor al apóstol y mártir. En 1969 ya eran una familia de seis miembros, y Jasper todavía podía revivir el orgullo que sentía como marido y padre cuando acudían juntos a la iglesia o se sentaban a la mesa para cenar.

En cuanto a Audrey, la maternidad era algo tan natural para ella como respirar. Desde el primer momento sabía de forma intuitiva si un bebé lloraba porque tenía hambre o necesitaba que le cambiaran el pañal, o si simplemente quería que lo cogieran en brazos. Sonreía y se reía incluso cuando había dormido poco, y no se inmutaba ante el desafío de tener que llevarlos a todos con ella a la tienda de comestibles, o vestirlos para ir a la iglesia, incluso cuando parecía que iban a llegar tarde. Les llevaba al pediatra regularmente pero no de forma obsesiva, y encontró el tiempo para escribir un diario de cada niño, en el que no solo hacía un seguimiento de su desarrollo, sino que también anotaba sus encantadoras peculiaridades e idiosincrasia. En ocasiones le confesaba a Jasper que deseaba poder perder peso, los diez kilos que después de los embarazos no había conseguido quitarse, pero a él le resultaba aún más atractiva que cuando se había subido por primera vez a la camioneta, hacía ya tanto tiempo.

Mientras sus pensamientos continuaban a la deriva, un carrusel de imágenes pasaron por su mente:

La maravillosa sensación cuando cogió a su primer hijo en brazos, justo después del parto...

Escuchar la risita de Mary cuando aprendía a caminar...

La pequeña Deborah agachada al lado de un sapo mientras saltaba entre la hierba...

La exultante alegría de Paul al aprender a ir en bicicleta...

Audrey en su primer día de trabajo, después de que Paul empezara párvulos, cuando comenzó a dar clases en una escuela del condado...

Cuando se concentraba, le parecía que era capaz de recordar la mayor parte de su vida conjunta. Se acordaba de los niños apiñados a su alrededor en el porche, observando fascinados mientras tallaba piratas y bailarinas o animales de sus libros favoritos. Podía ver sus sonrisas llenas de huecos mientras posaban para las fotos del colegio. Evocó recuerdos de toda la familia leyendo la Biblia juntos todos los miércoles y los domingos al anochecer; esas siempre habían sido sus noches favoritas de la semana. Pensó brevemente en su adolescencia, ese periodo turbulento a las puertas de la edad adulta. A veces se saltaban las normas, los dormitorios con frecuencia estaban desarreglados, y los chicos comían tanto que Jasper en ocasiones abría los armarios y se encontraba con que casi toda la comida había desaparecido. Se acordó de los primeros amores: David, que se había enamorado de Mónica estando de campamento en Pinehurst, y que volvió con el corazón roto; Deborah, que estaba loca por un chico llamado Allen en cuarto de secundaria y juraba que acabaría casándose con él. Recordó con cariño las horas que había pasado enseñando a Mary a conducir, y cómo el vehículo daba sacudidas hacia delante y hacia atrás mientras intentaba dominar el uso del embrague. Recordó la noche que pilló a Deborah besando a Allen mientras estaban en el porche delantero, y la amabilidad con la que Audrey le había recordado que su hija, al igual que sus hermanos, se estaba haciendo mayor. Pensó en los nervios y la excitación de Paul cuando fue elegido para representar al instituto en un concurso estatal de debate y cómo había practicado durante horas frente al espejo.

Pero, sin duda, era el amor que se tenían todos como familia de lo que más se acordaba Jasper siempre. Aunque luchaban por superar desafíos y decepciones, como todo el mundo, también había alegría y cariño, y durante más de dos décadas, Jasper creyó que su familia había sido elegida por el mismo buen Dios para recibir sus bendiciones.

Hasta que resultó que, por supuesto, no era así.

IV

Jasper por fin consiguió dar una cabezada durante un par de horas, hasta que le despertó la alarma, mucho antes de que saliera el sol. La noche había sido corta y su cuerpo temblaba de agotamiento y dolor. La psoriasis le picaba y escocía como si le estuvieran picando avispas continuamente, pero se obligó a levantarse de la cama. Cuando se dirigió renqueando a la cocina pudo notar lo tensa que tenía la espalda, además de las articulaciones doloridas, y pensó que conducir dando tumbos sobre las rocas le había perjudicado considerablemente.

Se preguntó qué le traería ese día. ¿Regresarían los Littleton y Melton a acabar lo que habían empezado, aunque fuera día lectivo? No lo sabía. Y si en efecto se presentaban antes del amanecer esa mañana, ¿qué podría hacer para detenerlos? Nuevamente no tenía ni idea.

Se vistió con ropa oscura y aunque no tenía hambre se obligó a comer algo. Cogió una vieja mochila del vestíbulo antes de salir al exterior. Una manta de neblina sobrevolaba la tierra, y aunque la luna solo estaba medio llena, su luz bastaba para pintar de plata las copas de los árboles.

Ayudó a Arlo a subir a la camioneta. Siguiendo una corazonada, Jasper fue a buscar al cobertizo un rastrillo y unas cuantas bolsas de plástico. Cargó todo en la caja de la camioneta y condujo bajo el cielo estrellado hasta el lugar del bosque Uwharrie donde había aparcado la noche anterior. Un día más esperó, atento por si veía faros o escuchaba el ruido de algún vehículo; de nuevo, no vio ni oyó nada.

Cuando el sol salió y disolvió la neblina, Jasper pensó que ya era hora de marcharse. La camioneta brincaba mientras se adentraba en el bosque por la pista, lo cual provocaba punzadas de dolor en su columna; por fin llegó al camino de incendios relativamente uniforme y luego al asfalto. Desde allí condujo al almacén de ferretería Lowe's en Asheboro para comprar un bidón grande de repelente para ciervos, además de seis dispositivos de ultrasonido que prometían mantenerlos alejados. Por si acaso. Después regresó a la región sur del bosque Uwharrie y volvió a dejar la camioneta detrás del terraplén.

Cogió los prismáticos y salió del vehículo. Arlo iba junto a él en la larga caminata hacia la ruta panorámica. Aunque avanzaban a un ritmo moderado (no quería que su corazón le causara problemas), notaba la espalda cada vez más tensa. Las numerosas colinas y crestas que salpicaban aquella zona le obligaron a reducir la marcha aún más. En su juventud las habría sorteado con agilidad. Ahora, sin embargo, a menudo necesitaba detenerse y recuperar el aliento. Mientras resollaba, colocó las manos en las caderas y se inclinó hacia atrás para estirar sus músculos de la espalda, dejando escapar algún que otro gemido. En esas ocasiones, Arlo alzaba la vista hacia él como queriendo averiguar qué le pasaba.

Finalmente llegaron a un punto con vistas a la ruta panorámica, cerca del lugar donde se había hecho la primera foto. Luego tomó la orientación de los bloques de roca, y empezó a avanzar hacia ellos, a través de lo que creía que era el centro del área de alcance del ciervo.

Una vez más le costó salvar algunos obstáculos: crestas, colinas y rocas; un arroyuelo; matorrales que parecían decididos a aferrarle los tobillos. Las caderas y las rodillas se unieron a su espalda en un coro de dolor; la piel seguía escociéndole. Intentó decirse a sí mismo que estaba viviendo una aventura, aunque fuera una a cámara lenta y penosa.

Pensó en el cervatillo muerto que había encontrado el domingo pasado. Supuso que los agentes forestales ya habrían retirado el cadáver, y se preguntó si el pañuelo que había dejado como señal todavía estaría allí. No era tan importante; tenía muchos pañuelos, y desviarse para recuperarlo era lo último que necesitaba. En lugar de eso ascendió pesadamente por encima de otra cresta, un poco más adelante del epicentro del supuesto rango de acción del ciervo, y se detuvo al llegar a un pequeño claro del bosque. Algo inusual en el centro le llamó la atención, y entonces alzó y enfocó los prismáticos. Enseguida identificó granos de maíz secos en el suelo. Le sobrevino una oleada de decepción y repugnancia, aunque no le sorprendía en absoluto. Era lo que esperaba y confirmaba sus sospechas.

«Cebo para ciervos».

Todos los cazadores sabían que a los ciervos les encanta el maíz, y al acercarse vio huellas alrededor de los montones. Por el tamaño distinto de las huellas supo que no había acudido un solo ciervo; tenían que ser varios. Eso también implicaba que el maíz no podía llevar demasiado tiempo allí, porque de lo contrario no quedaría nada. Mientras observaba con atención, en su mente surgió como un destello el recuerdo del sábado anterior, cuando estaba tallando con el chico. Recordó que llovía. Al combinar todos aquellos indicios dedujo que el maíz había sido colocado allí y consumido por los ciervos en los últimos días. Pero ¿cuándo exactamente?

«¿Tal vez Melton y los hermanos Littleton lo habían dejado allí el domingo?».

Probablemente.

Dejaron el cebo imaginando que los ciervos tardarían uno o dos días en encontrarlo. Sabedores de que los animales volverían a por más, Jasper suponía que regresarían para añadir más grano. Y después…

Jasper giró sobre sí mismo, inspeccionando la zona. Cuando los furtivos ponían una trampa necesitaban encontrar un lugar próximo donde poder ocultarse. Hacia el sur del claro, el bosque raleaba; enfrente y en dirección este había una pequeña elevación con rocas enfrente. Tardó algo más de un minuto, pero al final localizó lo que buscaba en la parte norte del claro, en la dirección aproximada donde se encontraba aparcada la camioneta. Los árboles eran más gruesos, y Jasper se abrió camino hacia uno caído cubierto por un montón de ramas. Aunque había sido preparado a toda prisa, advirtió una pequeña abertura para disparar entre las ramas apiladas. Detrás del árbol encontró numerosas huellas en la tierra.

No eran huellas de pezuñas, tampoco de botas. Sino de zapatillas deportivas.

Nuevamente, eso no probaba nada, pero a buen seguro era una evidencia circunstancial.

Jasper recorrió la agónicamente larga distancia hasta la camioneta, esta vez por la ruta más directa posible. De la caja de la camioneta sacó una pala y el rastrillo, además de una bolsa de basura. Cargó el bidón de repelente para ciervos y los dispositivos de ultrasonido en la mochila, se la puso a la espalda y luego deshizo sus pasos. Cuando llegó a la trampa de maíz le temblaban las piernas, y tuvo la sensación de que había ido a pie hasta Canadá, pero todavía tenía trabajo que hacer.

Con el rastrillo hizo pequeños montones con los restos del maíz y con las manos fue recogiéndolos en la bolsa de basura.

Después destapó el bidón de repelente para ciervos. El aire se llenó del hedor a huevos podridos al esparcirlo en círculo alrededor de la trampa. Roció más repelente en la línea arbolada que rodeaba el claro. Luego dispuso los dispositivos de ultrasonido en lugares donde les diera el sol, puesto que funcionaban con energía solar. No podía saber hasta qué punto los dispositivos darían resultado ni cuánto tiempo duraría el efecto del repelente: podía ser que la batería no recibiera el sol suficiente como para cargarse, y las próximas lluvias podrían diluir por completo el repelente, pero era lo único que se le ocurría de momento. Por último eliminó con el rastrillo las marcas obvias de sus propias pisadas.

Agotado pero satisfecho volvió renqueando a la camioneta y por fin regresó a su casa a primera hora de la tarde. Comió una sopa de tomate y se tumbó para echar una siesta; esta vez se durmió enseguida y la alarma lo despertó justo a tiempo. Volvió a salir con Arlo bastante antes del anochecer. Regresó con la camioneta hasta el talud, aparcó de nuevo tras él y se acomodó para otra noche de guardia. Sabía que alguien querría reponer el maíz.

Bajó las ventanillas para poder escuchar mejor, y observó mientras el sol se sumergía tras los límites del bosque y el cielo empezaba a desleírse. A su lado, Arlo ya dormía. La marcha de la mañana a través del bosque también debía de haberlo dejado agotado, y Jasper alargó el brazo para darle un par de suaves palmaditas. Arlo movió una oreja, pero nada más. Se acordó de cuando su amigo peludo era joven y estaba lleno de energía, y cómo solía dar vueltas en círculos cuando se daba cuenta de que estaban a punto de salir con la camioneta.

«La edad te ha hecho cambiar —murmuró—. Como a mí».

La luz grisácea dio paso al crepúsculo y finalmente a la oscuridad. La transición fue sutil, apenas perceptible al principio, en gran medida como el transcurrir de su propia vida. Rememoró el negocio del que había sido propietario y los cientos de hectáreas de perales de flor que había cultivado cada año. Eso también cambió en un momento determinado. Aunque en un principio había tenido el monopolio, cada año aparecían nuevos competidores. Encontrar nuevos clientes y mercados era cada vez más difícil. Las ventas se estancaron y poco a poco empezaron a disminuir, aunque trabajaba más duro que nunca. Dejó de alquilar parte de la tierra, y más adelante todavía más. Cuando la inflación se disparó a finales de los setenta, el interés hipotecario alcanzó niveles apabullantes, lo cual significaba que se construían menos casas. El coste del fertilizante y el gasóleo estaba por las nubes. Los centros de jardinería cada vez compraban menos. Como mucha otra gente, tenía la esperanza de que la situación se arreglase, pero entretanto se vio obligado a despedir a un empleado tras otro, algo que le resultó angustioso. Ni siquiera la indemnización de despido que aceptaron sirvió de gran cosa para aliviar el sentimiento de culpa de Jasper. Cuando miraba a los ojos a las personas que había tenido que despedir veía maridos y esposas, hijos, hijas, padres. Veía a los hijos de Dios, y rezaba para pedir perdón, aunque supiera que no había tenido elección.

A mediados de los ochenta, a Jasper solo le quedaba un solo bosque de perales maduros. Tal como había hecho hacía más de veinte años, volvió a trabajar los campos solo. Las palmas de las manos se le engrosaron con callos, y por primera vez desde que se casaron, estaba agradecido por el dinero que Audrey ganaba como profesora.

En abril de 1986 Jasper tenía cuarenta y seis años. Su hijo mayor veintiuno y estaba a punto de licenciarse en teología por la Universidad Wake Forest, con la intención de proseguir con un Máster en Divinidad. Quería convertirse en pastor. Sus dos hijas estaban en la Universidad de Carolina del Norte, una especializándose en biología, con la intención de ser veterinaria, y la otra con planes de estudiar educación primaria. Paul iba a empezar su último año en el instituto de secundaria.

El tiempo esa primavera fue caprichoso, hasta que empezó a llover, día tras día, durante casi dos semanas. La tierra estaba completamente saturada cuando el aire cálido y húmedo del golfo de México empezó a colisionar con el aire frío y seco del norte. Fuertes tormentas empezaron a formarse en Georgia y Carolina del Sur, y finalmente también en Carolina del Norte. Cerca de Asheboro, en un área afortunadamente bastante despoblada, una de ellas generó un tornado, o por lo menos eso es lo que se suponía que había pasado. Como no había testigos, la única evidencia del tornado eran sus consecuencias: dos pequeños edificios arrasados y miles de árboles, cuyas ramas habían quedado despojadas de hojas a la vez que habían sido arrancados de raíz, aparecían derribados por tierra como paja.

Puesto que se trataba de un suceso tan extraño que casi parecía increíble, un fotógrafo del periódico se había desplazado hasta allí para documentarlo. Las fotos demostraron que ni las granjas circundantes ni las casas ni los graneros habían quedado afectados. Los cultivos de maíz y algodón de las proximidades seguían creciendo estirándose hacia el sol, completamente intactos. Solo en aquella zona relativamente limitada la destrucción había sido total.

Jasper se visualizó a sí mismo allí, de pie al lado del fotógrafo, mirando los vestigios de lo que había sido su último bosque de perales de flor. Aunque los árboles estaban asegurados, ese verano todavía tenía que cumplir con los contratos firmados, lo cual significaba que tendría que comprar los árboles de otros productores y venderlos, casi seguro que con pérdidas. Sin ninguna duda, apenas le quedaría nada.

Al darse cuenta, trastornado, Jasper seguía mirando fijamente los árboles caídos. Le vino a la mente de forma espontánea Job 4:13: «Por el aliento de Dios perecen, y por la explosión de Su ira son consumidos».

Por un momento, Jasper se preguntó qué había hecho para enfurecer a Dios, y luego sacudió la cabeza. Se recordó a sí mismo que su vida había estado llena de bendiciones, y pensó en otra tormenta de su pasado, el huracán que había destruido su casa, pero al mismo tiempo le había permitido iniciar su negocio. Se recordó a sí mismo que los caminos del Señor son inescrutables y pensó en 1 Corintios 10:13, que prometía: «Fiel es Dios, que no os dejará ser tentados más de lo que podáis resistir».

A pesar de las garantías de su fe, le costó dormir por las noches durante meses. Le preocupaba no poder pagar la educación universitaria de sus hijos y no poder seguir patrocinando el banco de alimentos local, porque era consciente de que otras familias se enfrentaban a desgracias peores que las suyas. No se había equivocado en cuanto al seguro: no le darían lo suficiente como para cumplir con los contratos. Aunque podría haberse declarado en bancarrota y simplemente huir de sus obligaciones, pensó en el salmo 37:21, que decía: «El impío toma prestado y no paga». De modo que fue con Audrey al banco.

Solicitaron una hipoteca revertida de su casa, la primera en su vida. Al firmar los papeles, Jasper se preguntó cómo iba a ser capaz de reconstruir su vida, pero en el momento en que salían por la puerta del banco, Audrey le cogió de la mano, y en ese instante le invadió la certeza de que todo iba a salir bien.

V

Eran poco más de las nueve de la noche y la oscuridad era total cuando Jasper advirtió destellos de luz hacia el norte, que desaparecían de la vista y volvían a resurgir como distantes luciérnagas.

—Parece que viene alguien —murmuró a Arlo.

A su lado, el perro bostezó y se incorporó, mirando a su alrededor. Aproximadamente un minuto después inclinó las orejas, con la cabeza ladeada hacia un lado. Jasper subió la ventanilla y luego se estiró por encima del animal para hacer lo mismo con la del asiento del copiloto, por si acaso a Arlo se le ocurría ladrar.

Pasaron unos cuantos minutos más antes de que el mundo ante él se iluminara por un momento; el ruido del motor era inconfundible. Furtivos, con faros y rifles en la cabina de su vehículo, y un saco de maíz en la caja.

«¿Los Littleton y Melton? ¿Solo los Littleton? ¿O era alguien distinto?», se preguntó.

Había aparcado allí la camioneta porque quería saber de quién se trataba con absoluta certeza.

El mundo volvió a oscurecerse y el ruido del motor se extinguió. Jasper esperó otros diez minutos para asegurarse de que se habían ido, y luego giró la llave.

El motor giró pero no llegó a ponerse en marcha. Jasper respiró hondo y probó de nuevo mientras accionaba el acelerador. Tampoco esa vez consiguió arrancar.

Cerró los ojos y sintió una repentina tirantez en el pecho. Dejó descansar el motor un momento antes de volver a intentarlo. Giró la llave de nuevo y pisó el acelerador, y por fin escuchó el motor girando, como protestando; luego arrancó con el fuerte chirrido asociado a una correa del ventilador no lo bastante tensa.

«Buen Dios», pensó. El ruido había sido lo suficientemente escandaloso como para despertar a los muertos, y deseó que quienquiera que fuese en el vehículo estuviera lo bastante lejos como para no haberlo oído.

Puso primera pero no encendió las luces, y rodeó muy despacio el montículo. Apenas podía ver las marcas de neumáticos más allá del parabrisas, e incluso a paso de tortuga, a veces tenía que dar volantazos para evitar árboles y hondonadas. Sus ojos se desviaban de tanto en tanto hacia el espejo retrovisor para comprobar si veía faros. Incluso después de haber alcanzado la pista seguía nervioso: la combinación de hombres armados y desprecio a la ley podía ser peligrosa. Sin embargo, resistió su impulso de conducir más rápido. Arlo parecía percibir su tensión y profirió un gemido, luego otro. Jasper se preguntó cuánto tardarían en llegar al claro y volver a la camioneta.

Jasper no podía saberlo, pero llegó a tiempo a la pista forestal para incendios y exhaló un suspiro que no era consciente de haber reprimido. Se sintió lo bastante seguro como para encender los faros y acelerar, sabiendo que llegaría a la carretera principal. Después de un rato, esa carretera desembocaba en una intersección y los furtivos girarían a izquierda o derecha para tomar una de las dos salidas que evitaban el área de camping y el puesto de los guardabosques.

Solo cuando Jasper llegó al cruce se dio cuenta de su error. Allí no había buscado un sitio donde esconder su camioneta que le permitiera ver en qué dirección se irían los furtivos.

Condujo unos trescientos metros en una dirección, y luego dio media vuelta para hacer lo mismo en el otro sentido. Examinó ambos lados de la carretera en busca de un lugar lo suficientemente grande para ocultar la camioneta, pero no encontró ninguno.

Lo cual significaba que tenía que tomar una decisión.

En un sentido la carretera conducía a Asheboro; en el otro, a las carreteras del condado y a una autopista.

Siguiendo su intuición, decidió tomar la salida que llevaba hasta Asheboro, y diez minutos después ya estaba fuera del bosque. Avanzó unos cuantos centenares de metros y a continuación giró en una calle lateral. Dio la vuelta con la camioneta y apagó el motor, con la esperanza de haber acertado.

Esperó media hora.

Pasó una hora.

Luego aún más tiempo.

Su mente divagaba a medida que el cansancio iba haciendo mella en él. Arlo empezó a roncar.

Bien entrada la segunda hora de espera, a Jasper le costaba mantener los ojos abiertos. Entonces, de pronto vio que los árboles resplandecían como iluminados por unos faros. Se irguió. Miró con atención hasta que por fin vislumbró una ranchera negra saliendo del bosque. La ranchera se adentró en la calle sin detenerse, y poco después pasó a su lado, acelerando cada vez más.

Jasper giró la llave, y se sintió aliviado al ver que arrancaba a la primera. Empezó a seguir a la ranchera. En la distancia podía ver las luces traseras del vehículo. Si su destino era un barrio concreto de Asheboro, que era lo que él sospechaba, doblaría a la izquierda en la siguiente señal de stop.

Y así fue.

Jasper siguió avanzando sin faros hasta llegar a la señal de stop. Justo antes de girar, encendió las luces. Para entonces, casi había perdido de vista a la ranchera y apretó el acelerador, reduciendo levemente el espacio. No había tráfico, y no quería levantar sospechas, por lo que permaneció a una distancia razonable.

Llegaron a Asheboro y después al centro. La ranchera volvió a tomar un desvío. Jasper redujo la marcha, cada vez más seguro de que sus sospechas se confirmaban; al girar pudo ver el destello de las luces traseras de la ranchera al doblar otra esquina para acceder a otra calle, la misma que él había visitado dos noches antes.

Más adelante vio la ranchera negra entrando en la propiedad de Clyde Littleton. Aparcó al lado de la carretera y esperó unos minutos, luego bajó sigilosamente de su camioneta, y dejó a Arlo dentro. Se acercó a pie a la casa, haciendo todo lo posible para mantenerse en las sombras. Se sentía ridículo; no era un espía ni un criminal, y pensó que si cualquier vecino estuviera mirando por la ventana lo vería como si fuera un letrero de neón. Pero no parecía que hubiera nadie mirando.

Finalmente, al aproximarse a la casa de los Littleton, se agachó entre los setos del vecino. Aunque el jardín todavía le bloqueaba en gran parte la vista, pudo comprobar que nadie sacaba el cuerpo de un ciervo de la caja de la camioneta. Tampoco oyó voces, lo cual significaba que los chicos ya habían entrado en la casa. Dio un suspiro de alivio, sabedor de que el ciervo estaba a salvo. Además, ahora había podido confirmar lo que ya había sospechado todo el tiempo.

Los chicos de los Littleton estaban decididos a embolsarse su trofeo.

VI

De regreso en su casa, Jasper se desvistió y se metió en la cama, consciente de que esa noche también iba a ser corta. Se durmió enseguida y se despertó con la estridente alarma el jueves por la mañana. Dio de comer a Arlo y él se desayunó un sándwich de huevo acompañado de café, sintiéndose viejo y cansado, y con todo el cuerpo dolorido. Le dolían tanto la espalda, las rodillas y las caderas que le costaba moverse; notaba la piel como si le estuvieran pinchando con mil agujas, y le escocía muchísimo. Pero tenía trabajo que hacer para mantener el ciervo a salvo ahora que los Littleton habían repuesto la trampa. Sospechaba que esa era la razón por la que habían ido al bosque la noche anterior.

Volvió al bosque de Uwharrie, esta vez con faros, dando tumbos y sacudidas hasta el terraplén. En esta ocasión había llevado consigo una linterna además del rastrillo y otra bolsa de basura. Anduvo cuidadosa y lentamente a través del bosque, atento a donde pisaba. Lo último que quería era torcerse un tobillo. Miró el reloj y sintió la presión del tiempo. Deseó poder moverse más rápido y pensó que tal vez debía haberse puesto en marcha antes, aunque eso probablemente habría implicado no poder dormir nada.

Incluso Arlo parecía arrastrarse, contentándose con permanecer a su lado en lugar de ir delante con la nariz en el suelo.

Cuando Jasper por fin llegó al claro, pudo ver granos de maíz recién puestos en varios montoncitos. Se movió lo más rápido que pudo, y con el rastrillo y sus manos recogió el grano en la bolsa de basura. Comprendía que el maíz fresco significaba que los Littleton planeaban volver esa misma mañana o al día siguiente, puesto que el bosque estaría abarrotado cuando empezara la temporada del pavo. Puestos a suponer, diría que probablemente ya debían de estar de camino en ese preciso momento. Al igual que él mismo debían saber que el ciervo se pondría en marcha enseguida en busca de comida.

Una vez recogido el maíz se echó la bolsa al hombro con un quejido y recuperó el rastrillo y la linterna. Para entonces, la luna había desaparecido en el horizonte y las estrellas empezaban a desdibujarse. Iluminó su reloj con la linterna, consciente de que se le acababa el tiempo. Empezó a desandar el camino hasta la camioneta, pero le inquietaba que los Littleton pudieran estar acercándose y eso significaba que tenía que apagar la linterna y, por ende, que debía ralentizar la marcha.

En el extremo norte del claro, justo después de dejar atrás el árbol caído donde los Littleton habían planeado apostarse escondidos entre las ramas, Jasper tropezó. Aunque amortiguó la caída con las manos, un espasmo le recorrió la espalda y el resto de sus músculos quedaron paralizados. Se desplomó en el suelo y se dio con la rodilla en una roca; el golpe suscitó oleadas de dolor que le ascendían por la pierna. Tirado en el suelo, apretó los ojos mientras intentaba seguir respirando y el dolor provocado por el espasmo se irradiaba con toda su intensidad por su cuerpo, haciendo que casi se desmayara. La sensación era como si le hubieran golpeado la rodilla con un martillo.

«Ahora no —pensó—, tengo que salir de aquí».

Sobre él, el cielo empezaba a desteñirse, adquiriendo tonalidades de añil.

Sabía que tenía que regresar a la camioneta, pero los espasmos en la espalda, que se repetían en constantes oleadas, casi no le permitían respirar, y mucho menos moverse. El dolor pulsátil que emanaba de su rodilla se extendía hasta la cadera, produciendo un terrible sufrimiento con cada latido. Cuando Arlo se acercó a su cara para olfatearlo, no fue capaz de reunir la energía suficiente para apartarlo.

Intentó concentrarse y pensar en otra cosa, pero el dolor trajo a su memoria un recuerdo aún más penoso. De pronto rememoró de forma vívida el fin de semana del Cuatro de Julio de 1983, algo más de dos años después de que su negocio se hundiera. Volvía a trabajar en la construcción, y los chicos, aunque técnicamente ya eran jóvenes adultos, habían vuelto a casa para pasar el largo fin de semana festivo. Habían ido todos juntos a la iglesia, y después Audrey había preparado pollo frito, además de una ensalada de repollo y otra de patatas, para comer en la mesa de pícnic del patio trasero. Jasper nunca podría olvidar esa comida, ya que sería la última vez que comían todos juntos.

Al día siguiente, el día de la Independencia, cada uno de sus hijos tenía sus propios planes. Mary y Deborah fueron a la costa, cada una con su propio grupo de amigos. David acudió a la barbacoa a la que le habían invitado, y Paul se fue a navegar con un par de amigos. Más tarde, esa noche, irían a ver los fuegos artificiales de Asheboro, aunque Deborah había planeado ir a Wrightsville Beach y no regresaría a casa hasta pasada la medianoche. Después de los fuegos artificiales Paul había organizado una hoguera detrás de la casa con algunos amigos, algo que ya había hecho en varias ocasiones en el pasado. Jasper se enteraría después de que algunos de los jóvenes habían traído alcohol y Paul se había sumado a la fiesta.

Jasper y Audrey se quedaron despiertos hasta tarde, esperando a que volvieran los chicos. Mary fue la primera en llegar, luego David, y por último Deborah. Estuvieron charlando los cinco durante un rato sentados a la mesa de la cocina. Paul seguía en el patio trasero con sus amigos, todos ellos sentados en torno a la hoguera, cuyas llamas se alzaban hacia el cielo. Jasper echó un vistazo por la ventana y pensó que tal vez debería recordarle a su hijo que tuviera cuidado, ya que se había levantado viento. Audrey se le había acercado por detrás, rodeándole la cintura con los brazos, y le había besado en la mejilla.

—Déjalo tranquilo —le pidió, tras haberle adivinado el pensamiento—. Sabes que tendrá cuidado y se lo está pasando bien con sus amigos. Vámonos a la cama.

Ambos se retiraron a su dormitorio. Audrey se puso el camisón y Jasper el pijama. Estaban uno frente al otro, como siempre antes de meterse en la cama. En la oscuridad, Jasper pudo ver que los labios de Audrey dibujaban una leve sonrisa. Le encantaba tener a todos sus hijos en casa.

Lo siguiente que recordaba era despertarse tosiendo con tanta fuerza que parecía como si le estuvieran retorciendo las entrañas. Tardó menos de un segundo en entender lo que estaba pasando; vio llamas en la pared del fondo y en el techo, humo negro por todas partes. El dormitorio estaba en llamas, su casa se estaba incendiando. Jasper saltó de la cama e intentó despertar a Audrey. Su cuerpo no reaccionaba, y en ese momento fue presa del pánico. Alzó la voz y la sacudió con más fuerza, pero seguía sin moverse. Jasper la tomó en sus brazos y se dirigió a la puerta. Al abrirla se produjo una explosión de luz y energía que le propulsó hacia atrás. Durante unos minutos estuvo inconsciente, hasta que el dolor por fin lo despertó.

Las llamas se abrían y cerraban como puños; en todas las direcciones a su alrededor bailaban los tentáculos ardientes de color naranja. Jasper también estaba en llamas, notaba aquellos dedos infernales devorando la carne de sus brazos, las piernas, el torso. Aunque no podía ver con claridad, se dio cuenta de que su cabeza, la cara y el cuello, también se estaban quemando. Profirió un grito e instintivamente luchó contra las llamas y empezó a dar vueltas en el suelo frenéticamente. El humo se había convertido en una niebla oscura, tan espesa que apenas podía ver nada, y olió algo que le recordó vagamente el olor de la carne asada. Después de que se extinguieran las llamas de su cuerpo, al instante pensó en Audrey y sus hijos. En su conciencia apareció su imagen como si se hubiera accionado un interruptor. «Audrey —pensó—, David, Mary, Deborah, Paul…».

«Tengo que salvar a mi familia…».

El fuego parecía estar ahora por todas partes. Se estaban quemando las paredes, el suelo y el techo, además de los muebles. De algún modo Jasper fue capaz de encontrar la silueta encorvada de Audrey cerca de la ventana, envuelta en llamas. Tenía la piel negra de la cabeza a los pies. Apagó a manotazos el fuego y la alzó del suelo, mientras observaba estupefacto cómo su propia piel se desprendía a tiras. Bajó las escaleras tambaleándose y consiguió salir al exterior, donde dejó a su mujer sobre el césped.

Las casas de sus vecinos a ambos lados también se estaban quemando. Un camión de bomberos ya había aparcado enfrente de la casa, y en la distancia pudo oír más sirenas. Por el rabillo del ojo pudo ver a Paul en el jardín, gritando histérico mientras un agente de policía intentaba retenerlo. Vio a sus vecinos en medio de la pequeña multitud que ya se estaba congregando en la acera. No había rastro de sus otros hijos y se preguntó dónde estaban.

«Oh, Dios, por favor… No…».

Dos bomberos ya habían empezado a desenrollar una manguera del camión. Otro bombero corrió hacia él, pero Jasper se dio la vuelta y se dirigió apresuradamente hacia el porche para volver a entrar en la casa.

El fuego parecía estar vivo, y el ruido que hacía era como el de un motor de reacción; sentía cómo se formaban ampollas instantáneamente en la piel de la cara. Las llamas estaban devorando toda la estructura, como si se quisieran tragar la casa de golpe. Pero eso no le importaba. Fue trastabillando hasta la escalera, que ahora se había convertido en un infierno. Pensó en sus hijos y siguió avanzando, cuando de pronto notó dos pares de manos que lo empujaban hacia atrás. Jasper forcejeó y llamó a gritos a sus hijos, intentando desasirse de aquellas manos, pero los bomberos eran jóvenes y fuertes. Un instante después le llevaban a rastras por el porche hasta el jardín.

El mundo empezó entonces a girar en cámara lenta, las imágenes aparecían y se desvanecían como suspendidas en un sueño: llamas elevándose hacia el cielo… Vecinos apiñados al otro lado de la calle… El agua saliendo a presión de las mangueras… Más coches de policía que seguían apareciendo de repente, y se detenían en el jardín del vecino… El cuerpo ennegrecido de Audrey sobre la hierba, rodeado de personal sanitario…

Pero, sobre todo, eran sus propios gritos y los de su hijo Paul lo que siempre recordaría. Solo cuando su garganta dejó de funcionar, ronca y afónica, empezó a sentir los terribles dolores producidos por las quemaduras, tan intensos que el mundo a su alrededor quedó reducido a la nada. Afortunadamente entonces se desmayó.

VII

Arlo lamió las lágrimas de la cara de Jasper.

Había revivido esa noche mil veces y siempre lloraba; la pena, el remordimiento y la sensación de fracaso no habían remitido ni disminuido, ni siquiera con el transcurso de tantas décadas. Se odiaba a sí mismo por no haber sido capaz de salvar a su familia.

Gimió cuando la espalda volvió a contraerse en un espasmo, y eso hizo que se concentrara de nuevo en la realidad. Intentó recordarse a sí mismo que los Littleton estaban de camino y que le quedaba poco tiempo. En un pasado lejano habría rezado a Dios para que le diese fuerzas, para que aliviara su dolor. En lugar de eso, Jasper simplemente cerró los ojos, y se permitió a sí mismo sucumbir a los recuerdos. Hacía mucho que había aprendido que una vez había empezado a recordar aquella noche, era casi imposible no llegar hasta el final.

Hasta mucho más tarde Jasper no supo qué le había pasado: le habían llevado en ambulancia al hospital de la Universidad de Carolina del Norte en Chapel Hill, donde lo instalaron en una sala blanca y entró en un coma inducido durante más de ocho semanas. Tenía quemaduras de segundo y tercer grado en más del sesenta por ciento de su cuerpo. Le limpiaron y desbridaron metódicamente las heridas durante semanas. Le contaron que los médicos incluso habían cubierto partes de su cuerpo con larvas para eliminar más a fondo los tejidos quemados. Le administraron antibióticos vía intravenosa y recibió injertos de piel, tanto de su propio cuerpo como de donantes. Durante más de un mes nadie pudo saber con certeza si Jasper sobreviviría o no. Sufría arritmias, deshidratación y edemas; en dos ocasiones contrajo una neumonía. Había días en los que las heridas amenazaban con producir sepsis, lo cual podría haber tenido como resultado la amputación de ambas piernas, pero de algún modo la infección siempre remitía.

Cuando por fin recobró la consciencia, se sumergió en un estado de agonía inimaginable. De sus ojos caían lágrimas sin cesar siempre que estaba despierto. Las enfermeras no le permitían mirarse al espejo, pero solo con verse los brazos, las piernas y el torso podía imaginarse el aspecto de su cara. Con el tiempo lo trasladaron de la sala blanca a la UCI, y por último a una habitación normal. Fue más o menos entonces cuando un psiquiatra empezó a visitarlo. Finalmente, tras meses en el hospital, lo enviaron a la unidad de quemados Jaycee de Carolina del Norte.

Su estancia allí fue aún más prolongada. Puesto que las quemaduras habían dañado algunos nervios, tuvo que volver a aprender a sostenerse en pie y caminar; a usar el tenedor y la cuchara. Se sentía como un bebé, pero de edad madura. Cuando ya había pasado más de un año desde el incendio, le dieron el alta de la unidad de quemados, aunque todavía no había acabado su tratamiento. En los siguientes cinco años tuvo que someterse a cuatro cirugías más de injertos de piel.

Dos semanas después de haber despertado del coma se enteró de lo que le había pasado a su familia. El sheriff, junto con un joven oficial llamado Charlie (que con el tiempo ocuparía ese mismo cargo) lo visitaron en su habitación, donde se encontraban además un psiquiatra, un trabajador social y el pastor de su iglesia, todos ellos de pie en semicírculo alrededor de la cama. Pronunciaron las palabras con gravedad, en voz queda. Le dijeron que Audrey había muerto debido a las quemaduras, mientras que David, Mary y Deborah habían muerto al inhalar el humo. Jasper no estaba seguro de que eso fuera cierto, pero eligió creer que sus tres hijos mayores no habían sufrido cuando su cuerpo estaba en llamas, porque la alternativa era demasiado horrible como para pensar en ella. También le dijeron que se había celebrado una pequeña ceremonia y que su familia había sido enterrada en el cementerio local.

Paul no había muerto en el incendio, pero como cuatro miembros de su familia habían fallecido y tres casas habían quedado destruidas, había sido arrestado por haber cometido crímenes graves, incluido el cargo de homicidio por negligencia. En la cárcel, delante de los agentes que le habían arrestado y sus superiores, había rechazado su derecho a un abogado. Lo confesó todo, cosas que había hecho y otras que tal vez no; que había bebido por primera vez en su vida y en una cantidad excesiva, que había seguido alimentando el fuego después de que el viento cobrase fuerza, hasta ser demasiado peligroso en esas condiciones; que incluso después de que las ascuas hubieran llegado al tejado, provocando llamaradas, no había llamado a los bomberos enseguida, sino que había intentado apagar el fuego él mismo con la manguera del jardín. Presa del pánico, no había corrido adentro para despertar a su familia. Además de permitir que la policía grabase su confesión en una cinta de vídeo, él mismo escribió un informe de los acontecimientos. Durante casi todo el tiempo no había parado de sollozar y preguntar repetidamente cómo estaba su padre; se enteró de que a Jasper le habían ingresado en el hospital y que estaba en estado crítico. Como Paul no podía parar de llorar, le pusieron en vigilancia por riesgo de suicidio en la prisión del condado.

Cuando el abogado de oficio volvió a hablar con él, con la esperanza de poder reducir los cargos a homicidio involuntario, Paul rechazó la oferta de que le acusaran de cargos menos graves. En lugar de eso pidió que el juicio se celebrase lo antes posible, ante un juez y sin jurado. Mientras Jasper se debatía entre la vida y la muerte, y su cuerpo hacía frente a una crisis tras otra, a Paul le fue concedida su petición. El proceso legal fue rápido, y en pocas semanas se resolvió lo que de otro modo habría tardado meses o incluso años. Ante el juez, de pie, tranquilo y ya sin lágrimas, Paul se declaró culpable. Cuando el abogado argumentó clemencia de cara a la sentencia, Paul rechazó su defensa en el acto y en lugar de eso pidió la máxima pena aplicable por ley. Pero el juez (el honorable Roger Littleton) fue indulgente. Se negó a imponerle la máxima pena, que le habría mantenido encerrado durante veinte años por su crimen, y condenó a Paul a seis años, informándole de que podría pedir la libertad condicional pasados tres años.

Durante su primera noche en prisión, Paul se ahorcó con las sábanas de la cama.

Ese día en el hospital, después de enterarse de lo que había sido de su familia, Jasper recordaba haberles dado la espalda tras pedirles que lo dejaran solo.

Estuvo semanas sin hablar, ni siquiera con el psiquiatra. No tenía nada que decir.

Su negocio había quebrado, su cuerpo estaba destrozado y toda su familia había muerto.

En los siguientes meses se mortificó con su destino, con la sensación de que su historia seguía un patrón que le resultaba familiar. Finalmente se dio cuenta de que en realidad conocía esa historia muy bien; después de todo, la había leído decenas de veces en la Biblia.

Jasper se había convertido de alguna manera en Job.

VIII

Arlo gimió, devolviendo a Jasper al presente. Hizo unas cuantas respiraciones profundas y, armándose de valor, se giró lentamente hacia un costado. Notó que se le tensaba la espalda, pero por suerte no se contrajo en un espasmo; la rodilla sin embargo le hizo retorcerse de dolor. No estaba seguro de cuántos minutos

habían pasado, y tampoco sabía de cuánto tiempo disponía todavía, pero estaba seguro de que no era mucho. Faltaba poco
para el amanecer y los Littleton, con o sin Melton, llegarían
pronto.

No confiaba en poder ponerse en pie ni mucho menos en
llegar a la camioneta. Pero era consciente de que no podía quedarse cerca del árbol caído. Trató de encontrar un lugar donde
esconderse y se acordó de la cresta y las rocas a modo de bloques en el extremo oriental del claro. Se tendría que conformar
con eso.

«Levántate», se dijo a sí mismo.

Pero no podía. Se esforzó por ponerse en pie y su espalda
volvió a tensarse; se dio cuenta de que necesitaba algo donde
apoyarse, algo a lo que aferrarse.

«Mejor aún sería una camilla y tres o cuatro hombres fuertes que me pudieran llevar en ella».

Sonrió al pensar en su propio chiste, hasta que su rodilla
volvió a irradiar ese dolor pulsátil, provocando una mueca de
dolor. Examinó el terreno a su alrededor y vio un árbol pequeño.
Se dirigió hasta él arrastrando la pierna dolorida. En su visión
periférica pudo ver a Arlo observándolo con la cabeza ladeada,
como si estuviera preguntándole a qué clase de juego estaba
jugando.

Jasper apretó los dientes y siguió avanzando lentamente. Se
recordó a sí mismo que había tenido que escapar de una inun-
dación en su casa, y que en otra ocasión había estado en un
infierno de llamas. Contuvo el aliento, recorrió unos cuantos
centímetros más y descansó, intentando relajar los músculos de
la espalda. Luego repitió el proceso. Una y otra vez.

Por fin llegó al arbolito y poco a poco empezó a incorporarse.
Aunque la espalda y la rodilla parecían quejarse a gritos, aguantaron lo suficiente como para permitirle ponerse de pie. Justo
entonces vio un destello de luz en la distancia y oyó el ruido de
un motor.

«Están a punto de llegar».

¿Qué harían si se habían enterado de que había informado
sobre sus actividades de caza furtiva y lo encontraban allí? ¿Y si

se daban cuenta de que era él quien había recogido el maíz, rociado repelente para ciervos y dispuesto aquellos dispositivos de ultrasonido para mantener alejado al ciervo?

En su mente visualizó el ataque de ira de Josh cuando alzó el rifle para matar a Arlo… y se acordó de la facilidad con la que le había apuntado después a él. Volvió a ver la sonrisa vacía, que enmascaraba el hecho de que no le afectaban las emociones humanas…

Josh no lo mataría, ¿o tal vez sí?

«Claro que no».

Por primera vez, Jasper se dio cuenta de que estaba aterrado. Había sido una estupidez haber hecho todo aquello, haber creído que era responsabilidad suya mantener a salvo al ciervo blanco. No quería poner a prueba la cólera de ese chico. Rechinando los dientes, dio un paso cojeando, luego otro, para regresar poco a poco hasta donde estaba el rastrillo, la linterna y la bolsa con el maíz. Se preguntó si sería capaz de agacharse lo suficiente como para recuperarlos sin que la espalda volviera a agarrotársele.

Echó un vistazo al bosque en dirección norte y vio otro puntito de luz, sin duda una linterna barriendo la oscuridad.

Estaban cerca.

Y sabía que muy pronto Josh Littleton iba a estar muy, pero que muy enfadado.

8

I

—¡Guau! —exclamó Casey en cuanto vio pasar a Kaitlyn al lado de la puerta abierta de su cuarto—. ¡Vaya beso! Creo que nunca me han besado así.

Kaitlyn se quedó petrificada en el pasillo.

—¿Estabas observándonos?

—Desde la ventana.

Kaitlyn notó el calor que le subía por el cuello.

—No deberías espiar a la gente. Y en cuanto a lo que has visto, tengo que explicarte...

Casey la interrumpió con un gesto, agitando una mano.

—No es para tanto, mamá. Me cae bien.

Kaitlyn abrió la boca para decir algo, pero no se le ocurrió nada.

—Solo avísame —añadió Casey.

—¿Que te avise de qué?

—Cuando quieras que haga de canguro —respondió de repente en un tono que sonaba como si ella fuera la madre—. Mientras no sea el viernes por la noche, me va bien.

II

Después de darse una ducha, Kaitlyn se quedó frente al espejo desnuda y analizó su reflejo. En la frente podían apreciarse leves arrugas y alguna pata de gallo en las comisuras de los ojos; también advirtió unas cuantas canas donde el color se había desteñido desde la última vez que había ido a la peluquería.

Y el resto...

Los embarazos y dar el pecho no le habían hecho ningún favor. Ni tampoco la gravedad, francamente. Sus pechos, antes firmes, ahora parecían vencidos por el peso, y los kilos de más en la zona de la cintura resultaban demasiado evidentes. También tenía ahora las caderas más anchas, y aunque le gustaba pensar que sus piernas todavía seguían siendo bonitas, era consciente de que ya no era la mujer joven que había sido antaño.

Y, sin embargo, Tanner le había dicho que era preciosa.

Se envolvió en una toalla, se secó el pelo y se aplicó un poco de crema facial antes de apagar la luz del baño. Reviviendo las sensaciones de aquel beso, sintió una punzada de excitación al pensar que volverían a verse al día siguiente. Dependiendo de cómo contara, esa sería la tercera cita, y como todo el mundo sabía, a menudo la tercera solía ser... decisiva. Como si pudiera plantearse la posibilidad de intimidad física.

No era ingenua ni tampoco una mojigata en relación con el sexo, pero al mismo tiempo habían pasado más de cinco años desde la última vez que se había acostado con alguien, y en los catorce años anteriores en su vida únicamente había estado George. En resumen, habían pasado casi dos décadas sin tener intimidad con ninguna otra persona, y ante esa realidad se sintió extrañamente nerviosa. Además, era consciente de que había pocas posibilidades de tener un futuro con Tanner, por lo que se planteó cómo se sentiría consigo misma después.

Abrumada por las expectativas y la incertidumbre, volvió a meterse desnuda en la cama.

III

A la mañana siguiente Kaitlyn le dijo a Casey que iba a salir con Tanner esa noche. Apenas había acabado de hablar cuando su hija respondió:

—Claro, sin problema. —Lo dijo como si siempre accediera alegremente cuando su madre le pedía que cuidara a Mitch. Kaitlyn se sintió aliviada al ver que su hija no iba a interrogarla, cuando lo siguiente que dijo fue que se iría a casa de Camille hacia las diez, para que les diera tiempo de ir al centro comercial en Greensboro.

—Pero estaré en casa cuando Mitch llegue con el autobús —añadió.

En la consulta, Kaitlyn se sintió agradecida por la rutina y el flujo regular de pacientes. Mientras explicaba un diagnóstico o las opciones de tratamiento conseguía dejar de pensar en Tanner, pero a las diez y media recibió un mensaje en el que le preguntaba si podía pasar a buscarla a las seis. Como no estaba segura de si tendría bastante tiempo para arreglarse, sugirió las seis y media, y mientras esperaba su respuesta se preguntó si también estaría pensando en aquello que se decía de la tercera cita, o si eso era algo solo de mujeres. Un instante después Tanner le confirmó que a las seis y media le iba bien con un animado «¡Nos vemos a esa hora!», y Kaitlyn volvió a sentir esas mariposas en el estómago que ya le resultaban familiares.

Las visitas de sus pacientes por la tarde se fueron retrasando, y para cuando salió de la consulta había empezado a llover, por lo que tardó más de lo habitual en recorrer el trayecto hasta su casa. Tras aparcar en la entrada se dio cuenta de que tenía menos de una hora para prepararse.

Cuando entró en casa, Casey y Mitch estaban en el sofá, viendo otra película de *Jurassic Park*.

—¿Podemos cenar una pizza? —preguntó Mitch, sin alzar la vista.

—¿Qué? No. «¡Hola, mamá! ¿Qué tal te ha ido hoy?».

—¡Hola, mamá! ¿Qué tal te ha ido hoy? ¿Podemos cenar una pizza?

—Vale —accedió Kaitlyn, quitándose los zapatos mojados—. Creo que tengo dinero en el monedero.

Casey la miró de reojo.

—¿Por qué no la pides por una aplicación del móvil? Así no hay que pagar en efectivo.

«Porque lo primero que me viene a la cabeza es hacer las cosas como antiguamente», pensó Kaitlyn.

—Vale, es una opción —respondió—. Recuérdamelo antes de irme.

Casey se levantó del sofá y se acercó a su madre arqueando una ceja de manera insinuante.

—Buenooo… —dijo alargando la palabra—, ¿cómo te sientes antes de tu importante cita, mamá?

Kaitlyn mantuvo un tono de voz indiferente.

—Solo es una cena.

—¿No estás nerviosa?

«Sí».

—Para nada.

—¿Puedo preguntarte cuándo piensas volver?

—No lo sé seguro, pero no será muy tarde —contestó, intentando que su voz sonara relajada.

—Vale —dijo Casey—, solo avísame si hay algún cambio, ¿sí?

Kaitlyn respiró hondo, mientras pensaba: «Ahora mismo no puedo con todo esto».

IV

Qué ponerse.

Esa era siempre la pregunta antes de salir, ¿no? Especialmente cuando no podía saber adónde la llevaría. No quería ir demasiado arreglada si Tanner había planeado una cena en un lugar informal, pero tampoco quería desentonar en caso de que él llevara chaqueta. En sus anteriores encuentros ella se había puesto vaqueros, lo cual le hacía pensar que un vestido sería la opción más lógica, pero sus vestidos, en la mayoría, eran demasiado formales o excesivamente veraniegos. Al final se decidió por un vestido hasta las rodillas de color verde azulado de manga caída, algo que sin duda Casey llamaría «vestido-mamá». Pero daba igual, Kaitlyn era una madre, y no tenía muchas más opciones. Se lo había comprado hacía ocho años para una boda cuando Mitch todavía era un bebé y se acordaba de que varias personas le habían hecho un cumplido. La única duda era si todavía le iría bien. Se quitó la ropa, introdujo las piernas por el vestido y se lo puso, pero como no podía subirse la cremallera, bajó las escaleras y llamó a su hija.

—¿Qué necesitas? —preguntó Casey cuando llegó al descansillo del primer piso.

—¿Puedes subirme la cremallera?

—¿Te vas a poner eso? —advirtió que Casey la recorría con la mirada de la cabeza a los pies mientras seguía subiendo las escaleras.

—Si todavía me cabe —respondió Kaitlyn mientras se proponía firmemente no mirar a Casey ni a su nariz, sin duda arrugada en señal de desaprobación.

Un instante después notó cómo le subía la cremallera y automáticamente intentó meter la barriga.

—Puede que me esté un poco apretado —musitó Kaitlyn.

—¡Estate quieta! —la regañó Casey.

Kaitlyn se sintió como si se estuviera metiendo a presión en su propia carcasa, hasta que, milagrosamente, Casey cerró la cremallera del todo.

«Guau —pensó—. Me cabe».

Se colocó frente al espejo de cuerpo completo tras la puerta del dormitorio, y pensó que le quedaba un poco ajustado en las caderas, pero…

De algún modo le gustaba cómo le quedaba. Enseñaba las piernas lo justo y para su alivio parecía favorecer su figura, destacando su silueta como de guitarra.

—No recuerdo haberte visto con este vestido. ¿Es nuevo? —preguntó Casey.

—No, cariño. Hace mucho que lo tengo.

—Es bonito —observó—. Pero ahora que ya estoy aquí, ¿puedo proponerte una cosa?

—¿De qué se trata?

—¿Por qué no me dejas ayudarte con el pelo y el maquillaje?

—¿Qué hay de malo en cómo me suelo peinar y maquillar? —Kaitlyn frunció el ceño en el espejo.

Casey se llevó una mano a la cadera.

—Es un poco *Melrose Place*, ¿no crees?

—¿Te refieres a la vieja serie de televisión? ¿De hace como unos treinta años?

—Exacto.

—Me sorprende que hayas oído hablar de ella.

—He buscado en Google programas antiguos de televisión y se me ocurrió que usar una referencia de la cultura popular que tú pudieras entender sería una buena manera de sugerirte que actualices tu look.

—Llevo peinándome y maquillándome yo sola durante más años de los que tú tienes.

—A eso exactamente me refiero. —Casey volvió a arrastrar las palabras.

—No tengo ganas de parecer una adolescente.

—No será lo que te imaginas —le aseguró Casey—. He visto muchos tutoriales de YouTube. Confía en mí.

Kaitlyn no sabía si debía sentirse ofendida, pero en esa ocasión la buena intención de su hija parecía sincera.

—Vale —accedió—. A ver qué puedes hacer. Pero primero déjame elegir un par de zapatos bonitos.

V

Al mirarse en el espejo Kaitlyn pensó que Casey había minimizado la cantidad de tutoriales que había visto, porque el resultado final era tan sutil que apenas se apreciaba el maquillaje, y la sombra aplicada en los párpados era una obra de arte.

—Diría que te gusta —dijo Casey con una sonrisa de satisfacción—. Ah, y por cierto, de nada.

—Sí que me gusta —respondió Kaitlyn—. Es solo… que no me lo esperaba. Gracias.

—Ah, otra cosa.

—¿Qué?

—No tienes que estar nerviosa por la cita.

—No estoy nerviosa —mintió Kaitlyn.

—Oh, por favor. Me di cuenta en cuanto entraste por la puerta. Pero tienes que valorar todo lo que tienes para ofrecer. Eres inteligente y competente en tu trabajo. Ayudas a personas enfermas, colaboras en un comedor popular, y si tu fabulosa hija se puede tomar como referencia, obviamente eres una madre estupenda. Y además eres guapa. En todo caso el que debería estar nervioso es él.

Kaitlyn sintió que se le formaba un nudo en la garganta.

—Gracias —consiguió decir finalmente.

—De nada. —Casey empezó a recoger sus productos de maquillaje para guardarlos en la bolsa—. Y por cierto, si necesitas una excusa, no me importa hacerte una llamada dentro de una hora más o menos.

—¿A qué te refieres?

—Una excusa por si quieres dar por terminada la cita en caso de que no vaya bien. Por ejemplo, te puedo llamar y decirte que Mitch de repente tiene fiebre, o cualquier otra cosa, y *boom*, ya te puedes ir.

—¿Es eso lo que se hace hoy en día?

—Obviamente —respondió.

—Vale, sí, llámame en una hora entonces.

—Lo haré —confirmó Casey—. Pero ¿me harás un favor?

—Lo que quieras —contestó Kaitlyn.

—Eso es exactamente lo que esperaba oír —gorjeó Casey—, porque de veras tenemos que hablar sobre comprarme un coche en algún momento, sobre todo si quieres que siga haciendo de canguro. Me refiero a que eso es lo mínimo que puedes hacer.

Kaitlyn no pudo evitar sonreír muy a su pesar. Era de algún modo tranquilizador comprobar que, por muy amable que se hubiera mostrado últimamente, Casey no había cambiado.

—Me lo pensaré.

VI

Cuando Kaitlyn se puso los pendientes eran casi las seis y media. Al bajar las escaleras Mitch alzó la vista desde el sofá. Casey estaba a su lado pasándole el brazo por los hombros. La lluvia golpeaba las ventanas con un ritmo constante.

—¿Podemos pedir la pizza? Tengo hambre.

Casey le dio unos golpecitos con los nudillos en la cabeza, a lo que Mitch respondió encogiéndose y retorciéndose para intentar liberarse.

—Se supone que debes decirle que está muy guapa, no que tienes hambre.

—Pero es que tengo hambre. Y siempre está guapa. Es la mamá más guapa del mundo entero.

Kaitlyn sonrió, encantada por la convicción con la que había hecho aquella declaración.

—Déjame que vaya a por el móvil. Solo queso, ¿verdad?

Mitch asintió y Kaitlyn pidió la pizza justo mientras veía el destello de unos faros a través de la ventana de la sala de estar.

«Tanner», pensó. Justo a la hora prevista.

Mientras se acordaba de las palabras de su hija, respiró hondo y sacó la chaqueta y un paraguas del armario. Al abrir la puerta, al momento se alegró de haber elegido el vestido que llevaba.

Tanner se había arreglado y llevaba un pantalón negro de vestir y una chaqueta.

Se quedó como paralizado en la entrada, admirando a Kaitlyn.

—Estás… increíble —consiguió articular finalmente.

—Gracias —murmuró Kaitlyn mientras percibía la intensidad abrasadora de su mirada. Oyó otra voz en la distancia. Mitch.

—¿Lo que hay en la entrada es una limusina?

—¡¿En serio?! —exclamó Casey—. ¡Qué pasada!

Kaitlyn alargó el cuello para mirar por encima del hombro de Tanner mientras sus hijos se encaramaban al respaldo del sofá.

—Sorpresa. —Tanner sonreía.

VII

Mitch y Casey reclamaron a gritos que querían ver la limusina. Cuando Tanner consintió, Mitch fue corriendo a coger su chaqueta y las botas. Casey imitó a su hermano y fue a por sus botas. Al ver la reacción de sus hijos, Kaitlyn alzó una ceja.

—¿Has visto lo que has hecho?

—Lo siento muchísimo —dijo Tanner.

—No tenías por qué alquilar una limusina —continuó con un reproche fingido.

—Mi coche sigue en el taller.

—Tienes uno de alquiler —repuso Kaitlyn.

—Pero ¿has visto cómo es?

Ambos rieron, y en cuanto Casey y Mitch se hubieron abrigado lo suficiente se lanzaron al exterior. Mientras Kaitlyn abría el paraguas, sus hijos simplemente se subieron la capucha de la chaqueta. El conductor se bajó sosteniendo un paraguas y se apresuró a abrir la puerta trasera. Mitch se asomó al interior y luego se volvió hacia su madre.

—¿Puedo entrar a verla, mamá? —suplicó.

Kaitlyn miró inquisitivamente a Tanner, el cual se encogió de hombros.

—A mí me parece bien.

Kaitlyn los observó mientras Casey subía al vehículo después de Mitch, hasta que ambos desaparecieron de su vista.

—¡Tiene lucecitas dentro, como una nave espacial! —anunció Mitch cuando por fin salió de la limusina.

—Y champán en una cubitera con hielo —añadió Casey, que bajó justo detrás de él. Aunque su hija intentó dar a su voz un tono indiferente, Kaitlyn se dio cuenta de que estaba impresionada.

—Ahora que ya la habéis visto por dentro, ¿podemos irnos ya?

—Claro —asintió Casey. Y añadió dirigiéndose a Mitch—: Vamos, bichito.

—Vale, culona —replicó Mitch, sacándole la lengua—. Hasta luego, mamá. Te quiero.

—Os quiero —dijo Kaitlyn, con auténtico sentimiento. Se quedó observándolos antes de volver a dirigir su atención a Tanner, quien hizo un gesto ostentoso abriendo un brazo en dirección al vehículo.

—¿Nos vamos?

VIII

La última vez que Kaitlyn había ido en una limusina había sido cuando estaba en el instituto. Su padre la había alquilado con motivo de su fiesta de graduación, pero Kaitlyn se dio cuenta de que no podía acordarse del nombre del chico que había sido su pareja. Podía visualizar su pelo castaño ondulado y sus hoyuelos, y recordaba que era alto y jugaba al baloncesto, pero su mente se había quedado en blanco a la hora de recordar su nombre.

—¿En qué estás pensando?

Bajo la tenue luz del interior de la limusina, los rasgos del rostro de Tanner se desdibujaban adquiriendo un aire misterioso.

—Nada importante.

Tanner extrajo la botella de champán de la cubitera.

—¿Te apetece una copa?

—Me encantaría.

Kaitlyn observó a su acompañante mientras este retiraba el precinto y aflojaba los alambres, y después hacía girar la botella hasta que se oyó el sonido típico al descorcharla. Sirvió una copa y, al ofrecérsela, Kaitlyn pudo percibir el aroma a tierra de su colonia. La lluvia caía de costado contra los cristales de las ventanillas, confiriendo a aquel momento un aura aún más irreal.

—¿Puedo preguntarte dónde vamos a cenar?

—Es una sorpresa —respondió Tanner de forma ambigua—. Está un poco lejos de la ciudad.

—También tenemos restaurantes agradables aquí.

—Lo sé, pero después de lo que ocurrió en El pan nuestro no estaba seguro de que cenar en Asheboro fuera buena idea. Por si quieres que tu vida privada siga siendo privada.

—Gracias —contestó Kaitlyn, agradecida por su discreción.

Tanner alargó el brazo para coger una caja de metal que había sobre el asiento.

—¿Te apetece algo dulce para acompañar el champán?

—¿Fresas recubiertas de chocolate, tal vez?

—Aún mejor. —Retiró la tapa de la caja, y ella tardó un poco en darse cuenta de lo que era.

—¿M&M's?

—M&M's de cacahuete —corrigió Tanner.

—¡Ah! —exclamó Kaitlyn desconcertada—. Creo que ninguna de mis citas me ha traído nunca chuches de Halloween.

—Son mis favoritos.

—¿Y te parece que combinan bien con el champán?

—¿Por qué no? Chocolate y cacahuetes en cada bocado.

Tanner introdujo una de las grageas en su boca como para demostrar que tenía razón. Kaitlyn sonrió, inexplicablemente fascinada.

—¿Cómo han ido tus pesquisas hoy?

—No he seguido buscando —replicó—. Después de lo que me dijiste, he decidido que necesito un poco más de tiempo para tener en consideración las posibles implicaciones. ¿Y tú? ¿Qué tal tu día? ¿Algún caso nuevo de lepra?

—No. Lo de costumbre. —Kaitlyn se dio cuenta de que se dirigían hacia el norte pasando por el centro de Asheboro. Cogió una de las grageas, y después dio un sorbo de champán—. La verdad es que no es una mala combinación —admitió.

—Mi abuelo solía enviarme cajas de M&M's siempre que estaba destinado al extranjero. Aquello de «se derrite en tu boca, no en tu mano» era muy práctico teniendo en cuenta el calor típico en Oriente Próximo, como te puedes imaginar, pero es que además te ofrecían un poco de sabor a normalidad en un lugar donde lo normal a menudo escaseaba. Creo que sabía que me hacía falta algo así aún más que mi abuela.

—Parece que era muy perspicaz.

—Sí que lo era —confirmó Tanner, haciendo girar el pie de la copa—. Pero, por desgracia, fueron las circunstancias las que le hicieron desarrollar esa cualidad.

—¿A qué te refieres?

—Era originario de Alabama y, como en mi caso, nunca conoció a su padre. Creció con su madre y un par de tías en una choza a las afueras de la ciudad. Su madre tenía que llevarlo con ella a la fábrica textil donde trabajaba, prácticamente desde que dio a luz.

—Una mujer fuerte. —Kaitlyn hizo un gesto de asombro con la cabeza.

—Y un hijo fuerte también. La madre de mi abuelo era negra y aunque él nunca conoció a su abuelo, al parecer debía de parecer blanco. Y en Alabama, a finales de los años cuarenta y principios de los cincuenta, eso implicaba una dura infancia. No se le permitía entrar en la piscina municipal, ni podía ir a comer a ciertos locales, y tenía que hacerse a un lado si un blanco se cruzaba de frente con él en la acera. Tuvo que asistir a escuelas solo para negros, por supuesto, ya que la abolición de la segregación no llegó a Alabama hasta después de que se graduara, pero tampoco era del todo aceptado en esos colegios. Se metió en muchas peleas mientras crecía allí, y creo que esa es una de las razones por las que acabó alistándose. Quería salir de Alabama. Entonces, a principio de los sesenta, conoció a mi abuela, y no hace falta decir que su familia y amigos básicamente la repudiaron cuando se enamoraron y se casaron. Pasaron años antes de que por fin volvieran a ponerse en contacto con ella. Mientras tanto, a mi abuelo lo enviaron a Vietnam, cumplió con su deber, y luego regresó a Estados Unidos, pero incluso en los años setenta mucha gente todavía no aceptaba a las parejas mixtas como vecinos. Creo que por eso al final aceptaron el traslado a Italia y acabaron viviendo en Europa durante décadas. Y por si eso fuera poco, su única hija murió y tuvieron que ocuparse de mi crianza.

—Guau —comentó Kaitlyn como si no se lo pudiera creer—. Me parece muy duro, todo eso que le tocó vivir. —Titubeó un instante—. ¿Se sentía…?

—¿Furioso? —Tanner acabó la pregunta por ella. Durante unos momentos pareció estar reflexionando la respuesta—. Estoy seguro de que muy en el fondo debía estar resentido, pero nunca me lo demostró. Y aunque cueste imaginarlo, le encantaba el servicio en el ejército. Me dijo que después de irse de Alabama, el ejército se convirtió en su familia. Era un patriota y creía en la promesa de lo que podía llegar a ser su país. De todas formas, en absoluto endulzaba las penurias que sufrió en sus primeros años, y a menudo me recordaba lo afortunado que yo era por haber nacido en otra época, algo que no supe apreciar hasta más adelante. Y tenía sus propias normas, por supuesto: en el mundo de mi abuelo existía el bien y el mal, lo correcto y lo incorrecto, y lo que yo más temía era decepcionarle, a pesar de que nunca me levantara la mano. —Tanner se quedó mirando fijamente su copa, pensativo.

Kaitlyn guardó silencio, esperando que prosiguiera.

—De niño tuve todo lo que necesitaba, nunca me dieron envidia mis amigos o los compañeros del colegio. Y él era respetuoso y cariñoso con mi abuela, pero era muy callado. Tengo la impresión de que solo se sentía cómodo hablando conmigo cuando trasteábamos con motores. Únicamente cuando ya era adulto empecé a cuestionarme si perder a su hija podría haber influido en la distancia que había entre nosotros. Como si tal vez viera a su hija, y los errores que ella pudiera haber cometido, cada vez que me miraba. En realidad no puedo saberlo.

—¿Y eso no cambió nunca?

—Un poco, hacia el final. Ambos se volvieron más comunicativos, menos herméticos a la hora de hablar del pasado. Pero para entonces ya se habían jubilado en Pensacola, y solo les veía un par de veces al año. Al igual que mi abuela, él también estaba preocupado por mí, sobre todo desde que empezaron a destinarme al extranjero.

—¿Y tu abuela? ¿Cómo era?

En la cara de Tanner se dibujó una sonrisa nostálgica.

—Cariñosa, pero igual de firme en sus creencias que mi abuelo. También era testaruda, como seguramente puedes imaginarte al conocer la historia de que tuvo que desafiar a su familia e incluso enfrentarse a amenazas de violencia para poder casarse con mi abuelo. Y, como él, tenía ideas muy claras sobre lo que estaba bien y lo que estaba mal, lo justo y lo injusto. —En ese momento la expresión del rostro de Tanner se iluminó—. También era un tanto excéntrica, especialmente cuando se hizo más mayor. Le encantaban los canarios. Con los años llegó a tener seis o siete, y cuando uno de ellos empezaba a cantar, me decía que me callara. «Escucha cómo canta con el corazón», decía maravillada, y si yo me encontraba sentado a su lado, me cogía de la mano y me obligaba a seguir sentado y escuchar. Con el tiempo aprendí a apreciar esos momentos.

Kaitlyn desvió la mirada hacia la ventanilla salpicada por la lluvia, intentando imaginarse a un joven Tanner retenido por su obstinada abuela. Las siluetas oscuras de los árboles flanqueaban la autopista, ocasionalmente iluminadas por las luces procedentes de alguna que otra granja aislada. Los rayos relampagueaban como luces estroboscópicas. Se encontraban al norte de Asheboro, y mientras tomaba otro sorbo de champán, intentó imaginarse la consternación que debieron de sentir sus abuelos al perder a su única hija. Kaitlyn sabía que nunca podría ser la misma si le pasara algo a Casey o a Mitch. No era capaz de hacerse una idea de las emociones encontradas de los abuelos de Tanner al coger en brazos al recién nacido justo tras su muerte.

La complicada y fascinante historia personal de Tanner parecía encajar con él, pensó para sí misma. En eso también era distinto de cualquier otro hombre de los que había conocido hasta la fecha.

—¿Ya estás preparado para decirme adónde vamos? —preguntó, estudiándole por encima del borde de su copa de champán.

—Vamos a Sophia.

Kaitlyn ladeó la cabeza, desconcertada. Sophia era una pequeña localidad, de tal vez unos cinco o seis mil habitantes.

—¿Hay restaurantes en Sophia?

—Ya lo verás. Pero que sepas que tengo un plan B. Por si prefieres algo distinto.

—Te das cuenta de que no tengo la menor idea de qué estás hablando, ¿verdad?

Tanner le ofreció una sonrisa cómplice sin responder, y Kaitlyn volvió a mirar hacia el exterior. Mientras daba sorbitos de champán, empezó a sentirse más relajada.

La limusina redujo poco a poco la marcha antes de salir de la autopista. Sin embargo, en lugar de dirigirse hacia el centro, el conductor giró hacia una serpenteante carretera comarcal, que ascendía gradualmente por las colinas del bosque Uwharrie. La lluvia parecía arreciar, y al ver el destello de otro relámpago en la distancia, Kaitlyn tuvo la sensación de que el tiempo estaba conspirando con Tanner para ambientar la velada.

Había un regusto agridulce en el carácter necesariamente efímero de su tiempo compartido, cavilaba Kaitlyn. Tanner estaría muy pronto a medio mundo de distancia, pero si los últimos días habían puesto algo de manifiesto, ese algo era que su propia vida estaba incompleta y hacía tiempo que era así. Se daba cuenta ahora de que se había estado perdiendo la posibilidad de una vida con conexión, y no solo de tipo romántico o físico, sino aquella que llevaba implícita la espontaneidad y la anticipación de la alegría compartida, y que era fruto de una red más amplia de relaciones. ¿Cuánto tiempo hacía que había olvidado, se preguntaba ahora, que la vida había que vivirla y que no se trataba solo de asumir responsabilidades? O, tal como Casey había dado a entender, ¿cuánto tiempo hacía que había olvidado cómo ser feliz?

Demasiado, se dijo a sí misma, y se esforzó por recordar la última vez que había quedado con amigos. Puesto que la mayoría de sus amigos tenían pareja, se había dicho a sí misma que no quería sentirse como una carabina. Y como había dejado de acudir cuando la invitaban, aquellas invitaciones con el tiempo dejaron de llegar. El resultado final era, aparte de unas cuantas citas horribles, el distanciamiento de sus amistades y la extinción de cualquier interés al margen del trabajo y la crianza.

Mientras analizaba el llamativo perfil de Tanner y sus largas piernas por debajo de sus párpados entornados, Kaitlyn se alegró de haber decidido salir con él esa noche. Por primera vez en una eternidad estaba dejando a un lado su actitud precavida, y no podía negar la excitación erótica que sentía al imaginarse qué podría pasar más adelante entre ellos. Quizá saber que muy pronto se iría era lo que confería a aquel encuentro el encanto de lo prohibido. Nunca se habría imaginado embarcándose en algo similar, pero se sentía inusitadamente despreocupada. «¿Por qué no?», se dijo a sí misma.

Tanner parecía estar adivinando sus pensamientos, y sus ojos mantuvieron el contacto visual mientras alzaba su copa. Enseguida la limusina empezó a desacelerar para girar en un angosto acceso flanqueado por dos columnas de piedra de poca altura. No había ni rastro de ningún restaurante y Kaitlyn aguzó la vista para mirar por el parabrisas. Más allá de los limpiaparabrisas en constante movimiento el camino se hizo más empinado al tomar una curva. Finalmente pudo ver el coche de alquiler de Tanner, aparcado frente a una casa típica de montaña. Era una imponente estructura de piedra y madera, con dos grandes terrazas que rodeaban la casa con vistas a lo que Kaitlyn suponía que era un cañón. La iluminación interior arrojaba su luz a través de amplios ventanales y una ancha escalinata enlosada parecía conducir a la puerta principal.

—¿Una casa? —preguntó Kaitlyn, perpleja.

—Las vistas son fantásticas —comentó Tanner—, aunque desgraciadamente no sé hasta qué punto se podrán ver ahora debido a la oscuridad. Y por si no te apetece estar aquí, también he reservado mesa en otro sitio. En Greensboro, en un local llamado Undercurrent.

Kaitlyn arrugó la frente.

—¿Por qué no iba a querer quedarme?

—No quería parecer demasiado atrevido. No me conoces desde hace mucho tiempo y aquí estaremos solos.

Kaitlyn reflexionó un momento.

—El conductor se queda aquí, ¿no?

—Esperará fuera todo el rato.

Kaitlyn sonrió, impresionada por su consideración.

—Me parece bien.

Tanner hizo saber al conductor que se quedaban, y un instante después este salió de la limusina para acercarse a la puerta de atrás con un paraguas. Tanner se desplazó sobre el asiento, con su propio paraguas en la mano, en cuanto Kaitlyn se bajó del vehículo.

—Puedes ir delante con Kaitlyn —indicó al conductor—. Yo iré detrás.

Protegiéndola de la lluvia con un enorme paraguas el conductor guio a Kaitlyn hasta la escalinata de la entrada, con Tanner siguiéndoles un par de pasos tras ellos.

Al llegar a la puerta Tanner intercambió su lugar con el del conductor, y cuando ya estaban solos abrió la puerta.

—Adelante —dijo, y después la siguió hasta el vestíbulo.

Kaitlyn dejó su bolso sobre la mesita que estaba justo al entrar y lentamente recorrió con la mirada la casa, que era aún más imponente de lo que parecía desde el exterior. El techo abovedado exhibía las vigas a la vista y una majestuosa lámpara de araña hecha de asta. Una de las paredes presentaba ventanales de arriba abajo, mientras que en la pared frente a la puerta principal destacaba una enorme chimenea de piedra. El suelo era de tablones anchos de pino, teñidos del color de las barricas antiguas de vino, y estaba parcialmente cubierto por una mullida y gruesa alfombra blanca; la espaciosa sala de estar quedaba enmarcada por sofás y sillas lujosos, resaltados por coloridos cojines. Las lámparas de mesa de estilo *art déco* con su delicada cristalería proporcionaban una luz cálida y centelleante.

—Es increíble —dijo asombrada—. Pero ¿cómo?

—Me puse en contacto con un agente inmobiliario local que conocía a la dueña de la casa. Normalmente la estancia mínima es de un mes, pero creo que al saber que estaba planeando una cita especial decidió hacer una excepción —explicó—. Cuando vine a verla no me pude resistir, y conseguimos llegar a un acuerdo. —Se encogió de hombros—. ¿Te parece bien si cancelo la otra reserva y enciendo el fuego?

—Me parece perfecto.

Oyó distraída la llamada que hizo Tanner antes de verle cruzar la estancia en dirección a la chimenea, donde la leña ya estaba apilada sobre un poco de papel y astillas. Kaitlyn deambuló por la sala de estar hasta llegar a una cocina americana cuyo tamaño era el doble que el de la suya, con relucientes electrodomésticos integrados en los armarios. A un lado se encontraba el comedor, con la mesa dispuesta con dos cubiertos y candelabros de cristal. Al otro lado de las ventanas del comedor los relámpagos seguían iluminando el cielo, ofreciendo instantáneas de los detalles arquitectónicos con sus intermitentes destellos. Desde el extremo de la sala Kaitlyn observó a Tanner encendiendo el fuego.

—¿Vas a cocinar para mí? —preguntó.

Tanner negó con la cabeza mientras se ponía en pie.

—No. No soy un gran cocinero, de modo que organicé la cena con el chef del restaurante donde hice la reserva por si acaso. Está todo en el frigorífico y solo tengo que calentarlo.

—¿Puedo preguntarte en qué consiste el menú?

—Champiñones rellenos de cangrejo como entrante, ensalada y solomillo Wellington o pollo a la mostaza de Dijon. No podía saber qué te apetecería más, y por eso le pedí que preparara ambas cosas.

—¿No puedo elegir pescado?

Al ver que su rostro se demudaba, Kaitlyn profirió una risita.

—Es broma. Suena maravilloso. ¿Dónde puedo dejar mi chaqueta?

—Permíteme.

Tanner se puso detrás de ella para ayudarla a quitarse la chaqueta y al hacerlo le rozó el brazo suavemente con la mano, con una sensación eléctrica. Mientras colgaba la prenda en el armario al lado de la entrada, Tanner le preguntó:

—¿Te apetece un vaso de vino antes de cenar? Tenemos blanco y tinto.

«¿Por qué no?», volvió a pensar para sí misma, sintiendo una emoción soterrada.

—Probemos el tinto.

Kaitlyn se dirigió a los ventanales de la sala de estar. El cielo seguía iluminándose a intervalos, revelando puntualmente las montañas coronadas por árboles al otro lado del oscuro cañón, ofreciendo un fuerte contraste. No podía distinguir ninguna otra casa ni ver ninguna luz y Kaitlyn tuvo la sensación de que ellos dos eran los últimos habitantes del planeta. Oyó a Tanner acercándose detrás de ella.

—El chef eligió el vino —dijo, ofreciéndole una copa.

Tanner permaneció de pie a su lado, cerca pero no lo bastante como para rozarse. Kaitlyn oyó cómo descorchaba la botella, y vio de reojo las chispas que se elevaban del fuego. El primer sorbo de vino dejó en su boca una nota afrutada de cereza y violetas.

—Mmm. Delicioso.

—¿Te parece bien que empiece a calentar la cena? ¿O prefieres esperar un rato?

—Podemos esperar un poco, ¿no crees? Disfrutemos del fuego y la tormenta durante unos minutos.

Tomaron asiento en el sofá, frente al fuego, y Tanner sacó del bolsillo su iPhone, para programar algo en una aplicación. Poco después, Kaitlyn escuchó música procedente de unos altavoces.

Durante unos minutos ninguno de los dos dijo nada. En lugar de hablar, saborearon el vino mientras miraban el titilar del fuego con aire ausente. En el exterior la tormenta cobró aún mayor intensidad, y la lluvia dibujaba pequeños arroyos sobre los cristales. Justo después de un relámpago Kaitlyn oyó un trueno prolongado y constante. Notó que Tanner la miraba de soslayo, y la sensación le hizo sonreír.

—Casi me parece que estoy de vacaciones —murmuró—. Mi vida real no me permite disfrutar de veladas como esta.

—Pero ¿te gusta?

—Es un sueño —contestó, con un leve tono reverencial en su voz. Alzó la vista y vio el fuego reflejado en las ascuas doradas que eran los ojos de Tanner.

Embelesada, percibió más que vio cómo Tanner le cogía la mano.

Desde el otro extremo de la sala oyó que sonaba un móvil a lo lejos. Tanner frunció el ceño ante la distracción, y solo cuando sonó por segunda vez Kaitlyn se dio cuenta de que el sonido procedía de la entrada, donde ella había dejado su bolso.

«Casey».

—Creo que es tu móvil —dijo Tanner. Kaitlyn fingió sorpresa mientras dejaba la copa de vino sobre la mesita de centro y se levantaba del sofá. Salvó rápidamente la distancia hasta la entrada y rebuscó en el bolso para coger el teléfono, intentando recuperar la compostura mientras aceptaba la llamada.

—Buenooo… ¿Cómo va? —la voz de Casey tenía un tono conspiratorio. Obviamente estaba disfrutando de la misión encomendada.

—Ah, hola, Casey —dijo Kaitlyn, esforzándose por sonar lo más normal posible—. ¿Qué pasa?

Le ofreció a Tanner una sonrisa de disculpa, segura de que había escuchado el nombre de Casey.

—¿Quieres que te diga que Mitch se ha puesto enfermo?

Kaitlyn vaciló un momento, consciente de que era su última oportunidad de echar el freno antes de que la situación tomara su propio rumbo; en ese mismo instante se dio cuenta nuevamente de que estaba preparada. Quería arriesgarse; quería sentirse atractiva y deseable. Echó un vistazo furtivo a Tanner, sentado ante el fuego, y supo que quería estar con él, y que él quería estar con ella.

—Todo bien —respondió.

—¿Estás segura? —presionó Casey—. Porque por la voz parece que la situación te supera.

—Sí, segura.

Casey no dijo nada por un momento.

—Vale, te creo, pero ahora tienes que contestarme algo que explique el motivo por el que te he llamado. Fingiremos que estoy haciendo galletas y no consigo encontrar el azúcar moreno.

Kaitlyn sonrió para sí misma: Casey lo tenía todo planeado.

—Debería haber un paquete de azúcar moreno en la despensa —dijo Kaitlyn—. Está en la balda de arriba, cerca del arroz.

—Ajá —dijo Casey, evidentemente divertida—. Estaba bastante atractivo con la ropa elegante, ¿no crees? Pero, bueno, ahora tienes que decirme dónde puedo encontrar la receta.

Kaitlyn cerró los ojos, para concentrarse.

—La receta debería estar en el cajón al lado del fregadero. Dale un beso de buenas noches a Mitch de mi parte, ¿sí?

—Hablando de besos… —empezó a decir Casey justo antes de que Kaitlyn colgara. Se volvió hacia Tanner y vio cómo él se levantaba del sofá para estirarse, con movimientos felinos y resueltos.

—Lo siento —murmuró—. Niños.

Iluminado a contraluz por el fuego, Tanner cobró un aire enigmático mientras ella regresaba hacia donde estaba. Cuando Kaitlyn se acercó, él le cogió la mano y suavemente la trajo hacia sí. Kaitlyn pudo sentir el calor que emanaba su cuerpo a la vez que sus ojos se encontraban. Entonces, como a cámara lenta, Tanner ladeó la cabeza y rozó con sus labios los de ella, y el aliento de ambos se mezcló explorándose de forma seductora. Cuando sus bocas por fin se encontraron, una oleada de calor recorrió el cuerpo de Kaitlyn, despertando todas sus terminaciones nerviosas. Al separarse, Tanner dibujó lentamente una sonrisa que hizo a Kaitlyn percibir que la deseaba.

—Lo siento, pero no he podido resistirme —dijo Tanner mientras seguía sosteniendo su mano y acariciándola con una languidez incitadora—. Eres tan encantadora que no podía esperar más.

Kaitlyn sonrió, tentada de volverle a besar, aunque por otra parte anhelaba prolongar la expectativa de lo que podría pasar más tarde.

—¿Te enfadarías conmigo si te sugiero que esperemos sentados ante el fuego un poco más? —inquirió Kaitlyn, con un tono de voz inusitadamente ronco para sus propios oídos—. ¿Tal vez hasta que nos acabemos el vino?

—Por supuesto —respondió Tanner mientras la acompañaba de regreso al sofá. Kaitlyn alargó la mano para coger la copa de vino y Tanner la imitó.

Observando fijamente el fuego, Kaitlyn dio un sorbo, y permitió que el sutil sabor inundara su boca. A continuación miró de reojo a Tanner.

—¿Has estado enamorado alguna vez? —le preguntó.

Tanner no respondió de inmediato.

—Creo que sí —contestó por fin.

—¿No estás seguro?

—Hace mucho tiempo de eso —explicó—. Solo tenía veinte años, y en esa época me pareció bastante real. Pero ahora, mirándolo en retrospectiva, no estoy seguro de que supiera lo que era el amor de verdad. Estoy bastante convencido de que no nos habría ido bien a largo plazo.

—¿Por qué lo dices?

—Creo que yo no sabía realmente quién era en aquel entonces. Apenas había abandonado la adolescencia y hacía solo un año que vivía en Estados Unidos por primera vez. Supongo que podríamos haber evolucionado juntos, pero lo más probable es que no. Mirando atrás estoy convencido de que no teníamos gran cosa en común, aparte de nuestro mutuo deseo.

—¿Y desde entonces no te has vuelto a enamorar?

—No estoy del todo seguro. Antes de cumplir los treinta conocí a Janice. Solo salimos unos cuantos meses, pero creí que ella sería la definitiva. Empecé incluso a buscar anillos de compromiso. Pero en aquella época me destinaban al extranjero cada año, y cuando ella se enteró de que estaba a punto de volver a marcharme, creo que se dio cuenta de que ser la mujer de un militar no era la vida que quería. Acordamos tomarnos un tiempo y para cuando regresé a Estados Unidos ella ya estaba saliendo con otro. Y, por si quieres saberlo, la respuesta es no.

—¿No a qué?

—Por si te estabas preguntando si he mantenido el contacto con alguna de ellas.

Kaitlyn hizo un mohín.

—No iba a preguntarte eso.

—De acuerdo. —Tanner se rio—. Es solo que a veces me lo han preguntado.

Kaitlyn lo observó mientras él se bebía el resto de su copa de vino.

—¿Y eso es todo?

—Después de Janice salí con otras chicas, pero nada serio. Luego me fui a Camerún, Costa de Marfil y Haití, lugares que no favorecían ninguna relación duradera. No conocí a nadie que me interesara de verdad hasta que fui a Hawái. Allí conocí a alguien, y salimos durante unos cuantos meses, pero no me enamoré. Para ser justos, ella tampoco estaba enamorada. Fue más bien una relación fruto de la COVID, que pasó básicamente porque el mundo se había paralizado y resultaba muy práctico que ella viviera en la misma calle.

—Espero que no se lo dijeras nunca.

—Lo cierto es que me lo dijo ella a mí —replicó Tanner.

Kaitlyn hizo una mueca de dolor.

—¡Ay!

—Al principio me dolió, pero cuando nos separamos me di cuenta de que tenía razón.

Kaitlyn intentó vislumbrar alguna muestra de pena, pero Tanner no parecía lamentarlo. En lugar de eso, él se deslizó sobre el sofá para acercarse a ella y cogerle la mano. Se la llevó a los labios y la besó, y después volvió a posarla y empezó a trazar pequeños círculos con el pulgar sobre su piel. Deseaba que ella le mirara a los ojos.

—¿Sabes en qué estoy pensando?

—No tengo ni idea.

—Pensaba que estoy muy contento de que ninguna de esas relaciones funcionaran. De no haber sido así, ahora no estaría aquí contigo.

El atrevimiento en su tono de voz hizo que Kaitlyn se quedara sin aliento, mientras veía a Tanner depositar la copa vacía sobre la mesita auxiliar. Después alzó la mano y lentamente le acarició con un dedo la mejilla antes de inclinarse hacia ella.

La besó con suavidad al principio, casi como si estuviera pidiendo permiso, y luego con una pasión cada vez más intensa que remedaba la de ella. Al notar los labios de Tanner posados en los suyos, Kaitlyn sintió que se rendía a su propio deseo, y cuando sus lenguas por fin se encontraron, gimió, entregándose a ese momento. Él tenía las manos sobre sus mejillas, y luego enredadas en sus cabellos; mientras la besaba con mayor intensidad, ella sintió que toda la tensión de su cuerpo se diluía, una liberación sensual que casi había olvidado que existía.

Tanner mordisqueó levemente sus labios y la lengua antes de que su boca se desplazara hasta su cuello. Kaitlyn echó la cabeza hacia atrás con un suspiro y se deleitó en aquella sensación exquisita.

Permitió que Tanner lentamente la hiciera ponerse en pie;

como en un trance, advirtió que le cogía la copa de la mano y la dejaba sobre la mesita, al lado de la suya. Luego se acercó aún más, envolviéndola en sus brazos. Cuando sus bocas volvieron a encontrarse, ella percibió que el deseo de Tanner iba en aumento; sus manos pasaron de la espalda a los costados y se deslizaron sobre la fina tela del vestido. Él notó cómo se hinchaban sus senos al contacto con su propio pecho, el calor extendiéndose por todo el cuerpo de ella como una ola, y sus brazos rodeándole el cuello. Tanner la besó en la comisura de los labios y luego en la mejilla, y el roce de su barba incipiente combinado con el de su lengua húmeda, mientras iba alternando de un punto sensible al otro, le resultó a Kaitlyn insoportablemente seductor.

Kaitlyn cerró los ojos mientras los dedos de Tanner buscaban la cremallera; percibió la impaciencia de ambos, a la vez que él tiraba de la cremallera y hacía que descendiera suavemente. El vestido al momento quedó suelto y la boca de Tanner volvió a posarse en la de Kaitlyn, con una intensidad y excitación que avivaron aún más la de ella.

Tanner hizo que una de las mangas se deslizara por el hombro de Kaitlyn, y luego la otra, para después ir quitándole el vestido bajando por la cintura y las caderas, hasta que por fin cayó al suelo. Ahora le tocaba a ella, y al deslizar la chaqueta por detrás de los hombros de Tanner le pareció que su piel estaba ardiendo. Siguieron besándose mientras ella le desabrochaba la camisa, y entonces se unieron, piel contra piel, sus cuerpos encendidos. Kaitlyn le oyó gemir de placer mientras ambos se exploraban mutuamente con las manos. Con los senos ya liberados del sujetador, ella le recorrió el pecho con los dedos hasta llegar al abdomen. Tanner le ayudó con el cinturón, y ella fue a buscar el botón de sus pantalones para a continuación hacer que descendieran por debajo de las caderas, y que él pudiera quitárselos. Por último, Kaitlyn notó que buscaba su mano para tirar de ella con suavidad y conducirla al dormitorio.

A pesar de que ella percibía la urgencia en su mirada, Tanner no se apresuró. En lugar de eso, nada más traspasar el umbral de la puerta, la tomó entre sus brazos y enterró su cara en el hueco de su cuello, provocando descargas de placer que inundaron su cuerpo. Kaitlyn abrió los ojos un momento y tuvo la sensación de estar viéndose desde el otro extremo de la habitación, y asimiló toda la escena: la enorme cama con baldaquín y una lámpara de araña, la pared con ventanales azotados por la lluvia con los relámpagos a contraluz; el refugio de aquel apasionado abrazo.

Kaitlyn perdió el sentido del tiempo mientras se besaban y abrazaban, pero cuando un trueno retumbó sobre ellos, Tanner empezó a tirar hacia abajo de su ropa interior. Un instante después Kaitlyn, al igual que él, estaba desnuda, y Tanner por fin la condujo a la cama.

IX

Después de hacer el amor se quedaron tumbados uno al lado del otro, Tanner rodeándola con un brazo. Kaitlyn le acarició con los dedos el pecho y el abdomen, haciendo una pausa sobre las cicatrices que hasta ese momento ignoraba que tenía. Ambos hombros presentaban algunas no muy grandes, y en el pecho y las costillas tenía unas cuantas más de mayor tamaño, además de una cicatriz de trazo irregular en la cintura que parecía la representación de un rayo. Cuando Kaitlyn le preguntó por ellas, Tanner describió brevemente lo que las había causado. «Un disparo que no dio en el blanco», al hablar sobre una de las heridas en uno de sus hombros. «El helicóptero se estrelló», para explicar la fea cicatriz de la cintura. Puesto que resultaba obvio que prefería no hablar de ello, Kaitlyn no insistió, pero eso le recordaba que a pesar de la reciente intimidad, había muchas cosas acerca de él que seguían siendo un misterio.

Tras hacer el amor por segunda vez, permanecieron con las caras muy juntas. Las largas pestañas de Tanner casi rozaban las de Kaitlyn, que no podía recordar haberse sentido nunca tan completa con alguien, como si su cuerpo acabara donde comenzaba el de él, sus piernas entrelazadas y las terminaciones nerviosas palpitando al unísono como si fueran una sola entidad.

—¿Esto formaba parte de tu plan? —susurró Kaitlyn, mientras examinaba los tonos verdes y dorados siempre cambiantes del iris de sus ojos—. ¿Por qué alquilaste una casa en lugar de ir a un restaurante?

—Bueno… —empezó a decir en un tono sugerente que hizo reír a Kaitlyn.

—¿Sabes qué me gustaría hacer ahora? —preguntó ella.

Al ver que Tanner arqueaba una ceja, Kaitlyn puso los ojos en blanco.

—Eso no. Ya lo hemos hecho dos veces —repuso—. Necesito comer algo.

—¿Y si empiezo a preparar la cena?

—Estaba deseando que dijeras eso. Por cierto, voy a necesitar ayuda con la cremallera.

—No es necesario que vuelvas a ponerte el vestido.

—No voy a cenar desnuda —protestó Kaitlyn—. Eso sería un poco raro.

Tras vestirse, Kaitlyn fue a buscar su bolso a la mesa de la entrada y se arregló el pelo y el maquillaje, más por Casey y Mitch que por Tanner. O, mejor dicho, solo por Casey. Mitch seguramente estaría durmiendo cuando ella volviera a casa, pero no le cabía la menor duda de que Casey estaría esperándola, impaciente por abalanzarse ante el menor detalle revelador.

Cuando volvió a reunirse con Tanner en la cocina, él estaba sirviendo dos copas más de vino. Le ofreció una, que ella aceptó mientras echaba un vistazo a su alrededor.

—¿Cómo te puedo ayudar? —preguntó.

—Creo que lo tengo todo controlado —respondió él—. Los champiñones están en el horno y la ensalada ya está lista.

Permanecieron en silencio mientras Tanner encendía las velas y atenuaba las luces del comedor. De regreso en la cocina, se puso una manopla para el horno y extrajo la fuente con los champiñones para acto seguido dejarla sobre la encimera. Sacó de la nevera el plato principal y también introdujo dos porciones en el horno. Juntos llevaron los champiñones y la ensalada a la mesa. Cuando ya habían tomado asiento, Tanner sirvió los champiñones, y después cogió su copa.

—Acabo de darme cuenta de que olvidé hacer un brindis. Seguramente debía haberlo hecho ya con el champán.

—Te perdono —dijo Kaitlyn bromeando—. Pero ahora solo quiero comer. —Cortó un champiñón y probó un bocado.

—¿Está bueno? —preguntó Tanner, sin dejar de observar su expresión.

—Delicioso. —Kaitlyn siguió comiendo, mostrándose repentinamente hambrienta.

Tanner mezcló la ensalada y sirvió una generosa porción en cada plato.

—¿Qué tal con Casey hoy? —se interesó—. Espero que no haya destrozado más coches en su día libre.

Kaitlyn profirió un resoplido.

—De ser así, en todo caso no me lo ha contado. Pero me ayudó a peinarme y maquillarme.

—Es un bonito detalle por su parte.

—Sí. —Pinchó un tomate de su plato de ensalada—. Creo que voy a tener que comprarle un coche.

—¿Para que no se vaya con su padre?

—En parte, pero la verdad es que necesita uno. Para cuando estoy en el trabajo o haciendo mis domicilios y se queda en casa con Mitch. En caso de emergencia no tiene posibilidad de transporte.

—¿Ya se lo has dicho?

—No. Porque en cuanto se lo comentara sería lo único de lo me hablaría hasta que el coche apareciera ante la puerta.

—¿Y Mitch? ¿Cómo le va?

—Está comiendo pizza para cenar y viendo la tele con su hermana ahora mismo. Eso es lo mejor que le puede pasar en la vida.

Tanner sonrió, y mientras seguían cenando, iniciaron una conversación ligera. Ella le habló a Tanner acerca de los planes de Casey en cuanto a la universidad y compartió más anécdotas sobre sus padres y hermanos. Mientras degustaban el plato principal, Kaitlyn escuchaba absorta el recuento de Tanner sobre sus viajes a lugares remotos y los amigos que había hecho con los años.

De vez en cuando Kaitlyn se sorprendía imaginándose más veladas como aquella con Tanner. Al darse cuenta, se reprendió mentalmente y se advirtió a sí misma que debía mantener sus sentimientos bajo control. Una aventura breve era una cosa y enamorarse era otra bien distinta.

La despedida ya iba a ser bastante dura.

X

Tanner llevó a la mesa las tartaletas de fresa y depositó una frente a ella. A pesar de que Kaitlyn ya había comido suficiente, supuso que probar unos bocados no la mataría. ¿No acababa de decidir que la vida era para vivirla?

—Antes de que me olvide —dijo Tanner mientras cortaba su tartaleta—, creo que debería contarte la buena noticia.

Kaitlyn alzó la vista del plato, intrigada.

—¿Y ahora me la cuentas?

—Antes estaba demasiado distraído —dijo a la vez que le guiñaba un ojo—. Los recambios para mi coche van a tardar entre dos y tres semanas. En realidad, eso seguramente significa que tardarán de tres a cuatro semanas, de modo que parece ser que tendré que quedarme por Asheboro más tiempo de lo que pensaba.

—¿Y en qué vas a ocupar el tiempo?

—No estoy seguro, pero ¿quién sabe? Puede que conozca a alguien especial.

—Te deseo buena suerte —bromeó Kaitlyn.

—También hay unas cuantas familias más que quiero visitar antes de irme a Camerún.

—¿Viven cerca?

—En Virginia, Pennsylvania y Dakota del Sur.

—Entonces… ¿otro viaje por carretera?

—Me encantaría ver el Monte Rushmore, tal vez hacer una ruta por el parque nacional de Badlands. Siempre he querido ver las Colinas Negras. Me han dicho que son espectaculares —dijo pensativo, como si ya estuviera planeando el itinerario.

Kaitlyn guardó silencio. Le vino a la mente que también había otra alternativa: en vez de eso podría, por ejemplo, regresar antes a Asheboro para verla. Pero se abstuvo de comentar esa posibilidad.

—¿Cuánto tiempo crees que estarás fuera? —preguntó. Pinchó una fresa confitada y se la llevó a la boca.

—No lo sé. Unas cuantas semanas, tal vez un poco más. Depende también de los planes de esas familias que quiero visitar, no solo de los míos.

A pesar de que lo que decía tenía sentido, Kaitlyn no podía evitar sentirse un poco decepcionada al saber que estar lejos de ella durante tres semanas de las nueve o diez que le quedaban en Estados Unidos no le hacía pensar en otra posibilidad. Sin embargo, se recordó a sí misma que de todos modos tendría que marcharse al extranjero por trabajo, así que tal vez pasar menos tiempo juntos sería lo mejor.

—¿Has hablado con tu amigo hace poco? ¿El que te consiguió tu trabajo en el IRC? —Kaitlyn empezó a juguetear con el tenedor, trazando surcos en la gelatina de su tartaleta.

—¿Vince? Hace unas cuantas semanas ya.

—¿En qué proyectos trabajará el IRC en Camerún? Creo que no me lo has dicho.

—Sé que trabajan mucho con refugiados y para ayudar en tiempos de crisis, pero desconozco los detalles.

—¿Cómo es posible que no lo sepas? —preguntó Kaitlyn.

—Solo sé que me encargaré de cuestiones de seguridad —contestó, rebañando el postre. Se limpió la boca con una servilleta y apartó el plato—. Estoy seguro de que me enteraré cuando empiece el trabajo en septiembre.

Kaitlyn arrugó el ceño, y luego vaciló un momento antes de decir:

—Creía que empezabas en junio.

—Esa es la fecha de mi vuelo a Yaoundé, pero no empezaré hasta septiembre.

—¿Necesitas tanto tiempo para buscar un sitio donde vivir?

—No. Estaré en un alojamiento temporal. Vince me prometió que lo arreglaría todo.

—No entiendo nada. ¿Por qué vas a ir con tanta antelación si no tienes que empezar a trabajar hasta el otoño? —insistió Kaitlyn, cada vez más confundida.

—Supongo que no tengo por qué ir antes —respondió Tanner desconcertado—. Pero creo que te comenté que me gustaría visitar un par de parques nacionales, y sería más sencillo poder tomarme el tiempo para hacerlo antes de volver a la rutina diaria. Y creo que ya mencioné que me encanta jugar al fútbol allí.

Kaitlyn le ofreció una leve sonrisa, mientras intentaba acallar la voz en su mente que susurraba: «Podría quedarse en Asheboro hasta finales de verano si quisiera».

—Imagino que se te va a hacer raro —comentó, evitando mirarle a los ojos—. Me refiero a volver al trabajo, después de haberte tomado tanto tiempo libre.

—Seguramente —admitió—. Vince quería que firmase un contrato de dos años, pero le dije que prefiero empezar con un año y ver cómo va todo.

—¿Y si no funciona?

—No tengo ni idea —respondió mientras se reclinaba en el respaldo de la silla y se pasaba una mano por el pelo—. Que yo sepa, acabaré jubilándome igualmente. No es que tenga que trabajar por la nómina.

Kaitlyn se rio, pero al ver la expresión prosaica de su rostro se percató de que no bromeaba.

—¿A qué te refieres? —preguntó.

—No necesito trabajar —anunció con sencillez—. Podría jubilarme ahora mismo si quisiera.

Kaitlyn se quedó mirándolo fijamente.

—¿Cómo puede ser? ¿Acaso te dejaron tus abuelos una herencia por sorpresa?

—Eso sería poco probable —dijo soltando una risita.

—Entonces el ejército y el gobierno deben pagar mejor de lo que me imaginaba.

—Ya me gustaría —respondió—. Creo que te dije que había hecho algunas inversiones en el pasado.

—Sí. —asintió—. Pero ¿es bastante como para poder dejar de trabajar?

—Sí.

—¿Te importa compartir conmigo tus secretos sobre cómo invertir? —bromeó—. Me iría bien, puesto que Casey necesita un coche y muy pronto irá a la universidad.

—No hay ningún secreto en realidad. Tuve suerte, y luego no me ocupé del asunto y volví a tener suerte.

Kaitlyn le clavó la mirada sin alterarse.

—Te das cuenta de que estás siendo un poco reservado sobre este tema, ¿no?

—No me gusta hablar de ello. Mis abuelos y algunos de mis amigos más íntimos lo sabían, pero nadie más. —Kaitlyn le observó mientras él alargaba la mano para coger la copa de vino casi vacía. —Cuando acabé los estudios, mis abuelos me abrieron una pequeña cuenta de inversión —explicó—. Tras alistarme me sugirieron que apartara una parte de mi sueldo para destinarlo a una inversión automática. Y eso hice.

—Yo también lo hago con el plan de pensiones —replicó Kaitlyn—. Pero, créeme, no genera lo suficiente como para permitirme jubilarme.

—Eso es porque no has conocido a Rodney.

—¿Quién es Rodney?

—Un compañero de los *rangers* —explicó—. En el año 2001 trajo a los barracones un iPod. Nunca había oído hablar de ese aparato, pero él no paraba de decir que era el mejor invento del mundo, y que yo también debería hacerme con uno. Aunque yo no me compré ninguno, unos cuantos compañeros sí lo hicieron, lo cual me llamó la atención. Los iPod no eran baratos, y no es que ganáramos mucho. Empecé a observar que mucha otra gente corriente los estaba comprando, así que, a pesar de las advertencias de mis abuelos, movido por un impulso transferí todo el dinero que tenía a Apple e hice disposiciones en la cuenta para comprar más acciones de esa compañía automáticamente con cada salario.

—¿Compraste acciones de Apple en aquella época?

—Como ya te he dicho, tuve suerte. Y después, como era muy vago, nunca me preocupé de cambiar esa estrategia de inversión. Entretanto, los siguientes diez años de mi vida los pasé destinado en el extranjero o viviendo en barracones, por lo que no tenía gastos, de modo que mi reserva de capital de inversión no paraba de aumentar, y todo iba para Apple, mes tras mes. Entonces en 2007 volví a tener suerte. El iPhone salió al mercado y poco después las acciones empezaron a subir como la espuma. Si tenemos en cuenta todos los fraccionamientos de las acciones a lo largo de los años desde que empecé a comprarlas...

—Eres rico —Kaitlyn acabó la frase por él.

Tanner guardó silencio durante unos momentos.

—Sí —reconoció.

—Pero... ¿rico rico? ¿O solo rico?

—No entiendo muy bien a qué te refieres, pero el caso es que tengo más de lo que nunca podría llegar a gastar.

Kaitlyn se quedó mirándolo fijamente; le costaba encontrar el encaje entre lo que le acababa de contar y lo demás que ya sabía de él. Se preguntó en vano si su relación se habría iniciado de forma distinta de haber sabido todo eso desde el principio.

—Bueno... —empezó a decir lentamente—, entonces podrías hacer lo que quisieras, ¿no? Porque no necesitas trabajar... Y también podrías vivir en cualquier lugar.

—Supongo que sí.

—Ya veo. —Se sintió incapaz de añadir nada más.

Tanner parecía estar examinándola.

—¿Pasa algo?

Kaitlyn intentó encontrar un sentido a todo lo que Tanner acababa de contarle mientras le devolvía la mirada.

«No tiene que trabajar.

Prefiere jugar al fútbol con su amigo antes que ver adónde podría llevarle su relación conmigo.

Podría quedarse en Asheboro».

Se esforzó por apartar aquellos pensamientos indeseados, pero era una batalla perdida.

—Es solo que me resulta extraño —aventuró.

—¿Qué parte en concreto? —Tanner frunció el ceño.

Kaitlyn fue a coger su copa, pero volvió a dejarla en su sitio porque ya no estaba de humor para seguir bebiendo.

—Suponía que tenías que volver al trabajo por motivos económicos. Y por tu dedicación a la labor que hace el IRC en Camerún. Pero parece ser que ni siquiera sabes qué vas a hacer allí.

Al oír sus palabras, el rostro de Tanner adquirió una expresión de perplejidad y disgusto a partes iguales.

—Estoy empezando a tener la sensación de que estás enfadada conmigo.

—No estoy enfadada —objetó. Y era verdad. Era una palabra demasiado fuerte para describir cómo se sentía. A buen seguro había un componente de decepción, tal vez incluso enojo. Pero la sensación predominante era... la de haber sido repudiada. Quizá incluso traicionada. Lo cual le parecía irracional, Kaitlyn era consciente de ello. Antes de haberse acostado con él se había vuelto a decir a sí misma que se trataba solo de una aventura, pero por mucho que deseara lo contrario, se daba cuenta de que aquellas revelaciones lo cambiaban todo.

«Si realmente quisiera, podría quedarse y seguir adelante con lo que tenemos entre ambos (sea lo que sea)».

En el fondo sabía que estaba siendo egoísta, y que se estaba precipitando en cuanto al punto en el que estaban. Y sin embargo...

Si podía quedarse, ¿por qué no se lo había siquiera planteado? ¿Para qué todo aquello: la limusina, el champán, la cena espléndida en esa casa de montaña? ¿Solo para acostarse con ella? Y más concretamente, ¿por qué no le interesaba pasar más noches como esa con ella?

—Olvídalo —dijo Kaitlyn apartando la vista—. ¿Podemos hacer como si no hubiera sacado el tema? No tiene importancia.

Tanner colocó las manos sobre la mesa con las palmas hacia arriba. Al hablar, su voz era reposada.

—Estás enfadada conmigo y no sé qué he hecho.

—No pasa nada —respondió ella, consciente de que su tono de voz desmentía sus palabras.

Mientras tanto, aquellas cuestiones seguían inquietándola, y de pronto sintió que le costaba quedarse sentada. Se puso en pie y empezó a recoger las migas de la mesa con la servilleta, y llevó la copa a la cocina junto con el plato del postre. Arrojó las migas en el fregadero y, sin saber qué hacer con lo que quedaba de su tartaleta, empujó el plato hacia la esquina de la encimera, para después coger el estropajo sin apenas darse cuenta. Como si hubiera puesto el piloto automático, empezó a repasar las encimeras.

Tanner la siguió a la cocina, preocupado.

—¿Qué estás haciendo? —le preguntó amablemente.

—Recoger —contestó encogiéndose de hombros.

—Puedo hacerlo yo más tarde —aseguró él, llevando tímidamente una mano a su cintura—. ¿Por qué no volvemos a sentarnos frente al fuego?

—Se está haciendo tarde —balbuceó, apartándose de él.

Apenas eran las nueve pasadas, y ambos lo sabían.

—Dime qué te pasa —le rogó Tanner—. Por favor.

Pasó el estropajo por la encimera una vez más y por fin lo dejó caer en el fregadero.

—¿Por qué estoy aquí? —preguntó al final, volviéndose hacia él.

—¿Qué quieres decir? —Los ojos de Tanner, ahora de un tono verde oscuro, escrutaban la expresión del rostro de Kaitlyn.

—¿Por qué me pediste que saliera contigo, para empezar? Y ¿por qué insististe una y otra vez? —La espalda de Kaitlyn estaba apoyada en el borde del fregadero, y sus manos sobre la encimera a ambos costados.

Tanner la miró, confuso.

—Porque eres inteligente, interesante y agradable, y quería conocerte mejor.

—Solo durante unas cuantas semanas, ¿no es así? —Kaitlyn cruzó los brazos.

Tanner retrocedió un poco. Durante unos instantes no dijo nada, y ella tuvo la sensación de que estaba intentando llegar a alguna conclusión.

—¿Es por eso? —preguntó con voz suave—. ¿Estás molesta porque me voy a ir? —Al ver que ella no respondía, prosiguió—: Kaitlyn, ¿no crees que estás siendo un poco injusta? He sido claro contigo todo el tiempo acerca de mis planes.

Ella le miró a los ojos, frustrada.

—¿Por qué te vas a Camerún?

Él frunció el ceño, indeciso.

—Mi trabajo… —empezó a decir.

—Te refieres a ese que no necesitas —lo interrumpió.

Tanner fijó la mirada en ella, sin entender nada.

—Tengo que hacer algo. No puedo limitarme a pasar el tiempo para siempre. Me volvería loco.

—No estoy sugiriendo que no hagas nada. Solo me estaba preguntando: ¿por qué Camerún?

—Ya te lo he explicado…

—Sí y no —volvió a interrumpirle—. Me has dicho que Camerún te parece un país increíble. Has mencionado un par de parques nacionales que deseas visitar, y que te encanta jugar al fútbol con tu amigo. Me has contado lo divertido que es ver un partido en un local abarrotado. Pero ¿sabes de lo que no me has hablado? ¿Ni siquiera mencionado de pasada? La gente a la que has ayudado. Nunca has hecho referencia a la sonrisa agradecida de una persona hambrienta a la que has alimentado, ni las vidas que han mejorado cuando has excavado un nuevo pozo o cualquier otra cosa.

—Yo trabajo en seguridad. No hago esas cosas… —protestó.

—No me estás entendiendo. —Kaitlyn percibió que el tono de frustración de su voz iba en aumento, y respiró hondo para intentar recuperar la calma—. Comprendo que el trabajo de seguridad es importante; que proteger a las personas que ayudas les permite hacer su trabajo. Lo que te estoy preguntando es por qué quieres volver. Aparte de darte la posibilidad de tener algo que hacer, ¿cuáles de tus necesidades satisface específicamente? ¿Aparte de pasártelo bien?

Tanner abrió la boca para responder, pero volvió a cerrarla.

—No todos los trabajos ofrecen un propósito existencial —dijo por fin.

—¡A eso precisamente me refiero! —exclamó—. Comprendería que volvieras allí si fueras el único en el mundo que puede hacer tu trabajo, o si sintieras la necesidad de hacer algo bueno por la humanidad. También si necesitaras el trabajo para pagar las facturas o si estuvieras verdaderamente motivado por el servicio a los demás. Pero al sumar todo lo que me has dicho, en especial el hecho de que apenas sabes en qué consiste tu trabajo… No lo pillo. Pero creo que ahora sí comprendo por qué tu abuela estaba tan preocupada por ti.

Tanner apretó los labios.

—No la metas en esto.

Kaitlyn le clavó los ojos.

—Entonces dime por qué quieres volver a Camerún.

—Tomé esa decisión cuando mi abuela se puso enferma, ¿sabes? —Tanner se cruzó de brazos—. Le preocupaba que siguiera viviendo sin rumbo y empecé a pensar que tal vez tuviera razón, por eso, cuando me ofrecieron el trabajo, lo acepté.

Ambos callaron durante unos momentos cargados de tensión. Cuando Kaitlyn finalmente rompió el silencio, habló con voz apagada.

—Como no necesitas trabajar, podías buscar una ocupación donde tú quisieras. Podrías haberte quedado en Pensacola.

La expresión en el rostro de Tanner era desafiante.

—O en Asheboro, ¿no es eso lo que quieres decir?

—¿Qué tiene de malo Asheboro? —replicó Kaitlyn, notando que se ponía a la defensiva muy a su pesar—. Tú mismo dijiste que te gustan las ciudades pequeñas. Eres tú quien dijiste que te encantaría poder salir a correr por el bosque Uwharrie cada día…

—Sí que estás enfadada —declaró Tanner, empezando a comprender, mientras movía la cabeza de un lado a otro—. Nunca debería haberte contado…

Kaitlyn alzó los brazos para indicarle que no siguiera hablando y después bajó la cabeza.

—Supongo que lo que intentaba decir es que no eres como yo creía —dijo en un hilo de voz—. Y es culpa mía por no haberte escuchado.

—¿Qué se supone que quiere decir eso?

Levantó la mirada lentamente, sintiéndose estúpida.

—Dijiste que si preguntara a tus amigos, me dirían que no estás hecho para sentar la cabeza.

—Estaba bromeando.

—Ah, ¿sí? —Su escepticismo era evidente—. ¿Qué es lo que quieres de la vida, Tanner? ¿Seguir de aquí para allá para siempre? —Al ver que no contestaba, Kaitlyn siguió hablando—: ¿Y qué pasa con nosotros? Sabías que no tenías por qué irte, pero ¿en algún momento se te pasó por la cabeza que tal vez esto podría ser algo más que una aventura? ¿Que había una remota posibilidad de que fuera algo más?

De nuevo, Tanner guardó silencio. Kaitlyn apartó la mirada, intentando ignorar la sensación de humillación.

—Solo para tu información, al venir aquí esta noche me sentía conforme con la idea de tener una aventura. Había aceptado las circunstancias tal como son. Pero ahora no sé qué pensar. —Como Tanner seguía callado, Kaitlyn le rodeó para apartarse de él y evitar mirarle a los ojos—. Creo que debería decirle al chófer que me lleve a casa. Tengo que trabajar mañana.

—Kaitlyn… espera…

Apresuradamente, Kaitlyn se dispuso a recuperar el bolso y la chaqueta. Ya en la puerta vaciló al decidir si debería coger el paraguas de Tanner, pero ¿para qué? No mojarse difícilmente podría parecerle una prioridad en ese momento.

Tanner avanzó hacia ella.

—¿Me permites por lo menos que te acompañe?

—Mejor no —respondió.

—¿Volveré a verte?

Una amarga sonrisa asomó a sus labios.

«¿Para qué, si solo estás haciendo tiempo hasta que puedas jugar al fútbol en las calles de Camerún?».

—Mis días están bastante llenos —contestó, manteniendo un tono de voz calmado, mientras abría la puerta principal.

—Kaitlyn…

Ella se volvió hacia él.

—Sé que no es necesario poner fin a lo nuestro —expresó con una claridad que la sorprendió hasta a ella misma—, pero ahora sé que no hay ningún motivo para seguir viéndonos.

El estupor en los ojos de Tanner le proporcionó una fugaz sensación de satisfacción, pero Kaitlyn rápidamente la reemplazó por el pensamiento de que ella estaba por encima de eso. Salió al porche y dejó que la puerta se cerrara tras ella. Al bajar la escalinata notó las gotas de lluvia resbalando por su cara, consciente de que ya se estaban mezclando con sus lágrimas.

XI

—¿Ya has vuelto? —Casey salió de la cocina cuando su madre todavía estaba de pie en el vestíbulo, sacudiéndose el agua de la chaqueta—. No te esperaba hasta dentro de un par de horas.

Kaitlyn se había pasado todo el trayecto en la limusina intentando recuperar la compostura antes de tener que afrontar la mirada de su hija. La vorágine de sentimientos encontrados se había aquietado un poco, pero sabía que sus emociones todavía podían aflorar fácilmente. «Respira —se dijo a sí misma—. Sigues siendo madre, aparte de cualquier otra cosa que puedas ser».

—Mañana tengo que levantarme pronto para ir a trabajar —respondió, esforzándose por dotar de un tono de indiferencia a su voz—. ¿Dónde está Mitch?

—Se estaba quedando dormido en cuanto acabó la película, y por eso lo llevé a la cama. ¿Cómo ha ido?

Por supuesto, ahí estaba la pregunta, pensó Kaitlyn. Una pregunta delicada, que lo abarcaba todo.

—Bien —contestó de forma escueta.

Casey la examinó.

—Oh oh. ¿Qué ha ido mal?

—Nada ha ido mal —dijo Kaitlyn con un afectado tono neutral—. Ha sido una cena agradable.

—¿Pero?

—Pero ¿qué?

—Pero no crees que vayas a volver a verlo otra vez —infirió Casey—. Eso es lo que estás pensando, aunque no quieras decirlo en voz alta. ¿Me equivoco?

Kaitlyn se sintió de pronto demasiado exhausta hasta para admirar la habilidad de Casey para leer su mente.

—En efecto —admitió.

Casey apretó los labios.

—Déjame que te prepare una taza de chocolate caliente.

—No estoy de humor para hablar, cariño —protestó Kaitlyn.

—No te estoy pidiendo que hablemos —dijo Casey por encima del hombro mientras regresaba a la cocina—. Simplemente me he ofrecido a prepararte un chocolate. Es lo que hay que tomar cuando los tíos de repente se vuelven idiotas.

Kaitlyn observó a Casey mientras esta ponía leche a calentar en un cazo antes de coger el cacao del armario. Cuando la leche ya estaba caliente procedió a batir en ella el cacao, añadió por encima unos cuantos malvaviscos de decoración, y finalmente le llevó la taza a su madre.

—Da igual lo que haya pasado, simplemente recuerda que estoy de tu lado —anunció, sonando muy parecida a la madre de Kaitlyn—. Ahora date la vuelta para que te ayude con la cremallera.

Kaitlyn se giró obediente, y notó cómo Casey tiraba de la cremallera para aflojar el vestido. Luego se sobresaltó cuando su hija le dio un beso en la mejilla.

—Vas a estar bien, mamá.

Casey salió de la cocina, dejando a Kaitlyn reflexionando sobre la bendición que eran sus hijos. Bueno... por lo menos la mayoría del tiempo.

Dando sorbitos al chocolate caliente, se tomó media taza antes de dirigirse a su dormitorio con paso cansado. Al cerrar la puerta vislumbró su reflejo en el espejo, el cual de repente le trajo a la mente al momento los acontecimientos de aquella velada. Se le cortó el aliento como si hubiera recibido un golpe en el plexo solar, y las lágrimas asomaron a sus ojos. Se pellizcó el puente de la nariz con la intención de contenerlas.

«Soy una mujer adulta», se dijo a sí misma.

Se obligó a realizar una respiración profunda. «Ya sabía que se iba a marchar».

Enderezó los hombros, y se apartó del espejo. «No ha cambiado nada...».

Solo que eso no era cierto.

Notó que le temblaban las manos mientras se quitaba el vestido y luego se lavaba la cara. Muy despacio, se puso el pijama y se metió en la cama. En cuanto apagó la luz tuvo la certeza de que el sueño no respondería a su profundo agotamiento, y se sorprendió a sí misma mirando el techo mientras el recuerdo de aquellas horas llenaba su mente: la expectación que había sentido ya en la limusina y el sabor del champán, el aroma de la colonia de Tanner. La euforia y la admiración que la inundaron al entrar en la casa. La fuerza de sus brazos y su espalda musculosa mientras se movía sobre ella en la cama, el sonido de sus voces mientras hacían el amor…

Con la cabeza enterrada en la almohada empezó a llorar, sabiendo que todo había acabado antes incluso de que hubiera podido empezar.

9

I

—¿Dónde diablos está todo el maíz?

—Quizá se lo hayan comido ya.

—¡Eso es imposible! ¡Lo pusimos ayer por la noche!

Desde su escondite entre los bloques de piedra y la cresta, Jasper no podía oír a los Littleton, pero podía imaginarse lo que debían de estar diciendo. Melton no había ido con ellos, pero los dos hermanos estaban justo en el lugar donde habían dejado el cebo.

—¿Estamos en el mismo sitio?

—Claro que sí.

Jasper siguió observando sus oscuras siluetas e intentó no hacer ningún ruido, consciente de que incluso bajo la débil luz del amanecer podrían detectar cualquier movimiento. De algún modo, había conseguido recoger el maíz, el rastrillo y la linterna; no sabía cómo había sido capaz de llegar renqueando a los bloques de piedra antes de desplomarse finalmente detrás del de mayor tamaño. Pero el esfuerzo ahora le había pasado factura, y tuvo que reprimir un gemido cuando la espalda volvió a contracturarse. Justo cuando el espasmo había pasado llegaron los Littleton.

En el cielo, la última de las estrellas se difuminaba. El viejo dicho «justo antes del amanecer es cuando está más oscuro» era

una patraña; cualquiera que hubiera observado el cielo nocturno sabía que el momento de mayor oscuridad era en mitad de
la noche, justo entre el ocaso y el amanecer. Pero ¿qué importaba eso ahora? Se aproximaba el alba, lo cual significaba que
muy pronto dispondrían de luz suficiente para encontrarlo si se
ponían a buscar. Jasper agarró a Arlo por el collar para evitar
que el perro saliera a campo abierto.

Los Littleton siguieron buscando, trazando arcos con las linternas en un barrido del terreno. Jasper volvió a imaginar sus
palabras.

—Quizá alguien se lo llevó.

—¿Quién?

—¿Los forestales, tal vez?

—No han sido ellos.

—¿Cómo lo sabes?

—Espera. Quiero comprobar algo.

Un haz de luz procedente de una de las linternas osciló en su
dirección y Jasper se agazapó aún más con una mueca de dolor.
¿Cómo iba a salir de ahí? ¿Y qué pasaría si lo encontraban?

No quería pensar en ello.

En una ocasión, hacía ya décadas, él y Audrey habían ido de
acampada con los niños cerca de Asheville, y el fuerte gruñido
de un oso justo fuera de la tienda lo había despertado. Los
niños eran todavía pequeños y dormían todos juntos en una
tienda aparte, por lo que Jasper de inmediato se desembarazó
de su saco de dormir y se precipitó hacia el exterior para proteger a sus hijos. Pero no vio ningún oso; sin contar con el
canto de los grillos, el bosque estaba en silencio. Las demás
tiendas que había plantadas en el área de camping parecían
estar intactas, y solo después de buscar huellas por toda la zona
Jasper por fin se dio cuenta de que debía de haberlo soñado.
Después se preguntaría qué habría hecho en caso de que realmente hubiera un oso cerca; no tenía ningún arma y ni siquiera llevaba una camisa puesta, ni tampoco zapatos. No habría
podido hacer nada aparte de agitar los brazos y gritar. Esa mezcla de confusión inicial y pánico era la misma sensación que
estaba experimentando ahora, mientras aguzaba el oído para

escuchar si se acercaban los Littleton. Al no oír nada, se arriesgó a echar un rápido vistazo por encima del bloque y vio que se estaban aproximando al árbol caído. Jasper ladeó la cabeza, mientras se concentraba en oír algo, y por fin pudo escuchar sus palabras.

—Qué extraño. —Era la voz de Josh; Jasper nunca podría olvidarla.

—¿Qué?

—¿No hueles algo? Me pareció haber olido lo mismo allá, donde dejamos el maíz ayer por la noche. Sea lo que sea, apesta. Huele jodidamente mal.

«El repelente para ciervos», pensó Jasper. Y Josh había escupido palabrotas para quejarse de ese olor. Junto a Jasper, Arlo bostezó, dejando salir un gemido.

—No huelo nada.

—Calla —siseó Josh—. ¿No has oído algo?

—¿A qué te refieres?

—Chist…

Ambos guardaron silencio. Arlo levantó las orejas y Jasper contuvo el aliento.

—¿Qué se supone que debemos oír?

—¿Quieres callarte de una vez?

Jasper apretó el puño en torno a la placa de identificación de Arlo para que no tintineara en caso de chocar contra el collar. Pasaron unos pocos segundos, luego diez más. Y después veinte.

—Creo que también puedo olerlo —dijo Eric—. ¿Qué será?

—No lo sé.

—¿Crees que puede ser el ciervo del otro día? ¿Al que disparaste?

—No lo sé.

Ambos permanecieron callados, hasta que Eric habló de nuevo:

—¿Qué quieres hacer?

—¿A qué te refieres?

—A que como ya no hay maíz, tal vez deberíamos volver a casa.

—No vamos a volver a casa ahora.

En el silencio que se hizo a continuación, Jasper sintió cómo el miedo seguía carcomiéndole, casi como si fuera un ente con vida propia.

II

Lo primero que hizo Jasper cuando le dieron el alta de la unidad de quemados fue exhumar los restos de su familia y trasladarlos cerca de la cabaña. Jasper celebró su propia ceremonia privada y cavó él mismo las tumbas, atormentándose en cada movimiento, y después se mudó a la cabaña para siempre. Aunque hubiera querido reconstruir la casa no podía permitírselo. El dinero que había recibido de la compañía aseguradora apenas había bastado para cubrir los gastos médicos.

Durante meses, incluso años, simplemente deseó estar muerto. Hubo momentos en los que cogía su viejo rifle de caza y lo cargaba, pero nunca fue capaz de reunir el valor para suicidarse. En lugar de eso, convencido de que Dios había decidido castigarlo, dejaba el rifle a un lado, consciente de que su castigo consistía simplemente en soportar esa situación. Se imaginaba a Dios diciéndole: «Jasper, serás atormentado día y noche», y, por alguna retorcida razón, sentía que merecía sufrir. Había fracasado a la hora de proteger a su familia cuando más lo necesitaban, cuando todo estaba en juego.

Sin embargo, sufrir requería esfuerzo, aunque solo fuera para sobrevivir. Debido a sus lesiones ya no podía seguir trabajando en la construcción ni realizar ninguna clase de actividad física. Estar sentado ante un escritorio durante más de quince minutos seguidos le producía un dolor insoportable, de modo que trabajar en una oficina tampoco era una opción. Como se había quemado parte de la cara y del cuero cabelludo, nadie le quería contratar para interactuar con clientes. Con el tiempo encontró un trabajo como mozo de almacén en un comercio local de suministros para el hogar. No pagaban mucho, pero Jasper no necesitaba gran cosa de todos modos. La propietaria, una mujer llamada Nell Baker, le había conocido (a él y toda su familia) hacía años. Jasper había sido proveedor del centro de jardinería integrado en la tienda, suministrando sus perales de flor, y además ella formaba parte de la congregación de la iglesia a la que antaño solía ir Jasper; supuso que le había contratado por pena.

En los intervalos de tiempo entre sus operaciones de cirugía se dedicaba sobre todo a regar y fertilizar flores, plantas aromáticas y arbustos en el centro de jardinería. Se encargaba de barrer, fregar el suelo y reponer los artículos en las estanterías. El trabajo no era complicado, pero al haberse quedado sin muchas de sus glándulas sudoríparas, tenía que tomar precauciones cuando subían las temperaturas en verano. El tejido cicatricial dificultaba sus movimientos debido al dolor. Empezó a llevar un pañuelo sobre la cara. Tenía cuidado de mantener la distancia con los clientes; sus cicatrices, los injertos de piel todavía recientes y los cortes le hacían parecer el proyecto de mascota del doctor Frankenstein. En su casa retiró los espejos del baño y los guardó en el cobertizo para las herramientas de trabajo en la parte trasera del jardín. Aparte de trabajar y abastecerse de lo indispensable, casi nunca salía de su cabaña.

Dejó de leer la Biblia y de rezar y, lentamente, empezaron a pasar los años.

Trabajo. Cirugía. Recuperación. Otra vez desde el principio. Y otra. Y otra. Cumplió cincuenta años, y después cincuenta y cinco, antes de que Dios volviera a castigarlo al añadir aún más pruebas a su vida, como si todo lo sucedido no fuera suficiente.

Pocos años después de la última operación, cuando ya habían pasado diez años desde el fuego, la piel que no había quedado dañada empezó a picarle, para después producir manchas escamosas rosadas que recordaban a un sarpullido provocado por la hiedra venenosa. Le diagnosticaron psoriasis. Los médicos especulaban con la posibilidad de que el fuego hubiera desencadenado algún tipo de reacción sistémica autoinmune, pero ninguno podía asegurarlo. Jasper solo sabía que la psoriasis seguía extendiéndose, y con el tiempo se afianzó en casi todas las zonas libres de cicatrices. Le picaba hasta tal punto que le parecía estar volviéndose loco, y los médicos probaron distintos tratamientos para remediar la enfermedad sin éxito. Finalmente el diagnóstico pasó a ser psoriasis crónica, y le dijeron que tendría que convivir con ella el resto de su vida. En ese momento supo que era un hombre distinto.

Seguía teniendo fe; en su corazón, Dios y Cristo seguían siendo más reales que nunca. Pero de vuelta a su cabaña, guardó la Biblia y las tallas, imágenes y álbumes de música religiosa en cajas que dejó al lado de los espejos en el cobertizo, con la certeza de que en realidad ni Dios ni Cristo se habían preocupado nunca por él.

III

El bosque empezó a llenarse del canto matutino de los pájaros procedente de los árboles, y la oscuridad por fin dio paso a la luz grisácea del amanecer. Jasper seguía atrincherado tras el bloque de piedra junto a Arlo; los hermanos Littleton, entretanto, se habían apostado tras el árbol caído, vigilantes. Permanecieron en silencio casi todo el rato. Jasper suponía que debían de tener preparados sus rifles por si el ciervo blanco decidía hacer aparición. Sin duda esperaban que volviera en busca de más maíz, y se alegró de haber rociado el claro con el repelente y dispuesto aquellos artilugios de ultrasonidos.

Jasper empezó a notar que se le clavaba una piedra en la espalda, lo justo para resultar molesto. Se preguntó si al intentar quitarla Arlo se movería, pero el perro parecía estar profundamente dormido. Decidió arriesgarse y se desplazó un poco, intentando no hacer el menor ruido. Arlo crispó las orejas pero sus ojos seguían cerrados, y Jasper consiguió retirar la piedra al fin, aunque eso solo ayudó un poco. A pesar de que la espalda parecía haber mejorado levemente, la rodilla cada vez estaba peor. Se había hinchado hasta el punto de presionar contra la tela del pantalón, y con cada latido sentía una punzada caliente de dolor.

Esa era una de las muchas molestias irritantes de hacerse mayor: las lesiones dolían cada vez más. Peor aún: tardaban siglos en sanar o nunca llegaban a curarse por completo. Hacía algunos años se había pillado un dedo al ir a buscar la sartén de hierro fundido, y el nudillo todavía era más grande que los demás y le dolía cuando llovía. En vista del estado de su rodilla, supuso que acabaría cojeando el resto de su vida, independientemente de cuánto tiempo le quedara de vida todavía.

Por otra parte, ¿qué podía saber él? Hacía unos cuantos meses, la doctora había usado la expresión «envejecer con dignidad», pero al salir de la consulta, se preguntó si acaso eso sería posible, incluso qué significaba realmente. ¿Cómo hacía uno para envejecer con dignidad? ¿Se refería a estar orgulloso de no atreverse a conducir a mayor velocidad de la permitida debido a la incapacidad de poder ver bien la carretera? ¿Significaba llevar la cabeza muy alta a pesar de necesitar pañales de adulto? No quería juzgar a nadie, claro está, aunque estaba secretamente complacido de que como mínimo algunas partes de su cuerpo en apariencia siguieran funcionando bien.

Sus pensamientos se vieron interrumpidos de nuevo por el sonido de las voces.

—No creo que venga ningún ciervo —gimoteó Eric.

—¿Puedes bajar la voz, maldita sea?

—Solo digo que llevamos aquí ya casi una hora.

—¿Te vas a callar o qué?

—¿Cuánto tiempo nos vamos a quedar aquí?

—¿Qué importa eso? Hoy no tenemos clase.

Después los chicos guardaron silencio de nuevo. Jasper cambió de postura, con la esperanza de poder pasar el dolor a la otra pierna. El perro alzó la cabeza como reacción al movimiento, y enseguida volvió a abrir los ojos. Parecía extrañamente satisfecho, y en ese momento le recordó a su hijo mayor, que siempre parecía dichosamente relajado mientras dormía, sobre todo cuando era pequeño.

David siempre había sido el más maduro y seguro de sí mismo de sus hijos. Cuando todavía era muy pequeño miraba a las personas a los ojos mientras hablaban y casi nunca tenía berrinches. Audrey solía describirlo con la expresión «es un alma vieja». Antes incluso de ir al parvulario ayudaba a su madre con sus hermanos pequeños. Los acunaba, les daba de comer, y cuando su madre se lo pedía los ayudaba a vestirse, además de recoger la mesa después de comer sin quejarse. De todos sus hijos era el único que al llegar a la adolescencia seguía haciéndose la cama y tenía su cuarto ordenado.

Siempre había sido alto para su edad, y tenía un remolino en el cabello que no pudo domeñar hasta la pubertad. Demostró su madurez natural en el colegio, donde resultó ser un excelente estudiante, muy apreciado tanto por los profesores como por sus compañeros. Su calma y serena dignidad le convertían cada año en el favorito para ser el delegado de su clase en el instituto.

Sin embargo, apenas se reía. En toda su infancia, Jasper había oído ese alegre sonido de su boca tan solo en unas cuantas ocasiones, y cuando entró en la universidad aparentemente se volvió incluso más reservado. Parecía sentir que ayudar a su familia y a la comunidad no bastaba; los problemas del mundo por algún motivo se convirtieron en los suyos. Cuando volvía a casa por Navidad y en verano no hablaba demasiado de las clases o de las amistades que había hecho. En lugar de eso, le preocupaba la Unión Soviética, le inquietaban las armas nucleares, quería reducir la contaminación y alimentar a los niños que se morían de inanición en Etiopía. Expresaba una honda preocupación por la asistencia a la iglesia en declive, y estudiaba la Biblia durante horas como si buscara las respuestas que se le escapaban. Incluso después de haber decidido hacerse pastor le confesó a su padre que no estaba seguro de que fuera a ser lo bastante bueno; si no podía llegar a comprender realmente los designios de Dios para él, ¿cómo podría ayudar a los demás a averiguar cuál era el propósito divino en sus propias vidas?

Jasper podía recordar cómo le sonrió a su hijo mientras el versículo 4:10 de Santiago cruzaba por su mente («Humillaos delante del Señor, y él os ensalzará»).

Se lo recordó a su hijo antes de finalizar con un «Estoy orgulloso de ti» con los brazos abiertos. David se echó en sus brazos, aferrándose a su padre como el niño que fuera antaño. «Te quiero, papá —susurró—, y cada día doy gracias a Dios por tenerte a ti y a mamá». Aquellas palabras hicieron que los ojos de Jasper quedaran anegados por las lágrimas, y abrazó a su hijo mayor durante largo rato.

Poco después, David se fue para siempre.

IV

—¿Qué demonios es eso? —rugió Josh Littleton. Ya ni siquiera intentaba bajar la voz, y Jasper pudo oírlo fácilmente.

—¿Qué?

—Ahí. Al lado de ese árbol. Mira.

Eric tardó un poco en ver lo que Josh le indicaba.

—¿Es un aspersor?

«Pues no —pensó Jasper—. Es un artefacto ultrasónico que funciona con energía solar para mantener lejos a los ciervos».

—No hay aspersores en el bosque, imbécil. Espera. Voy a acercarme a ver qué es.

De nuevo se hizo el silencio en el claro y en su mente Jasper visualizó a Josh echándose al hombro la correa del rifle mientras avanzaba hacia el dispositivo.

Pocos minutos después oyó de nuevo a Josh, obviamente enojado.

—Creo que emite sonidos que mantienen alejados a los ciervos. La madre de Martin solía poner chismes como este en el jardín.

—¿Quién es Martin?

—Calla y echa un vistazo.

—¿Quién lo habrá puesto? ¿Los forestales?

—No han sido los forestales, idiota. Alguien vino después de que nos fuéramos ayer y se llevó el maíz, además de poner estos aparatos.

—Entonces ¿quién ha sido?

—Adivina.

Eric tardó un poco en contestar.

—¿El viejo quemado que vino a casa?

—¡Bingo!

—Pero ¿por qué?

—Porque es un…

Jasper desconectó cuando Josh empezó a insultarlo, soltando una palabra soez después de otra.

—Venga —dijo Josh por último, con un tono de voz cargado de ira y asco—. Larguémonos de aquí.

Todo quedó en silencio. Como Jasper tenía miedo de arriesgarse a echar un vistazo por encima del bloque, no podía estar seguro de que se hubieran ido de inmediato, de modo que se dispuso a esperar. Para su alivio, aunque la rodilla seguía hinchándose, los músculos de su espalda estaban más relajados. Se le ocurrió que haberse visto obligado a esconderse había sido una bendición disfrazada, aunque solo fuera porque le había permitido recuperarse. Justo cuando empezaba a pensar que tenía vía libre, oyó el grito de Josh reverberando a lo lejos, con una malicia y una rabia que envenenaban el aire de la mañana:

—¡Sé que todavía estás ahí!

V

Jasper esperó una hora más para asegurarse. Arlo seguía dormitando. Se entretuvo dejando que la gravilla se colara entre sus dedos, y observando cómo un par de ardillas avanzaban saltando sobre una rama. Sobre él un halcón surcaba el cielo haciendo círculos, cada vez más amplios, y Jasper se dedicó a seguir con la mirada su patrón de vuelo fascinado, tal como había hecho a menudo con Mary.

A esa niña siempre le habían encantado los animales de todo tipo. Cuando era pequeña, su cama estaba llena de peluches: un pingüino, un elefante, un caballo rosa… Pero su favorito era un zorro ártico de felpa con el que durmió durante años y que incluso se llevó a la universidad. Ella fue una de las razones por las que Jasper había empezado a tallar animales, del mismo estilo que ahora seguía tallando con el chico. A Mary le gustaban muchísimo y les ponía nombre a todos: Wally el pájaro carpintero, la ardilla Sally, Harry el caballo… Y jugaba constantemente con ellos, inventando elaboradas aventuras.

También fue Mary la que los convenció para tener dos perros (Bert, seguido de Ernie); dos gatos, bautizados como Cookie y Cream; un hámster; un jerbo e incluso un pequeño lagarto, hasta que se escapó por la ventana del dormitorio. Al igual que a Mitch, le encantaba ir al zoo de Carolina del Norte, y algunos fines de semana Jasper la llevaba a una granja cercana donde había vacas y caballos, así como cabras miotónicas de Tennessee. Se llamaban así porque cuando se asustaban se les tensaban los músculos, y eso provocaba que cayeran al suelo. De pequeña, Mary aplaudía y se quedaba mirando cómo se desmayaban, riendo encantada; cuando se fue haciendo mayor, le daban pena las cabras y por eso intentaba hacer el mínimo ruido posible en su presencia. «Hacer que se caigan es malvado, papá —le reprendía—. Mira qué dulces son». A veces le pedía prestada la cámara para hacerles fotos y gastaba rollos enteros de película.

A pesar de las trenzas que llevaba, la mayor parte del tiempo Mary no se comportaba como la típica niña; prefería pasar su tiempo fuera en lugar de en su cuarto. No le importaba ensuciarse y podía escalar árboles y golpear una pelota mejor incluso que sus hermanos. Pero presentaba una faceta tierna, no solo en relación con los animales. En séptimo le pidió a un chico llamado Michael que fuera con ella al baile de Sadie Hawkins; cuando él reconoció que tenía la esperanza de que se lo pidiera otra chica, se pasó el resto de la tarde y la noche llorando en su habitación. También lloraba cuando tenía que estudiar, porque debía trabajar más duro que la mayoría para dominar la materia. A veces, la frustración y la ansiedad sacaban lo mejor de ella.

Tampoco lo tuvo siempre fácil con su hermana pequeña, aunque esta fuera su mejor amiga. Creía en todo momento que Deborah era más guapa que ella. Cuando lo reconoció ante Jasper, él le aseguró que ambas eran hermosas a su modo, pero sus palabras solo provocaron en ella una mueca de disgusto. «Es más alta que yo, tiene el pelo lacio y no rizado como yo, y los chicos llaman todas las tardes a casa preguntando por Deborah, nunca por mí».

Jasper no supo cómo responder, y con el tiempo llegó a preguntarse si esa dubitación en ese momento era la razón por la que nunca más volvieron a hablar de ello. Fingió no darse cuenta de que Mary casi nunca salía con chicos durante la etapa del instituto; que no se percataba cuando anunciaba que iría al baile de graduación con un grupo de amigas en lugar de con el chico del que estaba enamorada. A él le desconcertaba de veras que los muchachos del instituto no se sintieran atraídos por su vitalidad y belleza natural; era, y seguiría siendo, un misterio para él.

Después de los animales, y casi en la misma medida que Audrey, Mary sentía pasión por los libros. Le encantaban los de misterio y los de aventuras, y a menudo Jasper podía ver a Mary y Audrey sentadas una junto a la otra en el sofá, cada una de ellas transportada a otro mundo, ambas inmersas en las páginas de un libro, mientras ambas se retorcían mechones de pelo con aire ausente.

De todos sus hijos, Mary era la más aplicada en los estudios. Trabajaba sin descanso y se esforzaba mucho para conseguir sacar buenas notas. Sus hábitos de estudio le servirían de ayuda posteriormente en sus estudios superiores: en la Universidad de Carolina del Norte, en Chapel Hill, obtenía excelentes cada semestre, enfocada en su objetivo de convertirse en veterinaria. También conoció a un joven, a mediados del penúltimo año, y llegado cierto punto le confesó a Audrey que «tal vez sería el definitivo». Siguieron viéndose después de licenciarse, y ambos se inscribieron en el programa para veterinarios del estado de Carolina del Norte. Mary lo invitó incluso a pasar la Navidad con su familia en casa, y Jasper advirtió cómo él miraba de reojo a su hija durante la cena, y le pareció que esas miradas estaban cargadas de ese mismo anhelo secreto que Jasper había sentido por Audrey en su juventud.

Era imposible imaginar que solo medio año después, de Mary tan solo quedaría su recuerdo.

VI

Jasper seguía esperando mientras el sol de la mañana continuaba su ascenso, y todavía esperó un poco más. Hasta Arlo parecía empezar a estar aburrido a esas alturas, y seguramente debía tener sed.

Hacía bastante rato que no oía las voces de los jóvenes y cuando se aventuró a mirar por encima de la roca tampoco pudo verlos. Podrían estar esperándolo, por supuesto, pero no podía quedarse allí mucho más tiempo; si su rodilla seguía hinchándose, tal vez no sería capaz de moverse en absoluto. Tal como estaba apenas podía ya doblar la pierna.

Decidió arriesgarse y se sentó un poco más cerca del bloque de piedra. Se aferró a la roca con ambas manos y colocó la pierna buena en posición para intentar ponerse en pie. Habían pasado años (¡décadas!) desde la última vez que intentara levantarse usando solo una pierna, y el muslo tembló debido al esfuerzo. Se obligó a aprovechar el impulso, mientras el muslo seguía temblequeando y la espalda empezaba a tensarse de nuevo. El esfuerzo hizo que los bordes de su campo visual se tiñeran de negro, y los pulmones prorrumpieron en un jadeo cuando por fin consiguió ponerse en pie.

«Maldita sea», pensó, intentando recuperar el aliento.

Siguió resollando mientras se aferraba con fuerza a la roca, con el corazón latiendo desbocado. Buscó las pastillas de nitroglicerina y se apoyó contra el bloque de piedra para abrir el frasco. Deslizó un comprimido bajo la lengua.

Una vez estabilizada su respiración y el ritmo cardiaco, analizó el terreno. Se preguntó por un momento si podría usar el rastrillo como muleta o bastón, pero era demasiado largo y no tenía por dónde asirlo. Eso suponiendo, por supuesto, que pudiese siquiera llegar a él (o a la linterna) sin caerse, aunque lo dudaba. En cuanto a la bolsa con el maíz, en su estado, sería como cargar con el ancla de un barco. Tendría que dejar todas esas cosas ahí.

Empezó a pasar el peso a la pierna mala con cierta indecisión, para poner a prueba la rodilla. Dolía, pero no llegaba a ser una sensación incapacitante, de modo que volvió a probar, añadiendo un poco más de peso hasta que comenzó a retorcerse de dolor. Se preguntó si tendría que hacerse una radiografía para asegurarse de que no se había roto nada, sabedor de que a la doctora no le iba a gustar nada todo aquello. Ya podía visualizarla moviendo la cabeza de un lado a otro ante su imprudencia.

Pero todo eso era el futuro. De momento tenía que ponerse en marcha. Vislumbró otro bloque de piedra un poco más pequeño a apenas dos metros de distancia. Se dirigió hacia él, cojeando y renqueando. Sentía como si los huesos de la rodilla se estuvieran rozando entre sí, pero se estaba acercando. Cuando por fin llegó a la roca, se apoyó en ella para esperar a que disminuyera el dolor.

Cuando se creyó preparado miró a su alrededor. No había más bloques de piedra, por lo que en esta ocasión eligió un árbol cercano, un pino taeda que se elevaba alto hacia el cielo. Avanzó hacia él, apretando los dientes por el dolor; durante una décima de segundo perdió el equilibrio y tuvo que hacer molinetes con sus brazos para seguir en pie. «Ha faltado muy poco», pensó. Era consciente de que si volvía a caerse tal vez no sería capaz ya de levantarse. Siguió avanzando, cojeando, y por fin llegó al tronco. De nuevo tardó un poco en recobrar el aliento.

«Ya he llegado al primer árbol, solo faltan unos cuantos más. Y las crestas. ¿Y si los Littleton se han topado con mi camioneta y me están esperando allí?».

Se obligó a apartar aquella idea de su mente, pensando que ya se preocuparía de eso cuando tocara. Solo que…

Silbó para llamar a Arlo, el cual volvió trotando a su lado.

—No te vayas lejos, ¿me oyes? No quiero que te vuelvan a disparar.

El perro lo miró fijamente con una expresión confusa y a la vez amorosa. Jasper eligió el siguiente árbol, se armó de valor, y de nuevo empezó a avanzar cojeando hacia él. Arlo caminaba a su lado, sin dejar de observarlo, como si intentara dilucidar si los movimientos espasmódicos de Jasper indicaran que estaba jugando, antes de perder el interés y ponerse a husmear en unos matorrales cercanos.

Tras una docena de pasos cojeando, Jasper apoyó sus manos contra el tronco. Descansó de nuevo y esperó a que se le pasara un poco el dolor. Luego se concentró y se dirigió al siguiente árbol.

«De uno en uno —se repitió a sí mismo—. Tal vez tarde horas o incluso todo el día, pero lo voy a conseguir».

VII

En algún momento durante esa mañana, Jasper perdió la cuenta de los árboles que le habían servido como estación de descanso en su camino. El aire empezaba a calentarse y, exhausto, se apoyó contra el grueso tronco de un magnolio. Oyó la llamada de una curruca procedente de las copas de los árboles, algo parecido a una rueda que al dar vueltas chirriase, mezclándose con la melodía aflautada de un zorzal maculado. El coro resultante hizo pensar a Jasper en Deborah, cuya voz al cantar era tal vez el sonido más divino que había escuchado nunca. Siempre la había llamado «mi pequeña». Nació prematura, cuatro semanas antes de lo previsto, y apenas pesaba dos kilos. Podía sostenerla en la palma de una mano, y en el hospital se preguntó cómo algo tan pequeño podía crecer hasta llegar a tener la estatura normal de un ser humano. Por suerte, aparte de eso estaba sana, aunque durante los primeros meses de su vida Audrey tenía a Deborah en sus brazos casi todas las horas que estaba despierta, y siempre estaba lista para salir corriendo a visitar al pediatra al menor indicio de retraso en el crecimiento.

Pero Deborah creció, igual que David y Mary, aunque a un ritmo más lento. Durante años estuvo por debajo del quinto percentil de su grupo de edad tanto en peso como en estatura, y hasta los doce años más o menos era la más bajita de la clase, una niña delicada, de huesos finos, a la que siempre colocaban en la esquina izquierda de la primera fila de todas las fotos de grupo de su clase.

Deborah no tenía la vitalidad física de su hermana Mary. Jugaba con muñecas y le encantaba que Jasper le cepillara el pelo antes de meterse en la cama. Siempre tarareaba al son de las melodías de la radio, y cuando cantaba en el coro de la iglesia, su padre era capaz de distinguir su voz entre todas las demás, maravillado por su tono y registro inusual. A veces, cuando

Jasper estaba haciendo alguna talla en el porche, Deborah salía afuera y le pedía que escuchara una canción que acababa de aprender. Él dejaba a un lado la navaja y escuchaba la voz de su hija, impresionado por el don que le había dado Dios, y que ni Audrey ni él compartían.

Deborah era la más charlatana de sus hijos, acaparando la conversación durante las comidas hasta tal punto que Audrey en ocasiones le pedía que callara un poco para dejar hablar a sus hermanos. Siempre tenía algo que contar, y le encantaba hacer preguntas, lo cual seguramente explicaba su popularidad en el colegio. Durante su infancia la invitaban a todas las fiestas de cumpleaños, y cuando pasó a la etapa de secundaria tenía ocupados casi todos los fines de semanas con fiestas de pijamas. Jasper se acordaba de cuando preparaba palomitas para ella y sus amigas mientras veían películas en la televisión, hasta que al final tenía que obligarlas a apagar la luz y dejar de reírse.

Dio el estirón en el primer año de instituto. Por la noche, después de haber hecho los deberes, hojeaba revistas para adolescentes y estudiaba las últimas técnicas para aplicar la sombra de ojos y el pintalabios. Los chicos empezaron a fijarse especialmente en ella. Tuvo toda una serie de novios, la mayoría de los cuales duraban pocos meses, aunque hubo alguna excepción (como en el caso de Allen). Solía ir al cine, a bailes y a tomar helados, y el chico del momento llamaba a casa casi todas las noches. En esa época el teléfono estaba en la cocina, pero el cable era lo suficientemente largo como para permitirles salir al porche trasero, donde pasaba horas hablando y riendo mientras espantaba las polillas atraídas por la luz. A Jasper le parecía todo un misterio; algunas de esas llamadas duraban mucho tiempo: ¿de qué podrían estar hablando tanto rato?

Deborah se sentía especialmente unida a su madre, y parecía tener sentido, de forma intuitiva, que quisiera ser maestra, como ella. Jasper sabía que sería la clase de profesora que le encanta tanto a los niños como a los padres.

Pero nunca tuvo la oportunidad de demostrarlo, porque en el espacio de una sola noche ella también desapareció para siempre.

VIII

El reloj de Jasper indicaba que hacía por lo menos dos horas, tal vez algo más, que había empezado a avanzar, y supuso que estaba a medio camino de regreso a la camioneta. Era consciente de que las crestas serían más empinadas a partir de ese momento. A pesar del aire frío, notaba que empezaba a sudarle la frente, señal de que su cuerpo tal vez estaba comenzando a sobrecalentarse.

Consciente de que tenía que descansar, atisbó un árbol caído en la distancia. Se dirigió hacia allí tambaleándose, advirtiendo que la cadera de su lado bueno había empezado a molestarle, sin duda debido al sobresfuerzo de soportar casi todo su peso.

Dolor de espalda, dolor de rodilla… y ahora empezaba a dolerle también la cadera.

«Soy un desastre viviente —pensó—. Incluso aunque llegue hasta la camioneta y consiga volver a casa; luego ¿qué?».

Por lo que podía imaginar, cuando llegara a la cabaña y se desplomara en la cama era probable que no fuera capaz de levantarse de nuevo. Tal vez se quedaría allí incapaz de llegar hasta el teléfono. Con el tiempo empezaría a tener hambre y sed, y al final daría su último aliento. Pero la idea de morir no era lo peor de todo. Arlo quizá se volvería loco cuando empezara a morirse de hambre y sin duda acabaría comiéndoselo a él. Pasado algún tiempo, cuando el chico se diera cuenta de que Jasper no se había presentado los últimos sábados, irían a su casa agentes de la policía o representantes de la ley y seguramente se lo encontrarían hecho pedazos mientras Arlo meneaba la cola, con una panza como la de un buda.

Jasper resopló ante el escabroso hilo de pensamientos. «Debo de estar volviéndome majara», masculló. Pero al permitir a su mente vagar el dolor parecía más distante, al menos durante unos momentos.

Cuando llegó al árbol caído y se sentó, le pareció como si hubiera recorrido a pie toda California.

Buscó su pañuelo y se enjugó el sudor, mientras pensaba en el menor de sus hijos. Paul, recordó, había supuesto un embarazo difícil para Audrey, quien había sufrido pérdidas periódicas durante el primer trimestre; los últimos dos meses la tensión sanguínea se le disparó, y la instaron a guardar reposo en cama. Durante las visitas al médico dos veces por semana, en varias ocasiones debatieron sobre la conveniencia de provocar el parto. Pero como los síntomas aparentemente no iban a peor, el médico les recomendó que simplemente observasen y esperaran. No obstante, Jasper llevaba la bolsa con las cosas de Audrey a cada una de esas citas, por si tenían que salir corriendo hacia el hospital.

Para su alivio, el embarazo fue casi a término completo, y Paul pesó más de tres kilos y medio cuando nació. Audrey, sin embargo, tuvo que permanecer hospitalizada durante casi una semana debido a complicaciones por sangrado, y entre una visita y otra al hospital, Jasper tuvo que cuidar a Paul él solo. A pesar de que ya tenía tres hijos, no se había dado cuenta de lo poco que sabía de los cuidados infantiles hasta que llevó a su hijo menor a casa. Tener que atender a un bebé, además de a sus otros tres hijos, hizo que Jasper anduviera trastabillando embotado debido al agotamiento, y que aflorara un renovado y profundo aprecio por todo lo que hacía su mujer. Durante los seis meses después de que Audrey volviera del hospital, pasaba todo el tiempo que podía en casa, intentando anticiparse a lo que ella pudiera necesitar. Aunque ella en un principio se sentía agradecida, con el tiempo le sugirió que volviera a trabajar a tiempo completo. Audrey disfrutaba de su rutina y, de alguna manera, él estaba interfiriendo en ella. Jasper pudo comprenderlo.

Desde el primer día, Paul fue un miembro especial de la familia para cada uno de sus componentes. Para sus padres, era su bebé; para David, el hermano que siempre había deseado tener. Mary lo mimaba como si fuera su mascota preferida y Deborah lo trataba como si fuera una de sus muñecas, aunque en este caso con vida. Jasper se acordaba de que en una ocasión Deborah, que debía contar con cinco o seis años, había maquillado a Paul con las pinturas de su madre después de haberle puesto a presión uno de sus viejos vestidos. A Audrey le hizo tanta gracia que tomó una foto de los dos niños. Años más tarde, la fotografía desaparecería del álbum familiar, y Jasper sabía que posiblemente el responsable de ello fuese Paul.

Quizá por ser el menor, Paul era el más sensible de todos sus hijos. Cuando Bert, su cocker spaniel, tuvo que ser sacrificado después de que lo atropellase un coche, Paul sollozó de manera inconsolable durante semanas; cuando en segundo de primaria su mejor amigo, Jonah, se mudó a otra ciudad, Paul estuvo muy triste, como si nunca pudiese volver a tener un amigo.

Jasper empezó a preocuparse por el carácter de su hijo cuando este comenzó a manifestarse en su adolescencia como el deseo insaciable de conseguir la aprobación de sus compañeros. Parecía estar ensayando diferentes identidades en fases que a menudo duraban meses: durante un tiempo imitó la seriedad de David; en otra ocasión insistió en afirmar que quería ser veterinario, como Mary. Pasó por una etapa *cowboy*, otra centrada en el deporte, e incluso probó a ser *skater*. En el instituto, tal vez celoso de la popularidad de Deborah, empezó a dejarse el pelo largo, como si estuviera desesperado por encajar en el ambiente de los chicos guais igual que ella. Cuando cumplió dieciséis años, empezó a llevar chaquetas vaqueras y gafas de sol Ray-Ban, y amenazó con hacerse un tatuaje en cuanto tuviera la edad suficiente para decidirlo.

A pesar de que su hijo menor parecía estar luchando por aceptarse a sí mismo, Jasper encontraba consuelo al ver que Paul seguía siendo una persona excepcionalmente amable. Cuando Mary sollozaba porque nadie la había invitado a ir al baile de graduación, Paul también lo hacía, y aquel fin de semana lo pasó escribiendo un poema sobre lo especial que era. Mary le confiaría más adelante a su padre que era lo más bonito que alguien había hecho por ella en toda su vida. Cuando Deborah no consiguió el solo en el concierto de Navidad del colegio, algo que deseaba con todas sus fuerzas, Paul fue en bicicleta a la tienda para comprarle su helado de galletas favorito y le pidió que cantara la canción solo para él.

Quizá como vía de escape ante la vorágine de sentimientos con los que parecía estar lidiando eternamente, Paul escribía diarios. Con frecuencia se le podía ver garabateando con furor sentado en el porche, o a altas horas de la noche, antes de irse a la cama. De todos los recuerdos de sus hijos que se habían perdido en el incendio, lo que más lamentaba Jasper haber perdido eran esos diarios. Por alguna razón imaginaba que tal vez podrían haber explicado por qué el menor de sus hijos eligió morir de ese modo.

Aunque lo cierto era que Jasper ya conocía la respuesta.

Su hijo más sensible, aquel que sentía tan intensamente y anhelaba la aprobación de los demás, simplemente no podía vivir con el recuerdo de lo que había hecho.

IX

Jasper se puso en pie y empezó a avanzar de nuevo, de un árbol a otro, sin parar de sudar aunque la temperatura había comenzado a descender rápidamente. Se acercaba un frente frío y él cojeaba, descansaba, y volvía a renquear, intentando mantener un ritmo lento pero constante. Aquí y allá se veía obligado a sortear crestas escarpadas. Debido a que tenía que evitar secciones que exigían trepar, probablemente el trayecto le costaría como mínimo una hora más. Ahora, entre él y su camioneta se interponía una cresta demasiado larga como para poder rodearla. Debía de tener unos cinco o seis metros de altura. Hizo una pausa para apoyarse en un árbol y considerar la mejor manera de superarla. Pensó que por fin sería capaz de ver su vehículo desde la cima de la cresta, pero sentía que su cuerpo estaba destrozado por completo. El simple hecho de permanecer erguido hacía que sus piernas temblaran, y la espalda estaba a punto de volver a contracturarse.

Arlo también parecía exhausto. Le colgaba la cabeza, tenía la lengua fuera, y ya no mostraba el menor interés en explorar.

—¿Crees que lo conseguiremos? —preguntó Jasper. El perro se limitó a alzar la mirada hacia él y meneó la cola.

Jasper intentó prepararse para el siguiente esfuerzo, y de nuevo se preguntó si los Littleton andarían cerca. No habían visto su camioneta tras el terraplén la primera vez, pero entonces era de noche. No la había cerrado con llave, por lo que podrían abrir y rebuscar en la guantera, donde había dejado la cartera. En ese caso se vería confirmada su sospecha de que había sido él quien había desbaratado su trampa para ciervos.

—Si han encontrado la camioneta, sin duda estarán esperándome —dijo farfullando a Arlo—. Pero solo hay una forma de saberlo con seguridad.

Después de calcular la altura de la cresta por última vez, Jasper apretó los dientes y empezó a trepar. Daba pequeños pasos, con cautela, y a medida que el ángulo de inclinación aumentaba comenzó a tambalearse. Ponía un pie, volvía a buscar el equilibrio, avanzaba con el otro pie unos pocos centímetros hacia delante, y de nuevo intentaba estabilizarse.

Llegó a la mitad de la cresta.

Después le pareció haberla superado en tres cuartas partes.

Un poco más y por fin podría asomarse al otro lado de la cima. Siguió avanzando, y las vistas se hicieron más amplias. Cuando se preparaba para realizar el último esfuerzo («¡solo unos cuantos pasos más!»), oyó una voz, distante pero inconfundible, que le gritaba:

—¡Has robado nuestro maíz!, ¿verdad?

Eric.

Jasper sintió su corazón martilleando en el pecho, y giró la cabeza, intentando localizar la procedencia de la voz.

—¿Le has visto?

Esta vez era la voz de Josh, que parecía estar más cerca aunque llegaba de otra dirección distinta.

—¡No!

—Entonces ¿por qué demonios estás gritando?

—¡Estoy aburrido! ¿Podemos irnos ya a casa?

Arlo levantó las orejas y antes de que Jasper pudiera impedirlo el perro subió hasta la cima de la cresta. Sin la protección de los árboles, estaba a descubierto. Jasper lo llamó siseando para que regresara a su lado, pero el animal no le oyó o simplemente le ignoró.

¿Cuánto tiempo pasaría hasta que los jóvenes lo vieran?

Como en la lenta predestinación de una pesadilla, Arlo se alejó aún más. Sin saber a ciencia cierta dónde estaba Josh, Jasper vaciló entre silbar o alzar la voz para llamarlo. Entretanto, Arlo seguía deambulando, ahora con la nariz pegada al suelo. Jasper deseó mentalmente que el perro regresara a la cresta, pero no funcionó.

Interesado en un olor que obviamente acababa de detectar, Arlo empezó a cambiar de rumbo en dirección a la camioneta. En ese instante, Jasper vio en la distancia cómo Josh hacía aparición desde detrás de un árbol. Estaba de espaldas a él, a una docena de metros tal vez, con el rifle colgando del hombro. Si se diera la vuelta fácilmente podría verlos a él y al perro.

Jasper no tenía forma de llegar a la camioneta. Su única opción era volver por donde había venido, y descender por la cresta. Tenía la esperanza de que Arlo se diera cuenta de que había retrocedido y le siguiera. De no ser así, tendría que arriesgarse a silbar suavemente antes de ponerse a buscar una zona arbolada donde ocultarse.

Jasper era consciente de que la bajada sería más dolorosa que el ascenso. No estaba seguro de que su rodilla pudiera aguantar, de modo que decidió avanzar de espaldas, básicamente volviendo sobre sus pasos. Retrocedió con mucho cuidado; al dar un segundo paso hacia atrás con la pierna de la rodilla lesionada, notó que el pie empezaba a resbalar. Intentó mantener el equilibrio; de forma instintiva giró el torso, la parte inferior del cuerpo siguió el movimiento, y el pie se deslizó hacia abajo hasta quedar momentáneamente atascado entre dos piedras que asomaban entre la tierra.

El peso de su cuerpo y la inercia hicieron que sucediera lo inevitable. El tobillo rotó sobre sí mismo y Jasper oyó un audible chasquido mientras profería un grito de dolor. Un instante después se precipitó rodando cuesta abajo.

Más tarde recordaría vagamente haber aterrizado sobre el hombro y haberse golpeado la cabeza con tanta fuerza que vio destellos de luz. Descargas de dolor le recorrieron todo el cuerpo como una grieta en una capa de hielo que se alargara rápidamente sin que fuera posible impedirlo.

Se esforzó por respirar e intentó volver a enfocar el mundo con la vista. Arlo apareció de repente a su lado. Por encima de él pudo distinguir apenas una silueta, de pie, en la cima de la cresta.

Josh.

—¿Te has caído, viejo? Te he oído gritar.

Jasper parpadeó, demasiado desorientado y mareado como para tener miedo siquiera.

—Te está bien empleado por lo que has hecho. Deberías haberte ocupado de tus propios asuntos.

La voz de Jasper era un chirrido ronco.

—Ayúdame.

No estaba seguro, pero le pareció vislumbrar una sonrisa de suficiencia en el rostro de Josh.

—¡¿Qué ha sido eso?! —gritó Eric desde la distancia.

Josh bajó la vista hacia Jasper, con una mirada calculadora. Luego gritó:

—¡Vámonos de aquí! ¡Estoy harto de esperar!

Un instante después se había esfumado.

Jasper cerró los ojos, permitiéndose desvanecerse.

X

Desde algún lugar en lo más profundo de su subconsciente, Jasper notó que le caía una gota de agua en la cara. Eso bastó para que sus párpados se contrajeran, y al percibir una segunda gota, Jasper abrió lentamente los ojos.

Con la cabeza dolorida por el golpe, entornó los ojos y vio cómo unas sombras alargadas paulatinamente adoptaban la forma de árboles. «El bosque —recordó—, estoy en el bosque Uwharrie». Intentó incorporarse y el movimiento le provocó una descarga de agudo dolor que le hizo proferir un grito; el recuerdo de lo sucedido regresó a su mente en forma de una serie de imágenes borrosas.

«El ciervo blanco. Los Littleton. La cresta. Me resbalé. El chasquido del tobillo. Caí rodando…».

Apretó los dientes y, resollando, esperó a que disminuyeran las oleadas de dolor. No necesitaba echar un vistazo a su pierna para saber que se había roto el tobillo; parpadeó al notar otra gota de agua en la cara.

Lluvia.

Sobre él, el cielo estaba cubierto de espesas nubes ondulantes, y en la distancia oyó el largo retumbar de un trueno. Movió lentamente la cabeza para buscar a Arlo, y comprobó que estaba tumbado cerca de él, meneando nerviosamente la cola. Al perro nunca le habían gustado las tormentas.

La mera idea de intentar moverse se le antojaba aterradora. Se veía incapaz de hacerlo con el tobillo roto, la rodilla hinchada, la cadera dolorida y la espalda que seguramente volvería a sufrir un espasmo. Sin olvidar una fractura en el cráneo, o en el mejor de los casos, un traumatismo. De nuevo oyó tronar, y sintió más gotas como pequeños golpecitos en la cara; entonces supo que la tormenta se dirigía hacia donde se encontraba.

Las gotas poco a poco dieron paso a la llovizna, y luego a una lluvia constante. Le entró agua en la boca y empezó a toser, y los nervios de todo su cuerpo se activaron como las luces de un árbol de Navidad. Cuando el dolor por fin fue disminuyendo, giró la cabeza hacia un lado, pensando que de lo contrario podría llegar a ahogarse. La mitad de su cara yacía en el barro.

Cerró los ojos mientras notaba que el mundo a su alrededor se tornaba más oscuro y frío con la inminente tormenta. Al cabo de unos minutos, Jasper perdió su lucha por permanecer consciente y volvió a desmayarse.

XI

Cuando volvió en sí, el mundo estaba sumido en la más absoluta negrura. Seguían cayendo cortinas de lluvia, iluminadas por destellos intermitentes de relámpagos.

«Ya es casi de noche», pensó distraídamente; cada vez que tiritaba el dolor era agónico. Gimió, y luego empezó a sollozar, sus lágrimas mezclándose con la lluvia. Confundido, percibió el cuerpo del perro tumbado a su lado, muy cerca del suyo.

Un nuevo estremecimiento le produjo otra oleada de dolor, y lo mismo siguió repitiéndose una y otra vez mientras las horas transcurrían despacio hacia la media noche.

Después la noche empezó a dar paso paulatinamente al alba.

10

I

Tanner estaba mirando a través de los gigantes ventanales panorámicos de la casa de montaña, dando sorbos a su café a la vez que intentaba disfrutar de la salida del sol, hasta que se dio cuenta de que no tenía sentido. Angustiado como estaba, era incapaz de apreciar las vistas, y volvió a preguntarse por qué la noche había acabado de esa manera.

No había dormido bien, sin parar de dar vueltas en la cama, y se había despertado varias veces antes de darse por vencido hacía ya una hora. Desde entonces se había sorprendido a sí mismo reproduciendo la conversación en su mente, y todavía no podía determinar cómo se sentía al respecto. No estaba molesto, exactamente, pero… había un nivel de presunción por parte de Kaitlyn que le había sentado muy mal. ¿Qué era lo que le estaba pidiendo? ¿Si alguna vez se había planteado la posibilidad de que su interacción fuera algo más que una aventura? En ese momento había estado tan ocupado intentando procesar por qué de pronto la velada se había torcido que no había contestado. Pero ahora, si pudiera volver en el tiempo, habría puesto de relieve el hecho de que se conocían desde hacía menos de una semana. ¿Qué se esperaba? ¿Un anillo de prometida? ¿Que le pidiera que se casara con él? ¿Después de tan solo cinco días?

Vació de un trago la taza de café, y se repitió a sí mismo que había una justificación. Estaba claro que era demasiado pronto para cualquier clase de compromiso entre ambos; francamente era demasiado pronto para que ella hubiera planteado aquella cuestión. Y sin embargo…

Había estado dando vueltas en la cama toda la noche en parte porque sabía que Kaitlyn no se equivocaba al sospechar que, aunque se hubiera quedado allí hasta junio, no se le habría ocurrido formularse esa pregunta.

Tanner movió la cabeza de un lado a otro, harto de darle vueltas a aquello. Kaitlyn había dejado claro que no quería volver a verlo, y eso era todo. Se levantó del sillón situado ante el ventanal y se dirigió hacia la cocina. Una vez allí, arrojó la comida sobrante en la basura y fregó los platos antes de apilarlos sobre la encimera. El ayudante del chef llegaría pronto para recoger la vajilla, por lo que tenía que quedarse en la casa hasta entonces.

Tanner se duchó, recogió sus cosas y las cargó en el coche de alquiler, y después se acomodó para esperar. Eligió de nuevo un lugar frente a los ventanales pero, tal como le había pasado antes, apenas prestó atención a las vistas. En lugar de eso, seguía reproduciendo la velada en su mente y, muy a su pesar, miraba el móvil continuamente para ver si Kaitlyn le había escrito algún mensaje.

Pero no recibió ninguno. Cuando por fin se fue de la casa no pudo evitar sentir una aguda punzada de decepción.

II

Mientras Mitch acababa de tomarse sus cereales en la cocina, Kaitlyn mordisqueaba una tostada, con un nudo todavía en el estómago desde la noche anterior.

—¿Estará Casey en casa cuando vuelva del colegio?

Kaitlyn tardó un poco en darse cuenta de que Mitch le había hablado.

—No estoy segura —respondió finalmente—. Puede que tenga que hacer algo después de clase; ya le preguntaremos.

—No pasa nada si no está —declaró Mitch mientras alzaba el bol para poder beberse la leche—. Sé estar solo.

Kaitlyn dejó la tostada a medias y se levantó de la mesa para desechar el resto en la basura.

—Si ya has acabado los cereales, lleva el bol al fregadero mientras voy a ver dónde está tu hermana. Te espero en el coche en un minuto.

—Va a tardar más de un minuto. Siempre pasa lo mismo.

—Sí, bueno, simplemente haz lo que te he pedido, cariño.

Kaitlyn metió el almuerzo que había preparado antes en la mochila de Mitch, y la sostuvo para que él deslizara los brazos por los tirantes.

—¿Podemos ir al zoo otra vez el domingo? —preguntó—. ¿Y luego jugamos al frisbee con el señor Tanner?

—Creo que va a hacer frío este fin de semana —respondió—. ¿Por qué no vamos mejor al cine?

—Vale —dijo Mitch antes de dirigirse con paso cansino hacia la puerta. Kaitlyn recogió sus cosas y estaba a punto de llamar a Casey cuando la vio bajando al trote las escaleras.

—Estoy lista —anunció su hija.

—Tienes que desayunar —dijo Kaitlyn—. Voy a coger una manzana y una barrita de muesli para ti.

—Vale. —Casey se detuvo cerca de la puerta—. ¿Cómo estás?

—Bien. —Kaitlyn se encogió de hombros, con la esperanza de que su hija no la hubiera oído llorar la noche anterior.

Casey la atravesó con la mirada.

—Lo que tú digas.

III

Jasper abrió los ojos muy despacio, entornándolos ante el sol de la nubosa mañana, sintiendo cada latido de su corazón en la cabeza. Estaba empapado y muerto de frío, y había permanecido despierto tiritando casi toda noche, respirando con dificultad debido al peso de la ropa mojada. Y ahora, cuando su cuerpo volvió a temblar, tuvo que dejar salir un gemido provocado por el dolor que le recorría todo el cuerpo. Le pareció oír ruidos en la distancia, hasta que al final se dio cuenta de que era él quien emitía aquellos sonidos.

Poco a poco, las fuertes oleadas de dolor empezaron a remitir, permitiéndole pensar con un poco más de claridad. De algún modo había sobrevivido a aquella noche; por alguna razón no se había ahogado con la lluvia. Advirtió su respiración trabajosa: pequeñas bocanadas que se disipaban en el aire frío y plomizo. Sus manos estaban tan rígidas como un pescado acabado de sacar de la nevera. El movimiento de su cuerpo al intentar cambiar de posición para meterlas bajo la chaqueta bastó para hacer que sintiera como si alguien le hubiera golpeado el tobillo con un martillo, y estuvo a punto de volver a perder el conocimiento.

Cuando pasó aquella sensación de mareo, giró la cabeza muy despacio, con cuidado, en busca de Arlo. El perro se había alejado deambulando y ahora no había ni rastro de él. Jasper intentó silbar pero no le quedaban muchas fuerzas. Su mente empezó a divagar y se preguntó si alguien lo encontraría.

IV

De regreso en Asheboro, Tanner salió a correr más tiempo de lo habitual, dando zancadas sobre el asfalto durante casi una hora y media. A pesar de la fresca temperatura, cuando volvió al hotel su camiseta estaba empapada de sudor.

Después de ducharse almorzó brevemente y decidió que le haría bien un poco más de aire fresco. Fue al parque, se subió la cremallera de la chaqueta y caminó bajo el cielo cubierto de nubes blancas, sin tener la mente más clara que esa misma mañana. Obedeciendo a un impulso, llamó a Glen, quien respondió al segundo tono.

—¿Cómo va todo? ¿Ya has encontrado a tu papaíto?

Tanner se rio y se sentó en un banco antes de preguntarle si le llamaba en buen momento.

—Muy bueno. Me pillas solo. Mi mujer y los niños están en casa de los vecinos, y tengo toda la terraza para mí solito. ¿Qué pasa?

Tanner entonces comenzó a hablar, le explicó cómo iba la búsqueda de su padre biológico y el accidente en el aparcamiento de Coach's, para acto seguido lanzarse a narrar su sorprendente semana con Kaitlyn. Glen profería sonidos de aprobación mientras su amigo describía a Kaitlyn y a su familia, así como la conexión inmediata e intensa que habían experimentado.

—Por lo que dices parece fantástica, Tan —comentó Glen—. ¿Cuándo podré conocerla?

—Espera, hay algo más —añadió Tanner, para contarle lo sucedido la noche anterior, y la abrupta ruptura de la relación. Cuando acabó de explicárselo, Glen se aclaró la garganta, y luego permaneció en silencio durante tanto rato que Tanner pensó que se había cortado la llamada.

—¿Hola? —dijo Tanner.

—Sigo aquí, y comprendo el motivo de tu llamada, pero si te soy sincero, no estoy seguro de qué quieres que te diga.

—¿Qué te parece si me das la razón y me confirmas que todo lo que ella dijo ayer noche es una locura? —respondió Tanner, bromeando solo a medias—. ¿Y que lo más seguro es que me haya librado de una buena?

La voz de Glen tenía un tono atípicamente vacilante.

—Oye, Tan, voy a ser sincero contigo. No creo que haya hecho mal en preguntarte por qué vas a volver a Camerún. Cuando estuviste aquí te dije que tenía la sensación de que estás dando un paso atrás. Eres una de las pocas personas que conozco que pueden hacer lo que quieran, y sigo sin entender por qué tomas algunas de tus decisiones.

Tanner cerró los ojos, pensando cómo era posible que aquella llamada para desahogarse con un amigo sobre una mujer se hubiera convertido en un referéndum sobre sus opciones de vida.

—No importa si aceptar el trabajo en Camerún fue la decisión correcta o no; ella sabía desde el principio que yo me iba a ir, ¿por qué tenía que hacer un drama de eso?

—Te comprendo —dijo Glen, adoptando un tono más conciliador—. Pero también entiendo su punto de vista: ¿por qué no quedarse y ver adónde lleva la relación?

Tanner calló un momento. Al otro lado del parque vio un grupo de niños dando comida a unos patos a la orilla de un estanque.

Glen prosiguió.

—Creo que la pregunta que deberías hacerte es: ¿qué es lo que quieres Tan? ¿Seguir dando tumbos para siempre? ¿Y qué vas a hacer cuando te aburras de Camerún, algo que ambos sabemos que sucederá?

Era la misma pregunta que le había hecho Kaitlyn, y Tanner se encontró de pronto preguntándose a sí mismo cuándo había perdido el control de esa conversación también. Sin esperar su respuesta, Glen suspiró y prosiguió:

—Mira, sé que me has llamado para reafirmarte y lo siento si te estoy decepcionando. ¿Te sentirías mejor si te dijera que confío en que sabrás resolver esta cuestión? No me cabe la menor duda de que todo irá bien a largo plazo. Pero…

—Pero ¿qué? —preguntó, sin estar seguro de querer oír el resto.

—¿Te das cuenta de que es la primera vez que me llamas para hablarme de una mujer, y de que esa mujer es Kaitlyn?

—Eso no es cierto.

—Sí que lo es —dijo Glen, pronunciando lentamente las palabras. —Has mencionado a otras de pasada, pero nunca me has contado nada de ellas en realidad. Y el sonido de tu voz al describirla es distinto. Es evidente que ella ya significa algo para ti.

—Sí —aceptó Tanner.

—Entonces ¿por qué me estás hablando a mí de ello en lugar de hablar con ella?

—Ya te lo he dicho, no quiere volver a verme.

—¿Y?

—¿Qué significa «y»?

—Asheboro es una localidad pequeña. —El tono de voz de Glen era paciente pero firme—. Vas a quedarte allí todavía dos o tres semanas, tal vez más. Puede que vuelvas a encontrártela, a menos que decidas encerrarte en el hotel. Pero lo primero que tienes que hacer es averiguar quién eres y qué quieres realmente, para saber qué decir cuando la veas.

Tras colgar, Tanner se sintió agotado. A pesar de ello, pensó qué estaría haciendo Kaitlyn en ese preciso momento; se preguntó qué habría planeado hacer con sus hijos el fin de semana, si es que ya lo había hecho. Supuso que Mitch pasaría algún rato con el vecino haciendo tallas de madera, como solía hacer siempre, y después cenarían juntos. Sonrió al rememorar aquella cena en su casa, y se levantó del banco. Se puso en marcha y unos pocos minutos después, al ver una pareja mayor de la mano, de repente se dio cuenta de que, por muy apasionante que hubiera sido hacer el amor con Kaitlyn, una parte de él deseaba que la noche anterior no hubiera sucedido nunca para simplemente poder empezar de cero.

V

En su consulta, Kaitlyn intentó estar lo más ocupada posible. Además de los pacientes que tenía agendados atendió a varias personas que habían acudido sin cita, y Kaitlyn consiguió visitar a casi todas. Acortó la hora del almuerzo para empezar antes con los pacientes de la tarde. Hacia media tarde, cuando Mitch debía estar llegando a casa del colegio, saltó la alarma mental de Kaitlyn y volvió a conectar el sonido del móvil. Siempre avisaba previamente al paciente al que estaba atendiendo de que su hijo iba a llamarla; a ellos nunca les molestaba. Mitch llamó justo a la hora prevista y, tras excusarse, salió al pasillo.

—Estoy en casa y el colegio ha sido muy aburrido —dijo, anticipándose a sus preguntas—. Pero, mamá, ¿sabes qué? Arlo está aquí.

Kaitlyn tardó un poco en acordarse de quién era Arlo.

—¿Te refieres al perro de Jasper?

—Ajá. Está tumbado en el jardín bajo el árbol. ¿Quieres que vaya a ver qué le pasa?

—No —respondió—. Quédate dentro de casa de momento.

Si realmente es Arlo, estoy segura de que volverá a casa de Jasper cuando quiera hacerlo.

—¿Y si no quiere irse? —Mitch parecía preocupado.

—Entonces le llevaremos a su casa cuando vuelva del trabajo.

—Vale —aceptó, sin ocultar su decepción.

—Y recuerda que la señora Simpson pasará por casa dentro de un rato para ver que estás bien, pero salvo a ella no le abras la puerta a nadie.

—Ya lo sé. Siempre me lo recuerdas.

Después de despedirse Kaitlyn regresó a la sala de reconocimiento. Siguió visitando pacientes a la vez que el día llegaba a su fin, pero en los momentos más tranquilos, mientras se esforzaba resueltamente en no pensar en Tanner, le asaltó la pregunta de por qué Arlo había ido a su casa. Era muy extraño. Por lo que sabía, el perro nunca había hecho eso antes, y se preguntó si Jasper se habría dado cuenta de que se había escapado. Hacia el final de su jornada laboral, y como sabía que Jasper no tenía móvil, llamó a su número fijo.

No obtuvo respuesta.

VI

La brisa que se levantó a última hora de la tarde hizo que las ramas de los árboles se balancearan, y Jasper las observó a través de sus ojos desenfocados. El frío había impedido que se le secara la ropa, pero gracias al calor de su propio cuerpo las prendas se habían ido calentando un poco y por fin había dejado de tiritar, lo cual le había permitido echar alguna cabezada durante el día. En los momentos en que estaba despierto intentó hacer balance de cómo estaba llevando su cuerpo aquella situación y llegó a la conclusión de que nada bien. Su estómago vacío había empezado a rugir y, a pesar de la tormenta de la noche anterior, irónicamente tenía tanta sed que sentía como si tuviera gravilla en la garganta. El tobillo se le había hinchado hasta tal punto que recordaba un globo lleno de agua, y el más leve movimiento de su pierna era una tortura. Y para colmo, la ropa húmeda había irritado la psoriasis en la espalda, el pecho, los brazos y las piernas, haciendo que le picara la piel como si estuviera sobre un nido de hormigas rojas.

De algún modo había conseguido sobrevivir aquel día. Pero ¿dónde estaba Arlo?

El perro no había regresado. Debía de tener hambre, dedujo Jasper, y se consoló a sí mismo con la idea de que su amigo se había ido en busca de algo que comer. No quería pensar que Arlo le había abandonado, y esperaba que volviera pronto, aunque solo fuera para compartir su calor. Pronto se haría de noche y el descenso de las temperaturas se haría patente. Jasper rezó porque no hubiera otra tormenta. Por otra parte, tampoco sería algo tan insólito. Después de todo, caviló, los elementos habían definido casi todo en su vida. Estaba la historia de su abuelo y la lluvia de peces, que tendría como consecuencia la fundación de la iglesia en Asheboro donde Jasper había nacido y se había criado. Pensó en el aguacero que había inundado las carreteras de acceso al terreno donde se erigía su cabaña, que había permitido a su padre comprarlo. Recordó el huracán y el río desbordado que destruyó su casa, y el tornado que fue la ruina de su negocio. Pudo visualizar las repentinas ráfagas de viento que llevaron las ascuas encendidas hasta el tejado de su casa aquella noche aciaga, durante la cual perdió a sus seres queridos.

Ahora, sin embargo, en su estado cada vez más debilitado, se sorprendió recordando en su mente la tormenta que vivió de niño, y lo que su padre le dijo una vez hubo pasado.

Debía de tener ocho o nueve años, y su padre le había llevado a pescar a un lago en las proximidades de Wake Forest. Al empujar la canoa desde la orilla, en el cielo azul no había ni una nube, y el aire estaba tan inmóvil que parecía que la tierra hubiera dejado de rotar. Había enjambres de moscas y mosquitos, por lo que tanto él como su padre llevaban manga larga, pero una vez en el agua, el aire se despejó para ofrecerles un día de verano perfecto. Durante las siguientes horas intentaron pescar percas con pececillos como cebo en un aparejo con pequeños flotadores que nadaban en la superficie. Ninguno de los dos sentía la necesidad de hablar y, aunque era un hermoso día, Jasper no vislumbró ningún otro bote en el agua. Recordaba haber pensado que casi parecía como si estuvieran los dos solos en el mundo.

Tuvieron suerte. Jasper pescó dos peces grandes y su padre tres, lo cual garantizaba que comerían bien esa semana. Mientras guardaban los aparejos, de la nada llegó súbitamente una ráfaga de viento, lo bastante fuerte como para que Jasper estuviera a punto de perder el equilibrio. En el horizonte pudo ver un enorme banco de airadas nubes grises acercándose.

El viento empezó a arreciar, la temperatura cayó en picado y, en cuestión de minutos, las olas del lago empezaron a parecerse a las de la playa en la costa. El padre de Jasper agarró los remos con el ceño fruncido por la preocupación y entonces empezó a llover. Jasper intentó remar al ritmo de su padre pero no tenía la misma fuerza que él. Podía ver la tensión y el esfuerzo en los hombros y los brazos de su progenitor a través de la tela de su camiseta mientras el oleaje empezaba a romper por encima de los costados de la canoa. Su padre remaba como una máquina, aparentemente infatigable, incluso mientras el agua seguía inundando la barca, llegando hasta la mitad de las espinillas de Jasper. De algún modo consiguieron llegar a la orilla.

Tras sacar el bote en medio del violento chaparrón, su padre se quedó de pie, encorvado, tomando bocanadas de aire, hasta que por fin recuperó el aliento. Los dos juntos arrastraron la canoa hasta la camioneta y la amarraron. Ya en la seguridad de la cabina del vehículo, su padre sopló en sus manos para calentarlas y finalmente habló.

«Salmos 148:8», musitó.

De regreso a casa, Jasper abrió su Biblia y leyó: «¡El rayo y el granizo, la nieve y la neblina! ¡El viento tempestuoso que cumple sus mandatos!».

No decía nada de la lluvia, pero Jasper creyó entender lo que su padre había intentado decirle. Todo lo que sucede en el mundo, lo bueno y lo malo, ofrece la oportunidad a los creyentes de alabar a Dios.

Pero ahora, fracturado y desamparado en el bosque Uwharrie, Jasper supo que había dejado de creer en esas cosas hacía mucho tiempo.

VII

En cuanto Kaitlyn aparcó en la entrada de su casa vio a Arlo tumbado de costado sobre la hierba. Bajó de un salto del Suburban y se acercó a él justo cuando Mitch salía corriendo por la puerta.

—¡Lo ves! ¡Te dije que era Arlo!

—Tienes razón —confirmó Kaitlyn. Se agachó para acariciar la cabeza del perro, y se dio cuenta de que parecía que había estado revolcándose en el barro—. ¿Qué estás haciendo aquí, viejo amigo? He llamado a Jasper hace un rato, pero no contesta. ¿Te escapaste cuando ibais de paseo?

Al oír su voz, Arlo empezó a menear con fuerza el rabo y se esforzó por ponerse en pie, con las patas traseras temblorosas por el esfuerzo.

—¿Puedo darle un poco de agua antes de que le llevemos a su casa? —preguntó Mitch—. Creo que tiene sed. Hace un rato estaba husmeando cerca de la manguera del porche.

—Claro —dijo Kaitlyn—. Coge un táper de...

—¡Sé dónde están! —gritó Mitch por encima del hombro mientras se precipitaba hacia el interior de la casa; un minuto después regresaba a su lado con el bol que solían usar para poner las palomitas. «Algún día —pensó—, espero que mis hijos me escuchen de verdad».

Mitch dejó en el suelo el bol con agua y Arlo inmediatamente empezó a beber a lengüetazos.

—¿Puedo darle también una salchicha? —suplicó Mitch—. ¿Por si tiene hambre?

—No estoy segura de que sea bueno para él.

—¿Por qué no? Yo como perritos calientes.

«Tampoco son buenos para ti», pensó para sí Kaitlyn.

—Vale, está bien.

Nuevamente Mitch dio media vuelta y se abalanzó hacia la casa, para volver raudo no con una, sino con dos salchichas. Partió una por la mitad y se la ofreció a Arlo, que la engulló al instante. Mientras Mitch le daba la otra mitad, Kaitlyn vio a Camille estacionando en la entrada, detrás del Suburban. Casey salió del coche mientras Mitch ya le estaba dando al perro la segunda salchicha; enseguida, Camille retrocedió y siguió su camino.

—¡Hola, mamá!, ¡Hola, Mitch! —les saludó Casey mientras avanzaba por el césped—. ¿Qué pasa?

—Ha venido Arlo —dijo Mitch. El animal se había acercado a él para olisquear sus bolsillos como si estuviera buscando más comida—. Estaba aquí cuando volví del colegio.

—¿Por qué? —Casey parecía desconcertada.

—No lo sé —contestó su madre mientras se encogía de hombros y volvía a pensar que era muy raro.

Kaitlyn en un principio había planeado llevar a Arlo a su casa paseando, pero al ver que le temblaban las piernas al tratar de levantarse, lo pensó mejor. Todavía parecía que el perro estuviera a punto de desplomarse.

—Creo que deberíamos subirlo a la parte de atrás del Suburban y llevarlo en coche a casa, pero no creo que pueda saltar tanto.

—Podemos subirlo —sugirió Mitch.

Lo cual significaba, por supuesto, que sería Kaitlyn quien tendría que hacerlo. Teniendo en cuenta su envergadura, calculó que debía de pesar entre treinta y cinco y cuarenta kilos.

—Primero vamos a necesitar una toalla —comentó Casey—. Está asqueroso.

—¡Vale! —Mitch hizo un esprint hasta la casa por tercera vez.

—¡No cojas una de las buenas! ¡Coge una de las viejas del armario! —Kaitlyn apenas tuvo tiempo de gritarle la instrucción antes de que Mitch se esfumara.

—Sigo sin comprender por qué está aquí —dijo Casey, mientras acariciaba la cabeza de Arlo, que tenía los ojos casi cerrados de placer.

Después el perro volvió a acercarse al bol de agua. Bebió largo rato, aparentemente igual de sediento que cuando Mitch lo dispuso ante él por primera vez. Mientras tanto, este salió corriendo de la casa con las toallas blancas limpias del baño. Unos segundos después ya estaba secando a Arlo con una de ellas, que de inmediato quedó manchada de tierra y barro.

«Estupendo», pensó Kaitlyn.

—Ya está, mamá —anunció Mitch—. Creo que ya está lo suficientemente limpio como para ponerlo en la parte de atrás.

Ni por asomo, en opinión de Kaitlyn, pero a pesar de todo avanzó hacia la parte posterior del Suburban y abrió la puerta. Llamó a Arlo, que con paso lento deambuló hacia ella. Se movía como si le doliera algo, pensó Kaitlyn para sus adentros.

Una vez al lado del maletero del Suburban, Kaitlyn estaba cavilando sobre la mejor manera de subir al perro cuando Casey dio un paso adelante, lo abrazó por las patas y lo levantó con cuidado. La expresión de Arlo por un momento fue de perplejidad, antes de menear el rabo. Kaitlyn se quedó mirando fijamente a Casey.

—Soy animadora, mamá —explicó Casey encogiéndose de hombros—. En cada sesión de entrenamiento tengo que levantar del suelo a otras personas, ¿recuerdas? No se trata solo de estar mona con el uniforme.

—Claro —dijo Kaitlyn.

Mitch subió al asiento trasero y Casey se puso tras el volante.

—Puedo conducir —afirmó—, y ayudar a bajar a Arlo.

Salvaron el corto trayecto hasta la cabaña de Jasper y a Kaitlyn le bastó un solo vistazo para saber que su vecino no estaba en casa, lo cual explicaba por qué no había cogido el teléfono. No veía la camioneta aparcada y la casa estaba a oscuras, pero Casey ya había bajado del coche para abrir la puerta del maletero y bajar a Arlo al suelo. En lugar de dirigirse al porche, el perro se quedó en el sitio, moviendo la cola.

—No parece que esté aquí —dijo Mitch, entornando los ojos detrás de los cristales de sus gafas.

—Voy a acercarme para estar segura —dijo Kaitlyn.

Subió los escalones que conducían hasta la puerta principal y dio unos golpecitos con los nudillos, aunque sin esperar respuesta, y se preguntó dónde podría haber ido Jasper. Por lo que sabía, siempre llevaba a Arlo consigo. Se debatió entre comprobar si la puerta estaba cerrada con llave o no, pero al final decidió que sería demasiado atrevimiento por su parte, y después caminó de regreso al Suburban.

—¿No está en casa? —preguntó Casey.

—Supongo que no —respondió Kaitlyn—. Pero estoy segura de que volverá pronto.

—¿Y qué pasa con Arlo? —intervino Mitch—. ¿Vamos a dejarlo solo?

—No podemos tenerlo en casa, cariño. Es el perro del señor Jasper.

—¿Y si vuelve a tener sed?

—Estará bien —lo tranquilizo Kaitlyn—. Venga. Vámonos a casa.

Arlo los siguió con la mirada desde el jardín, sin moverse, mientras se alejaban.

En el corto trayecto de regreso ninguno de ellos dijo nada. Desconcertada, Kaitlyn decidió que volvería a primera hora de la mañana para comprobar si Jasper ya estaba en casa.

Por si acaso.

VIII

Tanner estaba sentado a la barra con una espumosa cerveza ante él. Era viernes por la noche y una considerable multitud de personas ya estaban celebrando el inicio del fin de semana. A pesar del ruido pudo oír retazos de algunas conversaciones a su alrededor, aunque ninguna de ellas parecía demasiado interesante. Sentadas en unos taburetes cerca de él había tres mujeres que debían de tener algo menos de cuarenta años, vestidas para pasar una noche en la ciudad. De vez en cuando sorprendía a alguna mirando hacia él, a veces ofreciéndole una sonrisa antes de apartar la vista, o incluso intentando sostenerle la mirada. Aunque era imposible saberlo parecían mujeres solteras que habían salido para pasar un buen rato, relajadas y abiertas a un acercamiento trivial. En su vida anterior a ese momento, seguramente se habría acercado para entablar conversación y acto seguido centraría su atención en su favorita. Charlarían y coquetearían, y poco después él propondría ir a un lugar más tranquilo para poder conocerse mejor. ¿Y luego? El resto de la noche seguiría su curso natural.

Pero no estaba de humor. Había sido un error ir allí, pensó. El recuerdo de la noche que estuvo en ese local con Kaitlyn estaba en todas partes. Parecía inconcebible que solo hubieran pasado seis días desde que se conocieron; tenía la sensación de que hacía mucho más tiempo. Todavía podía ver el brillo de sus ojos cuando hablaba de Casey y Mitch, e incluso en aquella primera ocasión había percibido una amabilidad y resiliencia en ella que le atraían de un modo que rara vez había experimentado antes.

Aquella sensación no había hecho más que intensificarse cuanto mejor se conocían, y Tanner no pudo evitar pensar que su existencia nómada, habitada por los fantasmas de tantos amigos y relaciones perdidas, se le antojaba ahora insustancial en comparación con la vida de ella. Se quedó mirando fijamente el fondo del vaso y se preguntó si tal vez se habría sentido atraído hacia Kaitlyn en parte porque eso le presentaba la oportunidad de evolucionar, aunque fuera de forma subconsciente. Pero de ser así, eso también significaba que una parte de él estaba continuamente tratando de sabotearse a sí mismo.

Tomó otro trago y por el rabillo del ojo vio que una de las tres mujeres volvía a mirarlo. Apartó la mirada y trató de evocar imágenes de su última estancia en Camerún, intentando recordarse a sí mismo las razones que le habían impulsado a querer regresar allí. Aunque hasta entonces le había bastado con pensar «Me gustó la última vez», sospechaba que tanto Kaitlyn como Glen no se equivocaban al calificarlo como otro paso en su eterna deriva, y no como algo que había perseguido por un motivo o con un propósito concreto.

Pero si no se marchaba, ¿entonces qué?

No lo sabía. A pesar de su deseo de vivir una vida con propósito, sus decisiones siempre parecían reflejar la convicción de que tenía que encontrar su verdadera vida en otro sitio, más allá del siguiente horizonte.

Él sabía que Kaitlyn había adoptado una filosofía distinta. Seguía el precepto, de obra y de palabra, de que en la vida se trata menos de «qué» y «dónde» y más de «quién». Argüiría que el propósito podía encontrarse en el cuidado devocional de aquellos a quienes se ama y a personas necesitadas, en un lugar que se sintiera como un hogar. Había dado un sentido a su vida de una forma que Tanner no conocía, y tenía la sensación de que había algo que todavía podía aprender de ella.

Pero eso ya no sucedería. Como si fuera arena deslizándose entre sus dedos, Kaitlyn le había expulsado de su vida, y en lo más profundo de su ser, Tanner sabía que su reacción sería instintiva: se iría de Asheboro y seguiría cambiando de lugar una y otra vez.

IX

Cuando cayó la noche Jasper estaba casi agonizando. No podía parar de tiritar y cada espasmo le provocaba un insoportable dolor por todo el cuerpo. Sentía punzadas y latidos en la piel, el tobillo, la rodilla, la espalda y la cabeza cada vez que se estremecía de frío. Lloraba sin lágrimas, ya que su cuerpo estaba tan seco como el de una momia.

Intentó que el dolor desapareciera mirando fijamente al cielo, que irradiaba un resplandor etéreo al atravesar las nubes la luz de la luna. En una ocasión, hacía mucho tiempo, él y su padre habían estado contemplando un cielo similar, y Jasper se imaginó que así debía de ser el cielo divino. La luz de Dios, así es como su padre la habría llamado, y Jasper recordó que en aquel momento pensó que esa era la prueba de que Dios siempre estaría con él.

Pero Dios le había dado la espalda, y cuando Jasper volvió a tiritar, su capacidad de visión de pronto empezó a quedar reducida. El dolor refulgía rojo, ardiente, como la punta de un atizador de chimenea. Intentó recordar que ya había experimentado un dolor similar antes, como consecuencia de las quemaduras, pero era más joven y fuerte en aquel entonces. Ya no era el hombre que había sido. Al llegar el siguiente estremecimiento de frío, puso los ojos en blanco y se desmayó, y su mente se oscureció igual que la noche.

X

En medio de un sueño Kaitlyn se despertó con la sensación de que la estaban sacudiendo. Al abrir los ojos, las últimas imágenes del sueño se esfumaron al ver a su hijo. Las primeras luces de la mañana se filtraban por las ventanas.

—Mamá —oyó que le decía—. ¿Estás despierta?

—Ahora sí —murmuró—. ¿Qué hora es?

—No lo sé —respondió Mitch—. Pero tienes que levantarte.

Kaitlyn se frotó la cara antes de mirar el reloj. Eran las seis y media y tuvo que hacer un esfuerzo para incorporarse.

—¿Qué pasa? ¿Por qué estás despierto tan pronto un sábado?

—Estaba preocupado por Arlo, he salido afuera y lo he visto en nuestro porche.

—¿Está aquí otra vez?

Mitch asintió.

—¿Puedo ponerle agua?

Kaitlyn pasó las piernas por encima del borde de la cama y se puso las zapatillas.

—Vamos a verlo. Y sí, claro, puedes llevarle agua, pero tienes que calzarte y ponerte una chaqueta.

Mitch fue a su cuarto mientras Kaitlyn se ponía un albornoz y bajaba tambaleante las escaleras hasta la puerta. El cielo apenas empezaba a clarear, por lo que encendió la luz del porche antes de abrir la puerta. En efecto, Arlo estaba allí, hecho un ovillo. Al verla, trató de ponerse en pie. Al acariciarle la cabeza comprobó que estaba frío, como si hubiera estado fuera durante horas.

«¿O tal vez toda la noche?».

Para entonces, Mitch había salido de la casa con el bol de agua. Mientras Mitch lo dejaba en el suelo, Kaitlyn sintió una honda preocupación en el estómago. Ambos observaron a Arlo mientras empezaba a beber.

—Ve a buscar unas cuantas salchichas.

—¿Dos?

—Coge cuatro.

Mitch regresó con las salchichas, las partió por la mitad y Arlo de nuevo las engulló. Mitch alzó la vista hacia su madre.

—¿Por qué ha vuelto, mamá?

—No lo sé.

—¿Estará bien el señor Jasper?

Nuevamente notó un nudo en la boca de su estómago.

—Estoy segura de que está bien, cariño.

—¿Podemos ir a comprobarlo? —Mitch la miró angustiado, con aquellos enormes ojos que ocupaban gran parte de su carita.

—Lo haremos enseguida. Todavía es muy temprano.

—¿Qué hacemos con Arlo?

—¿Puedes coger las mantas viejas que están en el fondo del armario? Le haremos una camita en el porche.

—Vale —respondió, apresurándose por volver a la casa. Al regresar con las mantas, Kaitlyn preparó una cama para Arlo, el cual se hizo un ovillo en ella, aparentemente satisfecho.

—Voy a ducharme —informó a Mitch—. Si quieres, puedes quedarte con él.

—Vale.

De vuelta a su dormitorio, Kaitlyn se dio cuenta de que la puerta del cuarto de Casey estaba cerrada. La abrió para asomarse y le sorprendió ver la silueta dormida de su hija bajo la colcha arrugada. ¿No le había dicho que se quedaría a dormir en casa de Camille?

Ya brillaba el sol en el cielo cuando acabó de vestirse, y tras coger las llaves y el bolso fue hacia el porche, donde se encontraba Mitch.

—Quédate aquí con Arlo —dijo—. Voy a casa del señor Jasper.

Mitch asintió y Kaitlyn volvió a recorrer el trayecto de la noche anterior. Nuevamente pudo comprobar que no estaba la camioneta y que la casa se encontraba a oscuras; en esta ocasión tuvo la sensación de que parecía extrañamente abandonada.

Bajó del coche y avanzó por la entrada de tierra hasta el porche. Llamó a la puerta, esperó y volvió a llamar. No obtuvo respuesta, y tampoco oyó ningún ruido en la casa. Esta vez alargó la mano hacia el pomo de la puerta, dando por sentado que estaría cerrada, pero por el contrario, pudo girarlo con facilidad. Abrió la puerta y asomó la cabeza.

—¿Jasper? —llamó—. ¿Hola? ¿Estás ahí? Soy yo, la doctora Cooper.

Nadie respondió, y al acceder al interior de la cabaña echó un vistazo a su alrededor, contemplando las paredes de tablones de madera y el mobiliario desgastado pero acogedor en la pequeña sala de estar. Notó el aire levemente enrarecido, pero no percibió ningún olor de descomposición. Eso es lo que más le había preocupado, constató de repente: que Jasper hubiera fallecido. Pero su alivio no duró mucho. Nada parecía encajar. Dedicó unos cuantos minutos a inspeccionar la cabaña; echó una ojeada a ambos dormitorios y el baño, antes de dirigirse a la cocina. En el fregadero vio unos cuantos platos sucios; parecía como si los hubiera dejado allí con la intención de lavarlos cuando regresara.

Qué extraño.

Al salir de la cabaña el estallido de un disparo a lo lejos la sobresaltó. Recordó que uno de sus pacientes le había mencionado que iba a cazar pavos ese fin de semana con sus hijos. Poco después oyó otro disparo, que parecía provenir de más cerca. Se precipitó hacia el coche. Con los años había atendido a unas cuantas personas heridas en accidentes de caza, y nunca le habían gustado las armas; le daban miedo. Cuando llegó al vehículo dejó escapar un suspiro que no sabía que había estado reteniendo.

Miró por encima del hombro hacia la puerta por última vez. Una cosa era que Jasper no estuviera en la cabaña aquella mañana (tal vez estaría desayunando en una cafetería o haciendo cualquier otra cosa), pero el hecho de que Arlo hubiera vuelto a presentarse en su casa le hacía plantearse cuánto tiempo exactamente llevaba ausente.

Además de empezar a preguntarse qué debería hacer, si es que debía hacer algo.

Jasper oyó un disparo en la distancia, pero en su delirio, hasta que no oyó el siguiente no fue capaz de poner orden en sus pensamientos. Notaba su cerebro lento y abotargado, y al abrir los ojos vio el mundo a su alrededor desenfocado.

«Disparos», pensó.

Se preguntó a qué distancia debían de estar los cazadores; y si alguien veía la camioneta. También si se darían una vuelta por la zona para investigar y tal vez incluso encontrarían su cuerpo. La muerte venía a su encuentro, lo sabía, porque a pesar de que veía borroso, pudo distinguir una silueta oscura en el límite de su campo de visión.

Había visto aquella figura en otra ocasión, hacía mucho tiempo. Mary tenía cinco años cuando un día se levantó con fiebre, dolor de cabeza y de garganta. Había una epidemia de gripe, y Audrey se quedó con ella todo el día. Le secaba la frente con un paño frío y le suministró paracetamol cada pocas horas, pero la fiebre seguía subiendo y tenía las sábanas empapadas en sudor. A la mañana siguiente empezó a respirar con un silbido, y Jasper comenzó a tener miedo, la cogió en brazos y la llevó a su camioneta mientras Audrey corría a casa de los vecinos, para pedirles que vigilaran a los niños mientras llevaban a Mary a urgencias al hospital de Greensboro.

Como le costaba respirar, la ingresaron de inmediato. El médico no tardó en diagnosticarle un caso grave de epiglotitis. Su expresión era sombría cuando les dijo que Mary iba a ser trasladada a la unidad de cuidados intensivos y que no podía prometer nada.

Jasper sostuvo a Audrey mientras sollozaba antes de regresar a casa a ocuparse de sus otros hijos. Él se quedó en el hospital el resto del día y la noche, en la UCI o en la sala de espera dos plantas por debajo de donde se encontraba su hija. En algún momento después de la medianoche, y abrumado por la sensación de impotencia, Jasper se arrodilló con las manos unidas para rezar.

Llevaba rezando más de una hora cuando sintió como si su espíritu de repente saliera de su cuerpo. De pronto vio que ya no estaba separado de su hija, sino que estaba de pie a su lado en la UCI, escuchando los fatigosos resuellos sibilantes de Mary al esforzarse en respirar. Observó el tono gris y fantasmagórico de su piel, y oyó los constantes pitidos de las máquinas. Pudo ver una enfermera rubia con una horquilla roja en el pelo atendiendo a un anciano en una cama próxima, y fue entonces cuando advirtió otra presencia en la habitación.

En una esquina sumida en la oscuridad distinguió, como a través de un cristal sucio, el débil contorno visible de una figura. Jasper entornó los ojos, percibiendo el oscuro vacío dentro de aquella forma, y cuando esta empezó a moverse lentamente en dirección a su hija, Jasper de pronto abrió los ojos en la sala de espera y se puso en pie como pudo. Atravesó unas cuantas puertas de doble hoja y empezó a precipitarse por los pasillos del hospital, pasando como una exhalación al lado de las enfermeras, a las que sobresaltó. Oyó que le gritaban que se detuviera, pero las ignoró. Supo en el fondo de su alma que su hija estaba en peligro.

De algún modo, como si Dios le estuviera guiando, encontró las escaleras y las subió dando grandes zancadas, usando la barandilla para impulsarse hacia arriba aún más rápido. Llegó a la planta de pediatría y corrió por el pasillo hasta que irrumpió en la UCI. La enfermera rubia con la horquilla roja en el pelo, que seguía al lado de la cama del anciano, se giró y gritó sobresaltada.

Jasper se quedó mirando fijamente hacia la sombra negra que estaba envolviendo a su hija y se dio cuenta de que Mary había dejado de respirar. Estaba arqueando el cuerpo, y poco después, una de las máquinas empezó a emitir una estridente alarma.

Para entonces un médico ya había llegado a la habitación siguiendo la estela de Jasper y de inmediato se abalanzó sobre Mary. Lo seguían más enfermeras, y cuando Jasper retrocedía para dejarles paso, oyó una algarabía de gritos que eran órdenes. Observó mientras una de las enfermeras iniciaba la reanimación cardiopulmonar y otra colocaba un equipo de respiración sobre la cara de Mary y empezaba a bombear aire. Una tercera sujetaba a su hija a la vez que el médico preparaba un tubo, y un segundo después Jasper vio cómo lo introducían en su garganta.

Debido a la hinchazón en la zona de la garganta tardaron un intervalo de tiempo angustiosamente largo en colocarlo en la posición deseada. Pero cuando el médico por fin se enderezó y profirió un largo suspiro de alivio, Jasper se dio cuenta de que la sombra que había acechado a su hija estaba esfumándose. La negrura se disolvió con rapidez en un tono gris antes de desvanecerse por completo. Cuando el médico se giró para mirarlo, con expresión severa, Jasper inclinó la cabeza, evitando encontrarse con su mirada. Abandonó la habitación sin decir palabra y finalmente volvió a desplomarse en una silla de la sala de espera.

Entonces todavía no sabía que Mary ya no tendría fiebre por la mañana. Ni que retirarían el tubo de respiración poco después, ni que en solo cuatro días Mary ya habría vuelto al colegio. Solo sabía que su hija había estado en peligro de muerte, y que si el doctor y las demás enfermeras no hubieran llegado a la UCI en ese preciso momento, su hija no habría sobrevivido. La muerte, en forma de una sombría silueta, había ido a llevársela.

Y ahora, mientras yacía en el suelo, en el bosque Uwharrie, Jasper miraba fijamente aquella sombra ya familiar en la distancia. Pero esta vez sabía que cuando empezara a avanzar hacia él, no podría hacer nada para detenerla.

XII

De regreso a su casa desde la cabaña de Jasper, todavía inquieta y preocupada, Kaitlyn pasó por la tienda de comestibles y compró los ingredientes para hacer lasaña, además de unos cuantos bollitos de canela y un par de latas de comida para perro.

Ya en casa, desayunó junto a Mitch los bollitos. Luego hicieron entrar a Arlo, le dieron un baño y secaron su pelaje. Kaitlyn puso la comida de perro en un bol y se quedó mirando cómo Arlo la devoraba. Ya parecía moverse mejor, y cuando se acabó la comida, Mitch le preguntó a su madre si podía salir a jugar fuera con el perro. Kaitlyn asintió no sin antes recordarle que se pusiera una chaqueta.

De nuevo se preguntó a sí misma qué debería hacer, y finalmente fue a por su móvil. Como no se trataba de una emergencia llamó a la comisaría de policía y describió brevemente el problema para que le pasaran con un agente, al que le explicó todo lo que sabía. Aunque el agente al otro extremo de la línea se mostró comprensivo, afirmó que, aparte de pasarse por la cabaña de Jasper, no podía hacer mucho más.

Kaitlyn profirió un suspiro, sabedora de que eso no era suficiente.

—¿Les han informado de algún accidente?

Oyó al hombre revolviendo papeles sobre el escritorio.

—Necesitaré algo de tiempo para comprobarlo. Tengo que contactar con la patrulla de carretera y…

—¿Podría hacerlo por favor? Soy su médica y está en tratamiento por algunos problemas de salud. Podría estar en peligro.

A esas alturas Kaitlyn pudo darse cuenta de que el detective estaba ansioso por colgar.

—Me pondré en contacto con usted. ¿Dónde puedo localizarla?

Kaitlyn le facilitó su número. Cuarenta minutos después el agente le devolvió la llamada.

—Nada —anunció—. No hay ningún accidente en el que haya estado implicada su camioneta.

Kaitlyn se frotó la frente.

—Bueno… ¿No hay una alerta para personas mayores desaparecidas? —preguntó, haciendo referencia a un sistema similar al de las alertas que se activaban en casos de niños secuestrados, que difundía la información pertinente en los carteles electrónicos de las autopistas y enviaba mensajes a los móviles.

—A menos que sepamos con seguridad que ha desaparecido o que es víctima de un acto delictivo —explicó el agente—, no reúne los criterios. Usted misma dijo que su camioneta no está y que las luces de su casa estaban apagadas. Seguramente ha ido a visitar a alguien.

—Jasper jamás dejaría a su perro —insistió Kaitlyn—. Se lo lleva a todas partes.

—Tal vez dejó con un vecino al perro y este decidió escaparse. Sé que no es lo que quiere oír, pero desde un punto de vista objetivo, ni siquiera es seguro que se encuentre desaparecido. Y hasta que no hayan transcurrido cuarenta y ocho horas, no podemos hacer gran cosa.

Kaitlyn profirió un resoplido de frustración.

—Si no pueden hacer nada, ¿qué podría hacer yo?

—Si yo fuera usted, empezaría por intentar contactar con sus vecinos, amigos y familiares. Tal vez alguien sepa dónde ha ido. Y me desagrada tener que sugerir que puede que le haya pasado algo, pero tal vez debería considerar la posibilidad de llamar a los hospitales, también.

—¿Y si llamo a la oficina del sheriff?

—Seguramente le dirán lo mismo que yo. Cuarenta y ocho horas. Pero si sigue sin aparecer mañana, acérquese y haré un informe —prometió—. Como mínimo podré emitir una orden de búsqueda de su camioneta.

A Kaitlyn seguía pareciéndole insuficiente y tras colgar intentó aplacar su indignación. Por otra parte, se había quedado atónita al comprobar lo poco que sabía realmente de Jasper. Aunque podía recitar su historial médico de memoria y sabía que había perdido a su mujer y sus hijos hacía años, se le ocurrió que no tenía la menor idea de cómo pasaba sus días normalmente. Y que tampoco, por lo que ella podía recordar, Jasper le había mencionado nunca a sus vecinos, amigos u otros familiares.

Al final siguió el consejo del agente y llamó a todos los hospitales de la región, incluyendo Winston-Salem y Durham, sin obtener ninguna información. Luego, haciendo un esfuerzo por distraerse, se pasó las siguientes horas recogiendo la casa y poniendo lavadoras, antes de dirigirse a la cocina. Casey por fin bajó las escaleras lentamente, despeinada y con los ojos hinchados, y metió con un gesto rápido uno de los bollitos de canela en el microondas.

—Creía que ibas a pasar la noche en casa de Camille.

Casey se apoyó en la encimera.

—No se encontraba bien, así que después de la fiesta le pedí que me trajera a casa.

—¿Qué le pasa?

—Está bien. Me dijo que tenía migraña, pero creo que simplemente quería dar por acabada la noche. Steven se estaba comportando como un cretino.

No era de extrañar, pensó Kaitlyn.

—¿Qué tal la fiesta?

—Lo normal —dijo Casey encogiéndose de hombros—. Drogas, sexo promiscuo, priva, estriptis, apuestas de juego...

—Casey...

—Hacía mucho frío —explicó—. Ya te dije que sus padres estaban en casa, o sea que básicamente estuvimos en el jardín dando saltitos con los pies y preguntándonos si se nos formarían carámbanos en la punta de la nariz, aunque todos fingíamos estar pasándolo en grande. —Sacó el bollo del microondas y echó un vistazo por la ventana—. Oye, ¿está aquí Arlo otra vez?

—Ya estaba aquí cuando nos despertamos.

—Es muy extraño —comentó Casey—. ¿Crees que le ha pasado algo al señor Jasper?

—No lo sé, cariño. —Kaitlyn le contó la conversación que había mantenido con el agente de policía.

—¿Qué piensas hacer?

—En teoría Mitch iba hoy a su casa a hacer tallas de madera; si para entonces todavía no ha vuelto, supongo que insistiré de nuevo en la comisaría para que hagan algo, aunque no hayan pasado cuarenta y ocho horas.

—¿Algo como qué?

Kaitlyn no respondió, aunque solo fuera porque no tenía claro qué podía hacer la policía aparte de emitir la orden de búsqueda de la camioneta. Incluso aunque consiguiera convencerlos de organizar una brigada de voluntarios para buscar a Jasper, dudaba que la policía supiera por dónde empezar.

XIII

Tanner todavía tenía agujetas del día anterior, así que trotó lentamente hasta el parque y luego hizo estiramientos, además de flexiones, dominadas y abdominales hasta que sus músculos ya no aguantaron más. Más tarde almorzó en la cafetería huevos y tortitas mientras leía detenidamente las noticias en su iPad. Se tomó su tiempo para acabarse el café, pero aun así salió de la cafetería antes de las once sin la menor idea de qué hacer con el resto del día.

Decidió dar un paseo por las calles del centro. Al ver un banco se detuvo y sacó el móvil para volver a llamar a Glen. Su amigo cogió la llamada.

—He estado pensando mucho en nuestra conversación. Quería preguntarte algo.

—Adelante.

—¿Cómo supiste que Molly era la mujer de tu vida? Me refiero a que no la conocías desde hacía tanto tiempo antes de que intimarais, ¿no?

—Siete semanas —confirmó Glen—. Pero creo que en nuestra segunda cita ya supe que me casaría con ella.

—¿Qué fue lo que viste en ella que te hizo estar tan seguro?

—Ya la conoces. Es lista y me hacía reír, y me parecía muy guapa, aunque ya había conocido mujeres así antes. Pero en el caso de Molly había algo distinto en la forma como yo me sentía cuando estaba con ella, y simplemente lo supe. Sé que me pides una explicación racional, pero no siempre la hay. A veces es solo instinto. Pero para ser sincero conmigo mismo, creo que también tuve suerte.

—¿Por qué dices eso?

—Porque el amor es algo más que una emoción. Consiste en compartir la vida, y hasta que no nos casamos no me di cuenta realmente de cuántas cosas teníamos en común: los mismos valores, principios morales, y ambos somos católicos. Tenemos la misma visión sobre la crianza, dedicar los recursos al presente en lugar de pensar tanto en ahorrar para el futuro, qué abuelos ir a visitar durante las vacaciones, incluso qué nos gusta hacer el fin de semana. He llegado a pensar que, cuanto más se está de acuerdo en ese tipo de cosas, mayor es la sensación de ser un equipo, de estar los dos implicados. Dicho esto, nunca es fácil, por supuesto. Una relación exige mucho trabajo.

—No creo que sea ese vuestro caso.

—¿Estás de broma? —dijo Glen riendo—. Mantener nuestro matrimonio requiere muchísimo esfuerzo por ambas partes. Discutimos. Nos gritamos. Damos portazos, a veces hemos dejado de dormir juntos. Incluso hemos estado a punto de separarnos.

—¿En serio? —Tanner movió la cabeza de un lado a otro en un gesto de incredulidad.

—Por supuesto. Nunca llegamos al punto de que uno de los dos se fuera de casa, pero eso no quiere decir que no se me pasara por la cabeza. Y sé a ciencia cierta que ella también ha considerado esa posibilidad. Todas las relaciones tienen altibajos, pero en última instancia ambos nos empeñamos en conseguir solucionar las cosas, y así ha sido.

Tanner colgó el teléfono tras unos cuantos minutos, con la mente agitada. Mientras regresaba al hotel se sorprendió a sí mismo pensando sobre aquello en relación con Kaitlyn, por lo menos en lo que sabía de ella, teniendo en cuenta el poco tiempo que hacía que se conocían. Pero sobre todo pensó en cómo se había sentido al estar a su lado. Reflexionó acerca del hecho de que le hacía sentir... bien.

XIV

Cuando llegó la hora de que Mitch se encontrase con Jasper en el cenador, Kaitlyn ya sabía que el anciano no estaría allí. Hacía veinte minutos que iba asomándose a la ventana de vez en cuando con la esperanza de verlo, pero no le sorprendió que no se presentara. Cuando Mitch le pidió que fueran de nuevo a su cabaña, Kaitlyn asintió. Arlo iba un par de pasos tras ellos.

Ya desde lejos era obvio que Jasper todavía no había vuelto. No estaba la camioneta, no se veía ninguna luz y la cabaña seguía pareciendo estar desierta. No obstante, Kaitlyn entró para echar un rápido vistazo y comprobó que nada había cambiado desde su anterior visita.

Desde la perspectiva privilegiada del porche advirtió que Arlo había ido hasta el límite de la propiedad con la mirada puesta en el bosque.

—¿Qué está haciendo Arlo?

—No lo sé —respondió Mitch.

—Ve a buscarlo para poder llevárnoslo de vuelta a casa.

Mientras veía cómo corría Mitch en dirección al perro decidió ir a la comisaría y exigir que se presentara de inmediato una denuncia de persona desaparecida, aunque el agente de turno no estuviera de acuerdo. Pero cuando Mitch se acercó a Arlo, este empezó a trotar hacia el bosque. Al ver que Mitch pretendía seguirle, Kaitlyn se acordó de repente de los disparos que había oído antes y bajó rápidamente los escalones.

—¡Mitch! ¡Para! —gritó, con una leve nota de pánico en su voz.

Mitch se detuvo y la miró.

—¡Pero se escapa!

Kaitlyn se dirigió dando grandes zancadas hacia él.

—No quiero que vayas al bosque. ¡Es peligroso, cariño! Hay cazadores.

—¡¿Y qué pasa con Arlo?! —gritó Mitch.

—Estoy segura de que se adentra en el bosque todo el tiempo —dijo para tranquilizarlo, cuestionándose a sí misma si sería eso cierto—. Estará bien. Y si quiere volver, ya sabe dónde encontrarnos.

Como Mitch no parecía convencido llamaron al perro durante unos minutos, pero Arlo les ignoró. Después caminaron de vuelta a casa y Kaitlyn cogió el bolso y las llaves. Acabó pasando más de una hora en la comisaría de policía, rellenando un informe. Convenció además al agente para que emitiera la orden de búsqueda de la camioneta de inmediato, aunque tuvo que recurrir a sus dotes de persuasión.

De regreso en casa, se puso a preparar la lasaña y Casey apareció en la cocina.

—Huele muy bien aquí —dijo—. ¿Cuándo estará lista la cena?

—No falta mucho. ¿Una hora tal vez? ¿Vas a salir otra vez esta noche?

—Por supuesto —respondió Casey—. Pero no hasta más tarde. No te importa que coja tu coche, ¿no?

—No, para nada. No voy a necesitarlo esta noche.

—¿Cómo ha ido en la comisaría?

Kaitlyn puso al tanto a Casey rápidamente.

—Mitch está muy preocupado por él, mamá. Y por Arlo. Se puso a llorar mientras hablábamos de ello.

—Yo también estoy preocupada —reconoció Kaitlyn.

—Mitch también me dijo que cree que el señor Jasper podría estar perdido en el bosque. Cree que por eso Arlo se adentró en él. Y eso explicaría por qué estaba tan sucio.

Kaitlyn por un momento dejó de añadir capas de queso a la fuente de lasaña.

—¿Por qué iría Jasper al bosque?

—Mitch dijo que iba a buscar setas. También que tal vez estaría intentando encontrar al ciervo blanco.

Kaitlyn recordó que Jasper se lo había mencionado también. Pero…

—¿Y por qué entonces no estaría su camioneta?

—Es posible que condujera con ella hasta el bosque, ¿no? —especuló Casey.

—Tal vez —respondió Kaitlyn.

—¿Lo buscará la policía por allí? ¿O los guardabosques o como quiera que se llamen?

—La policía no va a hacer nada hasta mañana como muy pronto, y en cuanto al bosque Uwharrie, imagino que quienquiera que sea responsable dirá lo mismo. Sobre todo, porque no sabemos con seguridad si está en el bosque.

—Entonces deberíamos ir a buscarlo —dijo Casey con convicción, cruzando los brazos sobre el pecho.

—Es temporada de caza —advirtió Kaitlyn—. No quiero que ni tú ni Mitch entréis en el bosque.

Casey la observó en silencio, con expresión indecisa.

XV

A Jasper le pareció haber notado algo blando y suave haciendo presión sobre su rostro. Entreabrió un ojo y reconoció a su perro.

—Arlo —dijo con voz ronca—. ¿Dónde has estado?

En su mente las palabras habían sonado con claridad, pero sospechó que las había pronunciado como un caos distorsionado antes de volver a desvanecerse inconsciente.

Cuando volvió a despertar, Arlo ya no estaba.

XVI

Tanner fue a cenar a un asador local. A su alrededor, parejas y grupos de amigos, risas y el suave murmullo de conversaciones relajadas. Evocó imágenes de una cena familiar al otro lado de la ciudad a la que había sido invitado.

Le afectaba más de lo que se había imaginado, y se sorprendió a sí mismo recordando cuando de pequeño se levantaba de la cama por la noche para ver cómo bailaban sus abuelos en el salón. Era solo un niño, pero se acordaba de cómo se miraban el uno al otro. Había amor, con toda seguridad, pero también familiaridad, y una inquebrantable confianza que por alguna razón le reconfortaba cuando volvía a la cama.

Kaitlyn no le había mirado la otra noche de la misma forma que sus abuelos se miraban el uno al otro. Aunque se sentía atraída hacia él, no se había entregado por completo, y él lo sabía. Había mostrado cautela desde el momento en que se conocieron, como si supiera de antemano que Tanner le haría daño.

Y, por supuesto, eso era exactamente lo que había hecho, y al darse cuenta de ello se sintió vacío como nunca antes en su vida.

XVII

Kaitlyn estaba lavando los platos de la cena cuando oyó a Mitch gritando algo desde la sala de estar.

—¡Arlo ha vuelto!

—Perdona. —Kaitlyn cerró el grifo—. ¿Qué has dicho?

—Ha dicho que Arlo ha vuelto —repitió Casey, mientras se dirigía a la puerta. En el tiempo desde que acabaron de cenar se había cambiado la ropa, maquillado y peinado, con el resultado de que ahora parecía una joven adulta en lugar de una adolescente. Kaitlyn se secó las manos mientras Casey abría la puerta, con Mitch pisándole los talones.

—¿Podemos dejarle entrar? —rogó Mitch.

—Sí —dijo Kaitlyn—. Le pondré agua y comida.

Arlo siguió a los niños al interior de la casa como si fueran sus amos; entretanto Kaitlyn había abierto una lata de comida de perro y la había puesto en un bol. Arlo debió olerla al instante, porque se dirigió trotando a la cocina a una sorprendente velocidad. Casey había seguido a su madre y la miraba con una expresión que telegrafiaba: «¿Qué vamos a hacer ahora, mamá? Tú y yo sabemos que le pasa algo a Jasper».

Kaitlyn permaneció en silencio, tratando de encontrar una respuesta adecuada.

XVIII

Tanner acababa de pagar la cuenta cuando vibró su móvil. Frunció el ceño mientras leía el mensaje con los ojos entornados, y vaciló antes de contestar. Un momento después llegó un segundo mensaje. Tanner deslizó el móvil en el bolsillo de la chaqueta y se dirigió a su coche de alquiler.

Al girar para entrar en el aparcamiento del hotel, inmediatamente vio el vehículo aparcado cerca de la entrada y la figura que estaba apoyada en él, con los brazos cruzados. Redujo la velocidad y se detuvo en el espacio libre adyacente, antes de bajar del coche, curioso.

—Hey, Casey —saludó cauteloso—. ¿Cómo estás?

—Estoy bien —dijo ella, enderezándose mientras él cerraba la puerta del coche—. Gracias por aceptar verme. Por cierto, mi madre no sabe que estoy aquí, pero creo que tal vez necesitemos tu ayuda.

Tanner frunció el ceño.

—¿Qué pasa?

—Nuestro vecino Jasper ha desaparecido. Es el anciano que enseña a hacer tallas de madera a Mitch. —Casey siguió hablando, explicándole todo. Al acabar, Tanner miró a lo lejos en el aparcamiento, como procesando lo que Casey le había contado. Tras unos instantes, devolvió su atención a la chica, con una mirada inquisidora.

—¿Y me estás pidiendo que vaya a buscarlo al bosque Uwharrie?

—Sí —respondió Casey simplemente—. Como ya te he dicho, mi madre no nos deja ir a nosotros debido a los cazadores.

Tanner recordó una información de sus días en Fort Bragg.

—Estoy casi seguro de que el domingo por la mañana no se permite cazar, o sea que si no me equivoco mañana por la mañana no debería haber peligro.

—Ah —dijo Casey—. No lo sabía. No creo que mi madre lo sepa tampoco. —Consideró esa posibilidad por un momento—. ¿Tú estarías dispuesto a buscarlo de todos modos? Mi madre seguramente no nos dejará ir, y seguro que lo harías mejor que nosotros por tu entrenamiento militar y todo eso.

Tanner reflexionó un momento.

—¿Todavía está Arlo en tu casa? —preguntó.

—Que yo sepa sí. ¿Por qué?

—¿Puedes levantarte pronto mañana? ¿Sobre las seis y media? Así podré recoger a Arlo antes de ir al bosque.

—Sí, estaré despierta a esa hora —contestó Casey, con expresión aliviada—. Y gracias. Sé que eso hará que Mitch se sienta mucho mejor. —Casey titubeó un momento—. Una cosa más: si al final resulta que sí lo localizas, debes saber que el señor Jasper tiene una apariencia un tanto… inusual; asusta, especialmente la primera vez que uno le conoce. Se quemó completamente en un incendio terrible.

Tanner asintió con la cabeza, y Casey rodeó el coche hasta llegar a la puerta del conductor. La abrió y después alzó una ceja mientras lo miraba.

—La verdad es que es una pena.

—¿El qué?

—Que la fastidiaras con mi madre. Estabas empezando a caerme bien.

Boquiabierto, se apartó un poco y observó cómo Casey daba marcha atrás con el coche para después dirigirse a la carretera principal. Cuando desapareció de su vista, volvió despacio al vehículo de alquiler. Para adentrarse en el bosque iba a necesitar unas cuantas cosas, hubiera o no cazadores, y deseó que el centro comercial estuviera todavía abierto.

11

I

Cuando a la mañana siguiente Tanner giró hacia la entrada de la casa de Kaitlyn, pudo ver a Casey de pie en el porche en zapatillas con una gruesa chaqueta de plumas sobre el pijama. Estaba dando saltitos con las manos apretadas bajo las axilas, y Arlo aguardaba pacientemente sentado a su lado. Tanner ya se había puesto un cortavientos fluorescente naranja y una gorra de béisbol del mismo color que había comprado el día anterior en el centro comercial. En el asiento delantero, al lado de una abultada mochila, había un chaleco naranja y una plaquita electrónica. Cogió ambas cosas antes de salir del coche. Apenas había empezado a clarear.

Casey profirió un resoplido.

—Pareces un cono de tráfico.

—Y Arlo irá a conjunto —dijo—. Mejor ser precavido.

Ya en el porche, Tanner se presentó ante Arlo y después deslizó la cinta del chaleco sobre la cabeza del perro para ajustarlo. A continuación sacó la chapita electrónica y la colgó del collar que llevaba el perro.

—¿Qué es eso?

—GPS —respondió Tanner—. Está vinculado a una aplicación en mi móvil.

—Muy inteligente. —Casey se frotó los brazos con la intención de repeler el frío—. ¿Crees que podrás encontrar al señor Jasper si está ahí fuera, en el bosque?

—El territorio que hay que cubrir es enorme —dijo—. Pero espero que Arlo me indique el camino. ¿Qué puedes decirme de su camioneta?

—Es supervieja y está destartalada —dijo—. Creo que es beige o blanca, pero no me acuerdo bien. Creo que solo la he visto una vez. Lo siento.

—No puede haber demasiadas en el bosque que coincidan con esa descripción.

Casey asintió.

—Seguramente necesitarás saber dónde vive para que te hagas una idea de por dónde Mitch vio a Arlo adentrarse en el bosque. No sé cuál es la dirección, pero puedo explicarte cómo encontrar la cabaña. Está cerca.

Mientras Casey le daba las indicaciones, Tanner ató una correa al collar de Arlo para guiarlo hasta el coche, y ella le acompañó. Tanner abrió la puerta trasera y ayudó al animal a subir al asiento de atrás.

—¿Qué le vas a decir a tu madre? —preguntó—. Me refiero a cuando se dé cuenta de que Arlo ya no está.

—La verdad —respondió Casey encogiéndose de hombros. Echó una ojeada al perro y luego volvió a mirar a Tanner—. ¿Cuánto tiempo crees que estarás fuera?

—Supongo que el que haga falta.

Tanner abrió la puerta del conductor y se puso al volante. Se despidió de Casey haciendo un gesto fugaz con la mano, dio marcha atrás para salir y giró en las calles que le había indicado Casey, y pocos minutos después se detuvo frente a una desvencijada cabaña situada al final de una corta pista de gravilla.

Se quedó mirando fijamente el lugar a través del parabrisas, y le asaltó por sorpresa el pensamiento «Ya he estado aquí», pero apartó aquella idea, consciente de que aquello no era relevante en ese momento. Bajó del coche con la mochila y sacó dos tiras de cinta adhesiva fluorescente también de color naranja para pegarla a los costados de los pantalones de chándal, comprobó que el GPS estaba funcionando en su aplicación, y encendió y apagó la linterna para probarla. Luego repasó el contenido de la mochila, en la que había metido un botiquín de primeros auxilios, una cantimplora con agua, gel energético y dos mantas de supervivencia, y después se la echó al hombro. Por último abrió la puerta de atrás, dejó salir a Arlo y desenganchó la correa.

Resultaba obvio que el perro sabía dónde estaba, y sin embargo no se dirigió a la cabaña, sino que empezó a trotar hacia los límites de la propiedad y luego se detuvo para girarse y mirar a Tanner. Poco después Arlo se esfumó en el bosque. Aunque el cielo empezaba ya a clarear, Tanner encendió la linterna y se dispuso a seguir al perro, primero caminando y luego acelerando el paso hasta avanzar a un trote ligero.

II

Jasper, en su delirio, experimentaba el mundo sin pensamientos conscientes, solo sensaciones físicas. Oscuridad. Luz. Agotamiento. Hambre. Sed. Frío. Dolor.

Ya no sabía que se encontraba en el bosque Uwharrie ni lo que había sucedido. Seguía tiritando, y apenas sentía lo que hasta ese momento había sido un sufrimiento agónico. Notó que alguien le cogía la mano, y supo que Audrey por fin iba a buscarlo.

«Audrey», susurró, y durante un fugaz instante Jasper pudo verla en el ojo de su mente. Pero después, con la misma rapidez, su imagen se desvaneció.

Ocupó su lugar la silueta sombría y cambiante de una oscura figura, que cada vez se acercaba más a él.

III

Kaitlyn estaba sentada a la mesa de la cocina tomando su primera taza de café cuando Casey bajó las escaleras y entró sin hacer ruido en la cocina.

—Buenos días —dijo Kaitlyn mirando el reloj—. Te has levantado muy temprano.

—¡Dímelo a mí! —gimió Casey.

—Si estás cansada vuelve a la cama. Hace frío, es un día gris, perfecto para dormir.

—Ya estoy despierta —dijo Casey. Se dejó caer en la silla situada al lado de su madre y le explicó lo que había hecho. Kaitlyn solo pudo reaccionar clavándole la mirada por encima de la taza de café.

—¿Fuiste a ver a Tanner anoche? —preguntó atónita—. ¿Sin consultarme primero?

—Supuse que me dirías que no lo hiciera —respondió Casey encogiéndose de hombros.

—Tienes razón —espetó Kaitlyn mientras notaba que empezaba a irritarse cada vez más.

—Alguien tenía que ir a buscar al señor Jasper, mamá —dijo Casey con seriedad—. Si la policía no lo hace, y tú no nos vas a dejar ir a nosotros, ¿por qué no él?

Eso tal vez era cierto, pero… ¿por qué justo Tanner?

IV

Tanner caminaba y trotaba alternativamente, intentando mantener una distancia constante con el perro. No quería agobiar a Arlo acercándosele demasiado, con la esperanza de que el perro le guiara, pero no estaba convencido de que este supiera adónde iba. El viejo labrador cambiaba de tanto en tanto de dirección, a veces hacia la derecha, otras hacia la izquierda. En dos ocasiones incluso había empezado a volver sobre sus pasos hasta que por fin corregía el rumbo.

A pesar de que empezaba a clarear, la bruma lamía el suelo del bosque y Tanner dio gracias por habérsele ocurrido llevar un chaleco para Arlo. El perro destacaba en medio del paisaje gris como un brillante letrero de neón. Aunque parecían estar solos en el bosque, sus sentidos estaban en estado de alerta máxima, escrutando en todo momento el suelo en busca de pistas. Escudriñaba en todas las direcciones para localizar la vieja camioneta o indicios de que alguien hubiera pasado por esa zona, y se detenía a intervalos regulares para prestar más atención por si oía algo fuera de lo normal.

Era un terreno escarpado, donde se alternaban densas masas forestales y afloramientos rocosos. Un poco más adelante Arlo desapareció de su vista al superar una pequeña loma. Tanner echó un vistazo a la aplicación de su móvil y se ajustó la mochila antes de empezar a correr. Al alcanzar la cresta de la loma vio a Arlo entre los árboles. El perro siguió avanzando al trote y después aminoró la marcha, con la nariz pegada al suelo.

Tanner lo siguió.

V

Bajo la tenue luz del amanecer Jasper pasaba intermitentemente de estar consciente a un estado de inconsciencia, su mente era un carrusel de recuerdos en forma de instantáneas.

Su padre sentado con la Biblia abierta en su regazo.

Audrey extendiendo las sábanas para que se secaran en un tendedero.

Sus hijos sentados alrededor de la mesa para cenar.

Pero la oscura figura proyectaba una sombra sobre todos ellos.

VI

Desde la cocina, Kaitlyn escuchó a su hijo pequeño hablando con su hermana en la sala de estar.

—¿Crees que encontrará al señor Jasper? —le preguntó Mitch. Ya estaba avanzada la mañana, y la angustia del niño iba en aumento desde que se despertó y vio que Arlo ya no estaba.

—Sí.

—¿Cómo lo sabes?

Casey no dijo nada durante unos instantes. Cuando volvió a hablar, en su voz había un tono de absoluta certeza.

—Porque estoy bastante segura de que es la clase de persona que no dejará de buscarlo hasta que dé con él. Y además sabe lo importante que es para ti.

Kaitlyn se llevó una mano a la boca, agradecida de que sus hijos no pudieran ver las emociones encontradas que sentía en la expresión de su rostro.

VII

Hacía más de dos horas que estaban en el bosque y Arlo cada vez iba más despacio. Tanner intentaba no perderlo de vista, agudizando sus sentidos. Afortunadamente la bruma empezaba a disiparse, pero hasta entonces no había visto todavía nada que atrajera su atención.

A pesar de que Arlo deambulaba de aquí para allá, Tanner sabía exactamente dónde se encontraba. Su entrenamiento desempeñaba un papel inestimable, pero además Tanner había sido bendecido con una brújula interior que rara vez se equivocaba. Calculó que la cabaña debía de estar a menos de tres kilómetros, aunque sin duda había recorrido el doble de esa distancia siguiendo a Arlo.

Sin embargo, Tanner se percató de que Arlo ahora parecía desplazarse en línea recta. Apartó una rama, se agachó para pasar por debajo de unas cuantas más y saltó por encima de un árbol caído. El perro, con la nariz pegada al suelo, se movía como si hubiera captado un olor familiar. Nuevamente desapareció tras una loma y Tanner aceleró el paso.

Llegó jadeando a la cima. Enseguida avistó a Arlo, pero su mirada se desvió de inmediato hacia algo que le llamó la atención.

Enfocó la vista en la parte trasera oxidada de un modelo de camioneta antiguo, de color claro, aunque el resto quedaba parcialmente oculto por un pequeño talud o terraplén en medio del frondoso bosque.

Tanner trotó hacia el vehículo, acortando la distancia a gran velocidad. Al mirar por encima del hombro, vio que Arlo había vuelto a esfumarse.

VIII

Por su aspecto, la vieja y destartalada camioneta podría llevar décadas abandonada en el bosque, pero al acercarse Tanner vio que no estaba cubierta de hojas secas y otros restos vegetales. Probablemente solo llevaba allí un par de días.

Jasper en efecto había conducido hasta el bosque, pero ¿por qué?

Miró a través de las ventanillas antes de volver a escudriñar el bosque. Después abrió la puerta del conductor.

En el asiento del pasajero encontró un mapa dibujado a mano en el reverso de una vieja factura; supuso que representaba las carreteras que recorrían el bosque, aunque no podía estar seguro. Desplazándose sobre el asiento del conductor abrió la guantera. Estaba llena de facturas y papeles amarillentos por el paso del tiempo; sobre ellos había una cartera. Tanner alargó la mano para cogerla, la abrió y sacó el carné de conducir de Jasper. Durante un largo instante estudió la foto, el nombre y la edad, asombrado por el intenso poder de aquella posible coincidencia.

Dudaba que el anciano se hubiera aventurado demasiado lejos. ¿Dónde podría estar? Mientras bajaba de la camioneta Tanner escrutó el bosque tratando de localizar a Arlo. Abrió la aplicación de su móvil y ubicó al perro, preguntándose para sus adentros si el animal le habría conducido hasta allí para que viera la camioneta o porque Jasper estaba cerca. Empezó a avanzar con paso rápido en dirección al perro, sin perder de vista el puntito brillante que indicaba su posición en la aplicación. Por lo que podía deducir, Arlo había dejado de deambular y parecía haberse detenido.

Tanner aceleró el paso y empezó a correr al recordar lo frías que habían sido las últimas noches. Apretó los labios, y se encontró a sí mismo esperando lo mejor, pero preparándose para lo peor.

IX

Jasper intentaba en vano evocar de nuevo la imagen de Audrey. ¿Dónde se habría ido?, pensaba. ¿No se había presentado para consolarle?

En su delirio, en lugar de a su mujer vio la silueta sombría de sus pesadillas. Y, sin embargo, justo cuando la oscura figura parecía estar casi lo suficientemente cerca como para rozarlo, Jasper de pronto pensó que le recordaba a Arlo.

X

Según la aplicación, Tanner se estaba acercando a Arlo, pero todavía no podía verlo. Redujo el paso y poco después se dio cuenta de que había llegado a la cima de un pequeño saliente de roca empinado que quedaba camuflado por la ondulante topografía.

Vio al perro al mismo tiempo que vislumbró una figura postrada en el suelo. Descendió a trompicones la cresta asiendo con fuerza los tirantes de la mochila, mientras su instinto tomaba el control. Había recibido formación médica y de primeros auxilios en múltiples ocasiones y había atendido a amigos sobre el terreno con más frecuencia de la que deseaba recordar. De un salto se arrodilló al lado del anciano. Apartó con suavidad a Arlo a un lado, para hacer sitio.

—Hola —dijo con voz suave mientras examinaba a Jasper en busca de heridas. Hizo mentalmente una lista con lo que a simple vista parecía más evidente: la sangre en el cráneo indicaba un posible traumatismo cerebral; los labios secos y la lengua hinchada eran señal de probable deshidratación. La piel presentaba un tono grisáceo. Un pie estaba girado en un ángulo antinatural, lo cual indicaba una fractura múltiple en la pierna. La rodilla también presentaba una hinchazón considerable.

—¿Puedes oírme, Jasper? —murmuró Tanner cerca de su oído—. ¿Cómo estás, amigo? Estoy aquí para ayudarte.

El anciano parecía estar farfullando algo. Tanner inclinó la cabeza para acercarse, pero no consiguió entender ninguna palabra, solo un gemido sibilante. Alargó la mano para coger la muñeca de Jasper y comprobar si tenía pulso, pero tenía la piel alarmantemente fría y los dedos presentaban un tono azulado. Las cicatrices de los injertos de piel en la muñeca dificultaban que Tanner percibiera el pulso, de modo que probó con la carótida, donde la piel era escamosa, con un tono rosado; concentrándose al máximo apenas detectó una débil vibración filiforme. Con la linterna del móvil comprobó la dilatación de las pupilas de Jasper; para su alivio ambas pupilas reaccionaron. Vio que solo tenía una raya de cobertura en el móvil y rogó desesperadamente para que fuera suficiente para hacer una llamada.

Por suerte así fue. Tanner habló lenta y claramente con el operador del servicio de emergencias, explicando la situación y el alcance y la gravedad de las lesiones de Jasper. Indicó la ubicación y advirtió que ni la ambulancia ni el técnico de emergencias podrían acceder hasta el lugar donde se encontraban, y que necesitarían una camilla para transportar al anciano. Hizo que el operador se lo repitiera todo, para asegurarse de que había tomado nota de toda la información.

Después de colgar volvió a centrar toda su atención en Jasper. Siguió hablándole con una voz tranquilizadora, asegurándole que la ayuda ya estaba de camino y que iba a estar bien. Sin dejar de hablar rebuscó en la mochila y sacó las cosas que necesitaba. En el botiquín de primeros auxilios no había nada que pudiera servir para entablillar el tobillo, y prefería no arriesgarse a menos que fuera cuestión de vida o muerte. Eso podía esperar. Decidió en cambio intentar examinar la herida que tenía en la cabeza. No quería girársela por miedo a agravar la lesión, pero gracias a la linterna se sintió aliviado al ver que había menos sangre de lo que en un principio había imaginado, y que además en la zona de la herida estaba coagulada. Cabía la posibilidad de que solo el cuero cabelludo se hubiera visto afectado.

Desplegó las mantas térmicas y las ajustó con suavidad alrededor del cuerpo de Jasper, con la esperanza de que eso aumentara su temperatura corporal. Parecía evidente lo que había pasado: el anciano había tropezado y se había caído, y como consecuencia se había fracturado el tobillo y golpeado la cabeza. El dolor de la fractura probablemente había sido tan intenso que ni siquiera había intentado moverse, por lo que simplemente se había quedado allí postrado durante quién sabía cuántos días y cuántas noches.

Tanner retiró el tapón de la cantimplora y vertió un poco de agua en él, para después introducir un dedo y humedecer con cautela los labios de Jasper, y dejar caer unas cuantas gotas en su boca. Seguramente necesitaría una infusión intravenosa de fluidos con urgencia, pero en el ínterin esperaba que eso sirviera de ayuda. Repitió la operación unas cuantas veces más y luego hizo una pausa. Demasiada agua en poco tiempo podría provocar un ataque de tos o un atragantamiento. Pasado un minuto, Jasper apretó los labios y la lengua emergió lentamente. Tanner siguió humedeciéndole los labios mientras esperaba a que llegara la ayuda.

Volvió a sacar el móvil y decidió enviar un mensaje a Casey. En el último momento decidió incluir a Kaitlyn como receptora, para enviar un escueto mensaje diciendo que había encontrado a Jasper y que estaba vivo, pero muy deshidratado, con una herida en la cabeza, y que además se había roto un tobillo. Acabó el mensaje diciendo que ya había avisado a los servicios de emergencia.

Tanner ofreció a Jasper un par de gotas más de agua y, por primera vez, los ojos del anciano parpadearon para abrirse brevemente antes de volver a cerrarse.

«Audrey», murmuró. O por lo menos eso es lo que Tanner creyó haber oído, antes de que el hombre susurrara una serie de nombres encadenados. Apenas eran audibles, pero de nuevo Tanner se quedó reflexionando, inmóvil, maravillado ante los misterios que a veces pueden revelar un destino oculto.

XI

Pocos minutos después, Tanner sintió que le daba un vuelco el corazón al ver el nombre de Kaitlyn en la pantalla de su móvil.

—¿Tanner? —dijo ella en cuanto Tanner descolgó—. He puesto el altavoz para que te oigan los chicos. ¿Has encontrado a Jasper?

—Estoy con él ahora, esperando al técnico de emergencias y la ambulancia. —Volvió a hacer un resumen del estado en que se encontraba Jasper, y luego le explicó lo que estaba haciendo para ayudarlo mientras esperaba.

—No le des demasiada agua demasiado rápido —advirtió Kaitlyn—. Va a necesitar un gota a gota en cuanto sea posible.

—Ya se lo he dicho al operador del servicio de emergencias —comentó Tanner—, pero no estoy seguro de dónde se encuentra la carretera más cercana, y no tengo la menor idea de cuánto pueden tardar en llegar.

—¿Está consciente?

—Murmura cosas, pero no diría que está plenamente consciente. Ha abierto los ojos un segundo pero enseguida los ha vuelto a cerrar.

—Tal vez debería ir hacia allí con mi maletín. ¿Dónde estáis exactamente?

—Te envío la ubicación —dijo Tanner, apartando el móvil de su oreja—. Espera…

—Ya está —confirmó Kaitlyn, en tono profesional, antes de colgar.

XII

Tanner siguió parloteando con Jasper en un tono reconfortante y ofreciéndole más gotas de agua mientras esperaban. También comprobó el contenido de sus bolsillos; encontró las llaves de la camioneta y las introdujo en la mochila. Tras unos minutos,

Tanner dispuso las manos de Jasper bajo las mantas de supervivencia e intentó calentárselas; después volvió a llamar al servicio de emergencias para preguntar cuánto iban a tardar. Le dijeron que ya estaban de camino.

Al cabo de media hora, Tanner oyó una sirena en la distancia, gradualmente cada vez más fuerte hasta que el sonido se interrumpió por completo. Calculó que debía de encontrarse a poco más de un kilómetro, tal vez más, pero en aquel terreno era imposible saberlo con certeza.

Pasaron quince minutos más y Tanner trepó hasta la cima de la cresta. Empezó a gritar pidiendo ayuda, con la esperanza de que los paramédicos le oyeran. Cuando por fin hicieron su aparición, agitó los brazos por encima de su cabeza y volvió a gritar, y se sintió aliviado cuando los dos hombres le vieron y empezaron a avanzar rápido hacia él. Se percató de que uno de ellos cargaba con una camilla plegable.

Desgraciadamente, no traían consigo mucho más en cuanto a equipo médico, aparte de un collarín y la camilla. De cerca ambos parecían tener menos de treinta años. Tras colocar con cuidado el collarín, Tanner les ayudó a levantar a Jasper para subirlo a la camilla. Aunque no era un hombre corpulento, transportarlo en ese terreno para salvar la distancia hasta la ambulancia suponía un arduo esfuerzo para solo dos personas, por lo que de buena gana aceptaron la oferta de ayuda de Tanner. Una vez estuviera en la ambulancia, su intención era llevar a Jasper al hospital local de Asheboro, donde los médicos lo examinarían y decidirían si debían trasladarlo al hospital de Greensboro.

Antes de ponerse en marcha Tanner alzó la mochila del suelo y redactó un breve mensaje para Kaitlyn y Casey, en el que les informaba de que los paramédicos ya estaban allí y que la ambulancia llevaría a Jasper al hospital. Luego, cuando los tres hombres estuvieron preparados, levantaron la camilla todos a una. Tanner llamó a Arlo y empezaron a avanzar con el perro caminando al paso.

La distancia que debían recorrer era muy superior a un kilómetro y además el terreno era muy abrupto, por lo que se detuvieron a descansar en un par de ocasiones. Finalmente, Tanner avistó la ambulancia al lado de una estrecha pista de tierra, que reconoció como una vía de acceso para bomberos. Cargaron al anciano por la parte trasera, y uno de los técnicos de emergencias se quedó con él mientras el otro ocupaba el asiento del conductor. Tanner se quedó detrás de la ambulancia al lado de Arlo.

La ambulancia enseguida se puso en marcha con la sirena en funcionamiento. Cuando la perdieron de vista, Tanner dio media vuelta y se dirigió a la camioneta de Jasper.

Izó a Arlo para subirlo a la caja de la camioneta y trató de arrancarla, pero una correa floja chirriaba como un alma en pena y el motor no reaccionaba. Tanner volvió a probar otra vez, y luego una tercera, bombeando con tacto la gasolina para evitar ahogar el motor. Tras unos cuantos intentos más, el motor por fin arrancó, y Tanner lo dejó al ralentí durante unos minutos antes de poner una marcha.

Condujo despacio en la dirección aproximada de la carretera que acababa de abandonar, sorteando árboles y ramas caídas, dando sacudidas al toparse con rocas y matorrales. Al llegar a la pista siguió conduciendo en el sentido de la marcha por donde se había alejado la ambulancia. Se detuvo un momento para intentar descifrar el mapa que Jasper había dibujado, pero no fue capaz de encontrarle sentido. Ni siquiera podía saber dónde estaban el norte y el sur, por lo que lo dejó a un lado.

Afortunadamente la pista al final llevaba hasta una carretera pavimentada; decidió en qué sentido debía proseguir basándose en su intuición, y acertó. Tras salir del bosque condujo primero a casa de Jasper para dejar la camioneta en la entrada, con las llaves guardadas dentro de la guantera, al lado de la cartera.

Cargó a Arlo en el coche de alquiler y pasó por un restaurante de comida rápida para comprar unas hamburguesas. Le dio dos a Arlo antes de conducir a casa de Kaitlyn. El SUV ya no estaba, y al llamar a la puerta nadie respondió. No cabía duda de que debían de estar en el hospital, pero como no se sentía cómodo dejando a Arlo simplemente a su suerte, ofreció al perro agua de la manguera y después tomó asiento en el porche. Se reclinó en una de las mecedoras mientras Arlo se hacía un ovillo a sus pies y se quedaba dormido.

Deseó con todas sus fuerzas que el anciano se salvara. Sin duda su estado era crítico. Teniendo en cuenta las condiciones meteorológicas de los últimos días era un milagro que Jasper hubiera sobrevivido tanto tiempo.

Cogió el móvil y empezó a hacer una búsqueda en internet. En medio del silencio, pensó en Jasper; también se sorprendió pensando de nuevo en Kaitlyn, ahora consciente de que ir a Asheboro lo había cambiado todo.

12

I

Después de hablar por teléfono con Tanner, Kaitlyn empezó a confeccionar mentalmente una lista de medicamentos y material médico que consideró que Jasper podría necesitar, y luego fue a por su maletín. Los chicos insistieron en acompañarla, y una vez en el SUV, Kaitlyn se dirigió a su consulta, donde rápidamente cogió todo lo que necesitaba. Ya se habían adentrado bastante en el bosque Uwharrie cuando llegó el siguiente mensaje de Tanner, haciéndoles saber que Jasper ya estaba siendo trasladado fuera del bosque.

Kaitlyn dio media vuelta y se dirigió al hospital, mientras pensaba que debía haberle preguntado a Tanner más detalles sobre el estado de Jasper. Siempre le había parecido que el anciano era una contradicción andante, fuerte y frágil a un tiempo. El hecho de que siguiera con vida cuando Tanner lo encontró era una suerte de milagro, y mientras conducía no pudo evitar poner en duda si saldría de esta. Dos o tres días en el bosque expuesto a la lluvia y el frío era mucho tiempo para cualquier persona, por no hablar de alguien de su edad y con sus achaques.

No había mencionado su preocupación a los niños, pero ahora se cuestionaba la decisión de dejar que la acompañaran. Pero ya era demasiado tarde.

Casey y Mitch entraron con ella en la sala de urgencias, donde se enteraron de que la ambulancia no había llegado todavía. Mientras esperaban Kaitlyn habló con Michael Betters, el médico de urgencias de guardia, un hombre al que conocía desde hacía años.

Informó al doctor Betters sobre lo que sabía del estado de Jasper, así como de su historial médico, y ambos compartieron su preocupación por el posible traumatismo craneal. Decidieron que, en función de la gravedad de la herida, trasladarían a Jasper al hospital de Greensboro con la mayor celeridad.

La ambulancia llegó casi una hora después, y Kaitlyn avanzó al lado de la camilla cuando entraron a Jasper en ella. El personal de urgencias se puso en acción de inmediato: le tomaron las constantes vitales y comenzaron con el examen visual y técnico, que arrojó el resultado de una temperatura corporal menor de lo normal y síntomas de severa deshidratación. Le pusieron una vía inmediatamente con solución de lactato de Ringer, y en cuestión de minutos sus constantes vitales empezaron a estabilizarse. Le realizaron una tomografía computerizada, que mostró un hematoma subdural leve. También le hicieron radiografías de las vértebras superiores y el cráneo, que no indicaban ninguna fractura o fisura, para alivio de Kaitlyn. Las radiografías de las piernas ponían de manifiesto una grave fractura de maléolo lateral, donde la base del peroné estaba rota y asomaba a través de la piel, además de lo que parecía ser un esguince de rodilla. Sería necesario operar el tobillo, y Kaitlyn se puso en contacto con un ortopedista que le ofrecía confianza. Jasper permaneció inconsciente durante todo el proceso. Como sus constantes vitales seguían mejorando, tanto Kaitlyn como el doctor Betters estuvieron de acuerdo en que lo mejor era que se quedara en el hospital local, por lo menos durante unas cuantas horas.

Cuando por fin la vorágine de actividad medica disminuyó, Kaitlyn hizo una larga espiración y cogió la mano de Jasper entre las suyas durante un rato, mientras observaba el goteo constante de la solución intravenosa. Sabía que en el caso de una deshidratación, los fluidos con frecuencia provocaban lo que podría considerarse una recuperación milagrosa, pero Jasper todavía no había abierto los ojos.

Cuando fue a explicarles a sus hijos las novedades, ellos escucharon en silencio, y después formularon las mismas preguntas que se estaba haciendo ella. «¿Cuándo se recuperará? ¿Cuándo se despertará? ¿Cuánto tiempo tendrá que quedarse en el hospital?». Mitch preguntó si podía ir a verlo y ella negó con la cabeza.

Todavía estaba sentada al lado de sus hijos cuando el doctor Betters la sorprendió al salir a su encuentro.

—Aunque parezca increíble, ha despertado hace un par de minutos y ya puede hablar —dijo—. Es un tipo duro.

—¿Podemos ir ahora a verlo? —volvió a preguntar Mitch.

—Dejadme que vaya yo primero a ver cómo está —dijo Kaitlyn, apartando un mechón de pelo de la cara de su hijo antes de seguir al doctor Betters hasta la cama de Jasper. En efecto, tenía los ojos abiertos y sonreía.

—Hola… doctora —balbuceó con voz ronca.

—Nos has dado un buen susto —dijo Kaitlyn, cogiéndole de la mano y dándole un suave apretón—. ¿Cómo te sientes?

Jasper cerró los ojos.

—Duele… —consiguió por fin decir con una especie de graznido.

—¿Qué es lo que te duele?

Jasper tardó un poco en contestar, y Kaitlyn tuvo que inclinarse hacia él para poder oír sus palabras.

—Todo… —susurró.

II

Kaitlyn llevó a Mitch a ver a Jasper, no sin advertirle antes que necesitaba descansar y que no podían quedarse mucho rato. Casey se sumó a ellos.

Mitch se sentó al lado de Jasper y lo acribilló a preguntas. Las respuestas llegaron de forma errática. Sí, había ido al bosque por el ciervo blanco. Sí, había resbalado y se había roto el tobillo. Había estado en el bosque desde el jueves por la mañana. Kaitlyn sabía que probablemente había algo más que Jasper no les estaba contando, pero supuso que los detalles llegarían a su debido tiempo.

Jasper preguntó quién le había encontrado, momento en el cual Casey intervino para explicar quién era Tanner. Mientras escuchaba, Kaitlyn tuvo que lidiar con su malestar. Luego, al darse cuenta de que Jasper estaba agotado, hizo salir a sus hijos. Betters prometió mantenerlos informados, aunque Kaitlyn ya había decidido volver a pasar por el hospital una vez hubiera acabado con sus visitas a domicilio habituales.

De camino a casa con sus hijos paró para comprar el almuerzo aunque ya fuera un poco tarde.

Al aparcar en la entrada de su casa vio a Tanner y Arlo esperándoles.

III

Casey y Mitch se precipitaron hacia el porche para hablar con Tanner, y después de informarle de cómo se encontraba Jasper, empezaron a atosigarle a preguntas para saber con más detalle cómo había encontrado al anciano. Se puso en pie mientras les hacía un resumen de la búsqueda junto a Arlo, y explicó por qué no había querido dejar solo al perro.

—No estaba seguro de qué otra cosa podía hacer —dijo, mirando a Kaitlyn a los ojos por primera vez—. Espero que no os importe.

—No pasa nada —dijo Kaitlyn, mientras asentía con la cabeza, antes de darle la bolsa con la comida a Casey—. ¿Puedes llevar esto adentro, por favor, y empezar a comer con Mitch?

Casey rodeó alegremente con un brazo a Mitch por el cuello.

—Vamos, atontado. Dejemos solos a los mayores para que puedan hablar.

Arlo, olfateando la bolsa de comida, siguió a los chicos al interior de la casa. Cuando la puerta se cerró tras ellos Kaitlyn se cruzó de brazos, recordándose a sí misma que debía mantener sus emociones bajo control.

—Te debemos nuestro más sincero agradecimiento —comenzó a decir—. No creo que Jasper hubiera podido aguantar mucho más de no haberlo encontrado a tiempo.

—Me alegro de haber podido ayudar —dijo Tanner—. ¿Se va a poner bien?

Kaitlyn le informó del estado del anciano, manteniendo una actitud profesional, antes de añadir:

—Va a tener que estar escayolado durante algún tiempo. Todavía no sé si va necesitar una silla de ruedas o muletas. Ya he concertado una cita con un excelente ortopedista.

Tanner guardó silencio durante unos instantes.

—Tenía las manos muy frías —dijo.

Kaitlyn asintió.

—Creo que eso tal vez tenga que ver con las secuelas del incendio al que sobrevivió. Supongo que has visto los injertos de piel.

—Sí, también he visto que tiene psoriasis.

Ante la mirada de asombro de Kaitlyn, Tanner siguió explicando.

—Mientras os esperaba he buscado en internet por qué su piel tenía ese aspecto. —Tanner desplazó el peso de su cuerpo hacia delante y hacia atrás sobre sus talones, como si dudara si debía preguntar lo que estaba pensado—. ¿Qué sabes de Jasper? —preguntó finalmente, mientras la miraba de soslayo—. Me refiero a un nivel más personal.

—¿Por qué te interesa?

Tanner juntó las manos antes de continuar.

—Vi su carné y los papeles de la camioneta. Su apellido es Johnson.

Al ver su expresión de incomprensión, prosiguió:

—Resulta que visité su cabaña a principios de semana, con la esperanza de poder hablar con él, pero no estaba en casa. Era uno de los nombres que encontré en la vieja guía telefónica, y también en la más actual.

De inmediato recordó que Tanner había mencionado el nombre de su padre biológico y al procesar la implicación se quedó boquiabierta.

—¿Crees que podría ser tu padre?

—No —respondió Tanner—, por su edad es imposible, y además busco a alguien llamado Dave o David.

—¿Pero?

—Pero hace mucho tiempo que vive en Asheboro. Y puede que tenga parientes aquí.

Desconcertada ante el giro inesperado que había tomado la conversación, se sentó lentamente en una mecedora.

—No sé por qué no pensé en su apellido cuando me hablaste de tu búsqueda. Supongo que debe de ser porque solo pienso en él como Jasper. Lo siento.

—No pasa nada. ¿Sabes si tiene parientes? ¿O si tiene hijos?

—Estoy bastante segura de que estaba casado y tuvo hijos, pero nunca habla de ello. No sé si alguno de sus hijos era un hombre. Y tampoco sé si tiene más familiares.

—¿Conoces a alguien que lo pudiera saber? Amigos o vecinos, por ejemplo?

Kaitlyn negó con la cabeza.

—Tengo la sensación de que es bastante reservado. —Kaitlyn lo miró de soslayo—. ¿Has intentado buscar por internet?

Tanner asintió.

—He pasado la última hora buscando, pero no he podido encontrar nada. El siguiente paso es probar con el registro del condado, pero no estará abierto hasta mañana. —Tanner vaciló un momento—. ¿Crees que Mitch podría saber algo que me pudiera ayudar?

—No tengo ni idea de lo que hablaban entre ellos. Pero si quieres, puedes preguntarle.

Kaitlyn se levantó de la mecedora y entró en la casa para volver a salir con Mitch un minuto después. Cuando Tanner le preguntó si sabía si Jasper tenía parientes o hijos, Mitch asintió.

—Tenía dos hijos, pero no sé sus nombres.

—¿Sabes si tiene amigos en la ciudad?

Mitch arrugó la nariz, como reflexionando.

—Tal vez el sheriff. Creo que lo mencionó un par de veces.

Al ver que Mitch no podía añadir nada más, Kaitlyn le dijo que volviera adentro. Examinó disimuladamente a Tanner, que parecía perdido en sus pensamientos, y después le ofreció una breve sonrisa que desencadenó una ráfaga de recuerdos que prefería no rememorar. Como si percibiera su incomodidad, Tanner empezó a descender del porche.

—Cuando esté un poco recuperado, ¿crees que podría ir a visitarlo al hospital? —dijo, girándose para mirarla, ya con un pie en un escalón.

—Estoy segura de que estará deseando conocer a la persona que le ha salvado, pero por ahora necesita descansar. Tal vez dentro de uno o dos días.

Tanner asintió con la cabeza.

—Gracias por tu ayuda.

—Gracias a ti. Por encontrarle —dijo Kaitlyn, haciéndose eco del agradecimiento.

Tanner dio unos cuantos pasos hacia el coche y luego se giró por última vez.

—Oye —empezó—, hay otra cosa que quería decirte, si te parece bien.

Kaitlyn se puso tensa.

—¿Sí?

—Quiero pedirte disculpas —dijo simplemente—. Por no haber sido claro contigo desde el principio. Acerca de volver a Camerún. Y tienes razón. La verdad es que no lo he pensado detenidamente, o sea que además de disculparme, me gustaría darte las gracias. Si no hubieras dicho todo aquello… —Dejó la frase sin acabar, como si estuviera buscando las palabras adecuadas—. He hecho un poco de examen de conciencia los últimos dos días para intentar averiguar quién soy y quién quiero ser. Solo quiero que sepas que me has ayudado a entender lo importante que son esas cuestiones.

Kaitlyn clavó sus ojos en él sin saber qué decir. Un segundo después Tanner dio media vuelta para irse, y Kaitlyn se quedó mirando cómo se alejaba de la casa en su coche de alquiler.

IV

Casey no tardó demasiado en acorralar a su madre en la cocina.

—¿Qué te ha dicho? —presionó, antes de que esta hubiera tenido siquiera la oportunidad de recomponerse.

—Quería saber más cosas de Jasper —respondió Kaitlyn, fingiendo estar ocupada recogiendo los restos del almuerzo de sus hijos.

—Eso ya lo sé, pero ¿por qué?

Consciente de que no le tocaba a ella contar esa historia, Kaitlyn respondió con una evasiva.

—Acaba de salvarle la vida —señaló mientras guardaba un trozo de pollo sobrante en un táper—. Creo que cualquier persona mostraría la misma curiosidad.

Casey la miró con ojos críticos.

—¿Qué te pasa? Estás actuando de forma un poco extraña.

—No me pasa nada —objetó Kaitlyn—. Simplemente ha sido un día muy agitado.

—¿Vas a volver a verlo?

Kaitlyn vaciló.

—Para serte sincera, no lo sé.

13

I

Tanner regresó a su hotel. Se desvistió y se duchó, y aunque no había comido gran cosa, se dio cuenta de que no tenía hambre. Se tumbó en la cama con las manos detrás de la cabeza, preguntándose si cabía alguna posibilidad de que Jasper fuera su abuelo o su tío.

No quería sacar conclusiones precipitadas, pero si resultase que ese anciano y él realmente eran parientes, las circunstancias de su encuentro parecían ser obra de la intervención divina.

En cuanto a Kaitlyn…

Había sido más cordial de lo que esperaba. Se sentía aliviado por ello, pero mientras miraba fijamente el techo se preguntó si para ella sería importante saber que le había ayudado a reflexionar y que estaba replanteándose la situación. Y, lo más importante, si estaría dispuesta a darle una segunda oportunidad. Lo único que sabía seguro era que volver a verla había puesto su mundo del revés.

La incertidumbre le hizo sentir como si estuviera a la deriva. Hacía tan solo una semana sabía qué era lo que le esperaba en un futuro próximo; sentía que su destino dependía enteramente de él. Pero era innegable que algo había cambiado en su interior. Volvió a pensar en lo que Glen le había dicho… «simplemente lo supe», y sin embargo…

Se obligó a sí mismo a aceptar que lo que pudiera suceder a

continuación era decisión de ella más que de él. Era una situación a la que no estaba acostumbrado y le resultaba exasperante. Inquieto, permaneció despierto toda la noche.

II

El domingo por la noche de camino de vuelta a casa, después de las visitas domiciliarias, Kaitlyn pasó por el hospital para ver cómo estaba Jasper, pero este dormía, por lo que no pudieron hablar hasta el lunes por la mañana. Aunque todavía estaba agotado, fue capaz de reunir la fuerza necesaria para contarle con más detalle lo sucedido.

Le confesó su preocupación por el ciervo blanco, y describió sus encuentros con los chicos de los Littleton. Kaitlyn frunció el ceño al escuchar ese apellido, y se acordó de la aversión instantánea que sintió al conocer a Josh. Por alguna razón no le sorprendió que estuvieran cazando furtivamente ni que hubieran abandonado al anciano en el bosque a su suerte, incluso sabiendo que podía morir.

Después de tranquilizarlo al asegurarle que ella se ocuparía de Arlo, estaba a punto de abordar el tema de sus hijos cuando el doctor Betters entró en la habitación acompañado por el cirujano ortopédico. Kaitlyn intuyó que era mejor dejar la conversación sobre la familia de Jasper para un momento más privado, y prometió que volvería muy pronto de visita.

III

Poco después de desayunar Tanner hizo una visita a la oficina del sheriff. En el mostrador le dijeron que este estaba al teléfono y le preguntaron si prefería ver a otra persona. Tanner contestó que esperaría.

Treinta minutos después, Tanner por fin fue conducido al despacho del sheriff, donde un hombre vestido más bien como un profesor de secundaria que como un agente de la ley le saludó con un apretón de manos. Tras las presentaciones de rigor, Tanner le explicó brevemente sus antecedentes y el motivo de su visita a Asheboro, incluido el nombre que su abuela le había dado. De momento se abstuvo de mencionar a Jasper.

Charlie Donley se reclinó en su silla.

—Menuda historia. Pero ¿por qué razón ha pedido verme personalmente?

Tanner hizo un gesto de confirmación con la cabeza mientras se inclinaba hacia delante.

—He venido a verlo porque me han dicho que conoce a un hombre llamado Jasper Johnson. Vive en una cabaña cerca del bosque Uwharrie con un perro llamado Arlo.

—¿Jasper? —Charlie parecía un tanto asombrado—. Sí, lo conozco. ¿Por qué?

Tanner le explicó lo sucedido a Jasper en los últimos días. Al concluir, el sheriff suspiró.

—Vino a verme la semana pasada para hablarme del ciervo albino. Estaba preocupado por los furtivos, y le advertí que se anduviera con cuidado. Supongo que no siguió mi consejo. —Sacudió la cabeza de un lado a otro, con frustración—. ¿Dice que todavía está en el hospital?

—Sí.

—Supongo que tendré que ir a verlo.

—¿Es amigo suyo?

—Creo que lo conozco mejor que nadie. Ha vivido aquí en esta región toda su vida, como yo, pero la verdad es que no es muy sociable.

—Quería preguntarle si sabe algo de su familia. —Tanner fue directo al grano—. Más concretamente, tenía la esperanza de que pudiera decirme si tenía un hijo o un hermano menor que se llamara Dave o David.

Pasaron unos cuantos segundos antes de que la cara del sheriff expresara su estupor, pero Tanner se dio cuenta de que había atado cabos rápidamente.

—¡Dios mío! —exclamó, antes de desviar la mirada hacia la ventana. Tomó una profunda inspiración, y volvió a dirigir su atención a Tanner.

—Espero que no tenga prisa, porque la historia de Jasper es épica.

IV

Tras salir del despacho de Charlie, Tanner se dirigió al registro en la oficina comarcal, donde rellenó una solicitud para obtener una copia del certificado de nacimiento de David Johnson. Le dijeron que tardaría unos cuantos días en tenerla.

Aunque el sheriff no podía recordar la edad exacta de David cuando murió («no tendría más de veinticinco», fue la mejor aproximación que le pudo ofrecer), a Tanner le pareció que la cronología encajaba lo suficiente como para seguir considerando la teoría de que Jasper podría ser su abuelo. Según sus cálculos, David debía de haber tenido más o menos la misma edad que su madre.

Tanner seguía bregando con la cuestión de si debía hablar con Jasper. El anciano se estaba recuperando de una experiencia traumática y lo último que él quería era dificultar aún más las cosas. Cabía además la posibilidad de que Jasper no quisiera hablar con él. En ese caso, ¿sería correcto por su parte forzar la situación? No sabía qué debía hacer...

Pero Kaitlyn sí lo sabría.

Indeciso sobre qué otra cosa podía hacer, Tanner le escribió un mensaje.

> ¿Estarías dispuesta a tomar un café conmigo después del trabajo para hablar sobre Jasper? Tenía un hijo llamado David, que creo que podría ser mi padre biológico. Te agradecería que me aconsejaras

V

Kaitlyn estaba en la consulta con un paciente cuando notó vibrar el móvil en el bolsillo. Pensando que podría ser un mensaje de la escuela en relación con Casey o Mitch, echó un rápido vistazo y en la previsualización de la pantalla de inicio vio un fragmento del mensaje de texto de Tanner: «¿Estarías dispuesta a tomar un café…». El resto del mensaje quedaba oculto.

Deslizó el móvil de nuevo en el bolsillo sin abrir el mensaje para poder leerlo en su totalidad. Era uno de esos días en que cada cita se había alargado más de la cuenta. Además, la situación de Jasper y la confusa declaración de Tanner, sumadas a las visitas domiciliarias de la noche anterior, la habían agotado física y emocionalmente. No tenía el tiempo ni la energía para ocuparse de Tanner en ese momento, ni creía que tomarse un café con él sirviera para algo. ¿Con qué fin?

Se negó a obsesionarse con ello, pasó el resto de la mañana viendo pacientes y no volvió a acordarse del mensaje hasta que regresó a su casa a la hora de comer para ver cómo estaba Arlo.

Al leer el mensaje completo se quedó perturbada. Por mucho que apreciara lo que Tanner había hecho por Jasper, no quería involucrarse más emocionalmente con él. Pero ¿y si estaba en lo cierto en cuanto a Jasper?

Sopesó las opciones. Jasper era su paciente y Tanner una aventura que no había salido bien. Tenía claro a quién debía lealtad en primer lugar; todo se reduciría a lo que fuera mejor para el anciano. Con aquella determinación envió un mensaje a Casey y Mitch para informarles de que volvería un poco más tarde a casa. Luego contestó el mensaje de Tanner, confirmándole que estaba dispuesta a encontrarse con él a las cinco y media, pero no para tomar un café, sino en su consulta.

VI

A la hora acordada, Kaitlyn asomó la cabeza en la sala de espera. Tanner era la única persona allí sentada y ella le hizo una seña para que entrara. Ya en la consulta, tomó asiento tras el escritorio, mientras Tanner hacía lo propio en una silla frente a ella. Estaba más atractivo que nunca, pero se propuso ignorar su aspecto físico.

—Cuéntame —le instó, juntando las manos para posar la barbilla en ellas, con los codos apoyados en la mesa.

Tanner expuso la información que le había facilitado el sheriff, así como sus reservas respecto a hablar con Jasper.

—Bueno, es una posibilidad con bastante fundamento, pero ¿quién sabe? —comentó Kaitlyn—. Y estoy de acuerdo en que Jasper debería poder decidir si quiere hablar contigo o no sobre este tema, especialmente teniendo en cuenta su frágil estado. Me alegro de que pensemos lo mismo.

—¿Qué me aconsejas?

—La mejor prueba, por supuesto, sería un test de ADN. Pero estoy segura de que Jasper querrá saber el motivo antes de dar su consentimiento y, para serte sincera, no tengo ni idea de cómo reaccionará al decírselo.

Mientras Tanner cavilaba, el silencio se hizo pesado. Cuando por fin alzó la vista, sus ojos centellaron con motitas de color marrón dorado.

—¿Y si hubiera otra forma de demostrar que es mi abuelo? ¿Dejando en todo momento la decisión de encontrarse conmigo completamente a él? ¿Sin siquiera informarle de mi existencia?

Kaitlyn le lanzó una mirada intrigada.

—No se me ocurre cómo sería eso posible.

—Tendrías que estar dispuesta a hacerle una sola pregunta. Y después me podrías decir qué es lo que desea hacer él.

Kaitlyn lo miró fijamente.

—¿En qué estás pensando?

VII

Tanner se marchó poco después. Entretanto, Kaitlyn permaneció sentada mientras reflexionaba sobre la conversación. El plan de Tanner era sólido, y Kaitlyn agradecía el hecho de que no tuviera intención de añadir más presión al anciano. Dios sabía que la vida de ese hombre ya había sido demasiado dura. Incluso podría calificarse de horrible. Hasta ese momento no había sabido nada de los detalles del incendio en el que había sufrido aquellas

lesiones tan graves, y mientras Tanner le contaba lo que el sheriff le había explicado sobre aquel incidente (y la terrible decisión que había tomado posteriormente su hijo Paul) se le había
revuelto el estómago. No podía imaginar cómo Jasper había conseguido seguir adelante.

Tras unos cuantos minutos salió de la consulta y recorrió el
breve trayecto hasta el hospital. Tanner ya estaba allí, sentado
en el pequeño vestíbulo. Alzó la vista al verla pasar, pero ella no
dijo nada, y tras revisar el historial de Jasper en el ordenador
hizo una profunda exhalación y se dirigió a su habitación.

VIII

Aunque sabía perfectamente que tenía que quedarse en el hospital, Jasper lo aborrecía. Ya había pasado demasiado tiempo de
su vida en múltiples hospitales. Se lo dijo al doctor Betters cuando este lo visitó un poco antes, y se lo repitió al cirujano ortopédico, por si Betters no le había escuchado. Betters no quiso
prometerle nada. En cambio, debido a la mejoría del estado de
Jasper, el cirujano ortopédico había tomado la decisión de ope-
rarlo a la mañana siguiente, lo cual probablemente implicaría
que tendría que quedarse allí mucho más tiempo.

Por supuesto, las enfermeras habían intentado que se sintiera cómodo. Ajustaron la cama de forma que pudiera sentarse y
le pusieron la televisión, pero a tan bajo volumen que le costaba distinguir las palabras. Aunque tampoco es que le interesara
demasiado; habían elegido el canal Discovery Channel y, por lo
que Jasper pudo deducir, era un programa sobre volcanes. Puesto que no había ninguno en un radio de mil kilómetros a la
redonda de Asheboro, no veía por qué podría interesarle. Lo que
realmente quería saber era si el ciervo blanco seguía vivo. Se
preguntó si los chicos de los Littleton habían seguido cazando
en el bosque después de dejarle tirado; si habrían vuelto el viernes una última vez antes de que llegaran las hordas de cazadores de pavos. Preguntó a las enfermeras por el ciervo, pero nadie
parecía saber nada. Tampoco Charlie; el sheriff había pasado

hacía un par de horas para reprocharle a Jasper haber actuado como un necio.

Se alegraba de que la doctora Cooper estuviera cuidando a Arlo, tal como ella le había asegurado aquella misma mañana. Era muy amable por su parte, aunque debería haberle avisado de que no cayera en ninguna de las artimañas del perro. Arlo no siempre tenía hambre, aunque actuara como si estuviera a punto de desmayarse. No se podía confiar en que fuera honesto cuando se trataba de comida.

Pero era un buen perro. Había ido a buscar ayuda y al final lo había conseguido. Si le hubieran preguntado de antemano, Jasper habría dicho que Arlo era incapaz de hacer algo así. Claro que habría sabido salir del bosque fácilmente; era casi como el patio de su casa. No obstante, Jasper no esperaba que fuera lo bastante inteligente como para llegar hasta la casa de la doctora Cooper. Casi nunca había estado allí, y después de que el niño le ofreciera salchichas uno podría suponer que Arlo sabía reconocer lo bueno y simplemente se quedaría por ahí mientras durase. «¿Por qué buscar al viejo cuando estoy aquí comiendo salchichas?». Pero no. El perro había cumplido con su deber.

Los milagros nunca cesan, pensó Jasper, pero el personal del hospital no reconocía la heroicidad de Arlo. Cuando Jasper preguntó si el perro se podía quedar con él le contestaron que no se permitía la entrada de las mascotas. Se preguntó si eso era también aplicable a animales de asistencia. Perdido en sus pensamientos tardó un poco en darse cuenta de que la doctora Cooper estaba de pie en la puerta.

—Hola, Jasper —saludó ella—. ¿Te importa que pase?

Jasper recolocó las sábanas, asegurándose de que sus partes íntimas no estuvieran al descubierto. Aunque fuera su médica, eso no significaba que tuviera que presenciar algo que no le apeteciera ver. Jasper le hizo señas para que entrara y ella se acercó con una sonrisa antes de aproximar una silla a su cama.

—Debo decir que tienes mucho mejor aspecto que esta mañana —remarcó—, y tus análisis también son cada vez más positivos. He visto que han programado la cirugía para mañana, ¿no?

—El doctor dijo que me van a poner clavos para sujetar el tobillo.

—Es normal en una fractura como esta —lo tranquilizó—. ¿Cómo te sientes?

—Me pica la piel más de lo habitual, pero intento ignorarlo.

—¿Funciona?

—No.

—¿Qué tal la comida del hospital?

—Les dije a las enfermeras que no como demasiado, pero eso parece no importarles. Una de ellas me estuvo clavando una mirada asesina hasta que me acabé todo lo que había en la bandeja.

Kaitlyn sonrió.

—Y bien que hizo. Tienes que recuperar fuerzas. ¿Cómo va la cabeza?

—El doctor Betters dice que está bien. Ya no tengo cefaleas.

—Eso es estupendo. Ah, por cierto, Mitch me ha dicho que te salude de su parte. Dice que tiene muchas ganas de volver a hacer tallas de madera contigo, siempre que te apetezca, claro está.

Jasper asintió.

—Estoy pensando en tallar un ciervo y pintarlo de blanco. ¿Has oído algo de si han vuelto a avistarlo?

—No, pero te lo diré si me entero de algo. De todas formas no creo que debas aventurarte en el bosque durante un tiempo.

—Charlie me ha dicho lo mismo. —Hizo un gesto de disgusto.

—¿Charlie?

—El sheriff. Se pasó por aquí antes.

—¿Piensa hacer algo en relación con los Littleton?

—No puede hacer gran cosa. El bosque está bajo jurisdicción federal. Y en realidad los chicos no me hicieron nada. Simplemente me caí.

Vio cómo las cejas de Kaitlyn dibujaban una «V» de enojo.

—Podrían haberte ayudado o haber llamado para pedir ayuda... —espetó—. Francamente...

—No hacer nada de eso no supone un delito —dijo Jasper encogiéndose de hombros—. Dudo que fueran conscientes de la gravedad de mis lesiones.

—Estás siendo demasiado tolerante con ellos —protestó Kaitlyn.

—Tengo muchos más años que tú. Hay batallas que simplemente no se pueden ganar.

—De acuerdo, pero para tu información, Casey me ha dicho que se enfrentó a Josh por haberte abandonado en el bosque cuando estabas herido y fue lo bastante estúpido como para admitirlo. Digamos que su popularidad ha empezado a caer en picado, por lo menos en el instituto.

Jasper sonrió, pensando que aunque eso no significaba gran cosa, ya era algo. Observó a Kaitlyn mientras acercaba aún más la silla a la cama.

—Jasper, ¿puedo hacerte un par de preguntas?

—Es lo que has estado haciendo desde que has llegado.

Kaitlyn sonrió.

—Lo sé, pero estas van a ser diferentes. Y no sé exactamente por dónde empezar. En realidad es un asunto que no tiene nada que ver conmigo. Pero puede que sí te afecte a ti.

—Puedes preguntarme lo que quieras.

—Vale, pero antes quiero que sepas que estoy de tu lado, y que haré lo que tú quieras que haga. —Al ver asentir a Jasper, Kaitlyn reunió coraje—. Hace poco me he enterado de las circunstancias del incendio en el que resultaste herido y de lo que le pasó a tu familia. No puedo imaginar lo horrible que ha debido de ser para ti y comprendo por qué nunca has querido hablar de ello. Yo tampoco habría querido hacerlo. Y lamento muchísimo que hayas tenido que pasar por todo eso.

Jasper guardó silencio. Notó que Kaitlyn le cogía de la mano antes de continuar.

—Pero estoy aquí porque quería preguntarte algo sobre tu hijo David. Si no quieres responder, lo respetaré, por supuesto.

Jasper asintió de nuevo, cada vez más intrigado.

—¿Recuerdas algo de la adolescencia de David?

Jasper cerró los ojos por un momento.

—Lo recuerdo todo —susurró, tragando saliva—. Es lo único que me queda.

—¿Sabes si tuvo una novia o si había alguna mujer que le importara?

—Sí.

—¿Se llamaba Monica Hughes?

Al oír ese nombre, Jasper se sobresaltó casi como si hubiera sufrido una descarga eléctrica.

—¿Cómo lo sabes? —preguntó.

—¿Puedes contarme algo acerca de ella?

—David la amaba, pero se fue de la ciudad —contestó con voz temblorosa—. Su padre estaba en el ejército y le destinaron a algún lugar de Europa, creo. David nunca volvió a verla ni a saber nada de ella. Le rompió el corazón.

Kaitlyn parecía mirarlo atentamente con una infinita ternura.

—Si David se parecía un poco a ti, no me cabe duda de que Monica amaba a tu hijo con todo su corazón. La razón por la que David nunca volvió a tener noticias de ella fue que falleció poco después de mudarse.

—¿Murió?

—¿Sabías que estaba embarazada cuando se marchó? —preguntó Kaitlyn con voz suave, aunque no exenta de vacilación.

—No —contestó Jasper.

—Pues así era. Desconozco los detalles, solo sé que algo fue mal durante el parto —explicó Kaitlyn.

Jasper tardó un poco en comprender lo que estaba diciendo.

—¿Estaba embarazada y se murió?

—Así es. Dio a luz a un niño.

—¿Y David era el padre?

—Sí. —Kaitlyn acompañó la afirmación con un movimiento de cabeza.

—¿Lo sabes con certeza?

—Una prueba de ADN nos lo confirmaría, pero no te estaría diciendo todo esto si no estuviera muy segura.

Los ojos de Jasper empezaron a llenarse de lágrimas al comprender poco a poco el alcance de esas palabras.

—¿El niño sobrevivió? ¿Tengo un nieto?

—En efecto —confirmó Kaitlyn, enjugándose sus propias lágrimas. Jasper la oyó exhalar un suspiro entrecortado antes de proseguir—. Se llama Tanner Hughes. Es quien te encontró en el bosque.

Era casi demasiada información como para que Jasper pudiera procesarla, así que se aferró a la barandilla de la cama, como para estabilizarse.

—Tanner Hughes —repitió.

—Lo cual suscita otra pregunta —anunció Kaitlyn, apretándole la mano—. Tanner me pidió que te preguntara si te gustaría conocerlo. Me dijo que si prefieres no hacerlo, lo comprenderá y nunca intentará ponerse en contacto contigo.

Jasper la miró fijamente, al tiempo que sus ojos empezaban a humedecerse. Guardó silencio durante por lo menos un minuto, mientras las lágrimas no paraban de deslizarse por sus mejillas.

—Sí —dijo por fin, intentando calmarse, sintiéndose de pronto maravillado—. Me encantaría conocer a mi familia.

Epílogo

I

Tanner se detuvo en un restaurante de comida rápida con ventanilla para coches y pidió tres bollos de jamón. Era un viernes por la mañana y se dirigía a la cabaña de Jasper, por lo que compró uno para su abuelo, otro para él mismo y un tercero para Arlo. Según Jasper, el perro se merecía una recompensa por lo que había hecho, pero Tanner ya se imaginaba que los sándwiches eran un plato habitual en la dieta tanto de Jasper como de Arlo.

Al llegar a la cabaña Tanner entró, tal como había hecho el día anterior; ayudó a Jasper a vestirse y a acomodarse en la silla de ruedas, para luego llevarlo a la cocina y ponerse a preparar un puchero de café. Una vez estuvo listo, Tanner sirvió dos tazas y las llevó a la mesa, junto con los bollos de jamón. Arlo engulló el suyo en dos raudos mordiscos, y luego olfateó los bolsillos de Tanner en busca de más; Tanner se comió el suyo a un ritmo más razonable, y Jasper solo consiguió comerse la mitad y luego lo dejó a un lado. Tanner envolvió el resto y lo introdujo en la nevera por si al anciano le entraba hambre más tarde, aunque si los últimos días servían como indicio, seguramente no volvería a comer nada hasta que Tanner calentara una lata de sopa o de chile con carne para cenar.

Después de desayunar empujó la silla de Jasper hasta el porche delantero con Arlo a la zaga. Como el aire de la mañana todavía era fresco Tanner convenció a Jasper de que se pusiera una chaqueta y un gorro, y se aseguró además de cubrirle las piernas con una manta. Kaitlyn y el doctor Betters le habían advertido de que la prolongada exposición a los elementos y la conmoción resultante probablemente habían desencadenado una grave respuesta del sistema autoinmune; tendrían que hacer un seguimiento exhaustivo. La psoriasis en el cuello, el pecho y los brazos de Jasper seguía estando más inflamada de lo normal, y los nudillos de la mano derecha se le habían hinchado de repente hasta presentar el doble de su tamaño habitual. Ni Kaitlyn ni el doctor Betters podían decirle a Tanner cuándo remitirían la inflamación y la hinchazón, ni siquiera si llegarían a desaparecer del todo. A Tanner le resultaba increíble que Jasper no se hubiera quejado ni una sola vez.

Tanner tomó asiento en una de las mecedoras y miró de soslayo a Jasper, maravillado por el placer que le proporcionaba pasar tiempo con el anciano. No sabía qué esperar cuando se detuvo un momento ante la puerta, justo antes de entrar en la habitación de Jasper en el hospital, preparándose por si la conversación tomaba un cariz desagradable. Pero el anciano le saludó con amabilidad en los ojos y le ofreció la mano sin decir una palabra. Tanner la estrechó entre las suyas y le pareció evidente que Jasper no quería retirarla.

—Me encontraste —dijo Jasper finalmente con voz ronca.

—Sí —respondió Tanner, mientras una ancha sonrisa se dibujaba en su rostro—. Eso creo. En más de un sentido.

Tanner se quedó con Jasper durante tres horas esa noche. Kaitlyn había organizado una prueba rápida de ADN, simplemente para asegurarse, pero tanto Jasper como Tanner de algún modo parecían saber, sin asomo de duda, cuál sería el resultado.

Dado que Jasper todavía estaba recuperándose, Tanner sostuvo el peso de la conversación. Hizo un repaso cronológico de su vida, desde su crianza en el extranjero, el servicio en el ejército, el trabajo de seguridad en otros países y el largo viaje por carretera que emprendió después de la COVID. Le habló a Jasper sobre los últimos meses que había estado cuidando a su abuela, sin pasar por alto la revelación que le había hecho esta en su lecho de muerte y que le había llevado hasta Asheboro.

Sin haberlo previsto, Tanner se encontró a sí mismo compartiendo la creciente ambivalencia que sentía respecto a regresar a Camerún. Le confesó hasta qué punto había conectado con Casey y Mitch, a pesar de que hacía tan poco que se conocían. Cuando llegó el momento de hablar de Kaitlyn, trató de no mencionar sus sentimientos hacia ella, pero Jasper le interrumpió.

—La amas —dijo Jasper—. Puedo verlo en tus ojos. Deberías decirle cómo te sientes.

Tanner se quedó sin palabras, y esa noche apenas pudo dormir.

A la mañana siguiente Tanner permaneció en la sala de espera mientras operaban a Jasper, y luego pasó el resto de la tarde en su habitación del hospital, donde se recuperaba de la operación. Mientras el anciano estaba descansando, Tanner organizó el alquiler de una silla de ruedas. También encargó madera y contrachapado, además de algunas herramientas, que llegarían al día siguiente a la cabaña.

Cuando le dieron el alta el miércoles, Tanner también había cambiado el coche de alquiler que tenía hasta entonces por un SUV de mayor tamaño. Alzó a Jasper para que ocupara el asiento del pasajero y luego guardó la silla en el maletero. Recogieron a Arlo de casa de Kaitlyn de camino a la cabaña. Al entrar en el sendero de gravilla, Tanner pudo ver que los materiales de construcción ya habían llegado.

Tanner pasó gran parte del resto de la tarde construyendo una rampa temporal desde el porche hasta la pista de grava. Mientras trabajaba, Jasper le contó su historia.

Sentado en la silla de ruedas mientras Tanner serraba y martilleaba, le habló de melocotones y de hacer tallas de madera, de versículos de la Biblia y de un abuelo que en una ocasión había presenciado cómo caían peces del cielo. Describió la apacible seguridad que le inspiraba su padre y lo devastado que se sintió con su repentina muerte. Su rostro resplandecía lleno de amor y asombro mientras le narraba el momento en que Audrey se subió de un salto a su camioneta. Le habló de ir a buscar colmenillas, de su primer beso y de lo duro que había sido decirle adiós cuando ella se fue a la universidad. Tanner escuchaba con atención mientras Jasper le explicaba su primer éxito empresarial con los perales de flor. Pero sobre todo Jasper se dilató hablando de la familia que ambos, él y Audrey, habían formado juntos, compartiendo anécdotas sobre cada uno de sus cuatro hijos. Y, por supuesto, le habló especialmente de David, de forma gráfica, con todo lujo de detalles. Eso provocó en Tanner el ansia de saber más cosas acerca de su madre, de una forma que nunca había sentido antes.

Después de que Tanner hubiera acabado la rampa, con excepción de las barandillas, el anciano le condujo al cobertizo que hacía las veces de almacén y le pidió que recuperara la caja con las fotos familiares que estaban en la cabaña, y no en la casa, cuando esta se incendió. Tanner examinó concienzudamente las fotos del primogénito de Jasper, estupefacto ante el innegable parecido que existía entre ellos. El joven de la imagen tenía la misma nariz y la misma barbilla que él, y captó la mirada cómplice de Jasper mientras ambos se inclinaban sobre las viejas fotos, dándose cuenta de que el anciano también había reconocido la semejanza. «Qué curioso —caviló Tanner—, encontrar consuelo en una parte de tu vida que echabas de menos sin ser consciente de ello».

Sin embargo, Jasper no le contó el resto de su historia (el trágico final de su vida antaño llena de bendiciones que Tanner había escuchado en parte de boca del sheriff) hasta el día anterior. El tornado que actuó como el dedo de Dios, que destruyó su negocio. El incendio. El suicidio de Paul. Los meses que Jasper pasó en la unidad de quemados y todas las operaciones a las que tuvo que someterse después. La psoriasis crónica, que demostraba que Dios le había dado la espalda definitivamente.

Pero Tanner también se percató de que había destellos de alegría más recientes: hacer tallas de madera con Mitch; el avistamiento del ciervo blanco, en el que Jasper veía una señal de los cielos. Y, por supuesto, la súbita aparición de Tanner en su vida, algo que nunca habría podido imaginar ni en sus más descabellados sueños.

Cuando Tanner regresó al hotel aquella noche, se quedó en la cama pensando en el amor del anciano hacia su mujer y su familia, que transcendía incluso su inaprehensible pérdida. Le hizo pensar en Kaitlyn y sus hijos, y el hogar que estaban creando juntos. El recuerdo de cuando hicieron el amor era visceral, las sensaciones habían impregnado cada una de sus células. Pero sobre todo echaba de menos cómo se había sentido él cada vez que estaba a su lado, como si ambos estuvieran conectados a un mismo sistema radicular más profundo, una base, algo que nunca había experimentado.

«La amas. Deberías decirle cómo te sientes».

Las palabras de Jasper se repetían en su mente en un constante bucle. Ya se había dado la oportunidad. Kaitlyn se había presentado en la cabaña la tarde del día anterior para comprobar las constantes vitales de Jasper y hacer un seguimiento de los nudillos hinchados y la psoriasis. Se mostró amable con Tanner, pero aparte de informarle de que la prueba de ADN había confirmado su parentesco, no había dicho nada más. Cuando ella ya estaba saliendo de la cabaña, simplemente le recordó que la llamara si Jasper empeoraba. Tanner la observó mientras se marchaba, sintiendo un dolor con el que no había contado, decepcionado de sí mismo por haberla decepcionado a ella. Y, por supuesto, no había dicho nada.

Ahora, sentado al lado de Jasper en el porche, oyó cómo el anciano se aclaraba la voz.

—¿Me llevarías a visitar a mi familia? —preguntó Jasper.

Tanner empujó cuidadosamente la silla de ruedas de Jasper para bajar del porche por la rampa. La pista de tierra compactada presentaba algunos baches, pero avanzaron despacio hasta que llegaron al pequeño cementerio familiar. Al acercarse, Tanner pudo ver los nombres grabados en las lápidas, y se quedó mirando fijamente la de David, mientras se llevaba las manos juntas a la altura del pecho. «Ojalá hubiera tenido la oportunidad de conocerte».

Jasper, con la cabeza inclinada mientras contemplaba las sepulturas, no dijo nada durante un buen rato. En medio de aquel silencio, Tanner puso una mano sobre el hombro de su abuelo y sintió algo parecido al consuelo. Oyó a Jasper exhalar un profundo suspiro y lo observó mientras parecía amasar la manta con las manos. A un lado, Arlo husmeaba alrededor de la base de un árbol cercano.

—Durante mucho tiempo —confesó Jasper— deseé haber muerto con ellos.

Incapaz de responder, Tanner ejerció una ligera presión con la mano sobre el hombro de Jasper. Al cabo de un rato, el anciano prosiguió:

—A veces todavía lo deseo. Cuando vengo aquí sabiendo que todo lo que amaba se ha desvanecido y está aquí enterrado, aunque haya pasado tanto tiempo, sigue pareciéndome que tengo el corazón partido en mil pedazos. Pero…

Alzó la vista hacia Tanner, y posó su mano nudosa e hinchada sobre la de este.

—Entonces me recuerdo a mí mismo que tener roto el corazón también significa que hubo un tiempo en el que no lo estaba, en el que estaba colmado y se sentía ligero. Amar a Audrey y a mis hijos trajo alegría y propósito a mi vida, y no habría cambiado todo ese amor por nada en el mundo.

II

Kaitlyn pasó de nuevo por la cabaña el sábado para examinar a Jasper en su sala de estar. No esperaba notar un gran cambio desde el jueves por la tarde, pero sí que el medicamento que le había dejado la última vez que lo había visitado, más potente, ya hubiera aliviado su dolor. Aunque Jasper minimizaba su malestar, ella era consciente de que debía de estar sufriendo mucho.

Afuera, Mitch estaba esperando a que su madre acabase de examinarlo. Comprendía que Jasper todavía no podía hacer tallas de madera con él, pero había insistido en acompañarla. Aunque lo más sorprendente era que Casey también había querido ir con ellos, aunque enseguida supo por qué. En cuanto se abrochó el cinturón en el Suburban, mencionó de pasada que un concesionario Ford local acababa de recibir cuatro nuevos Broncos, y le había preguntado a su madre si podían pasar a verlos en el camino de vuelta a casa.

—Solo para echar un vistazo —prometió rápidamente Casey, y cuando Mitch apoyó la propuesta entusiasmado, Kaitlyn sintió que su hija había ganado la partida. Aunque estaba claro que no iban a comprar ningún coche ese mismo día, accedió a regañadientes.

—Parece que los chicos se llevan muy bien con Tanner —observó Jasper.

Kaitlyn siguió la mirada de Jasper a través de la ventana y vio a Mitch y Casey al lado de Tanner mientras este les explicaba la construcción en curso de la rampa. A pesar de las bajas temperaturas Tanner llevaba una camiseta de manga larga que quedaba ceñida a su torso. Durante una milésima de segundo le vino a la mente la imagen de su suave piel dorada mientras le desabrochaba la camisa, pero enseguida la apartó y dirigió su atención a Jasper.

—Sí, han pasado algún tiempo juntos.

—Me habla bastante de ellos.

—¿Quién? ¿Te refieres a Tanner?

—Dice que has hecho un trabajo genial con tus hijos.

—Lo intento —contestó, deseando que Jasper no hubiera sacado el tema. Ver a Tanner en el hospital y en casa de Jasper no había sido nada fácil. Cuando volvía a casa a menudo tenía que resistir la tentación de ahogar su pena con una botella de vino. Cuando decidió no volver a verle creyó que podría evitarlo hasta que se fuera de la ciudad, pero era evidente que el universo tenía otros planes.

—También me habla muchísimo de ti —dijo Jasper, insistiendo.

—Salimos un par de veces. —Kaitlyn se concentró en volver a guardar el equipo médico en su maletín—. Pero no funcionó.

—También lo mencionó.

Aunque una parte de ella deseaba saber qué más le había contado Tanner, volvió a adoptar una actitud profesional.

—Creo que eso es todo. Me pasaré mañana por la noche, después de las otras visitas domiciliarias, ¿vale? Pero sabes que puedes llamarme antes si me necesitas.

—Lo haré. Eres demasiado buena conmigo.

—¿Necesitas algo antes de que me vaya? ¿Un vaso de agua, por ejemplo?

—No tengo sed. Pero ya que te has ofrecido, ¿te importaría traerme la Biblia y mis gafas? Están en la mesita auxiliar.

Kaitlyn fue a por ambas cosas.

—¿Algo más?

—Sí, solo una cosa. —La expresión en el rostro de Jasper era solemne.

—Dime.

—Te quiere, aunque no haya tenido el valor de decírtelo todavía. Creo que tiene miedo de que tú no sientas lo mismo. Pero no puedo evitar pensar que os haríais bien el uno al otro.

Kaitlyn sintió que el calor fluía hacia sus mejillas.

—Gracias por contármelo. Pero ¿qué sentido tiene? Se va a marchar pronto.

Jasper asintió, mientras observaba de nuevo el trío al otro lado de la ventana. Al volver a girarse hacia Kaitlyn, su mirada era dulce pero penetrante.

—¿De veras?

Al oír las palabras de Jasper, Kaitlyn desvió de nuevo la mirada hacia la ventana. Mitch estaba sosteniendo el taladro, concentrado, mientras Tanner sujetaba uno de los puntales en la barandilla y le guiaba en la tarea. Kaitlyn oyó un repentino zumbido al accionar Mitch el taladro; cuando el ruido cesó, el chico sonreía radiante y tanto Casey como Tanner le ofrecieron chocar los cinco.

El comentario de Jasper seguía flotando en el aire, pero cuando Kaitlyn se volvió a mirarlo él ya estaba hojeando la Biblia. Kaitlyn se colgó el maletín al hombro y salió al porche.

—¡Mamá! —gritó Mitch—. ¡Estoy ayudando a poner la barandilla! ¡El señor Tanner me ha enseñado a usar el taladro!

—Ya lo he visto —contestó—. Si queréis saludar a Jasper, podéis pasar ahora a verlo.

Los ojos de Casey revoloteaban de Kaitlyn a Tanner mientras cogía a su hermano por el brazo.

—Vamos, bobo. Cuanto antes vayamos a visitarle, antes podremos ir a ver mi coche nuevo.

—¡Sí! —gritó Mitch, subiendo de dos en dos los escalones.

Kaitlyn se les quedó mirando mientras entraban en la cabaña. Luego, al encontrarse cara a cara con Tanner, parecía como si la naturalidad que había presenciado en su interacción con los chicos se hubiera esfumado.

—Hola —saludó Tanner finalmente. Parecía no saber qué hacer con el taladro, y decidió dejarlo sobre un escalón para después meter las manos en los bolsillos.

—Hola —le devolvió el saludo Kaitlyn.

—¿Cómo está?

—Está en vías de recuperación, pero llevará su tiempo.

—¿Hay algo a lo que deba prestar particular atención?

—Lo mismo que te comenté el último día: fiebre, dificultad para respirar… y avísame si la psoriasis o la hinchazón de los nudillos empeora. Por supuesto, debes asegurarte de que come, bebe y descansa lo suficiente.

—Nunca come demasiado.

—Haz lo que puedas —dijo Kaitlyn mientras empezaba a bajar los escalones—. Le caes bien —añadió.

—A mí él también. —La expresión de su rostro era una mezcla de perplejidad y satisfacción—. Todavía me cuesta creer que sea mi abuelo. No estoy seguro aún de haberlo asimilado por completo.

—¿Cuánto tiempo crees que te quedarás por aquí para cuidarle? —preguntó Kaitlyn, con la esperanza de haber dotado de un tono indiferente a su voz al formular aquella cuestión.

—Supongo que el tiempo que sea necesario.

Kaitlyn percibió que Tanner tenía los ojos clavados en ella, y se volvió hacia él, ahora con ademán serio.

—Va a estar enyesado ocho semanas más. Y después necesitará sesiones de fisioterapia.

—Lo sé —interpuso Tanner.

—¿Y qué hay de Camerún? —Kaitlyn ladeó la cabeza en un gesto inquisitivo.

En la cara de Tanner se dibujó una amplia sonrisa.

—Te lo ha contado, ¿no? ¿Que escribí un correo electrónico a Vince para hacerle saber que no voy a ir?

Kaitlyn reprimió una incipiente sonrisa. Una diminuta burbuja de felicidad emergió desde algún lugar en su interior, como la efervescencia acumulada de una botella de gaseosa.

Tanner prosiguió:

—Jasper me ha estado explicando lo que su familia significaba para él, y eso ha tenido un importante efecto en mí. Y cuando tomé la decisión de no ir, inmediatamente supe que era la correcta.

—¿Eso significa que te vas a quedar en Asheboro durante algún tiempo?

—Ese es el plan.

—¿Tienes idea hasta cuándo más o menos?

—Eso es difícil de decir —comenzó a explicar—. Aquí está Jasper, la única familia que me queda. Y no querría dejarle solo, además de que acabamos de empezar a conocernos. —Tanner había posado sus ojos en los de ella y le sostuvo la mirada. —Y, por supuesto, cabe la posibilidad de que decida sentar la cabeza.

Kaitlyn sintió cómo le subía lentamente por el cuello una cálida sensación.

—¿Vas a quedarte en la cabaña con Jasper?

—No. Tengo la sensación de que está acostumbrado a estar solo y que prefiere que siga siendo así.

—Entonces ¿dónde vas a vivir?

—No lo sé aún —contestó—. Estaba pensando en ir a ver qué hay disponible en la ciudad.

Kaitlyn arqueó una ceja.

—¿Y qué hay del trabajo?

—¿No te lo he contado? —Tanner fingió sorpresa—. Tengo algunos ahorros. Pero si en algún momento acabo necesitándolo o queriendo trabajar, tengo un amigo cerca al que le gustaría que volviera a colaborar con él y mis compañeros de las fuerzas Delta.

—Interesante —comentó Kaitlyn, depositando con suavidad el pesado maletín con el material médico en el suelo.

—Yo también lo creo.

Tanner se acercó entonces a ella y le cogió la mano. Sus ojos, con los párpados entornados y cargados de promesas, recorrieron el rostro de ella.

—Te he echado de menos —susurró.

—Yo también —musitó Kaitlyn, y posó la otra mano sobre el pecho de Tanner para crear un poco de espacio entre ellos—. Pero voy a necesitar algo de tiempo para procesar todo esto. Y no quiero precipitarme. —Alzó la vista hacia él con una expresión de determinación en su rostro—. Tendremos que empezar de cero.

—Lo comprendo.

—Lo digo en serio.

—Yo también. Me encantaría poder empezar de cero. ¿Tienes algo concreto en mente? Conozco un pub estupendo.

Kaitlyn se puso de puntillas, tratando de contener las repentinas ganas de hacer una pirueta.

—¿Entiendes de coches?

—Un poco —respondió Tanner—. ¿Por qué?

—Porque Casey quiere ir a ver unos modelos nuevos que acaban de traer hoy.

—¿Vas a comprarle uno?

—Creo que ya va siendo hora. ¿Quieres acompañarnos?

—¿Y Jasper? —dijo Tanner.

Kaitlyn miró de reojo hacia la cabaña, y luego se inclinó hacia él en un gesto cómplice.

—Creo que estará bien solo durante un par de horas, ¿no te parece?

Tanner se inclinó para besarla, con la promesa de mucho más en sus labios.

—Tú eres su médica —susurró—. Confío en ti.

III

Jasper los observó mientras se alejaban.

Tanner le había prometido que regresaría en una hora aproximadamente, pero Jasper había insistido en que se tomase su tiempo. Aunque apenas podía caminar y estaba un poco maltrecho, hacía mucho tiempo que había aprendido a valerse por sí mismo. Y la verdad es que le apetecía un poco de privacidad después de aquellos últimos días.

Se había alegrado de volver a ver a Mitch. También a Casey, aunque tenía la sensación de que podía ser tremenda si se lo proponía.

Mientras Mitch demostraba su entusiasmo por la fiesta de cumpleaños de un amigo a la que iría más tarde («¡Pistolas láser! ¡Y después iremos al *karting*!»), Casey había estado mirando de hurtadillas por la ventana a su madre y a Tanner, mientras intentaba fingir que no les estaba espiando. Jasper había actuado como si no se diera cuenta, especialmente porque él mismo les había estado «observando». La evidente incomodidad con la que interactuaron en el hospital y en la cabaña el jueves ponía de manifiesto con crudeza el hecho de que estaban locos el uno por el otro. Solo necesitaban un empujoncito para actuar en consecuencia. Jasper movió la cabeza de un lado a otro, pensando: «Los jóvenes hacen todo tan complicado...».

Por fin a solas en la cabaña, se puso las gafas de leer y abrió la Biblia, tal como ya había hecho aquella misma mañana. Le había pedido a Tanner que la fuera a buscar al almacén, donde estaba guardada en una caja, y había ido pasando las páginas, recordando que Job era el primero de los libros poéticos, justo antes de los salmos.

Era una historia que siempre le había producido confusión cuando era joven; después le pareció demasiado similar a la suya propia como para querer volver sobre ella. Al fin y al cabo, en la versión cristiana Dios habla maravillas de la fe de Job ante el diablo; este replica que Job solo es piadoso porque Dios le ha bendecido con riquezas, salud y una familia maravillosa. Para demostrar la integridad de la fe de Job, Dios le da permiso al diablo para que se lo arrebate todo. Job pierde sus cosechas y su ganado, su familia es asesinada y se ve aquejado por la sarna en todo su cuerpo.

No obstante, al releer la historia, Jasper se dio cuenta de que había olvidado cómo acababa. Miró por la ventana mientras reflexionaba acerca de ello, y luego se quedó sobrecogido. Se enderezó, se quitó con rápido gesto las gafas y se acercó aún más a la ventana para escudriñar.

—¡Que me parta un rayo! —exclamó en voz alta.

Ante él, donde su propiedad limitaba con el bosque Uwharrie, estaba el ciervo blanco.

Desde la distancia se asemejaba a una criatura del mundo espiritual, tan blanco que parecía brillar. Jasper parpadeó, abrió los ojos y tuvo que volver a parpadear para asegurarse de que no estaba viendo visiones. «Ha venido a mí —pensó—. Está aquí de verdad». Observó, fascinado, cómo el ciervo movía la cabeza, despreocupado, primero en una dirección, luego en la opuesta. Jasper estaba maravillado ante la majestuosidad del espécimen, un macho adulto con grandes y musculosos cuartos traseros, y una cornamenta simétrica. Incluso desde tan lejos Jasper podía percibir su inteligencia, que sin duda le había mantenido con vida en un mundo lleno de gente que solo quería darle caza, simplemente porque era bello.

Jasper lo seguía observando cuando el ciervo movió una de sus orejas; poco después empezó a deambular por la propiedad del anciano. Sus movimientos eran lentos y elegantes, y finalmente el animal se detuvo al llegar a las tumbas bajo el árbol. El ciervo blanco giró la cabeza para mirar hacia Jasper.

Sintió que se le hacía un nudo en la garganta al notar el peso de la familia que había perdido y la alegría de la familia que acababa de encontrar. Si hiciera un recuento de milagros, la aparición del ciervo blanco era el segundo en una semana, y se apoderó de él la súbita certeza de que aquel animal había presagiado la llegada de Tanner. Y entonces de repente comprendió que Dios nunca le había abandonado, sino que había traído a Tanner a su vida, bendiciéndolo tal como había bendecido a Job con una nueva familia, después de haberlo perdido todo. Mientras ponderaba esa revelación, el ciervo resopló antes de dar media vuelta y alejarse, para a continuación desaparecer entre el follaje del bosque Uwharrie como si nunca hubiera estado allí.

Los ojos de Jasper se llenaron de lágrimas. Permitió que el llanto le anegara, y le inundó una sensación de paz que no había sentido en décadas. Cuando las lágrimas finalmente cesaron, Jasper inclinó la cabeza para ofrecer la oración más poderosa que conocía.

—Gracias, Dios —susurró—. Gracias.

Agradecimientos

Aunque a algunas personas pueda parecerles aburrido leer el mismo elenco de individuos que incluyo en mis agradecimientos año tras año, escribir esta lista es un ritual que he llegado a apreciar como una bendición excepcional. Que tantas personas clave en mi vida profesional y personal sigan siendo las mismas durante casi treinta años es un hecho remarcable en una época de cada vez mayor polarización cultural y relaciones a menudo fugaces. Por eso quiero empezar desde el principio, en 1995.

Mi agente literaria durante décadas, productora asociada y además amiga, Theresa Park, ha estado a mi lado no solo en la creación de cada libro, sino también en casi todos los acontecimientos importantes en mi vida adulta. Creo que puedo decir lo mismo sobre mi presencia en su vida: Theresa, gracias por transitar el camino de la vida conmigo todos estos años, y por acompañarme en este increíble viaje.

Al equipo talentoso y perspicaz de Park & Fine, y su sistemática visión de futuro: gracias por mantener vuestro compromiso con la excelencia cuando sería fácil dormirse en los laureles. Celeste Fine, en calidad de nueva directora de Park & Fine: tu brillante instinto ya ha iniciado la transformación de la agencia en una nueva entidad ambiciosa con horizontes sin límites; Andrea Mai y Emily Sweet: no podría imaginar unas profesionales expertas más sofisticadas, creativas y versadas, que me ayudaran a guiar mi trabajo para que llegue a las manos de los socios adecuados y para que conecte con mis lectores; Abby Koons y Ben Kaslow-Zieve: seguís haciendo que la publicación de mi obra en todo el mundo no solo sea lucrativa, sino emocionante y fascinante, con la colaboración de los entregados y numerosos editores internacionales, además de agentes colaboradores extranjeros, que se han convertido en inspirados e incansables socios. Jen Mecum: cuentas con mi más profunda gratitud y admiración por tu agudeza en cuestiones legales (además de tu capacidad como mentor). Charlotte Gillies, gracias por actuar como un transmisor a través del cual fluye la corriente de mi vida creativa y empresarial, conectando todos los puntos en Park & Fine y más allá. La agencia redefine en qué consiste la representación del autor, y he tenido la suerte de ser beneficiario de la estrategia sin fisuras de su trabajo en equipo durante muchos años.

Aunque soy relativamente nuevo como autor en Random House, me siento como si mis obras hubieran sido publicadas por esta editorial desde hace años. Esto se debe en gran parte a mi hábil, sensible e incansable directora y editora, Jennifer Hershey; a pesar de su elevada posición en la compañía editorial, no se le caen los anillos ni se deja intimidar por la ardua tarea de reestructurar una novela complicada, y tengo una gran deuda con ella por su trabajo en *Pequeños milagros*. Por supuesto, Jennifer no podría llevar a cabo sus incontables obligaciones como redactora, editora y directora de forma tan eficiente sin la visión y el apoyo de la presidenta Kara Welsh y del editor adjunto Kim Hovey; juntos forman un triunvirato de excelente atención al autor y liderazgo.

Todos los equipos de Random House aportan un grado de compromiso, experiencia y calidad sin parangón en cada libro, entre ellos: Jaci Updike y Cynthia Lasky en el departamento de ventas; Quinne Rogers, Taylor Noel y Megan Whalen en el de marketing; Jennifer Garza, Karen Fink, Katie Horn y Chelsea Woodward en publicidad; Ellen Folan, Nicole McArdle, Karen Dziekonski, Dan Zitt y Donna Passannante en la edición de audiolibros; y el equipo de Kelly Chian, Susan Brown, Maggie Hart, Caroline Cunningham, Kelly Daisley y David

Hammond en la producción. Por supuesto, la primera impresión de mi libro en cualquier librería siempre viene definida por la cubierta, y me siento afortunado de encontrarme en manos del legendario director artístico Paolo Pepe, quien creó, con la preciosa colaboración de mi viejo amigo Flag, el inolvidable diseño de la de este libro en su versión original.

Me siento extraordinariamente afortunado de que muchas de mis novelas hayan llegado a convertirse en películas, incluso una de ellas ha sido adaptada ahora para un musical de Broadway, y todo ello gracias al magistral instinto de Howie Sanders, de Anonymous Content, quien sigue siendo un amigo y confidente muy cercano. Mi abogado de toda la vida, Scott Schwimer, ha sido un ángel de la guarda (aunque blandiendo una espada flamígera), además de protector, siempre disponible cuando lo necesito. También en Anonymous Content, los productores David Levine y Garrett Kemble han sido colaboradores visionarios, y estoy especialmente agradecido al productor Zack Hayden, inmensamente talentoso y motivado, quien ha guiado mis últimos proyectos cinematográficos con tanto esmero y atención. En Universal Pictures, Peter Cramer, Donna Langley, Lexi Barta y Jacqueline Garell siguen impresionándome con su increíble profesionalidad, asesoramiento artístico y hábiles instintos. Kevin McCollum y Kurt Deutsch convirtieron un sueño quimérico en una apasionante realidad: un gran musical de Broadway basado en *El diario de Noah*. Gracias por esta espectacular proeza artística y profesional; me siento honrado y encantado con vuestra creación.

Mi nuevo publicista Jill Fritzo y sus compañeros Michael Geiser y Stephen Fertelmes tienden un puente entre el mundo editorial y Hollywood con una facilidad y sofisticación increíbles, y tengo la suerte de encontrarme en sus hábiles manos. A estas alturas, LaQuishe Wright («Q») ya se ha convertido en un icono para los gestores de redes sociales que trabajan en la industria del espectáculo, pero lo que la hace realmente incomparable es su profunda integridad y amabilidad. Q, gracias por haber seguido conmigo todos estos años. Mollie Smith ha supervisado todas las redes sociales, de lo cual ha derivado el aumento de mis lectores a lo largo de todas estas décadas, y sigue siendo absolutamente esencial para mí y mi trabajo. Y gracias también al equipo que traduce todo el fruto de mi trabajo en dólares y centavos, mis contables Pam Pope y Oscara Stevick, por mantener mi medio de vida (y el de mi familia) a salvo y en orden desde hace tantos años.

Tia Scott-Shaver, Jeannie Armentrout, Jerrold, Linda y Angie merecen mi gratitud por ayudarme a que mi vida fluya perfectamente. Andy Sommers y Hannah Mensch se ocupan de cuestiones de gran alcance en mi vida con destreza y aplomo, y por eso también les estoy agradecido. Envío todo mi amor a Victoria Vodar.

Y, por supuesto, sería muy desconsiderado si no demostrara mi aprecio por otras personas: muchas gracias a mis hijos Miles, Ryan, Landon, Lexie y Savannah, así como a mi nieta, Bristol Marie, por darme tantas alegrías a lo largo de los años. A Sarah, Meadowe y Brad: os quiero a todos.

Me siento además bendecido por contar con tantos amigos maravillosos, como Bill y Pat Mills; David y Morgan Shara; Mike Smith; Christie Bonacci; Jeff y Torrie Van Wie; Jim y Karen Tyler; Todd y Gretchen Lanman; Tony y Shellie Spaedy; Kim y Eric Belcher; Lee y Sandi Minshull; Jonathan y Stephanie Arnold; Austin y Holly Butler; Bill Silva; Jeff Brown; Gray Zuerbregg; James Hickman; y Al Peterson entre otros. Todos ellos han aportado felicidad a mi vida. Sería negligente por mi parte no mencionar también a Paul Du Vair; Chris Matteo; Rick Mench; Kirk Pierce; Pete DeCler; Bob Jacob; Jeannine Kaspar; Joe Westermeyer; Ron Markezich; Shane O'Flaherty; Darryl Gordon; David Wang; Sandy Haddock; Ryan Seeger; Missy Blackerby; Ken Gray; Heather Cope; Dave Simpson; Maureen McDonnell; Joy Lenz; David Geffen y Anja Schmeltzer. Mi vida es una bendición gracias a todos vosotros.

Y finalmente quiero expresar mi amor y agradecimiento a todos los miembros de mi gran familia. Rezo por vosotros todos los días.